P. D. James, von *Time Magazine* als »Mistress of Murder« gefeiert, heißt mit bürgerlichem Namen Phyllis Dorothy White und wurde 1920 in Oxford geboren. Nach dem Zweiten Weltkrieg arbeitete sie in der Krankenhausverwaltung und später in der Kriminalabteilung des britischen Innenministeriums. Seit 1980 widmet sie sich ausschließlich der Schriftstellerei; sie lebt meist in London oder in ihrem Cottage in Suffolk.

Von P. D. James sind außerdem erschienen:

Ihres Vaters Haus (Band 01334)
Ende einer Karriere (Band 01459)
Der Beigeschmack des Todes (Band 03115, Band 60539)
Vorsatz und Begierde (Band 60038)
Im Land der leeren Häuser (Band 60372)
Wer sein Haus auf Sünden baut (Band 60577)

Vollständige Taschenbuchausgabe Januar 1998
Droemersche Verlagsanstalt Th. Knaur Nachf., München

Titel der Originalausgabe: »Cover Her Face«

Originalverlag: Faber & Faber Ltd., London
Umschlaggestaltung: Agentur ZERO, München
Umschlagabbildung: AKG, Berlin
Satz: Ventura Publisher im Verlag
Druck und Bindung: Elsnerdruck, Berlin
Printed in Germany
ISBN 3-426-60474-4

2 4 5 3

P. D. James

Ein Spiel zuviel

Roman

Aus dem Englischen
von Wolfdietrich Müller

Knaur

1. Kapitel

1

Genau drei Monate vor dem Mord in Martingale hatte Mrs. Maxie eine Abendgesellschaft gegeben. Jahre danach, als der Prozeß ein fast vergessener Skandal war und die Schlagzeilen auf dem Zeitungspapier in Schrankschubfächern vergilbten, blickte Eleanor Maxie auf jenen Frühlingsabend wie auf die einleitende Szene der Tragödie zurück. Die Erinnerung, die bestimmte Dinge auswählt und eigensinnig bewahrt, umgab diese durch und durch gewöhnliche Einladung mit einer Aura von Vorahnung und Unbehagen. Rückschauend wurde daraus eine rituelle Versammlung von Opfer und Verdächtigen unter einem Dach, eine in Szene gesetzte Vorbereitung zum Mord. In Wirklichkeit waren nicht alle Verdächtigen dabeigewesen. Felix Hearne zum Beispiel hatte jenes Wochenende nicht in Martingale verbracht. In Mrs. Maxies Erinnerung jedoch saß auch er an ihrem Tisch und betrachtete mit spöttisch amüsierten Augen das einleitende Geplänkel der Akteure.

Damals war es freilich eine ganz gewöhnliche und ziemlich langweilige Gesellschaft gewesen. Drei der Gäste, Dr. Epps, der Pfarrer und Miss Liddell, Leiterin des St.-Mary-Heims für ledige Mütter, hatten zu oft zusammen gespeist, als daß sie voneinander noch etwas

Neues oder Anregendes erwartet hätten. Catherine Bowers war ungewohnt still, und Stephen Maxie und seine Schwester, Deborah Riscoe, verbargen offenbar nur mühsam ihren Ärger darüber, daß Stephens erstes freies Wochenende am Krankenhaus seit über einem Monat ausgerechnet mit einer Essenseinladung zusammenfallen mußte. Mrs. Maxie hatte vor kurzem eine von Miss Liddells ledigen Müttern als Hausmädchen angestellt, und das Mädchen bediente zum erstenmal bei Tisch. Aber der Grund für die gezwungene Stimmung, die über der Tischgesellschaft lag, konnte kaum das gelegentliche Erscheinen von Sally Jupp sein, die flink und geschickt, wie Miss Liddell mit selbstzufriedener Anerkennung feststellte, die Speisen vor Mrs. Maxie auftrug und das Geschirr abräumte.

Man kann davon ausgehen, daß wenigstens einer unter den Gästen rundherum glücklich war. Bernard Hinks, der Pfarrer von Chadfleet, war Junggeselle. Seine Schwester führte ihm den Haushalt, und jede Abwechslung von den nahrhaften, aber wenig schmackhaften Mahlzeiten, die sie zubereitete – sie selbst war nie dazu zu bewegen, außerhalb des Pfarrhauses zu essen –, war eine Erholung, die für die Spitzfindigkeiten des geselligen Umgangs nur wenig Raum ließ. Er war ein freundlicher Mann mit gütigem Gesicht, der älter als seine vierundfünfzig Jahre wirkte und dem man, wenn es nicht um Fragen der Lehrmeinung ging, Ängstlichkeit und Unsicherheit nachsagte. Theologie war sein erstes, beinahe sein einziges geistiges Interesse, und wenn seine Pfarrkinder seine Predigten nicht immer verstehen konnten, so nahmen sie das gern als sicheren Beweis für die Gelehrsamkeit ihres Pfarrers. Es wurde im Dorf jedoch allgemein anerkannt, daß man im Pfarrhaus sowohl Rat als auch Hilfe finden konnte und daß man sich, wenn auch der erstere manchmal etwas verworren war, auf die letztere im allgemeinen verlassen konnte. Für Dr. Charles Epps bedeutete die Einladung ein ausgezeichnetes Essen, Gespräche mit ein paar reizenden Damen und eine erholsame Unterbrechung in dem täglichen Einerlei einer Landpraxis. Er war Witwer, lebte seit dreißig Jahren in Chadfleet und kannte die meisten seiner Patienten gut genug, um genau voraussagen zu können, ob sie am Leben bleiben oder sterben würden. Er glaubte, daß ein Arzt wenig tun könne, diese Entscheidung zu beeinflussen, daß es weise sei, zu erkennen, wann man mit der geringsten Unannehmlichkeit für andere und der geringsten Qual für einen selbst sterben könne, und daß ein großer Teil des medizinischen Fortschritts ein Leben nur zum größeren Ruhm des behandelnden Arztes um ein paar unerfreuliche Monate verlängerte. Er war weniger beschränkt und verfügte über mehr Können, als Stephen Maxie ihm zugestehen wollte, und kaum einer seiner Patienten mußte sich vorzeitig in das Unausweichliche schicken. Er hatte Mrs. Maxie bei der Geburt ihrer beiden Kinder beigestanden und war der Arzt und Freund ihres Mannes, soweit Simon Maxies verwirrter Kopf noch in der Lage war, Freundschaft wahrzunehmen und zu schätzen. Jetzt saß er am Tisch der Maxies und gab sich dem Huhnauflauf mit der Miene eines Mannes hin, der sein Essen verdient hat und nicht geneigt ist, sich von den Launen anderer Leute anstecken zu lassen.

»Sie haben also Sally Jupp und ihr Baby aufgenommen, Eleanor?« Dr. Epps hatte durchaus keine Hemmungen, allgemein Bekanntes zu konstatieren. »Nette junge Dinger, die beiden. Ist doch ganz lustig für Sie, wieder ein Baby im Haus zu haben.«

»Hoffen wir, daß Martha mit Ihnen einer Meinung ist«, sagte Mrs. Maxie trocken. »Sie braucht natürlich dringend Hilfe, aber sie ist sehr altmodisch. Vielleicht empfindet sie die Umstände als schlimmer, als sie zugibt.«

»Sie wird es überstehen. Moralische Bedenken sind bald vergessen, wenn es um zwei zusätzliche Hände beim Geschirrspülen geht.« Dr. Epps tat Martha Bultitafts Gewissen mit einer wegwerfenden Bewegung seines rundlichen Armes ab. »Es wird jedenfalls nicht lange dauern und das Baby wickelt sie um den Finger. Jimmy ist ein reizendes Kind, wer immer der Vater sein mag.«

An dieser Stelle glaubte Miss Liddell, die Stimme der Erfahrung sollte gehört werden.

»Ich denke, Herr Doktor, wir sollten über das Problem dieser Kinder nicht zu leichtfertig reden. Natürlich müssen wir christliche Barmherzigkeit zeigen« – hier machte Miss Liddell eine kleine Verbeugung zu dem Pfarrer hin, als erkenne sie die Anwesenheit eines weiteren Experten an und entschuldige sich für die Einmischung in sein Gebiet –, »aber ich kann mir nicht helfen – ich meine, die Gesellschaft als Ganzes wird allmählich zu nachgiebig gegenüber diesen Mädchen. Die moralischen Maßstäbe des Landes werden immer weiter sinken, falls man diesen Kindern mehr Fürsorge zukommen läßt als den ehelich geborenen. Und soweit sind wir doch schon! Es gibt viele arme, ehrbare Mütter, die nicht die Hälfte von dem Getue und der Aufmerksamkeit erfahren, womit man einige von diesen Mädchen überschüttet.«

Sie blickte in die Runde, wurde rot und machte sich wieder über das Essen her. Was tat's, wenn sie alle erstaunt guckten? Das hatte einmal gesagt werden müssen. Sie war befugt, es auszusprechen. Sie warf einen Blick auf den Pfarrer, als wolle sie sich seiner Unterstützung vergewissern, aber Mr. Hinks sah sie nur einmal verwirrt an und konzentrierte sich wieder auf seinen Teller. Miss Liddell, in ihrer Hoffnung auf einen Verbündeten getäuscht, dachte gereizt, daß der gute Pfarrer doch wirklich ein wenig zu gierig auf das Essen sei. Plötzlich hörte sie Stephen Maxies Stimme.

»Diese Kinder unterscheiden sich gewiß nicht von allen anderen, nur sind wir ihnen mehr schuldig. Ich kann auch nicht einsehen, was an ihren Müttern so außergewöhnlich ist. Wie viele Menschen befolgen denn tatsächlich die moralischen Regeln, wegen deren Mißachtung sie auf diese Mädchen herabblicken?«

»Eine beachtliche Anzahl, Dr. Maxie, das versichere ich Ihnen.« Miss Liddell war, wie ihr Beruf das mit sich brachte, keinen Widerspruch von der Jugend gewöhnt. Stephen Maxie mochte ein junger Chirurg mit Zukunft sein, aber das machte ihn noch lange nicht zu einem Experten für gefallene Mädchen. »Ich wäre entsetzt, wenn ich glauben müßte, daß die Verhaltensweisen, die mir bei meiner Arbeit zu Ohren kommen, wirklich repräsentativ für die heutige Jugend sind.«

»Nun, dann hören Sie von mir als einem Vertreter der heutigen Jugend, daß sie nicht so selten sind, als daß wir es uns leisten könnten, diejenigen, die erwischt worden sind, zu verachten. Das Mädchen, das wir hier haben, macht einen völlig normalen und soliden Eindruck auf mich.«

»Sie hat eine ruhige und feine Art, und sie hat auch eine recht gute Bildung. Höhere Schule! Es wäre mir im Traum nicht eingefallen, sie Ihrer Mutter zu empfehlen, wenn sie nicht ein für St. Mary überdurchschnittliches Mädchen wäre. Sie ist eine Waise, die bei einer Tante aufgewachsen ist. Aber ich hoffe, Sie werden sie deshalb nicht mitleidig behandeln. Sallys Aufgabe ist es, tüchtig zu arbeiten und das Beste aus dieser Gelegenheit zu machen. Das Vergangene ist vorbei und sollte am besten vergessen werden.«

»Es muß schwierig sein. das Vergangene zu vergessen, wenn man eine so greifbare Erinnerung daran hat«, sagte Deborah Riscoe.

Verärgert von einer Unterhaltung, die für schlechte Stimmung und wahrscheinlich noch schlechtere Verdauung sorgte, beeilte sich Dr. Epps, ein beschwichtigendes Wort beizusteuern – unglücklicherweise mit dem Erfolg, daß die Meinungsverschiedenheiten weitergingen.

»Sie ist eine gute Mutter und ein hübsches Ding. Wahrscheinlich lernt sie einen netten Kerl kennen und heiratet doch noch. Wäre auch das beste. Ich kann nicht behaupten, daß ich diese Ledige-Mutter-Kind-Beziehung mag. Sie werden zu sehr voneinander abhängig, und manchmal endet das psychologisch mit einem Scherbenhaufen. Hin und wieder denke ich – ich weiß, das ist furchtbar ketzerisch, Miss Liddell –, es wäre das beste, wenn diese Kinder gleich nach der Geburt zur Adoption in ein gutes Haus freigegeben würden.«

»Die Mutter trägt die Verantwortung für das Kind«, verkündete Miss Liddell. »Es ist ihre Pflicht, das Kind bei sich zu behalten und für es zu sorgen.«

»Sechzehn Jahre lang und ohne die Hilfe des Vaters?«

»Natürlich kümmern wir uns um die Unterhaltszahlungen, Dr. Maxie, wenn immer es möglich ist. Leider ist Sally da sehr eigensinnig gewesen und hat uns den Namen des Vaters verschwiegen, deshalb können wir nicht helfen.«

»Mit ein paar Schillingen kommt man heutzutage auch nicht weit.« Stephen Maxie war anscheinend hartnäckig entschlossen, das Thema nicht fallenzulassen. »Und Sally bekommt vermutlich nicht mal Kindergeld vom Staat.«

»Dies ist ein christliches Land, lieber Bruder, und der Sünde Sold ist der Tod, nicht acht Schilling aus dem Geldbeutel des Steuerzahlers.«

Deborah hatte im Flüsterton gesprochen, aber Miss Liddell hörte es und fühlte, daß es für ihre Ohren bestimmt war. Mrs. Maxie merkte anscheinend, daß es an der Zeit sei, sich einzumischen. Wenigstens zwei ihrer Gäste dachten, sie hätte es eigentlich schon früher tun

sollen. Es war nicht Mrs. Maxies Art, etwas außer Kontrolle geraten zu lassen.
»Da ich gerade nach Sally läuten wollte«, sagte sie, »wäre es vielleicht ganz gut, wenn wir das Thema wechselten. Ich werde mich wohl schrecklich unbeliebt machen, wenn ich nach dem Kirchenfest frage. Ich weiß, es sieht so aus, als hätte ich Sie alle unter einem fadenscheinigen Vorwand hier zusammengebracht, aber wir sollten uns wirklich Gedanken darüber machen, welche Tage in Frage kommen.« Das war ein Thema, über das sich alle Gäste unbefangen auslassen konnten. Bis Sally hereinkam, war das Gespräch so langweilig, friedlich und zwanglos, wie es sich auch Catherine Bowers nur wünschen konnte.
Miss Liddell beobachtete Sally Jupp, wie sie um die Tafel herumging. Es war, als habe das Gespräch während des Essens sie angeregt, das Mädchen zum erstenmal deutlich zu sehen. Sally war sehr schmal. Das dicke rotgoldene Haar, das unter dem Häubchen hervorquoll, schien zu schwer für diesen schlanken Hals zu sein. Ihre kindlichen Arme waren lang, die Ellenbogen standen unter der geröteten Haut vor. Ihr breiter Mund war jetzt streng, die grünen Augen konzentrierten sich auf ihre Arbeit. Plötzlich wurde Miss Liddell von einem unsinnigen Anfall von Zuneigung gepackt. Sally machte ihre Sache tatsächlich sehr gut, wirklich, ganz reizend! Sie blickte auf, um die Aufmerksamkeit des Mädchens auf sich zu ziehen und ihm beifällig und ermunternd zuzulächeln. Plötzlich trafen sich ihre Augen. Zwei volle Sekunden sahen sie einander an. Dann errötete Miss

Liddell und senkte den Blick. Gewiß hatte sie sich geirrt! Gewiß würde Sally es nie wagen, sie auf diese Art anzusehen! Verwirrt und entsetzt versuchte sie sich die seltsame Wirkung dieses kurzen Kontakts zu erklären. Schon bevor ihre eigenen Züge die besitzergreifende Maske des Lobs angenommen hatten, hatte sie in den Augen des Mädchens nicht die ergebene Dankbarkeit der Sally Jupp aus dem St.-Mary-Heim gelesen, sondern belustigte Verachtung, etwas Verschwörerisches und eine Abneigung, die in ihrer Intensität fast erschreckend war. Dann hatten sich die grünen Augen wieder gesenkt, und Sally das Rätsel wurde wieder Sally die Ergebene, die Gezähmte, Miss Liddells Schützling und bevorzugte Delinquentin. Aber der Augenblick ließ seine Spuren zurück. Miss Liddell war es plötzlich übel vor unheilvollen Ahnungen. Sie hatte Sally ohne Vorbehalt empfohlen. Auf den ersten Blick war alles in bester Ordnung. Das Mädchen war eine ganz ungewöhnliche Persönlichkeit. Eigentlich zu gut für die Stelle in Martingale. Aber der Entschluß war nun mal gefaßt worden. Es war jetzt zu spät, seine Klugheit anzuzweifeln. Das Schlimmste, was eintreffen konnte, wäre Sallys Rückkehr ins St.-Mary-Heim. Miss Liddell wurde es zum erstenmal bewußt, daß die Empfehlung ihres Schützlings nach Martingale zu Verwicklungen führen könnte. Man konnte jedoch nicht von ihr erwarten, den Umfang dieser Verwicklungen vorauszusehen, erst recht nicht, daß sie mit einem gewaltsamen Tod enden würden.

Catherine Bowers, die das ganze Wochenende in Martingale verbrachte, hatte während des Essens wenig gesagt. Sie war von Natur aus eine aufrichtige Person, und so war sie ein wenig entsetzt, als sie merkte, daß ihre Sympathien auf Miss Liddells Seite waren. Natürlich war es sehr hochherzig und ritterlich von Stephen, sich für Sally und ihresgleichen so energisch einzusetzen, doch es ärgerte Catherine genauso, wie wenn Freundinnen, die nicht in der Krankenpflege arbeiteten, von der Würde ihres Berufs sprachen. Es war schön und gut, romantische Vorstellungen zu haben, aber sie waren nur ein geringer Trost für jene, die inmitten von Bettpfannen oder Delinquenten arbeiteten. Sie war in Versuchung, das laut zu sagen, aber da Deborah ihr gegenübersaß, blieb sie still. Das Essen schien, wie alle mißglückten gesellschaftlichen Ereignisse, dreimal so lange wie gewöhnlich zu dauern. So lange hatte sich wahrhaftig noch keine Familie beim Kaffee aufgehalten, dachte Catherine, noch nie hatten die Männer so lange auf sich warten lassen. Aber dann war es endlich vorbei. Miss Liddell hatte angedeutet, sie fühle sich wohler, wenn sie Miss Pollack nicht allzu lange allein die Verantwortung überließe, und war in das Heim zurückgegangen. Mr. Hinks murmelte etwas von den letzten Feinheiten für die morgige Predigt und entschwand wie ein zarter Geist in die Frühlingsluft. Die Maxies und Dr. Epps saßen entspannt im Salon zusammen, freuten sich an dem Holzfeuer und unterhielten sich über Musik. Das war kein Thema, das Catherine ausgesucht hätte. Selbst Fernsehen wäre ihr lieber gewesen, aber der einzige Apparat in Martingale stand in Marthas Zimmer. Wenn schon geredet werden mußte, hoffte Catherine, das Gespräch würde wenigstens auf die Medizin kommen. Dr. Epps könnte ganz natürlich sagen: »Sie sind doch Krankenschwester, Miss Bowers, wie nett für Stephen, jemanden zu haben, der seine Interessen teilt.« Dann würden sie sich zu dritt angeregt unterhalten, während zur Abwechslung Deborah schweigend dasäße und feststellen müßte, daß Männer hübsche, unnütze Frauen, auch wenn sie noch so gut gekleidet sind, mit der Zeit überhaben und daß Stephen jemanden brauchte, der sich in seinem Beruf auskannte, jemanden, der sich mit seinen Freunden klug und kenntnisreich unterhalten konnte. Es war ein angenehmer Traum, und wie die meisten Träume hatte er keinen Bezug zur Wirklichkeit. Catherine hielt ihre Hände über die spärlichen Flammen des Holzfeuers und bemühte sich, ausgeglichen auszusehen, während sich die anderen über einen Komponisten mit dem merkwürdigen Namen Peter Warlock unterhielten, von dem sie höchstens einmal in einem unklaren und vergessenen historischen Zusammenhang gehört hatte. Gewiß behauptete Deborah, ihn nicht zu verstehen, aber sie schaffte es wie immer, ihre Unwissenheit amüsant zu machen. Ihre Bemühungen, Catherine in das Gespräch einzubeziehen, indem sie sich nach Mrs. Bowers erkundigte, waren Catherine ein Beweis von Herablassung, nicht von guten Manieren. Es war eine Erleichterung, als das neue Mädchen mit einer Nachricht für Dr. Epps hereinkam. Bei einer seiner Patientinnen auf einem abgelegenen Bauernhof hatten die Wehen eingesetzt. Der Arzt erhob sich widerwillig von seinem Sessel, schüttelte sich wie ein struppiger Hund

und brachte seine Entschuldigungen vor. Catherine versuchte es zum letztenmal.
»Interessanter Fall, Herr Doktor?« fragte sie lebhaft.
»Ach Gott, nein, Miss Bowers.« Dr. Epps sah sich zerstreut um, auf der Suche nach seiner Tasche. »Hat schon drei. Ist aber eine freundliche kleine Frau, und sie möchte mich gern dabeihaben. Gott weiß warum! Sie könnte es allein schaffen, ohne mit der Wimper zu zucken. Dann also auf Wiedersehen, Eleanor, und vielen Dank für das vorzügliche Essen. Ich wollte eigentlich noch nach oben zu Simon gehen, bevor ich mich verabschiede, aber ich schaue dann morgen vorbei, wenn es gestattet ist. Sie werden wohl ein neues Rezept für seine Schlaftabletten brauchen. Ich schreibe wieder *Sommeil* auf und bringe es morgen mit.«
Er nickte der Gesellschaft leutselig zu und schlurfte hinter Mrs. Maxie in die Halle. Kurz danach konnten sie sein Auto die Auffahrt hinunterbrausen hören. Er war ein begeisterter Autofahrer und liebte kleine schnelle Wagen, aus denen er sich nur mühsam herauswinden konnte und in denen er aussah wie ein listiger alter Bär, der auf den Bummel geht.
»So«, sagte Deborah, als die Auspuffgeräusche verhallt waren, »das war's. Wie wäre es denn, wenn wir jetzt rüber zu den Ställen gingen und Bocock bei den Pferden besuchten. Das heißt, falls Catherine Lust zu einem Spaziergang hat.«
Catherine hatte große Lust zu einem Spaziergang, allerdings nicht mit Deborah. Es war wirklich unbegreiflich, dachte sie, wie Deborah übersehen konnte oder wollte,

daß sie und Stephen ohne sie zusammensein wollten. Aber wenn Stephen ihr das nicht zu verstehen gab, konnte sie es erst recht nicht tun. Je früher er verheiratet und weg von seiner ganzen weiblichen Verwandtschaft wäre, desto besser wäre es für ihn. »Sie saugen ihm das Blut aus«, dachte Catherine, die diesem Typ auf ihren Ausflügen in die moderne Unterhaltungsliteratur begegnet war. Deborah, der diese Neigung zum Vampirismus zum Glück nicht bewußt war, ging ihnen durch die offene Glastür über den Rasen voran.

Die Stallungen, die früher den Maxies gehört hatten und jetzt im Besitz von Mr. Samuel Bocock waren, lagen nur zweihundert Meter vom Haus entfernt auf der anderen Seite der Wiese. Der alte Bocock war da. Er polierte beim Schein einer Sturmlaterne das Pferdegeschirr und pfiff dabei durch die Zähne. Er war ein kleiner brauner Mann mit gnomenhaftem Gesicht, Schlitzaugen und großem Mund, und er freute sich sichtlich, als er Stephen sah. Sie gingen gemeinsam hinein, um sich die drei Pferde anzusehen, mit denen Bocock versuchte, ein kleines Unternehmen aufzuziehen. »Wirklich lächerlich«, dachte Catherine, »was für ein Getue Deborah um sie macht. Schmiegt sich sanft und schmeichelnd an ihre Köpfe, als wären sie Menschen. Frustrierte mütterliche Instinkte«, dachte sie mißmutig. »Würde ihr guttun, einen Teil dieser Energie auf der Kinderstation zu verwenden. Wenn sie da auch nicht sehr von Nutzen wäre.« Sie selbst wünschte, sie könnten zum Haus zurückgehen. Der Stall war peinlich sauber, aber der strenge Geruch der Pferde nach dem Zureiten läßt sich nicht verbergen, und aus irgendeinem Grund fand Catherine ihn störend. Einmal lag Stephens Hand ganz nah neben ihrer auf dem Hals eines Tiers. Der Drang, diese Hand zu berühren, zu streicheln, sie gar an ihre Lippen zu führen, war einen Augenblick lang so stark, daß sie die Augen schließen mußte. Und dann, in der Dunkelheit, stiegen andere Bilder in der Erinnerung auf, ungehörig angenehme Bilder, von derselben Hand, die ihre Brust umschloß, noch brauner wirkend gegen ihre weiße Haut, und sich langsam und zärtlich bewegte, Vorbote der Lust. Sie taumelte fast hinaus in das Zwielicht des Frühlingsabends und hörte hinter sich die langsame, zögernde Redeweise Bococks und die lebhaften Stimmen der Maxies, die gleichzeitig antworteten. In dieser Sekunde erlebte sie wieder einen jener niederschmetternden Augenblicke von panischer Angst, die sie in bestimmten Abständen überfielen, seit sie Stephen liebte. Sie kamen ohne Ankündigung, und ihr gesunder Menschenverstand und ihre ganze Willenskraft waren dagegen hilflos. Es waren Augenblicke, wo alles unwirklich schien und sie fast körperlich spüren konnte, wie sich unter ihren Hoffnungen der Treibsand bewegte. Ihr ganzes Elend und die Ungewißheit bezogen sich auf Deborah. Sie, Deborah, war der Feind. Deborah, die verheiratet gewesen war, die wenigstens ihre Chance auf Glück gehabt hatte. Deborah, die hübsch und selbstsüchtig und unnütz war. Als sie auf die Stimmen hinter sich in der zunehmenden Dunkelheit hörte, wurde es Catherine übel vor Haß.

Bis sie wieder zurück in Martingale waren, hatte sie sich gefangen, hatte sich die schwarze Wolke gehoben. Ihr normaler Zustand von Selbstvertrauen und Zuversicht war wiederhergestellt. Sie ging zeitig zu Bett, und in der Gewißheit ihrer augenblicklichen Stimmung konnte sie fast daran glauben, daß er zu ihr kommen würde. Sie sagte sich zwar, daß das im Haus seines Vaters unmöglich sei, von seiner Seite eine Torheit, von ihrer ein unzulässiger Mißbrauch der Gastfreundschaft. Aber sie wartete in der Dunkelheit. Nach einer Weile hörte sie Schritte auf der Treppe – seine und Deborahs Schritte. Bruder und Schwester lachten leise miteinander. Sie hörten nicht einmal auf, als sie an ihrer Tür vorbeigingen.

2

Oben in dem niedrigen weißgetünchten Schlafzimmer, das seit der Kindheit sein Zimmer gewesen war, streckte Stephen sich auf dem Bett aus.

»Ich bin müde«, sagte er.

»Ich auch.« Deborah gähnte und setzte sich neben ihn auf das Bett. »Es war ein gräßlicher Abend. Ich wünschte, Mama ließe das sein.«

»Sie sind alle solche Heuchler.«

»Sie können nichts dazu. Sie wurden so erzogen. Außerdem glaube ich, Eppy und Mr. Hinks sind nicht so übel.«

»Ich glaube, ich habe mich ziemlich dumm aufgeführt«, sagte Stephen.

»Na ja, du bist ziemlich heftig geworden. Fast so wie Sir Galahad, der zur Verteidigung der verführten Jungfrau herbeistürzt, abgesehen davon, daß sie wahrscheinlich mehr sündigte, als an ihr gesündigt wurde.«
»Du magst sie nicht, nicht wahr?« fragte Stephen.
»Mein Lieber, ich habe darüber gar nicht nachgedacht. Sie arbeitet einfach hier. Ich weiß, das klingt für deine aufgeklärten Vorstellungen sehr reaktionär, so ist es aber nicht gemeint. Es ist nur einfach so, daß ich mich für sie nicht im geringsten interessiere, und sie, denke ich mir, auch nicht für mich.«
»Sie tut mir leid.« Eine Spur von Streitlust klang in Stephens Stimme an.
»Das hat man allerdings beim Essen gemerkt«, sagte Deborah sarkastisch.
»Es war ihre verdammte Selbstgefälligkeit, die mich so deprimiert hat. Und diese Liddell! Es ist absurd, eine alte Jungfer mit der Leitung eines Hauses wie das St.-Mary-Heim zu betrauen.«
»Ich verstehe nicht, warum. Sie ist vielleicht ein bißchen beschränkt, aber sie ist freundlich und gewissenhaft. Außerdem hätte ich eher gedacht, das Problem für dieses Heim sei ohnehin ein Übermaß an sexueller Erfahrung.«
»Ach, Deborah, laß um Himmels willen deine Späße sein!«
»Was erwartest du denn von mir? Wir sehen uns nur einmal in vierzehn Tagen. Dann ist es einfach ein bißchen zuviel, eine von Mamas Pflichtgesellschaften vorgesetzt zu bekommen und auch noch zusehen zu müs-

sen, wie Catherine und Miss Liddell abfällig zusammen kichern, weil sie glauben, du hättest wegen eines hübschen Dienstmädchens den Kopf verloren. Das ist die Art von Gemeinheit, die Miss Liddell besonders liegt. Die ganze Unterhaltung wird morgen im Dorf herum sein.«

»Die müssen verrückt sein, wenn sie das denken. Ich habe das Mädchen kaum gesehen. Ich glaube, ich habe noch gar nicht mit ihr gesprochen. Der Gedanke ist lächerlich!«

»Eben das habe ich gemeint. Halte um Himmels willen deine Kreuzzugsinstinkte im Zaum, mein Lieber, wenn du zu Hause bist. Ich hatte eigentlich gedacht, du würdest dein soziales Gewissen im Krankenhaus entlasten, anstatt es mit nach Hause zu bringen. Es ist ungemütlich, damit zu leben, besonders für die, die keins haben.«

»Ich bin heute ein bißchen gereizt«, sagte Stephen. »Ich weiß wirklich nicht, was ich tun soll.«

Es war bezeichnend für Deborah, daß sie sofort wußte, was er meinte.

»Sie ist ziemlich langweilig, nicht? Warum machst du der Affäre nicht taktvoll ein Ende? Ich nehme an, es gibt eine Affäre zu beenden.«

»Du weißt genau, daß es eine gibt – oder gab. Aber wie?«

»Ich habe das nie besonders schwierig gefunden. Die Kunst ist, den anderen zu der Überzeugung zu bringen, daß er dir den Laufpaß gegeben hat. Nach ein paar Wochen glaube ich dann fast selber dran.«

»Und wenn die andern nicht mitspielen?«
»Menschen sind gestorben, und die Würmer haben sie verzehrt, aber nicht aus Liebe.«
Stephen hätte gern gefragt, ob und wann Felix Hearne jemals davon überzeugt sein würde, daß er ihr den Laufpaß gegeben hätte. Er dachte für sich, daß Deborah hier wie in anderen Dingen von einer Rücksichtslosigkeit war, die ihm abging.
»Ich bin wohl ein Feigling in solchen Sachen«, sagte er. »Ich finde es nie leicht, Leute loszuwerden, nicht einmal die langweiligsten Partytypen.«
»Ja«, antwortete seine Schwester. »Das ist dein Problem. Zu schwach und zu empfindlich. Du solltest heiraten. Mama würde sich wirklich darüber freuen. Eine mit Geld, wenn du eine finden kannst. Natürlich nicht stinkend vor Geld, einfach ordentlich reich.«
»Zweifellos. Aber wie?«
»Das ist allerdings die Frage.«
Plötzlich schien Deborah das Interesse an dem Thema zu verlieren. Sie erhob sich mit einem Ruck vom Bett, ging ans Fenster und lehnte sich an die Fensterbank. Stephen betrachtete ihr Profil, seinem so ähnlich und doch so anders, das sich von dem dunklen Abendhimmel abhob, an dem nur noch ein paar hellere Streifen über den Horizont an den zu Ende gegangenen Tag erinnerten. Aus dem Garten unten konnte er den ganzen üppigen, unendlich süßen Extrakt einer englischen Frühlingsnacht riechen. Wie er da in der kühlen Dunkelheit lag, schloß er die Augen und überließ sich dem Frieden von Martingale. In Augenblicken wie diesen

verstand er völlig, warum seine Mutter und Deborah Pläne über Pläne machten, um sein Erbe zu erhalten. Er war der erste Maxie mit einem Medizinstudium. Er hatte getan, was sein Wunsch gewesen war, und die Familie hatte es akzeptiert. Er hätte sogar etwas weniger Einträgliches wählen können, obgleich es schwer vorstellbar war, was. Mit der Zeit könnte er, wenn er die Schinderei, die Risiken, den endlosen Kampf mit den Ellenbogen überlebte, fachärztlicher Berater werden. Er könnte sogar so viel Erfolg haben, daß er selbst Martingale unterhalten konnte. In der Zwischenzeit würden sie sich weiterhin nach besten Kräften durchschlagen, hier und dort etwas im Haushalt einsparen, ohne jemals seine Bequemlichkeit zu beeinträchtigen, ihre Spenden für wohltätige Zwecke verringern, mehr Gartenarbeit selbst machen, um die drei Schilling zu sparen, die der alte Purvis in der Stunde bekam, ungelernte Mädchen als Hilfe für Martha einstellen. Nichts davon bereitete ihm große Unannehmlichkeiten, und alles zusammen sollte sicherstellen, daß er, Stephen Maxie, seinem Vater nachfolgte, wie Simon Maxie auf seinen Vater gefolgt war. Hätte er doch Martingale nur wegen seiner Schönheit und seines Friedens genießen können, anstatt durch dieses Band der Verantwortung und der Schuld darangekettet zu sein!

Auf der Treppe hörte er langsame, vorsichtige Schritte, dann klopfte es an der Tür. Es war Martha mit den nächtlichen heißen Getränken. Früher, in seiner Kindheit, hatte die alte Nannie bestimmt, daß ein Becher heiße Milch als letztes vor dem Schlafengehen helfen würde, die erschreckenden, unerklärlichen Alpträume zu verscheuchen, unter denen er und Deborah über einen gewissen Zeitraum gelitten hatten. Die Alpträume waren mit der Zeit den realeren Ängsten der Pubertät gewichen, aber die heißen Getränke waren der Familie zur Gewohnheit geworden. Martha war, wie ihre Schwester vor ihr, überzeugt, daß sie der einzige wirkliche Talisman gegen wirkliche oder eingebildete Gefahren der Nacht seien. Jetzt stellte sie vorsichtig das kleine Tablett ab. Darauf standen der Becher aus blauem Wedgwoodporzellan, den Deborah benutzte, und der alte Becher mit der Krönung Georges V., den Großvater Maxie für Stephen gekauft hatte.

»Ich habe auch Ihre Ovomaltine dabei, Miss Deborah«, sagte Martha. »Ich habe mir gedacht, daß ich Sie hier finde.« Sie sprach mit gedämpfter Stimme, als wären sie an einer Verschwörung beteiligt.

Stephen fragte sich, ob sie ahnte, daß sie von Catherine gesprochen hatten. Es war fast so wie damals, als die gemütliche alte Nannie noch das Gutenachtgetränk gebracht hatte und immer bereit gewesen war, etwas dazubleiben und zu plaudern. Aber in Wirklichkeit war es doch nicht das gleiche. Marthas Anhänglichkeit war oberflächlicher, gehemmter und weniger erträglich. Es war nur das Abbild eines Gefühls, das so einfach und so notwendig für ihn gewesen war wie die Luft, die er atmete. Als er sich daran erinnerte, fiel ihm auch ein, daß Martha gelegentlich ein anerkennendes Wort brauchte.

»Das war ein wunderbares Essen, Martha«, sagte er. Deborah hatte dem Fenster den Rücken gekehrt und preßte ihre schmalen Hände mit den rotlackierten Fingernägeln um den dampfenden Becher.
»Schade, daß das Tischgespräch dem Essen nicht entsprochen hat. Wir haben einen Vortrag von Miss Liddell über die sozialen Konsequenzen der unehelichen Geburt gehört. Was halten Sie von Sally, Martha?«
Stephen wußte, daß das eine unkluge Frage war. Es war nicht Deborahs Art, so etwas zu fragen.
»Sie scheint recht ruhig zu sein«, räumte Martha ein, »aber es ist natürlich noch zu früh, um etwas zu sagen. Miss Liddell hat sehr lobend von ihr gesprochen.«
»Wenn man auf Miss Liddell hört«, sagte Deborah, »ist Sally ein Muster aller Tugenden bis auf eine, und selbst das war ein Ausrutscher seitens der Natur, die in der Dunkelheit das Schulmädchen nicht erkennen konnte.«
Stephen war über die unerwartete Bitterkeit in der Stimme seiner Schwester bestürzt.
»Ich weiß nicht, ob diese ganze Bildung gut ist für ein Dienstmädchen, Miss Deborah.« Martha brachte es geschickt fertig anzudeuten, daß sie bestens ohne sie zurechtgekommen war. »Ich hoffe nur, ihr ist klar, was für ein Glück sie hat. Die gnädige Frau hat ihr sogar unser Kinderbett geliehen, das, in dem Sie beide geschlafen haben.«
»Na, jetzt schlafen wir ja nicht mehr darin.« Stephen versuchte, seinen Ärger nicht an seiner Stimme merken zu lassen. Es war genug über Sally geredet worden! Aber Martha ließ sich nicht warnen. Es war, als sei sie

persönlich und nicht nur das Kinderbett der Familie geschändet worden.

»Wir haben immer auf das Bettchen aufgepaßt, Dr. Stephen. Es sollte für die Enkelkinder aufgehoben werden.«

»Verflixt!« sagte Deborah. Sie wischte die verschüttete Flüssigkeit von ihren Fingern ab und stellte den Becher aufs Tablett. »Man sollte seine Enkelkinder nicht zählen, bevor sie geboren sind. Mich können Sie als Versager betrachten, und Stephen ist nicht einmal verlobt und denkt auch nicht daran. Er wird sich wohl schließlich mit einer drallen tüchtigen Krankenschwester begnügen, die sich lieber ein neues hygienisches Kinderbett in der Oxford Street kauft. Danke für den Schlaftrunk, beste Martha.« Obwohl sie es mit einem Lächeln sagte, war es eine Entlassung.

Sie sagten sich ein letztes Gutenacht, und die gleichen vorsichtigen Schritte gingen die Treppe hinunter. Als man sie nicht mehr hörte, sagte Stephen:

»Die arme alte Martha. Wir nehmen sie einfach als selbstverständlich hin, und dabei wird dieses Mädchen-für-alles-Dasein allmählich zuviel für sie. Ich meine, wir sollten uns überlegen, ob wir sie nicht besser entlassen und ihr ein Ruhegeld zahlen.«

»Wovon?« Deborah stand wieder am Fenster.

»Wenigstens hat sie jetzt etwas Hilfe«, sagte Stephen versöhnlich.

»Vorausgesetzt, Sally ist nicht eher eine Last als eine Hilfe. Miss Liddell stellt das Baby als ganz besonders lieb hin. Aber jedes Baby gilt als lieb, wenn es zwei von drei Nächten nicht schreit. Und dann die Wascherei. Sally kann kaum eine große Hilfe für Martha sein, wenn sie den halben Morgen lang Windeln waschen muß.«

»Vermutlich waschen auch andere Mütter Windeln«, sagte Stephen, »und sie finden dennoch Zeit für andere Arbeit. Ich mag das Mädchen, und ich glaube, sie kann Martha eine Hilfe sein, wenn man ihr eine ehrliche Chance gibt.«

»Zumindest hat sie einen energischen Fürsprecher in dir, Stephen. Es ist nur schade, daß du bestimmt in sicherer Entfernung in deinem Krankenhaus bist, wenn die Schwierigkeiten anfangen.«

»Was für Schwierigkeiten, um Gottes willen? Was ist denn los mit euch allen? Warum in aller Welt gehst du davon aus, daß das Mädchen Schwierigkeiten machen wird?«

Deborah ging auf die Tür zu. Sie sagte: »Weil sie jetzt schon für Ärger sorgt, meinst du nicht? Gute Nacht.«

2. Kapitel

1

Trotz dieses unheilvollen Anfangs waren Sally Jupps erste Wochen in Martingale erfolgreich. Ob sie selbst diese Ansicht teilte, war nicht bekannt. Keiner fragte nach ihrer Meinung. Sie war vom ganzen Dorf als Glückspilz bezeichnet worden. Falls sie, wie es so häufig bei Nutznießern von Gefälligkeiten vorkommt, weniger dankbar war, als sie hätte sein sollen, so vermochte sie ihre Gefühle hinter einer Fassade von Bescheidenheit, Respekt und Lernwilligkeit zu verbergen, was die meisten Leute nur allzugern für bare Münze nahmen. Das täuschte jedoch Martha Bultitaft nicht, und es ist wahrscheinlich, daß es auch die Maxies nicht getäuscht hätte, wenn sie sich die Mühe gemacht hätten, darüber nachzudenken. Aber sie waren zu sehr mit ihren persönlichen Sorgen beschäftigt, zu sehr über die plötzliche Entlastung in häuslichen Dingen erleichtert, als daß sie sich rechtzeitig darum gekümmert hätten.

Martha mußte zugeben, daß das Baby anfangs kaum eine Belastung war. Sie schrieb das Miss Liddells hervorragender Erziehung zu, denn es ging über ihr Fassungsvermögen, daß schlechte Mädchen gute Mütter sein können. James war ein ruhiges Kind, das in den ersten beiden Monaten in Martingale zufrieden war, zu den gewohnten Zeiten gefüttert zu werden, ohne seinen Hunger allzu laut anzuzeigen, und das zwischen den Mahlzeiten in satter Zufriedenheit schlief. Dieser Zustand konnte nicht ewig anhalten. Als es mit der »gemischten Kost«, wie Sally sagte, losging, verlängerte sich Marthas Liste gleich um mehrere handfeste Beschwerden. Sally schien die Küche ständig für ihren Bedarf zu belegen. Jimmy trat schnell in jenes Stadium der Kindheit ein, in dem Mahlzeiten weniger eine angenehme Notwendigkeit als eine Gelegenheit zur Machtausübung sind. Sorgfältig in Kissen gepackt, saß er dann auf dem Kinderstuhl, bog seinen kräftigen Rücken in zornigem Widerstand zurück, sprudelte in begeisterter Ablehnung Milch und Haferflocken durch seine gespitzten Lippen, bis er plötzlich in reizender, ergebener Unschuld die Waffen streckte. Sally brüllte vor Lachen über ihn, drückte ihn an sich, überschüttete ihn mit Zärtlichkeiten, herzte und streichelte ihn und überhörte geringschätzig Marthas murmelnd geäußerte Mißbilligung. Wenn er so dasaß, mit dem dicken Lockenschopf, der aufgebogenen kleinen Nase, die fast zwischen den roten, festen Apfelbäckchen verschwand, schien er Marthas Küche wie ein inthronisierter anmaßender Caesar im Kleinformat zu beherrschen. Sally verbrachte zusehends mehr Zeit mit ihrem Kind, und Martha sah sie häufig während des Vormittags ihren leuchtenden Kopf über den Kinderwagen beugen, wo das plötzliche Auftauchen eines kräftigen Beins oder eines rundlichen Ärmchens zeigte, daß Jimmys lange Schlafzeiten der Vergangenheit angehörten. Ohne Zweifel würden seine

Ansprüche noch wachsen. Sally hatte es bis jetzt geschafft, mit der ihr zugeteilten Arbeit fertig zu werden und die Forderungen ihres Sohnes mit Marthas Wünschen abzustimmen. Wenn die Anstrengung sich allmählich zeigte, so war Stephen der einzige, der es bei seinen vierzehntägigen Besuchen zu Hause mit einigen Gewissensbissen bemerkte. Mrs. Maxie fragte Sally hin und wieder, ob ihr die Arbeit zuviel sei, und gab sich gern mit der Antwort, die sie erhielt, zufrieden. Deborah fiel nichts auf, oder falls sie doch etwas bemerkte, sagte sie nichts. Es war auf jeden Fall schwierig zu erkennen, ob Sally übermüdet war. Ihr von Natur aus blasses Gesicht unter dem Haarschopf und ihre dünnen, zerbrechlich wirkenden Arme gaben ihr ein zartes Aussehen, was Martha zum Beispiel für höchst irreführend hielt. »Hart wie eine Nuß und schlau wie eine ganze Fuhre Affen«, war Marthas Meinung.

Langsam reifte der Frühling zum Sommer. Die Buchen standen in leuchtendem Grün und breiteten ein abwechslungsreiches Schattenmuster über die Auffahrt. Der Pfarrer zelebrierte das Osterfest zu seiner eigenen Freude, und die üblichen gegenseitigen Beschuldigungen und Unstimmigkeiten unter seinen Schäfchen wegen der Ausschmückung der Kirche hielten sich im gewohnten Rahmen. Miss Pollack vom St.-Mary-Heim litt eine Zeitlang an Schlaflosigkeit, gegen die ihr Dr. Epps bestimmte Tabletten verschrieb, und zwei der Heimbewohnerinnen beschlossen, die nicht sehr einnehmenden, aber offenbar reumütigen Väter ihrer Kinder zu heiraten. An ihrer Stelle nahm Miss Liddell zwei andere sündige Mütter auf. Sam Bocock machte in der neuen Siedlung von Chadfleet für seine Pferde Reklame und staunte über die große Zahl von Jungen und Mädchen, die bereit waren, siebeneinhalb Schilling zu bezahlen, um in neuen, schlecht sitzenden Reithosen und grellgelben Handschuhen unter seiner Anleitung gemächlich durch das Dorf zu reiten. Simon Maxie lag in seinem schmalen Bett, und sein Zustand war weder besser noch schlechter.

Die Abende wurden länger, und die Rosen blühten auf. Der Garten von Martingale war von ihrem betäubenden Duft erfüllt. Als Deborah einen Strauß für das Haus schnitt, hatte sie das Gefühl, daß der Garten und Martingale selbst auf etwas warteten. Das Haus war im Sommer immer am schönsten, aber dieses Jahr empfand sie eine seiner gewohnten kühlen Heiterkeit fremde Atmosphäre von Erwartung, ja fast Vorahnung. Während sie die Rosen ins Haus trug, schüttelte sie diese überempfindliche Vorstellung mit der nüchternen Überlegung ab, daß das einzige bedenkliche Ereignis, das über Martingale hing, das jährliche Fest der Kirchengemeinde sei. Als ihr die Worte »Warten auf den Tod« plötzlich in den Sinn kamen, sagte sie sich entschieden, daß das Befinden ihres Vaters nicht schlechter sei, vielleicht sogar ein bißchen besser, und daß das Haus das unmöglich spüren konnte. Sie sah deutlich, daß ihre Bindung an Martingale nicht ganz rational war. Manchmal versuchte sie, diese Liebe in die richtige Bahn zu lenken, indem sie von der Zeit sprach, »wenn wir es verkaufen müssen«, als könne allein schon der Klang

dieser Worte als Warnung und gleichzeitig als Zauber dienen.
Das Fest der Kirchengemeinde von St. Cedd hatte seit den Tagen von Stephens Großvater jeden Juli auf dem Gelände von Martingale stattgefunden. Es wurde von einem Festausschuß organisiert, der aus dem Pfarrer, Mrs. Maxie, Dr. Epps und Miss Liddell bestand. Ihre organisatorischen Pflichten waren wahrhaftig nicht anstrengend, weil das Fest, wie die Kirche, zu deren Unterstützung es beitrug, im Grunde genommen Jahr für Jahr sich gleich blieb, ein Symbol des Unwandelbaren inmitten des Chaos. Aber der Ausschuß nahm seine Pflichten ernst und kam im Juni und Anfang Juli häufig in Martingale zusammen, um im Garten Tee zu trinken und Entschließungen zu verabschieden, die er ein Jahr vorher mit den gleichen Worten und in derselben Umgebung verabschiedet hatte. Das einzige Ausschußmitglied, das sich im Hinblick auf das Fest manchmal wirklich nicht wohl fühlte, war der Pfarrer. In seiner liebenswerten Art sah er am liebsten in jedem das Beste und unterstellte, wo immer möglich, ehrenwerte Beweggründe. Er schloß sich selbst in diese Ordnung ein, nachdem er schon zu Anfang in seinem geistlichen Amt entdeckt hatte, daß Barmherzigkeit nicht nur eine Tugend, sondern ebensosehr eine Taktik ist. Doch einmal im Jahr sah sich Mr. Hinks gewissen unangenehmen Dingen in bezug auf seine Kirche gegenüber. Er sorgte sich um ihre Vorrangstellung, um ihren geringen Einfluß auf die unruhige neue Siedlung, und er hatte den Verdacht, sie sei mehr eine gesellschaftliche als eine

geistige Kraft im Leben des Dorfes. Einmal hatte er vorgeschlagen, das Fest solle mit einem Gebet und einem Kirchenlied beginnen und enden, aber das einzige Mitglied des Ausschusses, das diese überraschende Neuerung unterstützte, war Mrs. Maxie gewesen, deren einziger Grund zum Hader mit dem Fest war, daß es anscheinend nie zu Ende gehen wollte.

Dieses Jahr war Mrs. Maxie froh, daß sie in Sally eine bereitwillige Helferin haben würde. Es gab genug fleißige Hände für den eigentlichen Festtag, selbst wenn manche Helfer mit möglichst geringem Arbeitsaufwand ein Höchstmaß an persönlichem Vergnügen herausholen wollten, aber die Verantwortung hörte nicht bei der erfolgreichen Organisation des Tagesablaufs auf. Die meisten Ausschußmitglieder würden mit einer Einladung zum Essen in Martingale rechnen, und Catherine Bowers hatte in einem Brief mitgeteilt, daß der Samstag einer ihrer freien Tage sei, und angefragt, ob es eine zu große Zumutung wäre, wenn sie sich, wie sie schrieb, »zu einem Ihrer vortrefflichen Wochenenden, weitab vom Lärm und Schmutz dieser schrecklichen Stadt« selbst einlüde. Dieser Brief war nicht der erste dieser Art. Catherine lag immer sehr viel mehr daran, die Kinder zu sehen, als den Kindern daran lag, sie zu sehen. In mancher Hinsicht war das auch ganz gut so. Sie wäre eine ganz und gar unpassende Partie für Stephen, sosehr die arme Katie wünschte, ihr einziges Kind passabel zu verheiraten. Sie selbst hatte, wie man sagte, unter ihrem Stand geheiratet. Christian Bowers war Künstler gewesen, hatte mehr Talent als Geld gehabt und hatte sich an nichts anderes als an seinen Genius halten können. Mrs. Maxie war ihm einmal begegnet und hatte ihn nicht gemocht, aber im Unterschied zu seiner Frau hielt sie ihn wirklich für einen Künstler. Sie hatte eines seiner frühen Ölbilder für Martingale gekauft, einen liegenden Akt, der jetzt in ihrem Schlafzimmer hing und sie mit einer zufriedenen Freude erfüllte, welche durch die der Tochter hin und wieder gewährte Gastfreundschaft keineswegs angemessen abgegolten werden konnte. Für Mrs. Maxie war es ein lehrreiches Beispiel für die Torheit einer unklugen Heirat. Weil aber die Freude, die das Bild ihr bereitete, immer noch frisch und echt war und weil sie einmal mit Katie Bowers zur Schule gegangen war und den Verpflichtungen von alten, sentimentalen Erinnerungen eine gewisse Bedeutung zumaß, meinte sie, Catherine sollte, wenn nicht als Gast ihrer Kinder, dann als ihr eigener in Martingale stets freundlich aufgenommen werden.

Es gab noch andere Dinge, die etwas beunruhigend waren. Mrs. Maxie hielt nichts davon, sich allzusehr um das zu kümmern, was andere Leute manchmal mit »Atmosphäre« bezeichneten. Sie bewahrte ihre gelassene Heiterkeit, indem sie mit einem umwerfenden Sinn fürs Praktische die Schwierigkeiten meisterte, die zu offenkundig waren, um übersehen zu werden, während sie die anderen nicht zur Kenntnis nahm.

Aber es ereigneten sich Dinge in Martingale, die einfach nicht übersehen werden konnten. Einige waren natürlich zu erwarten gewesen. Bei all ihrer Unempfindlichkeit konnte Mrs. Maxie nicht entgehen, daß Martha und

Sally kaum zueinander passende Küchengenossen waren und daß Martha die Situation zwangsläufig eine Zeitlang schwierig finden würde. Allerdings hatte sie nicht erwartet, daß die Schwierigkeiten zunehmen würden, je mehr Wochen vergingen. Nach einer Reihe von ungelernten und ungebildeten Hausmädchen, die nach Martingale gekommen waren, weil sie außer einer Beschäftigung im Haushalt keine Arbeit gefunden hätten, erschien ihr Sally als ein Muster an Intelligenz, Tüchtigkeit und Vornehmheit. Wenn man Aufträge erteilte, konnte man sich fest darauf verlassen, daß sie ausgeführt wurden, während vorher selbst ständige genaue Wiederholung schließlich nur zu der Erkenntnis geführt hatte, daß es leichter wäre, die Arbeit selbst zu erledigen.

Ein fast an die Vorkriegszeit erinnerndes Gefühl der Muße hätte sich wiederum in Martingale eingestellt, wäre die Pflege, deren Simon Maxie jetzt bedurfte, nicht immer beschwerlicher geworden. Dr. Epps warnte bereits, daß sie so nicht mehr lange weitermachen könnten. Bald würden sie eine Krankenschwester ins Haus nehmen oder den Patienten in ein Krankenhaus bringen müssen. Mrs. Maxie verwarf beide Möglichkeiten. Die eine würde teuer und lästig werden und sich möglicherweise endlos lange hinziehen. Die zweite würde bedeuten, daß Simon Maxie in den Händen von Fremden anstatt in seinem eigenen Haus sterben würde. Die Familie konnte sich weder ein Sanatorium noch eine Privatstation leisten. Es würde auf ein Bett im Bezirkskrankenhaus für Pflegefälle hinauslaufen, barackenartig, überbelegt und personell unterbesetzt. Bevor seine Krankheit in ihr letztes Stadium getreten war, hatte Simon Maxie ihr zugeflüstert: »Du wirst es nicht zulassen, daß man mich wegbringt, Eleanor?« Und sie hatte geantwortet: »Natürlich nicht.« Er war darauf eingeschlafen, beruhigt durch ein Versprechen, von dem beide wußten, daß es keine leichtfertige Beteuerung war. Es war schade, daß Martha anscheinend schon vergessen hatte, wie überarbeitet sie vor Sallys Ankunft gewesen war. Die neue Regelung hatte ihr Zeit und Energie gegeben, das zu kritisieren, was sie zuerst erstaunlich leicht hatte hinnehmen können. Aber bis jetzt hatte sie sich noch nicht offen ausgesprochen. Es waren versteckte Andeutungen gefallen, aber sie hatte noch keine eindeutige Klage geäußert. Zweifellos nahm jedoch die Spannung in der Küche zu, meinte Mrs. Maxie, und nach dem Fest würde sie wahrscheinlich etwas dagegen unternehmen müssen. Aber sie hatte keine Eile. Bis zum Fest war es nur noch eine Woche, und ihr vorrangiges Interesse war, es erfolgreich hinter sich zu bringen.

2

Den Donnerstag vor dem Fest verbrachte Deborah in London. Sie erledigte ein paar Einkäufe, aß dann mit Felix Hearne in seinem Club zu Mittag und ging am Nachmittag mit ihm in ein Kino in der Baker Street, wo ein älterer Hitchcock gezeigt wurde. Ein Besuch in einem Restaurant in Mayfair, das altmodische Ansichten von der Beschaffenheit eines vollkommenen Fünf-

Uhr-Tees hatte, rundete dieses angenehme Programm ab. Angefüllt mit Gurkenbroten und Schokoladenéclairs aus eigener Herstellung hielt Deborah den Nachmittag für wirklich gelungen, selbst wenn er für Felix' Geschmack ein wenig an Niveau vermissen ließ. Aber er hatte ihn gut durchgestanden. Nicht verliebt zu sein, hatte gewisse Vorteile. Wenn sie ein Verhältnis gehabt hätten, wäre es ihnen notwendig erschienen, den Nachmittag zusammen in seinem Haus in Greenwich zu verbringen, weil sich die Gelegenheit bot und eine ungeregelte Verbindung ebenso starre und zwingende Konventionen auferlegt wie eine Ehe. Und obwohl es ihr zweifellos Spaß gemacht hätte, mit ihm zu schlafen, war die unbeschwerte Kameradschaft ohne gegenseitige Ansprüche, die sie pflegten, mehr nach ihrem Geschmack.

Sie wollte sich nicht noch einmal verlieben. Monate von vernichtendem Schmerz und von Verzweiflung hatten sie von dieser besonderen Art von Torheit geheilt. Sie hatte jung geheiratet, und Edward Riscoe war kaum ein Jahr später an Kinderlähmung gestorben. Aber eine Ehe, die auf Kameradschaft, übereinstimmenden Vorlieben und dem befriedigenden Austausch sexueller Freuden beruhte, hielt sie für eine Lebensgrundlage, die vernünftig war und ohne allzuviel störende Emotionen erreicht werden konnte. Felix, vermutete sie, war genug in sie verliebt, um interessant zu sein, ohne lästig zu werden. Zwar kam sie nur gelegentlich in Versuchung, über den zu erwartenden Heiratsantrag ernsthaft nachzudenken, fand es aber dennoch allmählich etwas eigenartig, daß der Antrag ausblieb. Der Grund dafür, das wußte sie, war nicht, daß er Frauen nicht mochte. Gewiß sahen die meisten ihrer Freunde in ihm den geborenen Junggesellen: exzentrisch, ein wenig pedantisch und immer amüsant. Sie hätten unfreundlicher urteilen können, aber da gab es die unumgängliche Tatsache seiner soldatischen Vergangenheit, für die man erst einmal eine Erklärung hätte finden müssen. Ein Mann, der französische und britische Auszeichnungen für seine Zugehörigkeit zur Widerstandsbewegung besaß, konnte weder weibisch noch ein Dummkopf sein. Er war einer von jenen, deren physischer Mut – diese am höchsten geachtete und bestechendste aller Tugenden – in den Folterzellen der Gestapo auf die Probe gestellt worden war und nicht angezweifelt werden konnte. Es war jetzt nicht mehr so in Mode, an diese Dinge zu denken, aber sie waren noch nicht ganz vergessen. Was jene Monate in Frankreich an Felix Hearne angerichtet hatten, war reine Spekulation, aber man ließ ihm seine Launen, und ihm selbst machten sie anscheinend Spaß. Deborah mochte ihn, weil er intelligent und amüsant und der unterhaltsamste Plauderer war, den sie kannte. Er hatte das Interesse einer Frau für die kleinen Wechselfälle des Lebens und ein intuitives Gespür für die Feinheiten zwischenmenschlicher Beziehungen. Nichts war zu belanglos für ihn, und jetzt saß er da und hörte allem Anschein nach mit amüsierter Sympathie Deborahs Bericht über Martingale zu.

»Du siehst also, es ist herrlich, wieder einmal ein bißchen freie Zeit zu haben, aber ich kann mir tatsächlich nicht vorstellen, daß das anhalten wird. Martha wird sie allmählich hinausdrängen. Und ich mache ihr eigentlich keinen Vorwurf. Sie kann Sally nun mal nicht leiden – ich übrigens auch nicht.«

»Warum? Ist sie hinter Stephen her?«

»Sei nicht so gemein, Felix. Du könntest mir wirklich einen subtileren Grund als diesen unterstellen. Allerdings hat sie ihn anscheinend wirklich beeindruckt, und ich glaube, mit Absicht. Immer wenn er zu Hause ist, fragt sie ihn wegen des Babys um Rat, obwohl ich versucht habe klarzustellen, daß er eigentlich Chirurg ist und nicht Kinderarzt. Und die arme alte Martha kann nicht das leiseste Wort der Kritik äußern, ohne daß er sich sofort zu Sallys Fürsprecher macht. Du wirst es selbst sehen, wenn du am Samstag kommst.«

»Wer wird außer dieser faszinierenden Sally Jupp noch da sein?«

»Stephen natürlich. Und Catherine Bowers. Du hast sie kennengelernt, als du das letztemal in Martingale warst.«

»Allerdings. Augen wie pochierte Eier, aber eine erfreuliche Figur und mehr Intelligenz, als du und Stephen ihr zugestehen wollt.«

»Wenn sie dich so beeindruckt hat«, gab Deborah lässig zurück, »kannst du deine Bewunderung dieses Wochenende zeigen und Stephen zu einer Ruhepause verhelfen. Er war einmal ziemlich angetan von ihr, und jetzt hängt sie an ihm wie eine Klette, was ihm furchtbar lästig ist.«

»Wie unglaublich grausam hübsche Frauen gegenüber

den unscheinbaren sind! Und mit ›ziemlich von ihr angetan‹ willst du wohl sagen, daß Stephen sie verführt hat. Nun ja, das zieht gewöhnlich Komplikationen nach sich, und er muß selbst seinen Weg da herausfinden, wie es ganz andere Männer vor ihm getan haben. Aber ich werde kommen. Ich liebe Martingale, und ich schätze eine gute Küche. Außerdem habe ich das Gefühl, daß es ein interessantes Wochenende wird. Ein Haus voller Menschen, die sich alle gegenseitig nicht leiden können, muß einfach explosiv sein.«

»Oh, so schlimm ist es nicht!«

»Aber fast. Stephen kann mich nicht leiden. Er hat sich nie die Mühe gemacht, das zu verbergen. Du magst Catherine Bowers nicht. Sie mag dich nicht und wird ihre Gefühle vermutlich auf mich übertragen. Martha und du, ihr habt was gegen Sally Jupp, und das arme Ding haßt wahrscheinlich euch alle. Und dieses klägliche Geschöpf Miss Liddell wird da sein, und deine Mutter kann sie nicht leiden. Das wird eine vollendete Orgie der unterdrückten Gefühle.«

»Du brauchst nicht zu kommen. Ich glaube sogar, es wäre besser, du kämst nicht.«

»Aber, Deborah, deine Mutter hat mich bereits eingeladen, und ich habe zugesagt. Ich habe ihr letzte Woche in meiner netten korrekten Art geschrieben, und jetzt werde ich eine Notiz in mein kleines schwarzes Buch eintragen, damit ich es ganz bestimmt nicht vergesse.«

Er beugte seinen Kopf mit dem glatten blonden Haar über seinen Terminkalender. Sein Gesicht, dessen Haut so hell war, daß man den Haaransatz kaum wahrnehmen konnte, war von ihr weggewandt. Ihr fiel auf, wie dünn die Augenbrauen auf der hellen Stirn waren, und sie bemerkte die verzweigten Fältchen und Runzeln um die Augen. Deborah dachte, er müsse einmal schöne Hände gehabt haben, bevor sich die Gestapo an ihnen zu schaffen gemacht hatte. Die Nägel waren nie mehr vollkommen nachgewachsen. Sie versuchte sich vorzustellen, wie diese Hände sich an dem komplizierten Mechanismus eines Gewehrs bewegt, in die Leinen eines Fallschirms verwickelt, im Trotz oder Leiden zur Faust geballt hatten. Es gab anscheinend keinen Berührungspunkt zwischen dem Felix, der offenbar einmal eine Sache gekannt hatte, für die zu leiden sich lohnte, und dem umgänglichen, weltmännischen, zynischen Felix Hearne vom Verlag Hearne & Illingworth, wie es auch keinen Berührungspunkt gab zwischen dem Mädchen, das Edward Riscoe geheiratet hatte, und der Frau, die sie heute war. Plötzlich empfand Deborah wieder das altbekannte Unbehagen, in dem sich Sehnsucht und Bedauern mischten. In dieser Stimmung sah sie Felix zu, wie er unter dem Datum vom Samstag in seiner verkrampften, peniblen Schrift seine Eintragung machte, als verabredete er sich mit dem Tod.

3

Nach dem Tee beschloß Deborah, Stephen zu besuchen, zum Teil, um dem Getümmel des Berufsverkehrs aus dem Weg zu gehen, vor allem aber, weil sie selten nach London kam, ohne beim St.-Lukas-Krankenhaus vorbeizuschauen. Sie lud Felix ein, sie zu begleiten, doch er entschuldigte sich mit der Begründung, der Geruch von Desinfektionsmitteln mache ihn krank. Er bestellte ihr ein Taxi und verabschiedete sich mit höflichen Dankesbekundungen für ihre Gesellschaft. Mit diesen Dingen nahm er es sehr genau. Deborah kämpfte gegen den wenig schmeichelhaften Gedanken an, er habe ihre Unterhaltung über und sei erleichtert, sie bequem und schnell davonfahren zu sehen, und sie konzentrierte sich auf das Vergnügen, Stephen zu treffen. Um so mehr geriet sie aus der Fassung, als sie feststellen mußte, daß er nicht im Krankenhaus war. Es war außerdem ungewöhnlich. Colley, der Pförtner in der Halle, erklärte ihr, Mr. Maxie habe einen Anruf bekommen und sei weggegangen, um sich mit jemand zu treffen. Er habe gesagt, er würde nicht lange wegbleiben. Mr. Donwell sei für ihn im Dienst. Aber Mr. Maxie würde jetzt bestimmt gleich zurück sein. Er sei schon fast eine Stunde weg. Ob Mrs. Riscoe vielleicht nach oben in den Aufenthaltsraum der Ärzte gehen möchte? Deborah blieb noch ein paar Minuten stehen, weil sie Colley mochte, und unterhielt sich mit ihm, dann nahm sie den Aufzug zum vierten Stock. Mr. Donwell, ein schüchterner, pickliger junger Medizinalassistent, murmelte einen Gruß, dann enteilte er schleunigst auf seine Station und überließ Deborah die alleinige Verfügung über vier verlotterte Sessel, einen Stapel zerfledderter medizinischer Zeitschriften und die nicht ganz weggeräumten Überreste vom Nachmittagstee der Ärzte. Anscheinend hatte es wieder eine Biskuitrolle gegeben, und einer hatte wie üblich seine Untertasse als Aschenbecher benutzt. Deborah begann die Teller aufeinanderzustellen, aber dann fiel ihr ein, daß das ja eigentlich sinnlos war, weil sie nicht wußte, was sie mit ihnen anfangen sollte. Statt dessen nahm sie eine von den Zeitschriften und stellte sich ans Fenster, wo sie ihre Aufmerksamkeit zwischen dem Warten auf Stephen und dem Überfliegen der interessanteren oder leichter verständlichen medizinischen Artikel teilen konnte. Vom Fenster aus blickte man auf den Haupteingang des Krankenhauses weiter unten an der Straße. In der Ferne konnte sie den schimmernden Flußlauf und die Türme von Westminster erkennen. Das ununterbrochene Dröhnen des Straßenverkehrs drang nur gedämpft herauf, ein unaufdringlicher Hintergrund für die gelegentlichen Geräusche des Krankenhauses, klirrende Fahrstuhltüren, läutende Telefone, rasch vorbeieilende Füße auf dem Korridor. An der Vordertür half man einer alten Frau in einen Krankenwagen. Aus einer Höhe von vier Stockwerken wirkten die Gestalten unten merkwürdig verkürzt. Die Tür des Krankenwagens wurde lautlos geschlossen, und das Fahrzeug glitt geräuschlos davon. Plötzlich sah sie die beiden. Stephen entdeckte sie zuerst, und das flammend rotgoldene Haar fast auf gleicher Höhe mit seiner Schulter ließ keine Zweifel übrig. Sie blieben an der Ecke des Gebäudes stehen. Sie schienen sich zu unterhalten. Der schwarze Kopf neigte sich dem goldenen zu. Einen Augenblick später sah sie ihn ihre Hand drücken, dann drehte sich Sally im plötzlich durchbrechenden Sonnenschein um und ging rasch weg, ohne einen Blick zurückzuwerfen. Deborah entging nichts. Sally trug ihr graues Kostüm. Es war Massenware, von der Stange gekauft, aber es saß gut und war ein Kontrast zu der leuchtenden Kaskade des Haares, das jetzt aus der Zucht von Häubchen und Nadeln befreit war.

Sie ist klug, dachte Deborah. Klug zu wissen, daß man sich schlicht kleiden muß, wenn man sein Haar so auffällig offen tragen will. Klug, die Grüntöne zu vermeiden, für die die meisten Rothaarigen eine Vorliebe haben. Klug, vor dem Haus auf Wiedersehen zu sagen und der sicher ausgesprochenen Einladung zu einem Abendessen im Krankenhaus, die zwangsläufig nur für Verlegenheit und Reue sorgen würde, zu widerstehen. Hinterher war Deborah überrascht, daß sie so genau bemerkt hatte, wie Sally gekleidet war. Es war, als habe sie sie zum erstenmal mit Stephens Augen gesehen, und ihr Anblick machte ihr angst. Es kam ihr endlos vor, bis sie das Brummen des Aufzugs und seinen schnellen Schritt auf dem Flur hörte. Dann stand er neben ihr. Sie rührte sich nicht vom Fenster, weil er sofort merken sollte, daß sie alles gesehen hatte. Sie fühlte, daß sie es nicht ertragen könnte, wenn er ihr nicht davon erzählte, und auf diese Art war es einfacher. Ihr war nicht klar, was sie erwartet hatte, aber was er sagte, war doch überraschend.

»Hast du das schon einmal gesehen?« fragte er.

In seiner ausgestreckten Hand lag eine Art Säckchen, das aus einem an den Ecken zusammengebundenen Herrentaschentuch gemacht war. Er löste einen der

Knoten, schüttelte ein wenig und ließ drei oder vier winzige Tabletten herausfallen. Sie erkannte sie sofort an der graubraunen Farbe.

»Sind das nicht welche von Vaters Tabletten?« Es kam ihr vor, als beschuldige er sie irgendeiner Sache. »Wo hast du sie her?«

»Sally hat sie gefunden und mir hergebracht. Ich nehme an, du hast sie vom Fenster aus gesehen.«

»Was hat sie mit dem Baby gemacht?« Die alberne, belanglose Frage war herausgerutscht, bevor sie Zeit hatte, nachzudenken.

»Das Baby? Ach so, Jimmy. Weiß ich nicht. Sally wird ihn bei irgendwem im Dorf gelassen haben, denke ich, oder bei Mutter, oder bei Martha. Sie ist in die Stadt gekommen, um mir das zu bringen, hat vom Bahnhof Liverpool Street aus angerufen und mich gebeten, mich mit ihr zu treffen. Sie hat sie in Vaters Bett gefunden.«

»Was sagst du, in seinem Bett?«

»Zwischen dem Matratzenschoner und der Matratze. An der Seite. Sein Laken war verrutscht, sie hat es glattgestrichen und die Gummiunterlage festgezogen, und dabei hat sie eine kleine Ausbuchtung an der Ecke der Matratze unter dem festen Schoner entdeckt. Sie hat das hier gefunden. Vater muß sie seit mehreren Wochen, vielleicht seit Monaten aufgehoben haben. Ich kann mir denken, warum.«

»Weiß er, daß sie sie gefunden hat?«

»Sally glaubt es nicht. Er hat mit abgewandtem Gesicht auf der Seite gelegen, als sie das Laken richtete. Sie hat einfach das Taschentuch und die Tabletten in ihre Tasche gesteckt und weitergemacht, als sei nichts gewesen. Natürlich können sie schon lange da gelegen haben – er bekommt seit achtzehn Monaten oder noch länger *Sommeil* –, und vielleicht hat er sie vergessen. Vielleicht hat er auch nicht mehr die Kraft gehabt, an sie heranzukommen und davon Gebrauch zu machen. Wir können nicht sagen, was in seinem Kopf vor sich geht. Das Dumme ist, daß wir uns nicht einmal die Mühe gemacht haben, es zu versuchen. Wir alle nicht, nur Sally.«

»Aber Stephen, das ist nicht wahr. Wir versuchen es doch. Wir sitzen bei ihm und pflegen ihn und versuchen, ihn fühlen zu lassen, daß wir bei ihm sind. Aber er liegt nur einfach da, bewegt sich nicht, spricht nicht, scheint nicht einmal mehr jemanden wahrzunehmen. Es ist eigentlich gar nicht mehr Vater. Es gibt überhaupt keinen Kontakt mehr zwischen uns. Ich habe es versucht, das schwöre ich dir, aber es hat keinen Zweck. Er kann nicht vorgehabt haben, die Tabletten einzunehmen. Ich kann mir nicht einmal vorstellen, wie er es geschafft hat, sie beiseite zu legen und sich das überhaupt alles auszudenken.«

»Wenn du an der Reihe bist, ihm seine Tabletten zu geben, siehst du ihm dann zu, wenn er sie schluckt?«

»Nein, eigentlich nicht. Du weißt ja, wie er es immer gehaßt hat, wenn man ihm zuviel hilft. Jetzt, glaube ich, macht es ihm nichts mehr aus, aber wir geben ihm immer noch die Tabletten und füllen dann ein Glas Wasser und halten es an seine Lippen, wenn wir den Eindruck haben, er wünscht es. Er muß sie schon vor

Monaten heimlich weggesteckt haben. Ich kann mir nicht denken, daß er es jetzt schaffen könnte, ohne daß Martha es merken würde. Sie bettet ihn meistens um und macht die ganze schwerere Pflegearbeit.«

»Irgendwie muß er es aber doch fertiggebracht haben, Martha hinters Licht zu führen. Aber, Deborah, bei Gott, ich hätte so etwas ahnen müssen, ich hätte es wissen müssen. Ich nenne mich Arzt. Aber so etwas gibt mir das Gefühl, ein spezialisierter Zimmermann zu sein, der gerade fähig ist, Patienten aufzuschneiden, solange man von ihm nicht erwartet, daß er in ihnen Menschen sieht. Wenigstens hat ihn Sally als menschliches Wesen behandelt.«

Deborah war einen Augenblick in Versuchung, darauf hinzuweisen, daß sie, ihre Mutter und Martha es zumindest fertigbrachten, für Simon Maxies Wohlbefinden, Sauberkeit und Ernährung mit nicht unerheblichen Kosten zu sorgen und daß sie sich nur schwer vorstellen konnte, wie Sally mehr getan haben sollte. Aber wenn Stephen sich seinen Gewissensbissen hingeben wollte, war nicht viel gewonnen, wenn man ihn daran hinderte. Er fühlte sich danach gewöhnlich besser, auch wenn andere Leute sich dann schlechter fühlten. Sie beobachtete schweigend, wie er in seiner Schreibtischschublade kramte, ein kleines Röhrchen fand, in dem anscheinend früher Aspirin gewesen war, sorgfältig die Tabletten zählte – es waren zehn –, sie in das Röhrchen füllte und ein Etikett mit dem Namen des Medikaments und der Menge aufklebte. Es waren die automatischen Handlungen eines Mannes, dem man beigebracht hat, daß Arz-

neimittel stets korrekt ausgezeichnet aufbewahrt werden müssen.
Durch Deborahs Kopf schwirrten Fragen, die sie nicht auszusprechen wagte. »Warum ist Sally zu dir gekommen? Warum nicht zu Mutter? Hat sie diese Tabletten tatsächlich gefunden, oder war es nur ein praktischer Trick, dich allein zu treffen? Nein, sie muß sie gefunden haben. Niemand könnte so eine Geschichte aushecken. Armer Vater. Was hat Sally gesagt? Warum kümmere ich mich überhaupt so sehr um das alles, um Sally? Ich hasse sie, weil sie ein Kind hat und ich nicht. Jetzt habe ich es gesagt, aber daß ich es zugebe, macht es kein bißchen leichter. Dieser Beutel aus einem Taschentuch. Er muß Stunden gebraucht haben, es zusammenzuknoten. Es sah aus, als hätte es ein Kind gemacht. Armer Vater. Er war so groß, als ich ein Kind war. Habe ich mich damals wirklich so vor ihm gefürchtet? O Gott, bitte hilf mir, Mitleid zu empfinden. Ich möchte, daß er mir leid tut. Was denkt Sally jetzt? Was hat Stephen mit ihr gesprochen?«
Er wandte sich an seinem Schreibtisch um und hielt ihr das Röhrchen hin. »Ich denke, am besten nimmst du sie mit nach Hause. Stell sie in den Arzneischrank in seinem Zimmer. Sag Mutter und Dr. Epps nichts davon. Ich glaube, es wäre vernünftiger, wenn wir Vater diese Tabletten nicht mehr gäben. Ich lasse in der Apotheke ein Präparat machen, bevor du gehst, denselben Wirkstoff, nur in einer Lösung. Gib ihm abends einen Eßlöffel davon in Wasser. Ich würde mich an deiner Stelle selbst darum kümmern. Sag Martha einfach, daß ich die

Tabletten abgesetzt habe. Wann sieht Dr. Epps ihn wieder?«

»Er kommt nach dem Abendessen mit Miss Liddell Mutter besuchen. Ich könnte mir denken, daß er dann auch nach oben geht. Aber ich glaube nicht, daß er nach den Tabletten fragt. Es sind jetzt schon so lange die gleichen gewesen. Wir sagen bloß, wann ein Röhrchen zur Neige geht, und er schreibt uns ein neues Rezept aus.«

»Weißt du, wieviel Tabletten es zur Zeit im Haus gibt?«

»Wir haben ein neues Röhrchen, das noch nicht angebrochen ist. Wir hätten es heute abend aufgemacht.«

»Dann laß es im Schrank, und gib ihm meine Medizin. Ich kann es mit Eppy besprechen, wenn ich ihn am Samstag treffe. Ich will morgen abend spät rausfahren. Du gehst jetzt besser mit mir in die Apotheke, und dann fährst du direkt nach Hause. Ich rufe Martha an und bitte sie, dir etwas vom Abendessen aufzuheben.«

»Ja, Stephen.« Deborah tat es nicht leid, das Abendessen zu versäumen. Die vergnügte Stimmung des Tages war verflogen. Es war Zeit, nach Hause zu gehen.

»Und es wäre mir lieb, wenn du Sally nichts von alldem sagen würdest.«

»Ich hatte dazu nicht die leiseste Absicht. Ich hoffe nur, daß sie zu ähnlicher Diskretion fähig ist. Diese Geschichte braucht nicht durchs ganze Dorf getragen zu werden.«

»Das ist ungerecht, Deborah, das zu sagen, und du glaubst es ja selbst nicht. Man könnte sich keinen zuverlässigeren Menschen als Sally vorstellen. Sie hat sich sehr vernünftig verhalten. Und wirklich sehr nett.«

»Davon bin ich überzeugt.«
»Das hat sie natürlich beunruhigt. Sie hängt sehr an Vater.«
»Sie scheint ihre Anhänglichkeit auf dich auszudehnen.«
»Was um alle Welt meinst du damit?«
»Ich frage mich, warum sie Mutter nichts von den Tabletten gesagt hat. Oder mir.«
»Du hast nicht viel dazu getan, ihr Mut zu machen, daß sie sich dir anvertraut, meinst du nicht?«
»Was um Himmels willen erwartest du von mir? Soll ich ihr die Hand halten? Ich habe kein besonderes Interesse an ihr, solange sie ihre Arbeit tüchtig macht. Ich mag sie nicht, und ich erwarte nicht von ihr, daß sie mich mag.«
»Es ist nicht wahr, daß du sie nicht magst«, sagte Stephen. »Du haßt sie.«
»Hat sie sich darüber beklagt, wie sie behandelt wird?«
»Natürlich nicht. Sei doch vernünftig, Deb. Das sieht dir gar nicht ähnlich.«
»Tatsächlich?« dachte Deborah. »Woher weißt du, was mir ähnlich sieht?« Aber sie hörte aus Stephens Worten die Bitte um Frieden heraus, hielt ihm ihre Hand hin und sagte: »Es tut mir leid. Ich weiß nicht, was in letzter Zeit mit mir los ist. Ich bin sicher, Sally hat getan, was sie für das Beste hielt. Es lohnt sich sowieso nicht, deswegen zu streiten. Möchtest du, daß ich morgen abend aufbleibe, bis du da bist? Felix kann nicht vor Samstagmorgen herauskommen, aber wir erwarten Catherine zum Abendessen.«

»Nimm auf mich keine Rücksicht. Vielleicht schaffe ich es erst zum letzten Bus. Aber wir könnten vor dem Frühstück reiten, wenn du Lust hast und mich weckst.« Was dieses förmliche Angebot an Stelle der früher so schön eingespielten Gewohnheit bedeutete, entging Deborah nicht. Die Kluft zwischen ihnen war nur oberflächlich überbrückt worden. Sie spürte, daß auch Stephen sich des berstenden Eises unter ihren Füßen beklemmend bewußt war. Noch nie seit Edward Riscoes Tod hatte sie sich Stephen so fremd gefühlt; noch nie seit jener Zeit hatte sie ihn so gebraucht.

4

Es war fast halb acht, als Martha das Geräusch hörte, auf das sie gelauscht hatte, das Quietschen der Wagenräder auf der Auffahrt. Jimmy wimmerte leise vor sich hin; offenbar hielten ihn nur die beruhigende Bewegung des Kinderwagens und die beschwichtigenden Worte seiner Mutter davon ab, laut loszubrüllen. Bald darauf war Sallys Kopf zu sehen, als sie am Küchenfenster vorbeiging, der Wagen wurde in die Waschküche geschoben, und gleich darauf kamen Mutter und Kind durch die Küchentür. Das Mädchen befand sich in einem Zustand unterdrückter Erregung. Sie schien gleichzeitig aufgeregt und doch mit sich zufrieden zu sein. Martha konnte sich nicht vorstellen, daß die Tatsache, Jimmy einen Nachmittag lang durch den Wald gefahren zu haben, ein ausreichender Grund für diese Miene heimlichtuerischer und triumphierender Freude war.

»Sie sind spät dran«, sagte sie. »Der Kleine ist sicher am Verhungern, das arme Kerlchen.«
»Na, er braucht ja nicht mehr lange zu warten, nicht wahr, mein Spatz. Es ist wohl keine abgekochte Milch da?«
»Ich bin nicht hier, um Sie zu bedienen, Sally, vergessen Sie das bitte nicht. Wenn Sie Milch haben wollen, müssen Sie sie selbst kochen. Sie wissen ganz gut, wann das Kind gefüttert werden muß.«
Sie redeten nicht mehr miteinander, während Sally die Milch zum Kochen brachte und, mit Jimmy auf dem Arm, ziemlich erfolglos versuchte, sie schnell abzukühlen.
Erst als Sally fertig war und das Kind nach oben bringen wollte, fing Martha an.
»Sally«, sagte sie, »haben Sie etwas aus dem Bett des gnädigen Herrn weggenommen, als Sie es heute morgen machten? Irgend etwas, das ihm gehört? Ich will jetzt die Wahrheit wissen!«
»An Ihrem Ton merkt man, daß Sie es sowieso wissen. Soll das heißen, Sie wußten, daß er diese Tabletten versteckt hatte? Und Sie haben nichts gesagt?«
»Natürlich habe ich es gewußt. Ich habe mich jetzt seit fünf Jahren um ihn gekümmert, seit fünf Jahren. Wer sollte sonst wissen, was er tut und was er fühlt? Sie haben wohl gedacht, er würde sie einnehmen. Na und, das kann Ihnen doch egal sein. Was geht Sie das überhaupt an? Wenn Sie dalägen, jahrelang, dann möchten Sie vielleicht auch sicher sein, etwas zu haben, ein paar kleine Tabletten vielleicht, das allem Schmerz und

Überdruß ein Ende macht. Etwas, von dem keiner sonst gewußt hat, bis ein kleines dummes Ding, von dem man nicht mehr erwarten kann, daherkommt und sie aufstöbert. Sehr gescheit von Ihnen! Aber er hätte sie nicht geschluckt! Er ist ein Gentleman. Das begreifen Sie natürlich nicht. Aber Sie können mir die Tabletten wiedergeben. Und wenn Sie nur ein Wort darüber bei irgend jemand fallenlassen oder sonst irgendwas anrühren, was dem Herrn gehört, sorge ich dafür, daß Sie rausfliegen. Sie und der Balg. Ich finde einen Weg, keine Angst!«

Sie hielt Sally ihre Hand hin. Kein einziges Mal war sie laut geworden, doch ihre ruhige Autorität war erschreckender als Zorn, und die Stimme des Mädchens klang fast hysterisch, als sie antwortete.

»Ich fürchte, da haben Sie kein Glück. Ich habe die Tabletten nicht. Ich habe sie heute nachmittag Stephen gebracht. Ja, Stephen! Und jetzt, wo ich Ihr dummes Gewäsch gehört habe, bin ich froh darüber. Ich möchte Stephens Gesicht sehen, wenn ich ihm erzählen würde, daß Sie es die ganze Zeit gewußt haben! Die gute, treue alte Martha! Der Familie so ergeben! Sie kümmern sich einen Dreck um sie alle, Sie alte Heuchlerin, außer um Ihren kostbaren Herrn! Schade, daß Sie sich nicht selbst sehen können! Wie Sie ihn waschen, sein Gesicht streicheln, ihn verhätscheln, als wäre er ein Baby. Ich könnte manchmal lachen, wenn es nicht so traurig wäre. Es ist unanständig! Ein Glück für ihn, daß er nicht mehr ganz da ist! Von Ihnen traktiert zu werden – da würde sich einem normalen Mann der Magen umdrehen!«

Sie nahm das Kind auf den Arm, und Martha hörte die Tür hinter ihr ins Schloß fallen.
Martha wankte auf das Spülbecken zu und klammerte sich mit zitternden Händen fest. Ein körperlicher Ekel überkam sie, daß es sie würgte, aber ihr Körper fand keine Erleichterung, da sie sich nicht übergeben konnte. Sie legte ihre Hand in einer banalen Geste der Verzweiflung auf die Stirn. Dann betrachtete sie ihre Finger und sah, daß sie naß von Schweiß waren. Während sie versuchte, sich wieder zu fangen, pochte ihr Kopf vom Widerhall dieser hohen kindlichen Stimme. »Von Ihnen traktiert zu werden – da würde sich einem normalen Mann der Magen umdrehen ... von Ihnen traktiert zu werden ... traktiert zu werden.« Als ihr Körper aufhörte zu zittern, machte der Ekel dem Haß Platz. Ihre Seele fand Trost für die Schmerzen in den süßen Bildern der Rache. Sie gab sich Phantasien hin, daß Sally in Ungnade fiele, daß Sally und ihr Kind aus Martingale vertrieben würden, daß man entdeckte, wie Sally wirklich war, verlogen, boshaft und schlecht. Und, da schließlich alles möglich ist, daß Sally tot wäre.

3. Kapitel

1

Das launische Sommerwetter, das in den letzten Wochen Musterbeispiele sämtlicher klimatischer Bedingungen, die man in England kennt, mit Ausnahme von Schnee, vorgeführt hatte, war jetzt beständig geworden. Es war warm und dunstig, wie es für die Jahreszeit normal war. Wahrscheinlich würde das Fest, wenn nicht bei Sonne, so doch bei trockenem Wetter stattfinden können. Während Deborah für den morgendlichen Ausritt mit Stephen ihre Reithosen anzog, konnte sie von ihrem Fenster aus das weißrote Zelt und die rings um den Rasen verteilten Gerüste halbfertiger Stände sehen, die auf ihre letzte Verschönerung mit Kreppapier und Union Jacks warteten. Drüben auf dem Feld war bereits ein Platz für die Wettkämpfe der Kinder und zum Tanzen abgesteckt. Ein altes Auto mit einem aufmontierten Lautsprecher stand unter einer Ulme am Rand des Rasens, und viele Meter von Kabeln, die auf den Pfaden abgerollt und von Baum zu Baum gezogen waren, zeugten vom Bemühen der Hobbyfunker aus dem Dorf, ein Lautsprechersystem für die Musik und die Ansagen einzurichten. Deborah hatte gut geschlafen, und so konnte sie diese Vorbereitungen mit Gelassenheit begutachten. Sie wußte aus Erfahrung, daß sich ihren Augen ein völlig anderer Anblick bieten würde, wenn das Fest erst vorbei wäre. Mochten die Leute auch noch so achtsam sein – und viele von ihnen begannen sich ja erst wohl zu fühlen, wenn sie den üblichen Unrat von Zigarettenschachteln und Obstschalen um sich verbreitet hatten –, es würde wenigstens eine Woche Arbeit bedeuten, bis der Garten nicht mehr den Eindruck verwüsteter Schönheit machte. Schon gaben die Schnüre mit Fähnchen, die sich über die Wege spannten, den Bäumen und Sträuchern einen Anstrich von ungehörigem Leichtsinn, und die Krähen schienen sich vor Schreck schriller als sonst zu beklagen.

Catherines liebster Wachtraum von dem Fest in Martingale war, daß sie am Nachmittag Stephen bei den Pferden helfen würde, und sie sah sich schon im Mittelpunkt einer interessierten, ehrerbietigen und staunenden Gruppe von Leuten aus Chadfleet. Catherine hatte romantische, wenn auch überholte Vorstellungen von dem Haus und der Bedeutung der Maxies für die Gemeinde. Diese glückliche Phantasie verflüchtigte sich allerdings angesichts Mrs. Maxies Entscheidung, daß ihre beiden Gäste dort zupacken sollten, wo sie am dringendsten gebraucht wurden. Für Catherine bedeutete das schlicht und einfach, Deborah bei ihrem Flohmarkt zu helfen. Als sich die erste Enttäuschung gelegt hatte, war sie überrascht, wie vergnüglich die Sache wurde. Den Vormittag über sortierten und prüften sie ihre verschiedenartigen Schätze und versahen sie mit Preisen, soweit das noch nicht geschehen war. Deborah hatte eine erstaunliche, aus langer Erfahrung rührende

Kenntnis um die Herkunft der meisten Waren, sie wußte, was jeder Artikel wert war und wer ihn wahrscheinlich kaufen würde. Sir Reynold Price hatte einen weiten genoppten Überzieher mit einem ausknöpfbaren, wasserdichten Futter beigesteuert, der gleich auf die Seite gelegt wurde, damit Dr. Epps ihn persönlich begutachten könnte. Das war genau das Kleidungsstück, das er im Winter für seine Hausbesuche mit dem offenen Wagen brauchte, schließlich achtete kein Mensch darauf, was man anhatte, wenn man hinter dem Steuer saß. Dann war da ein alter Filzhut, der dem Arzt selbst gehörte und den seine Haushaltshilfe jedes Jahr loszuwerden versuchte, nur um ihn von seinem Besitzer wütend zurückgekauft zu sehen. Er wurde auf einen halben Schilling ausgezeichnet und auffällig ausgestellt. Es gab handgestrickte Pullover in ausgefallener Machart und Farbe, kleine Gegenstände aus Messing und Porzellan von den dörflichen Kaminsimsen, Stapel von Büchern und Zeitschriften und eine reizvolle Sammlung von Drucken in schweren Rahmen, die in einer verschnörkelten gestochenen Schrift passende Titel trugen: *Der erste Liebesbrief; Vaters Liebling,* zwei schmuckvolle zusammengehörige Stücke, die *Streit* und *Versöhnung* hießen, und mehrere, auf denen Soldaten dargestellt waren, die entweder ihre Frauen zum Abschied küßten oder die keuscheren Freuden der Wiedervereinigung genossen. Deborah sagte voraus, daß die Kunden davon begeistert sein würden, und erklärte, daß allein die Rahmen ihre zweieinhalb Schilling wert seien.

Um ein Uhr waren die Vorbereitungen beendet, und die

Familie hatte Zeit für einen schnellen Imbiß, den Sally servierte. Catherine erinnerte sich, daß es am Morgen Ärger mit Martha gegeben hatte, weil das Mädchen zu spät aufgewacht war. Anscheinend hatte sie sich sputen müssen, um die verlorene Zeit wieder aufzuholen, denn sie sah erhitzt aus und verbarg, wie Catherine meinte, hinter einer zur Schau getragenen Miene williger Tüchtigkeit eine innere Erregung. Aber die Mahlzeit ging recht fröhlich vorbei, da die Gesellschaft im Augenblick durch eine gemeinsame Aufgabe und Tätigkeit vereint war. Um zwei Uhr trafen der Bischof und seine Gattin ein, der Ausschuß trat durch die Glastüren aus dem Salon heraus, um sich etwas befangen auf den im Kreis bereitstehenden Stühlen einzurichten, und das Fest wurde offiziell eröffnet. Obgleich der Bischof alt war und schon im Ruhestand lebte, war er keineswegs senil, und seine kurze Ansprache war ein Muster an Schlichtheit und Charme. Als die freundliche Stimme über den Rasen an Catherines Ohr drang, dachte sie zum erstenmal mit Interesse und Zuneigung an die Kirche. Da war das normannische Taufbecken, vor dem sie und Stephen bei der Taufe ihrer Kinder stehen würden. In den Seitenschiffen waren seine Vorfahren verewigt. Hier knieten, einander zugewandt und die schmalen Hände zum Gebet gefaltet, die Gestalten eines Stephen Maxie aus dem 16. Jahrhundert und seiner Frau Deborah, für alle Zeiten in Stein erstarrt. Hier waren die profanen, reich geschmückten Büsten der Maxies aus dem 18. Jahrhundert und die einfachen Tafeln, die knapp von den in Gallipoli und an der Marne gefallenen Söhnen berichteten. Catherine hatte oft gedacht, es sei ganz in Ordnung, daß die Begräbnisse der Familie zunehmend weniger verschwenderisch geworden waren, da St. Cedd in Chadfleet bereits weniger eine öffentliche Stätte des Gottesdienstes als eine private Leichenhalle für die Gebeine der Maxies war. Aber heute, in ihrer zuversichtlichen und überschwenglichen Stimmung, konnte sie an die ganze Familie, an die Lebenden und an die Toten, ohne Kritik denken, und selbst ein barockes Retabel schien ihnen nur zuzustehen.

Deborah und Catherine nahmen ihren Platz hinter ihrem Stand ein, und die Kunden kamen allmählich und begannen umsichtig nach günstigen Angeboten zu suchen. Es war sicher eine der beliebtesten Attraktionen, und das Geschäft war lebhaft. Dr. Epps kam bald wegen seines Huts und ließ sich ohne große Mühe überreden, Sir Reynolds Mantel für ein Pfund zu kaufen. Die Kleider und Schuhe gingen reißend weg, meistens an genau die Leute, für die Deborah es vorausgesagt hatte, und Catherine war ständig damit beschäftigt, Wechselgeld herauszugeben und die Auslage mit Nachschub aus der großen Kiste, die sie unter dem Tisch stehen hatten, aufzufüllen. Durch das Tor an der Auffahrt strömten den ganzen Nachmittag über Menschen in kleinen Gruppen herein, wobei sich die Gesichter der Kinder zu einem starren unnatürlichen Lächeln für den Fotografen verzogen, der dem »fröhlichsten Kind«, das den Garten betrat, einen Preis versprochen hatte. Der Lautsprecher übertraf die tollsten Erwartungen und strahlte ein Potpourri von Sousa-Märschen und Strauß-Walzern aus, dazwischen Ansagen über Teepausen und Wettbewerbe und gelegentliche Ermahnungen, die Abfallkörbe zu benutzen und den Garten sauberzuhalten. Miss Liddell und Miss Pollack wurden von den unscheinbarsten, ältesten und zuverlässigsten ihrer gefallenen Mädchen unterstützt und eilten vom St.-Mary-Heim zum Festplatz und wieder zurück, wenn das Gewissen oder die Pflicht sie rief. Ihr Stand war bei weitem der teuerste, und die Auslage von handgearbeiteter Unterwäsche litt an dem unglücklichen Kompromiß zwischen Anmut und Ehrbarkeit. Der Pfarrer, dessen weiches weißes Haar vor Anstrengung naß war, strahlte glücklich auf seine Herde herab, die dieses eine Mal mit sich und der Welt zufrieden war. Sir Reynold fand sich erst spät ein, wie gewohnt redselig, gönnerhaft und freigebig. Von der Teewiese klangen ernsthafte Ermahnungen herüber, als Mrs. Cope und Mrs. Nelson sich mit Hilfe der Jungenklasse der Sonntagsschule mit Bridgetischen, Stühlen aus dem Gemeindesaal und einem Sortiment von Tischdecken abmühte, die schließlich alle wieder den Weg zu ihren Besitzern finden mußten. Felix Hearne schien es zu genießen, daß ihm keine feste Aufgabe zugewiesen war. Er tauchte tatsächlich das eine oder andere Mal auf, um Deborah und Catherine zu helfen, erklärte aber, daß es ihm bei Miss Liddell und Miss Pollack viel besser gefiele. Einmal kam Stephen, um sich nach dem Geschäft zu erkundigen. Für einen, dem es zur Gewohnheit geworden war, von dem Fest als dem »Fluch der Maxies« zu reden, schien er sich recht wohl zu fühlen.

Kurz nach vier Uhr ging Deborah ins Haus, um nachzusehen, ob ihr Vater sie brauchte, und Catherine blieb allein am Stand. Deborah kam nach etwa einer halben Stunde wieder zurück und schlug vor, sich nach einer Tasse Tee umzutun. Er wurde in dem größeren der beiden Zelte serviert, und wer spät kam, warnte Deborah, fand gewöhnlich nur noch ein dünnes Getränk und die weniger verlockenden Kuchensorten vor. Felix Hearne, der am Stand zu einem Schwätzchen stehengeblieben war und seinen Kommentar zu der übriggebliebenen Ware abgab, wurde dazu verdonnert, sie zu vertreten, und Deborah und Catherine gingen ins Haus, um sich frisch zu machen. Man traf meistens auf ein paar Leute, die durch die Halle gingen, entweder weil sie dachten, es sei eine Abkürzung, oder weil sie fremd im Dorf waren und meinten, im Eintrittsgeld sei ein freier Rundgang durch das Haus inbegriffen. Deborah machte sich deswegen anscheinend keine Gedanken.

»Bob Gittings, unser Konstabler aus dem Dorf, ist da und hat ein Auge auf die Sachen im Salon«, erklärte sie. »Und das Eßzimmer ist abgeschlossen. Das ist immer so. Bis jetzt hat noch nie jemand etwas weggenommen. Wir gehen am besten durch die Südtür und benutzen das kleine Bad. Das geht schneller.«

Trotzdem waren beide beunruhigt, als auf der Hintertreppe ein Mann mit einer hastigen Entschuldigung an ihnen vorbeisauste. Sie blieben stehen, und Deborah rief ihm nach:

»Haben Sie jemanden gesucht? Das ist ein Privathaus.«

Er drehte sich um und sah sie an, ein nervöser, hagerer

Mann mit angegrautem, aus der hohen Stirn zurückgestrichenem Haar und einem schmalen Mund, den er zu einem versöhnlichen Lächeln verzog.
»Oh, das tut mir leid. Daran habe ich nicht gedacht. Bitte entschuldigen Sie. Ich habe den Waschraum gesucht.« Es war keine angenehme Stimme.
»Wenn Sie die Toilette meinen«, sagte Deborah kurz, »da gibt es eine im Garten. Ich dachte, wir hätten genügend Hinweisschilder.«
Er wurde rot, murmelte eine Erwiderung, und dann war er verschwunden.
»Was für ein Angsthase! Er hat sicher nichts angestellt. Aber es wäre mir lieber, wenn keiner ins Haus ginge.«
Catherine faßte insgeheim den Beschluß, dafür zu sorgen, daß sie draußen blieben, wenn sie erst Herrin von Martingale wäre.

Das Teezelt war natürlich überfallt, und das wirre Geklapper von Geschirr, die durcheinanderredenden Stimmen und das Zischen der Teemaschine hoben sich von dem Hintergrund der Musik aus den Lautsprechern ab, die gedämpft durch die Zeltbahn drang. Die Tische waren von den Kindern der Sonntagsschule im Rahmen ihres Wettbewerbs um den schönsten Strauß aus wilden Blumen geschmückt worden. Auf jedem Tisch stand ein Marmeladeglas mit einem Namensschild, und die gepflückten Mohnblumen, Lichtnelken, Sauerkleestengel und Heckenrosen, die sich nach stundenlangem Halten in heißen Händen wieder erholt hatten, waren von einer zarten, unschuldigen Schönheit, wenn auch der Duft der Blumen in dem starken Geruch nach zertretenem Gras, heißen Zeltbahnen und Essen unterging. Der Lärm war so groß, daß eine plötzliche Pause in dem Stimmendurcheinander auf Catherine wirkte, als sei eine totale Stille eingekehrt. Tatsächlich merkte sie erst hinterher, daß nicht alle aufgehört hatten zu reden, daß nicht jeder Kopf sich nach dem gegenüberliegenden Eingang gewandt hatte, wo Sally in das Zelt gekommen war, Sally in einem weißen Kleid mit tiefem rundem Ausschnitt und weitem Faltenrock, dem gleichen Kleid, wie es Deborah trug, Sally mit einer grünen Schärpe, die genau die gleiche war wie die um Deborahs Taille, und mit grünen Ohrringen, die auf beiden Seiten der geröteten Wangen funkelten. Catherine fühlte in ihrem eigenen Gesicht die Röte aufsteigen und konnte einen raschen fragenden Blick auf Deborah nicht unterlassen. Sie war nicht die einzige. Von immer mehr Tischen wandten sich ihnen die Gesichter zu. Vom anderen Ende des Zelts, wo ein paar von Miss Liddells Mädchen unter der Aufsicht von Miss Pollack eine Teepause machten, kam ein gleich wieder unterdrücktes Gekicher. Irgendwer sagte leise, aber doch nicht leise genug: »Die gute alte Sal.« Nur Deborah schien ungerührt. Ohne einen weiteren Blick auf Sally ging sie an die Theke aus Klapptischen und bat gleichmütig um Tee für zwei Personen, einen Teller mit Brot und Butter und einen mit Kuchen. Mrs. Pardy schüttete in verlegener Eile den Tee aus der Kanne in die Tassen, und Catherine ging hinter Deborah auf einen freien Tisch zu. Sie hielt krampfhaft den Kuchenteller fest und war sich

unglücklich bewußt, daß sie diejenige war, die dumm dreinschaute.
»Wie kann sie es nur wagen?« murmelte sie und beugte ihr glühendes Gesicht über die Tasse. »Das ist eine absichtliche Beleidigung.«
Deborah zuckte nur die Schultern. »Ach, ich weiß nicht. Was macht es schon? Wahrscheinlich findet der arme kleine Teufel die Geste unheimlich interessant, und mir tut es nicht weh.«
»Wo hat sie das Kleid bloß her?«
»Aus demselben Geschäft wie ich, denke ich. Der Name steht innen. Es ist kein Modellkleid oder sonst was Besonderes. Jeder kann es kaufen, wenn er sich die Mühe macht, danach zu suchen. Sally muß es die Mühe wert gewesen sein.«
»Sie kann aber nicht gewußt haben, daß du vorhattest, es heute anzuziehen.«
»Jede andere Gelegenheit wäre ihr ebenso recht gewesen, nehme ich an. Mußt du unbedingt dauernd davon reden?«
»Ich verstehe nicht, warum du das so ruhig hinnimmst. Ich könnte das nicht.«
»Was erwartest du denn von mir. Soll ich hingehen und es ihr herunterreißen? Die kostenlose Unterhaltung, auf die das Dorf rechnen kann, hat ihre Grenzen.«
»Ich frage mich, was Stephen dazu sagt«, sagte Catherine.
Deborah sah erstaunt auf. »Ich bezweifle, daß es ihm überhaupt auffällt. Er wird höchstens denken, wie gut es ihr steht. Es paßt besser zu ihr als zu mir. Hast

du Lust auf den Kuchen oder möchtest du lieber die Brote?«
Catherine, an der weiteren Diskussion gehindert, konzentrierte sich auf ihren Tee.

2

Der Nachmittag zog sich in die Länge. Nach der Szene im Teezelt hatte das Fest für Catherine jeden Reiz verloren, und der letzte Teil des Ramschverkaufs war eigentlich nur noch mühselige Arbeit. Vor fünf Uhr waren sie ausverkauft, wie Deborah vorausgesagt hatte, und Catherine hatte Zeit, ihre Hilfe beim Ponyreiten anzubieten. Sie kam gerade rechtzeitig auf das Feld, um zu sehen, wie Stephen einen vor Vergnügen schreienden Jimmy vor seine Mutter in den Sattel setzte. Die Sonne, etwas milder jetzt, da der Tag zur Neige ging, schien durch die Locken des Kindes und verwandelte sie in Feuer. Sallys leuchtendes Haar fiel nach vorn, als sie sich herabbeugte, um Stephen etwas zuzuflüstern. Catherine hörte sein Lachen als Antwort. Es war ein Augenblick, den sie nie vergessen würde. Sie ging zu der Festwiese zurück und versuchte, etwas von der Zuversicht und dem Glücksgefühl, womit sie den Tag begonnen hatte, wiederzufinden. Aber es war vergebens. Sie lief ziellos herum und suchte etwas, womit sie ihre Gedanken ausfüllen könnte, bis sie beschloß, auf ihr Zimmer zu gehen und sich vor dem Abendessen hinzulegen. Sie sah weder Mrs. Maxie noch Martha auf ihrem Weg durch das Haus. Vermutlich kümmerten sie sich

um Simon Maxie, oder sie waren mit den Vorbereitungen für die kalte Mahlzeit, die den Tag beschließen sollte, beschäftigt. Von ihrem Fenster aus sah sie, daß Dr. Epps immer noch neben seinem Pfeilspiel und der Schatzsuche döste, obwohl der geschäftigste Teil des Tages vorbei war. Die Gewinner der Wettbewerbe würden bald angesagt, mit Preisen belohnt und mit Beifall bedacht werden, und ein spärlicher, aber stetiger Strom von Menschen verließ bereits den Garten und bewegte sich auf die Endstation des Omnibusses zu.
Von dem Augenblick auf dem Feld abgesehen, hatte Catherine Sally nicht mehr gesehen. Als sie sich gewaschen und umgezogen hatte und auf dem Weg zum Eßzimmer war, traf sie Martha auf der Treppe und hörte von ihr, daß Sally und Jimmy noch nicht im Haus seien. Auf dem Tisch im Eßzimmer standen Platten mit kaltem Braten, Salate und Schalen mit frischem Obst, und die ganze Gesellschaft bis auf Stephen war schon versammelt. Dr. Epps, redselig und gutgelaunt wie immer, kümmerte sich um den Apfelwein. Felix Hearne teilte die Gläser aus. Miss Liddell half Deborah, den Tisch fertig zu decken. Ihre kleinen verzweifelten Aufschreie, wenn sie nicht finden konnte, was sie suchte, und ihr unnützes Herumgezupfe an den Servietten waren Ausdruck einer Nervosität, die noch größer war als sonst. Mrs. Maxie stand mit dem Rücken zu den andern und sah in den Spiegel über dem Kaminsims. Als sie sich umwandte, erschrak Catherine über die Falten und die Müdigkeit in ihrem Gesicht.
»Ist Stephen denn nicht bei dir?« fragte sie.

»Nein. Ich habe ihn nicht mehr gesehen, seit er bei den Pferden war. Ich bin in meinem Zimmer gewesen.«

»Wahrscheinlich ist er mit Bocock nach Hause gegangen und hilft ihm, die Pferde in den Stall zu bringen. Oder vielleicht zieht er sich gerade um. Ich denke, wir warten nicht auf ihn.«

»Wo ist Sally?« fragte Deborah.

»Anscheinend nicht im Haus. Martha sagt, daß Jimmy in seinem Bettchen liegt, sie muß demnach nach Hause gekommen und wieder weggegangen sein.« Mrs. Maxie sprach ganz ruhig. Falls das eine häusliche Krise war, hielt sie sie offensichtlich für verhältnismäßig unwichtig und keiner weiteren Stellungnahme vor ihren Gästen würdig. Felix Hearne sah kurz zu ihr hin und verspürte ein vertrautes Prickeln von Erwartung und Vorahnung, das ihn alarmierte. Die Reaktion auf eine so gewöhnliche Sache kam ihm übertrieben vor. Als er Catherine Bowers ansah, hatte er das Gefühl, daß sie seine innere Unruhe teilte. Die ganze Gesellschaft war ein wenig erschöpft. Wenn man von Miss Liddells belanglosem und entnervendem Geplapper absah, hatten sie sich wenig zu sagen. Ein Gefühl der Ermattung, das auf die meisten lange geplanten gesellschaftlichen Ereignisse folgt, hatte alle erfaßt. Die Geschichte war vorbei und doch noch zu nah, um ihnen Entspannung zu erlauben. Die strahlende Sonne des Tages war einer drückenden Schwüle gewichen. Es regte sich kein Hauch, und die Hitze war jetzt stärker als den ganzen Tag über.

Als Sally an der Tür auftauchte, wandten sich ihr, wie von einem gemeinsamen Zwang erfaßt, alle Gesichter zu. Sie lehnte mit dem Rücken an der faltenverzierten Täfelung, gegen deren düsteres Dunkel sich die weißen Falten ihres Kleids wie eine Taubenschwinge auffächerten. In diesem eigenartigen, Sturm ankündenden Licht hob sich ihr Haar wie Feuer von dem Holz ab. Ihr Gesicht war sehr blaß, aber sie lächelte. Stephen stand neben ihr.

Mrs. Maxie war sich eines sonderbaren Augenblicks bewußt, in dem jeder einzelne der Anwesenden Sally unabhängig von den andern wahrnahm und sie dennoch lautlos zusammenrückten, als wappneten sie sich gegen eine gemeinsame Herausforderung. Sie bemühte sich, wieder eine normale Stimmung herzustellen, indem sie in einem beiläufigen Ton sprach.

»Ich bin froh, daß du da bist, Stephen. Sally, Sie sollten sich lieber umziehen und Martha helfen.«

Das zurückhaltende kleine Lächeln des Mädchens schlug in ein Lachen um. Es dauerte einen Augenblick, bis sie sich wieder genug gefangen hatte, um mit einer Stimme zu antworten, die in ihrer höhnischen Ehrerbietung fast unterwürfig klang.

»Wäre das dem Mädchen angemessen, gnädige Frau, dem Ihr Sohn einen Heiratsantrag gemacht hat?«

3

Simon Maxie verbrachte eine Nacht, die nicht schlechter und nicht besser war als jede andere. Es ist zweifelhaft, ob noch jemand unter seinem Dach ebensolches Glück hatte. Seine Frau wachte auf der Chaiselongue in seinem Ankleidezimmer und hörte die Stunden schlagen, während der leuchtende Zeiger auf der Uhr neben ihrem Lager unausweichlich dem Tag entgegenrückte. Sie durchlebte die Szene im Salon so viele Male, daß es ihr schien, als gebe es keine Sekunde mehr, an die sie sich nicht deutlich erinnerte, keine Nuance der Stimme oder Empfindung, die vergessen war. Sie konnte sich an jedes Wort erinnern, das Miss Liddell in einem hysterischen Anfall gesagt hatte, an die Flut von giftigen, halb irren Beschimpfungen, die Sallys scharfe Entgegnung provoziert hatte.

»Reden Sie nicht davon, was Sie für mich getan haben. Was lag Ihnen je an mir, Sie sexbesessene alte Heuchlerin? Seien Sie dankbar, daß ich meinen Mund halten kann. Da gibt's eine ganze Menge, was ich im Dorf über Sie erzählen könnte.«

Danach war sie gegangen, und die Gesellschaft war allein geblieben, um das Abendessen mit so viel Appetit zu beenden, wie sie noch aufbringen oder vorspielen konnten. Miss Liddell hatte sich kaum Mühe gegeben. Einmal hatte Mrs. Maxie eine Träne auf ihrer Wange bemerkt, und der Gedanke, daß Miss Liddell wirklich litt, daß sie bis an die Grenzen ihrer Möglichkeiten für Sally gesorgt und sich ehrlich über ihren Erfolg und ihr Glück gefreut hatte, rührte sie. Dr. Epps hatte sich sein Essen in ungewohntem Schweigen einverleibt, ein sicheres Zeichen dafür, daß Kiefer und Kopf gleichzeitig beschäftigt waren. Stephen war Sally nicht gefolgt, sondern hatte neben seiner Schwester Platz genommen. Als

Antwort auf ihr ruhiges »Ist das wahr, Stephen?« hatte er einfach erwidert: »Selbstverständlich.« Er hatte dem nichts mehr hinzugefügt, und Bruder und Schwester hatten während des Essens nebeneinander gesessen, wenig gegessen, aber Miss Liddells Pein und Felix Hearnes ironischen Seitenblicken eine vereinte Front geboten. Hearne war der einzige in der Tischrunde, dachte Mrs. Maxie, der sich sein Essen hatte schmecken lassen. Sie glaubte fast, daß das Vorspiel seinen Appetit angeregt hatte. Sie wußte, daß er Stephen von jeher nicht mochte, und dieses Verlöbnis, falls es dabei bliebe, bereitete ihm wahrscheinlich Vergnügen, wie es gleichzeitig seine Chancen bei Deborah wachsen ließ. Man konnte sich nicht vorstellen, daß Deborah in Martingale bleiben würde, wenn Stephen erst einmal verheiratet wäre. Mrs. Maxie merkte, daß sie sich mit unangenehmer Schärfe an alles erinnern konnte, an Catherines geneigten Kopf, das vor Schmerz oder Zorn unschön gerötete Gesicht, auch an die ruhige Art, mit der Felix Hearne sie ermunterte, wenigstens einen bescheidenen Versuch zu machen, sich nichts anmerken zu lassen. Er konnte sehr amüsant sein, wenn er sich anstrengte, und an dem Abend hatte er sich bis zum letzten bemüht. Zu ihrer Überraschung hatte er es bis zum Ende des Essens geschafft, die Runde zum Lachen zu bringen. War das wirklich erst vor sieben Stunden gewesen?

Die Minuten verrannen, und das Ticken der Uhr klang unnatürlich laut in der Stille. Es hatte früher in der

Nacht stark geregnet, aber jetzt hatte der Regen aufgehört. Um fünf Uhr glaubte sie zu hören, daß ihr Mann sich regte, und ging zu ihm, aber er lag noch in dem starren Betäubungszustand, den sie bei ihm Schlaf nannten. Stephen hatte sein Schlafmittel gewechselt. Er hatte statt der üblichen Tabletten eine andere Arznei bekommen, aber die Wirkung schien die gleiche zu sein. Sie legte sich wieder hin, schlief aber nicht ein. Um sechs Uhr stand sie auf und zog ihren Morgenrock an, dann füllte sie den elektrischen Wassertopf für ihren Morgentee und schloß ihn an. Der Tag mit all seinen Problemen war endlich angebrochen.

Sie war erleichtert, als es an die Tür klopfte und Catherine, noch in Pyjama und Morgenrock, hereinschlüpfte. Mrs. Maxie verspürte einen Augenblick lang heftige Angst, daß Catherine gekommen war, um mit ihr zu reden, daß die Vorfälle des vorigen Abends besprochen, bewertet, getadelt und noch einmal durchlebt werden müßten. Sie hatte den größten Teil der Nacht damit verbracht, Pläne zu schmieden, die sie mit Catherine weder teilen konnte noch wollte. Aber sie merkte, daß sie aus unerfindlichen Gründen froh war, einen anderen Menschen zu sehen. Ihr fiel auf, daß das Mädchen blaß aussah. Offenbar hatte noch jemand wenig Schlaf gefunden. Catherine gab zu, daß der Regen sie wachgehalten hatte und daß sie früh mit starken Kopfschmerzen aufgewacht war. Sie hatte das in letzter Zeit nicht oft, aber wenn, dann war es schlimm. Ob Mrs. Maxie wohl ein Aspirin für sie hätte? Die löslichen wären ihr lieber, aber andere würden es auch tun. Mrs. Maxie überlegte, ob die Kopfschmerzen vielleicht nur ein Vorwand für einen vertraulichen Plausch über die Sally-Stephen-Geschichte wären, aber nach einem prüfenden Blick auf die trüben Augen entschied sie, daß die Schmerzen echt waren. Catherine war offensichtlich nicht in der Verfassung, irgend etwas zu planen. Mrs. Maxie forderte sie auf, sich selbst Aspirin aus dem Arzneischränkchen zu holen, und stellte eine zweite Tasse Tee auf das Tablett. Catherine war nicht die Gesellschaft, die sie sich ausgesucht hätte, aber das Mädchen schien wenigstens vorzuhaben, den Tee schweigend zu trinken.

Sie saßen zusammen vor dem elektrischen Ofen, als Martha hereinkam und in Haltung und Ton eine gelungene Mischung aus Empörung und Angst an den Tag legte.

»Es ist wegen Sally, gnädige Frau«, sagte sie. »Sie hat wohl wieder verschlafen. Sie hat mir keine Antwort gegeben, als ich sie rief, und wie ich die Tür aufmachen wollte, merkte ich, daß sie zugeschlossen war. Ich kann nicht rein. Wenn ich nur wüßte, was das nun wieder soll, gnädige Frau.«

Mrs. Maxie stellte ihre Tasse auf die Untertasse und registrierte mit klinischer Objektivität und einem gewissen Staunen, daß ihre Hand nicht zitterte. Das Gefühl eines bevorstehenden Unheils ergriff sie, und sie mußte einen Augenblick warten, bis sie ihrer Stimme trauen konnte. Aber als die Worte kamen, schienen weder Catherine noch Martha eine Veränderung an ihr zu bemerken.

»Haben Sie auch wirklich richtig geklopft?«

Martha zögerte. Mrs. Maxie wußte, was das zu bedeuten hatte. Martha hatte absichtlich nicht sehr laut geklopft. Es diente ihren Zwecken besser, Sally schlafen zu lassen. Für Mrs. Maxie war nach der gestörten Nacht diese Kleinlichkeit fast mehr, als sie ertragen konnte.

»Versuchen Sie es lieber noch einmal«, sagte sie kurz angebunden. »Sally hatte gestern wie wir alle einen anstrengenden Tag. Ohne Grund verschläft man nicht.«

Catherine öffnete den Mund, als wolle sie etwas dazu sagen, besann sich dann eines Besseren und beugte ihren Kopf über ihre Tasse Tee. Nach zwei Minuten war Martha wieder zurück, und diesmal gab es keine Zweifel mehr. Die Angst hatte über den Ärger gesiegt, und in ihrer Stimme lag etwas, das schon an Panik grenzte.

»Ich bring's nicht fertig, daß sie mich hört. Das Baby ist wach. Es wimmert da drin vor sich hin. Ich schaff's einfach nicht, daß Sally mich hört!«

Mrs. Maxie wußte später nicht mehr, wie sie an die Tür von Sallys Zimmer gekommen war. Sie war so sicher, ohne den geringsten Zweifel, daß das Zimmer offen sein mußte, daß sie ein paar Sekunden lang vergebens an der Tür rüttelte und zerrte, bevor ihr Kopf die Wahrheit aufnahm. Die Tür war von innen verriegelt. Das lautstarke Klopfen hatte Jimmy richtig wach gemacht, und sein nach dem Aufwachen gewohntes leises Weinen steigerte sich nun zu einem angstvollen Gebrüll. Mrs. Maxie hörte ihn an den Stäben seines Bettchens rütteln und konnte sich vorstellen, wie er sich, in seinen wollenen Schlafsack eingepackt, hochzog, um nach seiner Mutter zu schreien. Sie fühlte, wie ihr der kalte Schweiß auf der Stirn ausbrach. Das hielt sie zumindest davon ab, in wahnsinnigem Entsetzen auf das unnachgiebige Holz einzuschlagen. Martha stöhnte jetzt, aber Catherine legte eine beruhigende und feste Hand auf Mrs. Maxies Schulter. »Machen Sie sich nicht zu große Sorgen. Ich hole Ihren Sohn.«

»Warum sagt sie nicht Stephen?« ging es Mrs. Maxie durch den Kopf. »Mein Sohn, das ist Stephen.«

Einen Augenblick später war er bei ihnen. Das Klopfen mußte ihn geweckt haben, denn Catherine konnte ihn nicht so schnell geholt haben. Stephens Stimme war ruhig.

»Wir müssen durch das Fenster hinein. Mit der Leiter in der Remise wird es gehen. Ich hole Hearne.« Er war weg, und die kleine Gruppe der Frauen wartete schweigend. Die Minuten schlichen dahin.

»Es wird natürlich eine Weile dauern«, sagte Catherine beruhigend. »Aber sie werden sich beeilen. Ich bin sicher, es geht ihr gut. Sie schläft wahrscheinlich noch.«

Deborah, die bei den letzten Worten hinzugekommen war, sah sie prüfend an. »Bei dem Geschrei, das Jimmy macht? Ich vermute, sie ist gar nicht da. Sie ist weggegangen.«

»Aber warum denn?« fragte Catherine. »Und was ist mit der verschlossenen Tür?«

»Wie ich Sally kenne, nehme ich an, daß sie es ein bißchen spannender machen wollte und durch das Fenster ausgestiegen ist. Sie scheint einen Hang dazu zu haben, Szenen zu machen, sogar wenn sie nicht dabeisein kann, um die Wirkung zu genießen. Hier stehen wir, zitternd vor bösen Ahnungen, während Stephen und Felix Leitern durch die Gegend schleppen und der ganze Haushalt auf dem Kopf steht. Sehr befriedigend für ihre Phantasie.«

»Sie würde das Baby nicht im Stich lassen«, sagte Catherine plötzlich. »Keine Mutter würde das tun.«

»Diese hier anscheinend doch«, erwiderte Deborah gleichgültig. Aber ihre Mutter merkte, daß sie keine Anstalten machte, die Gesellschaft allein zu lassen.

Jimmys Geschrei hatte jetzt seinen Höhepunkt erreicht und ließ jedes Geräusch von den Männern, die mit der Leiter hantierten, und ihrem Einstieg durch das Fenster untergehen. Das nächste Geräusch, das aus dem Zimmer drang, war das kurze Schaben des Riegels. Felix stand in der Tür. Beim Anblick seines Gesichts stieß Martha einen Schrei aus, einen schrillen, animalischen Schreckensschrei. Mrs. Maxie spürte eher, als daß sie es hörte, das dumpfe Geräusch ihrer zurückweichenden Schritte, aber keiner ging ihr nach. Die anderen Frauen schoben sich an Felix' Arm, der sie aufhalten wollte, vorbei und gingen leise wie unter einem gemeinsamen Zwang auf die Stelle zu, wo Sally lag. Das Fenster stand offen, und das Kopfkissen war von Regenspritzern durchnäßt. Über das Kissen breitete sich Sallys Haar wie ein goldenes Netz. Ihre Augen waren geschlossen, aber sie schlief nicht. Ein dünnes Rinnsal von Blut aus den zusammengepreßten Mundwinkeln war angetrocknet und sah wie eine schwarze Schnittwunde aus. Auf beiden Seiten ihres Halses waren Druckstellen, wo die Hände des Mörders sie zu Tode gewürgt hatten.

4. Kapitel

1

»Hübsches Anwesen, Sir«, sagte Detektiv-Sergeant Martin, als der Polizeiwagen vor Martingale vorfuhr. »Bißchen was andres als unsere letzte Arbeit.« Er sagte es mit Genugtuung, denn er war von Geburt und aus Neigung Landbewohner, und man hörte ihn oft die Vorliebe von Mördern beklagen, ihre Verbrechen in übervölkerten Städten und ungesunden Mietwohnungen zu begehen. Er zog anerkennend die Luft ein und segnete die Taktik oder Klugheit, oder was für Gründe sonst in Frage kamen, die den zuständigen Polizeidirektor veranlaßt hatten, den Yard einzuschalten. Es ging das Gerücht, der Polizeidirektor kenne die betroffenen Leute persönlich und habe es zum Teil deshalb, aber auch wegen des immer noch ungelösten Falles im Randgebiet der Grafschaft für ratsam gehalten, die heikle Sache unverzüglich zu übergeben. Das kam Sergeant Martin gerade recht. Arbeit blieb Arbeit, wo immer man sie tat, aber der Mensch hatte doch einen berechtigten Anspruch auf seine Vorlieben.
Kommissar Adam Dalgliesh antwortete nicht, sondern schwang sich aus dem Auto und trat einen Augenblick zurück, um das Haus zu betrachten. Es war ein typisches Herrenhaus aus der Zeit Elisabeths I., einfach,

aber stark formalisiert in der Anlage. Die zwei großen zweistöckigen Erker mit ihren längs und quer geteilten Fenstern sprangen symmetrisch zu beiden Seiten des rechtwinkligen Hauptportals vor. Über der Kranzleiste befand sich ein schweres, in Stein gehauenes Wappen. Das Dach neigte sich auf eine kleine offene Steinbalustrade, in die Symbole als Reliefs gemeißelt waren, und sechs mächtige Schornsteine im Tudorstil reckten sich kühn einem sommerlichen Himmel entgegen. Auf der Westseite wölbte sich die Mauer eines Zimmers, das, wie Dalgliesh vermutete, in einer späteren Zeit, wahrscheinlich im vorigen Jahrhundert, angebaut worden war. Die Flügeltüren aus in Blei gefaßtem Glas öffneten sich in den Garten. Einen Augenblick lang sah er an einer von ihnen ein Gesicht, das sich aber gleich abwandte. Irgend jemand beobachtete seine Ankunft. Nach Westen hin lief eine graue Mauer von der Ecke des Hauses in einem weiten Bogen auf das Einfahrtstor zu und verlor sich hinter den Büschen und den hohen Buchen. Die Bäume rückten auf dieser Seite sehr nahe an das Haus heran. Über der Mauer und halb verborgen hinter einem Mosaik aus Blättern konnte er gerade noch das obere Ende einer Leiter sehen, die an ein Erkerfenster gelehnt war. Das war vermutlich das Zimmer des toten Mädchens. Ihre Herrin hätte kaum ein Zimmer aussuchen können, das einen unerlaubten Einstieg leichter gemacht hätte.

Zwei Fahrzeuge waren neben dem Portal abgestellt, ein Polizeiauto mit einem Mann in Uniform, der teilnahmslos hinter dem Lenkrad saß, und ein Leichenwagen.

Sein Fahrer hatte die Schildmütze über die Augen geschoben und sich bequem in seinem Sitz zurückgelegt. Er nahm keine Notiz von Dalglieshs Ankunft, während sein Beifahrer nur flüchtig aufsah, bevor er sich wieder in seine Sonntagszeitung vertiefte.

Der örtliche Polizeichef wartete in der Halle. Sie kannten sich oberflächlich, wie es bei zwei im selben Beruf hervorragenden Männern zu erwarten war, aber keiner von beiden hatte jemals eine nähere Bekanntschaft gewünscht. Es war ein nicht unproblematischer Augenblick. Manning hielt es für nötig, genau zu erläutern, warum sein Chef es für ratsam gehalten hatte, den Yard hinzuzuziehen. Dalgliesh antwortete mit ein paar passenden Worten. Zwei Reporter saßen gleich hinter der Tür und sahen aus wie Hunde, denen man einen Knochen versprochen hat, wenn sie artig sind, und die sich mit dem geduldigen Warten abgefunden haben. Das Haus war sehr ruhig und duftete schwach nach Rosen. Nach der sengenden Hitze im Auto schien die Luft so kalt, daß Dalgliesh sich unwillkürlich schüttelte.

»Die Familie ist im Salon versammelt«, sagte Manning. »Ich habe einen Sergeant bei ihnen gelassen. Wollen Sie sie gleich sehen?«

»Nein, ich sehe mir erst die Leiche an. Die Lebenden halten sich besser.«

Polizeichef Manning ging ihnen auf der breiten geraden Treppe voran und sprach auf dem Weg nach oben über die Schulter zu ihnen.

»Ich hatte schon etwas Vorarbeit geleistet, bevor ich wußte, daß sie die Zentrale zuziehen. Man hat Ihnen vermutlich das Wesentliche mitgeteilt. Das Opfer ist das Dienstmädchen hier. Ledige Mutter, zweiundzwanzig Jahre alt. Erwürgt. Die Leiche wurde heute morgen ungefähr Viertel nach sieben von der Familie gefunden. Die Tür zum Schlafzimmer des Mädchens war verriegelt. Das Zimmer wurde durch das Fenster verlassen – und wahrscheinlich auch betreten. Den Beweis dafür werden Sie am Schornstein und an der Mauer finden. Es sieht so aus, als hätte er sich die letzten anderthalb Meter fallen lassen. Sie wurde zum letztenmal um halb elf gestern abend lebend gesehen, als sie ihren Schlaftrunk nach oben trug. Sie hat ihn nicht ganz ausgetrunken. Ich war zuerst so gut wie sicher, daß die Tat von einem Außenstehenden begangen wurde. Sie hatten hier gestern ein Fest, und jeder x-beliebige hätte das Gelände betreten können. Und das Haus übrigens auch. Aber es gibt da ein paar eigenartige Kleinigkeiten.«

»Der Schlaftrunk zum Beispiel?« fragte Dalgliesh.

Sie hatten jetzt den Treppenabsatz erreicht und gingen durch den Westflügel des Hauses. Manning sah ihn neugierig an.

»Ja. Der Kakao. Vielleicht war ein Betäubungsmittel drin. Irgendeine Medizin ist verschwunden. Mr. Simon Maxie ist krank. Ein Röhrchen mit einem Schlafmittel steht nicht mehr im Arzneischrank.«

»Irgendwelche Anzeichen für eine Betäubung bei der Leiche?«

»Der Polizeiarzt ist gerade bei ihr. Ich bezweifle es dennoch. Sah mir nach einer einfachen Erwürgung aus. Die Obduktion wird uns wohl die Antwort liefern.«

»Sie könnte das Zeug selbst genommen haben«, sagte Dalgliesh. »Gibt es irgendein offenkundiges Motiv?«
Manning zögerte. »Es könnte sein. Ich kenne die Einzelheiten nicht, aber ich habe so ein Gerede gehört.«
»Aha. Gerede.«
»Eine Miss Liddell kam heute morgen und holte das Kind des Mädchens. Sie war gestern zum Abendessen hier. Ein schönes Essen muß es nach ihrem Bericht gewesen sein. Anscheinend hat Stephen Maxie Sally Jupp einen Heiratsantrag gemacht. Das könnte man wohl als ein Motiv für die Familie bezeichnen.«
»Unter diesen Umständen, glaube ich, ja«, sagte Dalgliesh.
Das Schlafzimmer war weiß gestrichen und voller Licht. Nach der Düsterkeit der Halle und der Flure mit ihrer Faltentäfelung aus Eichenholz ringsum überraschte dieser Raum mit der künstlichen Helligkeit einer Bühne. Die Leiche war das Unwirklichste von allem, eine zweitrangige Schauspielerin, die wenig überzeugend versucht, sich totzustellen. Ihre Augen waren fast geschlossen, doch ihr Gesicht trug jenen Ausdruck eines zaghaften Staunens, den er häufig auf den Gesichtern von Toten gesehen hatte. Zwei kleine, sehr weiße Schneidezähne drückten sich in die Unterlippe und gaben dem Gesicht, das, wie er fühlte, im Leben bemerkenswert, vielleicht sogar schön gewesen sein mußte, ein kaninchenhaftes Aussehen. Eine Aureole von Haar flammte über das Kopfkissen, eine widersinnige Verhöhnung des Todes. Es fühlte sich ein wenig feucht an in seiner Hand. Fast wunderte er sich, daß seine Leucht-

kraft ihm nicht wie das Leben aus dem Körper entzogen worden war. Er stand ganz still da, während er sie betrachtete. Er empfand in solchen Augenblicken nie Mitleid, nicht einmal Zorn, obgleich dieser sich später einstellen mochte, und dann würde er sich dagegen wehren müssen. Er grob den Anblick eines Ermordeten immer fest in sein Gedächtnis ein. Das war er seit seinem ersten großen Fall vor sieben Jahren gewohnt, als er mit einer ruhigen Entschlossenheit auf die zerschundene Leiche einer Prostituierten aus Soho heruntergeblickt und gedacht hatte: »Das also ist es. Das ist mein Beruf.« Der Fotograf war mit seiner Arbeit fertig, bevor der Polizeiarzt die Untersuchung der Leiche begonnen hatte. Er machte gerade seine letzten Aufnahmen vom Zimmer und Fenster, dann packte er seine Sachen zusammen. Der Fingerabdruckexperte war ebenfalls mit Sally fertig und bewegte sich, versunken in seine private Welt aus Fingerwirbeln und Pulvern, mit unaufdringlicher Geschäftigkeit vom Türgriff zum Schloß, vom Kakaobecher zur Kommode, vom Bett zur Fensterbank, bevor er sich durch das Fenster auf die Leiter schwang, um am Schornstein und der Leiter selbst zu arbeiten. Dr. Feltman, der Polizeiarzt, fast glatzköpfig, rundlich und zwanghaft fröhlich, als stände er unter einem fortwährenden Druck, seine berufliche Gelassenheit angesichts des Todes zu beweisen, verstaute seine Instrumente in einem schwarzen Köfferchen. Dalgliesh war ihm schon früher begegnet und kannte ihn als einen ausgezeichneten Arzt, der allerdings nie gelernt hatte, einzuschätzen, wo seine Aufgabe endete und die des Detektivs anfing.

Er wartete ab, bis Dalgliesh sich von der Toten abgewandt hatte, bevor er zu sprechen anfing.
»Wir sind bereit, sie jetzt wegzubringen, wenn es Ihnen recht ist. Es sieht vom medizinischen Standpunkt ziemlich einfach aus. Erwürgung von Hand durch eine rechtshändige Person, die vor ihr stand. Sie starb schnell, möglicherweise infolge Vagusinhibition. Nach der Obduktion werde ich Ihnen mehr sagen können. Es gibt keinen Hinweis auf sexuelle Handlungen, aber das besagt nicht, daß Sex nicht das Motiv war. Ich denke mir, es gibt nichts Wirksameres, was den Drang stoppt, als wenn man plötzlich einen toten Körper in den Händen hält. Wenn Sie ihn schnappen, bekommen Sie bestimmt dieselbe alte Geschichte zu hören: ›Ich habe meine Hände um ihren Hals gelegt, um ihr Angst zu machen, und auf einmal war sie ganz schlaff.‹ Er kam allem Anschein nach durch das Fenster herein. Vielleicht finden Sie Fingerabdrücke an diesem Schornstein, aber ich glaube nicht, daß man auf dem Boden viel finden kann. Da unten ist eine Art Hof. Keine schöne weiche Erde mit ein paar Fußabdrücken zur Hand. Es hat sowieso letzte Nacht ziemlich heftig geregnet, was die Sache nicht einfacher macht. So, dann gehe ich jetzt die Männer mit der Bahre holen, falls Ihr Mann hier fertig ist. Ein häßliches Geschäft für einen Sonntagmorgen.«
Er ging hinaus, und Dalgliesh begann mit der Untersuchung des Zimmers. Es war groß und karg möbliert, aber in dem Gesamteindruck, den es machte, überwogen Sonnenlicht und Behaglichkeit. Er dachte, daß es früher wahrscheinlich das Spielzimmer für die Kinder

der Familie gewesen war. Der altmodische Kamin an der Nordwand war von einem schweren netzartigen Kamingitter umstellt, hinter dem ein elektrischer Ofen installiert worden war. Auf beiden Seiten des Kamins waren tiefe Nischen, in die Bücherregale und niedrige Schränke eingepaßt waren. Es gab zwei Fenster. Das kleinere Erkerfenster, an dem die Leiter lehnte, befand sich an der Westseite und blickte über den Hof auf die ehemaligen Stallungen. Das größere Fenster nahm fast die ganze Breite der Südseite ein und bot einen Rundblick über die Rasenflächen und Gärten. In diesem Fenster war das Glas alt und hier und da mit Medaillons verziert. Nur das unterteilte Oberlicht ließ sich öffnen.
Das cremefarbene Einzelbett stand im rechten Winkel zu dem kleineren Fenster, daneben waren ein Stuhl auf der einen Seite und ein Nachttisch mit einer Lampe auf der anderen. Das Kinderbett stand in der gegenüberliegenden Ecke, halb verdeckt von einem Wandschirm. Es war die Art von Schirm, die Dalgliesh aus seiner eigenen Kindheit in Erinnerung hatte, aus Dutzenden von bunten Bildern und Postkarten bestehend, die zu einem Muster zusammengesteckt und mit einer Lackschicht überzogen waren. Vor dem Kamin lag ein Teppich, darauf stand ein niedriger Sessel. An einer Wand standen ein einfacher Kleiderschrank und eine Kommode.
Das Zimmer zeichnete sich durch eine eigenartige Anonymität aus. Es hatte die vertraute fruchtbare Atmosphäre fast aller Kinderzimmer, in der sich die schwachen Düfte von Körperpuder, Kinderseife und vorgewärmten Kleidern mischen. Aber das Mädchen selbst

hatte seiner Umgebung kaum etwas von der eigenen Persönlichkeit aufgeprägt. Es fand sich nichts von dem Krimskrams, den er bei einer Frau eigentlich erwartet hatte. Ihre wenigen persönlichen Dinge waren mit Bedacht geordnet, aber sie teilten nichts mit. In erster Linie war es einfach ein Kinderzimmer mit einem schlichten Bett für die Mutter. Die wenigen Bände auf den Regalen waren populäre Bücher über Babypflege. Das halbe Dutzend Zeitschriften befaßte sich eher mit den Problemen von Hausfrauen und Müttern als den romantischen und abwechslungsreicheren Interessen von berufstätigen Frauen. Er nahm eine von dem Brett und blätterte sie durch. Zwischen den Seiten fiel ein Brief mit einer venezolanischen Marke heraus. Die Adresse lautete auf:

D. Pullen, Esq.
Rose Cottage, Nessingford Road
Little Chadfleet, Essex, England.

Auf die Rückseite waren mit Bleistift drei Daten gekritzelt: Mittwoch, 18., Montag, 23., Montag, 30.
Vom Bücherregal ging Dalgliesh zur Kommode, zog jede Schublade heraus und wendete mit geübten Fingern systematisch den ganzen Inhalt um. Sie waren tadellos aufgeräumt. Die oberste Schublade enthielt nichts als Babykleider. Die meisten waren handgestrickt, alle waren sorgfältig gewaschen und gepflegt. Die zweite war voll mit der eigenen Unterwäsche des Mädchens, die ordentlich übereinandergestapelt war. Es war die

dritte und unterste Schublade, die die Überraschung enthielt.

»Wie erklären Sie sich das?« rief er Martin zu. Mit einer leisen Behendigkeit, die in Widerspruch zu seinem Körperbau stand, lief der Sergeant zu seinem Chef. Er hob eines der Wäschestücke in seiner kräftigen Pranke hoch.

»Allem Anschein nach handgemacht, Sir. Das muß sie selbst gestickt haben, denke ich. Das ist ja fast eine ganze Schublade voll. Es sieht mir wie eine Aussteuer aus.«

»Ich meine, genau das ist es. Und dazu nicht nur Wäsche. Tischdecken, Handtücher, Kissenbezüge.« Er drehte sie eins nach dem andern um, während er sprach. »Das ist eine ziemlich erschütternde kleine Ausstattung, Martin. Monate hingebungsvoller Arbeit, mit Lavendelsäckchen und Seidenpapier weggepackt. Armer kleiner Teufel. Glauben Sie, das war zu Stephen Maxies Vergnügen gemacht? Ich kann mir diese zarten Tablettdeckchen kaum in Martingale in Gebrauch vorstellen.«

Martin nahm eins heraus und betrachtete es anerkennend.

»Sie kann nicht ihn im Sinn gehabt haben, als sie das machte. Nach dem, was der Polizeichef gesagt hat, machte er erst gestern seinen Antrag, und sie muß Monate daran gearbeitet haben. Meine Mutter hat früher solche Sachen gemacht. Man näht mit Knopflochstichen um das Muster herum und schneidet dann die Mitte aus. Richelieu oder so ähnlich nennt man das. Hübsche Wirkung – wenn man solche Dinge mag«, fügte er mit Rücksicht auf den offensichtlichen Mangel an

Begeisterung seitens seines Chefs hinzu. Er betrachtete nachdenklich und mit sentimentaler Anerkennung die Stickerei, dann riß er sich los, um sie wieder in die Schublade zurückzulegen.
Dalgliesh ging zu dem Erkerfenster hinüber. Die breite Fensterbank war einen knappen Meter hoch. Jetzt lagen auf ihr die leuchtenden gläsernen Bruchstücke einer Sammlung von Miniaturtieren verstreut. Ein Pinguin lag ohne Flügel auf der Seite, und ein zarter Dackel war in zwei Teile zersprungen. Eine Siamkatze mit auffallend blauen Augen war der einzige Überlebende in diesem Chaos von Splittern.
Die zwei größten Unterteilungen des Fensters in der Mitte ließen sich mit einem Schnappschloß nach außen öffnen. Der Schornstein lief an einem ähnlichen, fast zwei Meter darunterliegenden Fenster vorbei direkt auf die gepflasterte Terrasse hinunter. Einem einigermaßen gelenkigen Mann würde es kaum Schwierigkeiten machen, da hinunterzusteigen. Es wäre sogar möglich hinaufzuklettern. Er stellte noch einmal fest, wie sicher vor unerwünschter Beobachtung dieser Weg herein oder hinaus war. Rechts von ihm verlief die hohe Backsteinmauer, halb von überhängenden Buchenästen verdeckt, in einem Bogen auf die Auffahrt zu. Direkt gegenüber dem Fenster, etwa dreißig Meter entfernt, lagen die ehemaligen Stallungen mit ihrem reizvollen Uhrtürmchen. Von ihrem offenen Vorbau aus konnte das Fenster beobachtet werden, aber von nirgendwo sonst. Auf der linken Seite war nur ein kleines Stück des Rasens zu sehen. Irgend jemand hatte sich anscheinend dort zu

schaffen gemacht. Auf einem kleinen mit einer Schnur umgebenen Platz war das Gras umgehackt oder geschnitten worden. Sogar vom Fenster aus konnte Dalgliesh die abgehobenen Rasenstücke und den Flecken brauner Erde darunter sehen. Polizeichef Manning war hinter ihm ans Fenster getreten und beantwortete seine unausgesprochene Frage.

»Das ist noch von Dr. Epps' Schatzsuche. Er hat sie in den letzten zwanzig Jahren immer an derselben Stelle veranstaltet. Gestern hat hier das Fest der Kirchengemeinde stattgefunden. Der größte Teil der Dekorationen ist weggeräumt – der Pfarrer hat es gern, wenn der Platz bis Sonntag wieder in Ordnung ist –, aber es dauert doch ein paar Tage, bis alle Spuren beseitigt sind.«

Dalgliesh fiel ein, daß der Polizeichef fast ein Einheimischer war. »Waren Sie hier?« fragte er.

»Dieses Jahr nicht. Ich war die ganze letzte Woche fast ununterbrochen im Dienst. Wir haben immer noch diesen Mordfall an der Grenze der Grafschaft aufzuklären. Wir sind jetzt bald soweit, aber ich hatte dadurch ganz schön zu tun. Meine Frau und ich kamen regelmäßig einmal im Jahr zum Fest herüber, aber das war noch vor dem Krieg. Damals war es anders. Jetzt machen wir uns eigentlich nicht mehr soviel daraus. Sie haben aber trotzdem immer noch eine ganze Menge Leute hier. Möglicherweise hat jemand das Mädchen kennengelernt und herausgekriegt, wo sie schläft. Es wird ganz schön mühsam sein, ihre Schritte am gestrigen Nachmittag und Abend nachzuprüfen.« Sein Ton deutete an, wie froh er war, daß er es nicht tun mußte.

Dalgliesh stellte keine Theorien auf, die den Tatsachen vorgriffen. Aber die Fakten, die er bis jetzt gesammelt hatte, stützten die bequeme Annahme eines unbekannten zufälligen Eindringlings nicht. Man hatte keine Hinweise auf eine versuchte Vergewaltigung gefunden, keinen Beweis für einen Diebstahl. In der Frage der verriegelten Tür wollte er sich überhaupt nicht festlegen. Zugegeben – die Familie Maxie war um sieben an diesem Morgen vollzählig auf der richtigen Seite der Tür gewesen, aber sie waren alle vermutlich genauso in der Lage wie jeder andere auch, Schornsteine hinunterzuklettern oder Leitern hinabzusteigen.

Die Leiche war weggebracht worden, ein mit einem weißen Laken bedeckter unförmiger Umriß, steif auf der Bahre, bestimmt für das Messer des Pathologen und die Flaschen des Chemikers. Manning hatte sie allein gelassen, um mit seinem Büro zu telefonieren. Dalgliesh und Martin fuhren mit ihrer geduldigen Besichtigung des Hauses fort. Direkt neben Sallys Zimmer lag ein altmodisches Badezimmer. Die tiefe Wanne hatte eine Mahagoniverkleidung, und eine ganze Wand wurde von einem umfangreichen Wäscheschrank eingenommen. Die drei übrigen weißen Wände waren mit einem geschmackvollen, mit den Jahren verblaßten Blumenmuster tapeziert, der Fußboden war mit einem alten, aber noch nicht abgenutzten Teppichboden ausgelegt. Der Raum wies kein mögliches Versteck auf. Vom Flur davor führte eine mit einem Läufer bedeckte Wendeltreppe hinunter in den getäfelten Korridor, der nach der einen Seite zum Küchenbereich, nach der anderen zur

Halle ging. Direkt am Fuß dieser Treppe war die schwere Südtür. Sie war angelehnt, und Dalgliesh und Martin traten aus der Kühle von Martingale hinaus in die drükkende Hitze des Tages. Irgendwo läuteten Kirchenglocken zum sonntäglichen Frühgottesdienst. Der Klang, der klar und lieblich über die Bäume herübergetragen wurde, brachte Martin eine Erinnerung an die ländlichen Sonntage seiner Kindheit und Dalgliesh eine Mahnung, daß vom Vormittag nicht mehr viel übrig war und noch viel Arbeit vor ihm lag.

»Wir wollen uns mal den alten Stallbereich und die Westwand unter ihrem Fenster ansehen. Danach bin ich recht gespannt auf die Küche. Und dann fangen wir mit den Verhören an. Ich habe ein Gefühl, als hätte die Person, die wir suchen, letzte Nacht unter diesem Dach geschlafen.«

2

Im Salon warteten die Maxies mit den beiden Gästen und Martha Bultitaft darauf, verhört zu werden. Sie wurden unaufdringlich von einem Sergeant überwacht, der sich mit einem kleinen Stuhl neben der Tür postiert hatte, wo er offenbar mit unerschütterlichem Gleichmut saß und sich bei weitem wohler zu fühlen schien als die Besitzer des Hauses. Seine Schützlinge hatten unterschiedliche Gründe, sich zu fragen, wie lange sie wohl würden warten müssen, aber keiner wollte durch eine Frage Angst verraten. Man hatte ihnen mitgeteilt, daß Kommissar Dalgliesh von Scotland Yard angekommen war und in Kürze bei ihnen sein werde. Wie bald, wollte keiner fragen. Felix und Deborah waren noch in ihrer Reitkleidung. Die andern hatten sich rasch angekleidet. Alle hatten wenig gegessen, und jetzt saßen sie da und warteten. Da es herzlos gewirkt hätte zu lesen, ungehörig, Klavier zu spielen, unklug, von dem Mord zu sprechen, und unnatürlich, von etwas anderem zu reden, fiel die ganze Zeit fast kein Wort. Felix Hearne und Deborah hatten zusammen auf dem Sofa Platz genommen, aber sie saßen ein wenig voneinander entfernt, und ab und zu beugte er sich zu ihr hin, um ihr etwas ins Ohr zu flüstern. Stephen Maxie hatte sich an einem der Fenster aufgebaut und stand mit dem Rücken zum Zimmer. Es war eine Haltung, die es ihm, wie Felix Hearne spöttisch bemerkt hatte, ermöglichte, sein Gesicht zu verbergen und mit seinem gesenkten Kopf einen sprachlosen Schmerz zu demonstrieren. Wenigstens vier der Zuschauer hätten sehr gern gewußt, ob der Schmerz echt war. Eleanor Maxie saß, ein wenig abseits, ruhig auf einem Stuhl. Entweder war sie vom Kummer betäubt oder tief in Gedanken versunken. Ihr Gesicht war sehr blaß, aber die kurze Panik, die sie vor Sallys Tür überfallen hatte, war jetzt vorbei. Ihre Tochter stellte fest, daß wenigstens sie sich Mühe mit ihrer Garderobe gegeben hatte und ihrer Familie und den Gästen ein fast normales Äußeres bot. Auch Martha Bultitaft hielt sich ein wenig abseits. Sie saß unruhig auf der Stuhlkante und warf ab und zu wütende Blicke auf den Sergeant, den sie offensichtlich für ihre persönliche Lage verantwortlich machte, bei der Familie und noch dazu im Salon sitzen zu müssen, während es im Haus so viel zu tun gab. Sie, die bei der Entdeckung der Leiche am Morgen am aufgeregtesten und am meisten erschrocken gewesen war, schien jetzt die ganze Angelegenheit als einen persönlichen Affront zu betrachten und brütete in finsterem Groll vor sich hin. Catherine Bowers machte den unbefangensten Eindruck. Sie hatte ein kleines Notizbuch aus ihrer Handtasche geholt und machte in gewissen Abständen Eintragungen, als frische sie ihre Erinnerung an die Ereignisse des Morgens auf. Keiner ließ sich von diesem Schein von Normalität und Tüchtigkeit täuschen, aber alle beneideten sie darum, daß es ihr möglich war, sich so gut zu verstellen. Alle saßen völlig für sich und hingen ihren eigenen Gedanken nach. Mrs. Maxie hielt ihre Augen auf ihre kräftigen, im Schoß gefalteten Hände gerichtet, aber in Gedanken war sie bei ihrem Sohn.

»Er wird darüber wegkommen, die Jungen schaffen das immer. Gott sei Dank wird Simon es nie erfahren. Es wird schwer werden, ohne Sally mit der Pflege zurechtzukommen. Daran sollte man wohl nicht denken. Armes Kind. Vielleicht gibt es Fingerabdrücke an diesem Schloß. Die Polizei wird daran gedacht haben. Falls er keine Handschuhe getragen hat. Jeder weiß heutzutage über Handschuhe Bescheid. Ich möchte gern wissen, wie viele Leute durch dieses Fenster zu ihr eingestiegen sind. Daran hätte ich wohl denken sollen, aber wie konnte ich denn? Schließlich hatte sie das Kind bei sich. Was geschieht jetzt mit Jimmy? Die Mutter ermordet und ein Vater, den er jetzt nie kennenlernen wird.

Das ist ein Geheimnis, das sie gewahrt hat. Eines von vielen wahrscheinlich. Man kennt sich mit den Menschen nie aus. Was weiß ich von Felix? Er könnte gefährlich sein. Ebenso dieser Kommissar. Martha sollte sich eigentlich um das Essen kümmern. Das heißt, falls jemand etwas zu Mittag essen will. Wo wird die Polizei essen? Vermutlich wollen sie unsere Zimmer nur heute benutzen. Die Schwester wird um zwölf Uhr hier sein, dann muß ich also zu Simon gehen. Ich könnte wohl auch jetzt zu ihm gehen, wenn ich fragte. Deborah ist nervös. Doch das sind wir alle. Wenn wir nur kaltes Blut bewahren können.«

Deborah dachte: »Ich sollte sie jetzt, wo sie tot ist, eigentlich weniger hassen, aber ich kann nicht. Sie hat wirklich immer Schwierigkeiten gemacht. Es würde ihr Spaß machen, uns so zu sehen, wie uns vor Angst der Schweiß ausbricht. Vielleicht kann sie es. Ich darf nicht durchdrehen. Wenn wir nur davon sprechen könnten. Wir hätten uns wegen Stephen und Sally nicht aufzuregen brauchen, wenn Eppy und Miss Liddell nicht am Tisch gesessen hätten. Und Catherine natürlich. Immer ist es Catherine. Sie wird das hier sogar noch genießen. Felix weiß, daß Sally betäubt war. Und wenn es stimmt, dann war es in meinem Trinkbecher. Sollen sie daraus machen, was sie wollen.«

Felix Hearne dachte: »Nun kann es nicht mehr lange dauern. Das Wichtigste ist, daß ich nicht in Wut gerate. Es werden englische Polizisten sein, außerordentlich höfliche englische Polizisten, die in strikter Erfüllung der gesetzlichen Regeln Fragen stellen. Angst ist ver-

dammt schwer zu verbergen. Ich kann mir Dalgliesh's Gesicht vorstellen, falls ich beschließen sollte, es ihm zu erklären. Entschuldigen Sie mich, Herr Kommissar, wenn ich vor Ihnen Angst zu haben scheine. Die Reaktion ist rein automatisch, ein Streich, den mir meine Nerven spielen. Ich habe eine Abneigung gegen ein förmliches Verhör und noch mehr gegen eine sorgfältig inszenierte zwanglose Sitzung. Ich hatte da mal ein gewisses Erlebnis in Frankreich. Ich habe mich völlig von den Folgen erholt, verstehen Sie, bis auf dieses kleine Vermächtnis. Ich neige dazu, in Wut zu geraten. Es ist einfach die verdammte Angst. Ich bin sicher, Sie verstehen mich, Herr Kommissar. Ihre Fragen sind so überaus vernünftig. Es ist bedauerlich, daß ich vernünftigen Fragen mißtraue. Wir dürfen das natürlich nicht überbewerten. Es ist eine unwesentliche Unzulänglichkeit. Nur ein verhältnismäßig kleiner Teil eines Lebens wird mit Verhören durch die Polizei verbracht. Ich bin ganz gut davongekommen. Man hat mir sogar ein paar von meinen Fingernägeln gelassen. Ich versuche nur zu erklären, daß ich es vielleicht schwierig finden werde, Ihnen die Antworten zu geben, die Sie wünschen.«
Stephen drehte sich um.
»Wie steht's mit einem Anwalt?« fragte er plötzlich. »Sollten wir nicht Jephson kommen lassen?«
Seine Mutter, die schweigend in den Anblick ihrer gefalteten Hände versunken gewesen war, hob den Kopf. »Matthew Jephson ist mit dem Auto irgendwo auf dem Kontinent unterwegs. Lionel ist in London. Wir könnten ihn holen, wenn du es für notwendig hältst.«

In ihrer Stimme klang die Frage an. Deborah sagte impulsiv: »Ach Mama! Nicht Lionel Jephson! Er ist der aufgeblasenste, langweiligste Mensch auf der Welt. Warten wir ab, bis wir festgenommen werden, ehe wir ihn ermuntern, hier alles noch schlimmer zu machen. Außerdem hat er mit Strafrecht nichts zu tun. Er kennt sich nur mit Treuhandsachen und eidesstattlichen Erklärungen und Urkunden aus. Das hier würde seine ehrenhafte Seele zutiefst erschüttern. Er könnte nichts für uns tun.«

»Was halten Sie davon, Hearne?« fragte Stephen.

»Ich werde ohne Hilfe damit fertig, denke ich.«

»Wir sollten uns entschuldigen, daß wir Sie hier mit hineinziehen«, sagte Stephen mit steifer Förmlichkeit. »Es ist unerfreulich für Sie und kommt Ihnen sicher ungelegen. Ich weiß nicht, wann Sie wieder nach London fahren dürfen.«

Felix dachte, diese Entschuldigung wäre eher gegenüber Catherine Bowers angebracht gewesen. Stephen war anscheinend entschlossen, das Mädchen zu übersehen. Glaubte dieser arrogante junge Schnösel ernsthaft, dieser Tod sei nur etwas Unerfreuliches und Ungelegenes? Er sah zu Mrs. Maxie hinüber, als er antwortete.

»Ich bleibe sehr gern, sei es freiwillig oder unfreiwillig, wenn ich mich nützlich machen kann.«

Catherine war gerade dabei, eifrige Versicherungen desselben Inhalts hinzuzufügen, als der stille Sergeant zum Leben erwachte, mit einer einzigen Bewegung aufsprang und Haltung annahm. Die Tür ging auf, und drei Polizisten in Zivil kamen herein. Polizeichef Manning kannten sie bereits. Er stellte seine Begleiter knapp als Kommissar Adam Dalgliesh und Sergeant Martin vor. Fünf Augenpaare richteten sich gleichzeitig auf den größeren der beiden Männer, voller Angst, abschätzend oder einfach neugierig.

Catherine Bowers dachte: »Groß, dunkel und gutaussehend. Nicht, was ich erwartet habe. Wirklich ein ganz interessantes Gesicht.«

Stephen Maxie dachte: »Hochnäsig sieht der Bursche aus. Hat sich mit seinem Auftritt Zeit gelassen. Die Absicht war wohl, uns mürbe zu machen. Oder er hat im Haus herumgeschnüffelt. Das ist das Ende unseres Privatlebens.«

Felix Hearne dachte: »So, nun geht's los. Adam Dalgliesh. Ich habe von ihm gehört. Skrupellos, unkonventionell, arbeitet immer gegen die Zeit. Vermutlich steht er unter höchstpersönlichen Zwängen. Wenigstens hält man uns für Gegner, die das Beste verdienen.«

Eleanor Maxie dachte: »Wo habe ich diesen Kopf schon einmal gesehen? Natürlich. Dieser Dürer. War es in München? Porträt eines unbekannten Mannes. Wieso erwartet man immer, daß Polizeibeamte Melonen und Regenmäntel tragen?«

Während der gegenseitigen Vorstellung und Begrüßung starrte Deborah Riscoe ihn an, als sähe sie ihn durch ein Netz aus rotgoldenem Haar.

Als er zu sprechen anfing, hörten sie eine seltsam tiefe Stimme, gelöst und kühl.

»Ich habe von Polizeichef Manning gehört, daß mir das kleine Büro nebenan zur Verfügung gestellt worden ist.

Ich hoffe, es wird nicht nötig sein, das Zimmer und Sie sehr lange in Anspruch zu nehmen. Ich möchte Sie gerne jeweils allein sprechen und bitte in dieser Reihenfolge.«

»Besuchen Sie mich in meinem Büro um neun, neun Uhr fünf, neun Uhr zehn ...«, flüsterte Felix Deborah zu. Er wußte nicht genau, ob er sich oder sie damit beruhigen wollte, aber es kam kein Lächeln als Antwort.

Dalgliesh ließ seinen Blick rasch über die Gruppe gehen. »Mr. Stephen Maxie, Miss Bowers, Mrs. Maxie, Mrs. Riscoe, Mr. Hearne und Mrs. Bultitaft. Wer noch nicht an der Reihe ist, möchte bitte hier warten. Für den Fall, daß einer von Ihnen dieses Zimmer verlassen muß, halten sich eine Polizistin und ein Konstabler in der Halle bereit, die Sie begleiten können. Diese Überwachung wird gelockert, sobald alle vernommen sind. Würden Sie bitte mitkommen, Mr. Maxie?«

3

Stephen Maxie ergriff die Initiative. »Ich denke, ich lasse Sie am besten gleich wissen, daß Miss Jupp und ich vorhatten zu heiraten. Ich habe sie gestern abend gefragt, ob sie mich heiraten will. Das ist kein Geheimnis. Es kann nichts mit ihrem Tod zu tun haben, und ich hätte es vielleicht gar nicht für nötig gehalten, es zu erwähnen, wenn sie die Neuigkeit nicht vor der Klatschbase Nummer eins des Dorfes mitgeteilt hätte und Sie es wahrscheinlich sowieso ziemlich schnell herausbekommen hätten.«

Dalgliesh, der es bereits herausbekommen hatte und keineswegs überzeugt war, daß der Heiratsantrag nichts mit dem Mord zu schaffen hatte, dankte Mr. Maxie ernst für seine Offenheit und drückte förmlich sein Mitgefühl zum Tod seiner Verlobten aus. Der Junge sah mit einem hastigen direkten Blick zu ihm auf.

»Ich glaube, ich habe kein Recht, Beileidsbekundungen anzunehmen. Ich fühle nicht einmal, daß ich etwas verloren habe. Vermutlich werde ich es spüren, wenn der Schock darüber ein wenig nachgelassen hat. Wir haben uns gestern erst verlobt, und jetzt ist sie tot. Ich kann es immer noch nicht glauben.«

»Ihrer Mutter war diese Verlobung bekannt?«

»Ja. Die ganze Familie wußte es, bis auf meinen Vater.«

»Hat Mrs. Maxie die Verlobung gutgeheißen?«

»Wäre es nicht besser, wenn Sie sie selbst fragten?«

»Vielleicht sollte ich das. Welcher Art waren Ihre Beziehungen zu Miss Jupp vor gestern abend, Dr. Maxie?«

»Falls Sie damit meinen, ob sie meine Geliebte war, ist die Antwort nein. Sie tat mir leid, ich bewunderte sie und fand sie anziehend. Ich habe keine Ahnung, was sie von mir hielt.«

»Doch sie hat Ihren Heiratsantrag angenommen?«

»Nicht ausdrücklich. Sie teilte meiner Mutter und ihren Gästen mit, daß ich ihr einen Antrag gemacht habe, also nahm ich natürlich an, daß sie die Absicht hatte, ihn anzunehmen. Andernfalls hätte es keinen Sinn gehabt, die Neuigkeit mitzuteilen.«

Dalgliesh fielen mehrere Gründe ein, warum das Mädchen die Neuigkeit mitgeteilt haben mochte, aber er war nicht bereit, darüber zu diskutieren. Statt dessen bat er seinen Zeugen, ihm aus seiner Sicht von den jüngsten Erlebnissen zu berichten, und zwar von dem Zeitpunkt an, zu dem die verschwundenen *Sommeil*-Tabletten in das Haus gebracht worden waren.

»Sie glauben demnach, daß sie betäubt wurde, Herr Kommissar? Ich habe dem Polizeichef von den Tabletten erzählt, als er ankam. Sie waren bestimmt heute früh noch im Arzneischränkchen meines Vaters. Miss Bowers fielen sie auf, als sie an das Schränkchen ging, um sich Aspirin zu holen. Jetzt sind sie nicht mehr da. Das einzige *Sommeil* im Schränkchen ist in einer noch versiegelten Schachtel. Das Röhrchen ist weg.«

»Wir finden es bestimmt, Dr. Maxie. Die Autopsie wird aufklären, ob man Miss Jupp ein Betäubungsmittel verabreicht hat oder nicht, und wenn ja, wieviel sie geschluckt hat. Es steht so gut wie fest, daß in dem Becher an ihrem Bett noch etwas anderes als Kakao war. Sie kann das Zeug natürlich selbst hineingetan haben.«

»Wenn sie es nicht getan hat, Herr Kommissar, wer dann? Das Mittel war möglicherweise nicht einmal für Sally bestimmt. Der Becher neben dem Bett gehört meiner Schwester. Jeder von uns hat seinen eigenen, und sie sehen alle anders aus. Wenn das *Sommeil* für Sally bestimmt war, muß es in das Getränk gegeben worden sein, als sie es schon mit nach oben in ihr Zimmer genommen hatte.«

»Wenn die Becher so klar zu unterscheiden sind, ist es seltsam, daß Miss Jupp den falschen genommen haben soll. Ist so ein Versehen nicht sehr unwahrscheinlich?«

»Vielleicht war es kein Versehen«, sagte Stephen kurz. Dalgliesh bat ihn nicht, seine Gedanken zu erläutern, sondern hörte schweigend zu, wie sein Zeuge Sallys Besuch im St.-Lukas-Krankenhaus am vergangenen Donnerstag, die Ereignisse des Kirchenfests, die plötzliche Regung, die ihn zu dem Heiratsantrag veranlaßt hatte, und die Entdeckung der Leiche seiner Verlobten beschrieb. Die Darstellung, die er gab, war genau, knapp und beinahe gefühllos. Als er begann, die Szene in Sallys Schlafzimmer zu beschreiben, war seine Stimme von einer fast klinischen Teilnahmslosigkeit. Entweder verfügte er über mehr Selbstbeherrschung, als gut für ihn war, oder er hatte das Verhör in Gedanken vorweggenommen und sich im voraus darin geübt, keine Ängste oder Gewissensbisse zu verraten.

»Ich ging mit Felix Hearne die Leiter holen. Er war angezogen, aber ich war noch im Morgenmantel. Ich verlor einen Hausschuh auf dem Weg zu den Nebengebäuden gegenüber von Sallys Fenster, deshalb war er zuerst dort und packte die Leiter. Sie liegt immer dort. Hearne hatte sie schon herausgeschleppt, als ich ihn eingeholt hatte, und rief mir zu, weil er wissen wollte, wohin er sie tragen sollte. Ich deutete auf Sallys Fenster. Wir trugen die Leiter zusammen, obwohl sie recht leicht ist. Eine Person könnte es allein schaffen, wobei ich mir allerdings bei einer Frau nicht so sicher bin. Wir lehnten sie an die Wand, und Hearne stieg als erster hinauf, während ich sie festhielt. Ich folgte ihm sofort. Das Fenster war offen, aber die Vorhänge waren zugezogen. Wie Sie gesehen haben, steht das Bett im rechten Winkel mit

dem Kopfende zum Fenster. In dem Vorsprung, den das Erkerfenster bildet, ist eine breite Fensterbank, und Sally hatte dort offenbar eine kleine Sammlung von Glastieren aufgebaut. Ich merkte, daß sie alle durcheinander lagen und die meisten kaputtgegangen waren. Hearne ging zur Tür und zog den Riegel zurück. Ich stand da und sah Sally an. Die Bettdecke war bis zum Kinn hochgezogen, aber ich sah auf den ersten Blick, daß sie tot war. Inzwischen standen die andern ums Bett herum, und als ich die Decke zurückschlug, konnten wir sehen, was geschehen war. Sie lag auf dem Rücken – wir haben nichts verändert –, und sie sah ganz friedlich aus. Aber Sie wissen ja, wie sie aussah. Sie haben sie gesehen.«
»Ich weiß, was ich gesehen habe«, sagte Dalgliesh. »Ich frage Sie jetzt, was Sie gesehen haben.«
Der junge Mann blickte ihn sonderbar an und schloß einen Moment die Augen, bevor er antwortete. Dann sprach er mit einer undeutlichen, ausdruckslosen Stimme, als sagte er eine mechanisch gelernte Lektion her.
»An ihrem Mundwinkel war ein Blutgerinnsel. Ihre Augen waren fast geschlossen. Zwischen dem rechten Unterkiefer und dem Dornfortsatz des Schildknorpels war ein ziemlich deutlicher Daumeneindruck, und weniger deutliche Zeichen von Druckstellen waren an der linken Seite des Halses auf dem Schildknorpel. Es war ein eindeutiger Fall von Erwürgen, und zwar mit der rechten Hand und von vorne. Es muß beachtliche Kraft aufgewendet worden sein, aber ich dachte, daß der Tod möglicherweise infolge einer Vagusinhibition und des-

halb sehr schnell eingetreten ist. Es fanden sich nur wenige klassische Anzeichen von Asphyxie. Doch zweifellos wird Ihnen die Autopsie die Fakten liefern.«
»Ich gehe davon aus, daß sie mit Ihrer Ansicht übereinstimmen. Haben Sie sich eine Meinung über die Todeszeit gebildet?«
»An den Kiefer- und Halsmuskeln zeigte sich eine geringe Leichenstarre. Ich weiß nicht, ob sie schon weiter fortgeschritten war. Ich beschreibe nur die Anzeichen, die ich fast unbewußt registriert habe. Sie werden unter den gegebenen Umständen kaum eine vollständige Beschreibung der Leiche erwarten.«
Sergeant Martin, der mit gebeugtem Kopf über seinem Notizbuch saß, hörte aus seinem Ton untrüglich das erste Zeichen naher Hysterie heraus und dachte: »Armer Kerl. Der Alte kann ganz schön brutal sein. Er hat es trotzdem soweit gut durchgestanden. Zu gut für einen Mann, der eben die Leiche seines Mädchens gefunden hat. Falls sie sein Mädchen war.«
»Der vollständige Bericht von der Leichenschau wird mir zur rechten Zeit vorliegen«, sagte Dalgliesh gelassen. »Ich habe mich nur für Ihre Einschätzung der Todeszeit interessiert.«
»Es war trotz des Regens eine ziemlich warme Nacht. Ich würde sagen, nicht weniger als fünf Stunden und nicht mehr als acht.«
»Haben Sie Sally Jupp umgebracht, Herr Doktor?«
»Nein.«
»Wissen Sie, wer es war?«
»Nein.«

»Was waren Ihre Schritte von dem Augenblick an, als Sie am Samstagabend mit dem Essen fertig waren, bis Miss Bowers Sie heute morgen mit der Nachricht weckte, daß Sally Jupps Tür verriegelt sei?«
»Wir haben unseren Kaffee im Salon getrunken. Ungefähr um neun Uhr schlug meine Mutter vor, mit dem Geldzählen anzufangen. Es lag in dem Safe hier im Büro. Ich dachte, sie würden sich ohne mich vielleicht wohler fühlen, und weil ich irgendwie unruhig war, wollte ich einen Spaziergang machen. Ich sagte meiner Mutter, es könnte spät werden, und bat sie, die Südtür für mich offen zu lassen. Ich hatte kein bestimmtes Ziel im Sinn, aber sobald ich das Haus verlassen hatte, bekam ich Lust, Sam Bocock zu besuchen. Er wohnt allein in dem kleinen Haus am anderen Ende unserer Wiese. Ich ging durch den Garten und über die Wiese zu seinem Häuschen und blieb dort ziemlich lange. Ich kann mich nicht genau erinnern, wann ich wegging, aber vielleicht kann er da helfen. Ich denke, es war gerade elf vorbei. Ich ging allein zurück, betrat das Haus durch die Südtür, verriegelte sie hinter mir und ging zu Bett. Das ist alles.«
»Gingen Sie direkt nach Hause?«
Das fast unmerkliche Zögern entging Dalgliesh nicht.
»Ja.«
»Wann wären Sie demnach wieder im Haus gewesen?«
»Es ist nur ein Weg von fünf Minuten von Bococks Haus, aber ich ging nicht schnell. Ich denke, ich war um halb zwölf zu Hause und im Bett.«
»Es ist schade, daß Sie keine genaue Angabe über die

Zeit machen können, Dr. Maxie. Es ist gewiß auch erstaunlich, wenn man bedenkt, daß Sie eine kleine Uhr mit beleuchtetem Zifferblatt auf Ihrem Nachttisch stehen haben.«

»Und wenn schon. Das heißt nicht, daß ich immer auf die Zeit achte, wenn ich zu Bett gehe oder aufstehe.«

»Sie verbrachten etwa zwei Stunden bei Mr. Bocock. Worüber haben Sie sich unterhalten?«

»Hauptsächlich über Pferde und Musik. Er hat einen ziemlich guten Plattenspieler. Wir haben seine neueste Platte gehört – die *Eroica* mit Klemperer, wenn Sie es genau wissen wollen.«

»Ist es Ihre Gewohnheit, Mr. Bocock zu besuchen und den Abend mit ihm zu verbringen?«

»Gewohnheit? Bocock war der Pferdeknecht meines Großvaters. Er ist mein Freund. Besuchen Sie nicht Ihre Freunde, wenn Sie Lust dazu haben, Herr Kommissar, oder haben Sie keine?«

Es war der erste Ausbruch von Gereiztheit. Dalglieshs Gesicht zeigte keine Gefühlsregung, nicht einmal Befriedigung. Er schob ein kleines quadratisches Stück Papier über den Tisch. Darauf lagen drei winzige Glassplitter.

»Das haben wir in dem Nebengebäude gegenüber von Miss Jupps Zimmer gefunden, wo, wie Sie sagen, die Leiter gewöhnlich abgestellt wird. Wissen Sie, was das ist?«

Stephen Maxie beugte sich vor und besah dieses Beweisstück ohne sichtbares Interesse.

»Das sind offenbar Glassplitter. Mehr kann ich Ihnen

dazu nicht sagen. Es könnten wohl Teile von einem zerbrochenen Uhrenglas sein.«

»Oder Stücke von einem der zerbrochenen Glastiere aus Miss Jupps Zimmer?«

»Möglich.«

»Ich sehe, Sie haben ein kleines Pflaster an Ihrem rechten Handgelenk. Was haben Sie denn da?«

»Ich habe mir die Haut etwas aufgeschürft, als ich letzte Nacht nach Hause kam. Ich streifte mit der Hand die Rinde eines Baums. Wenigstens ist das die wahrscheinlichste Erklärung. Ich weiß nicht, wie es passiert ist, weil ich das Blut erst sah, als ich in meinem Zimmer war. Ich klebte dieses Pflaster darauf, bevor ich mich ins Bett legte, und normalerweise hätte ich es inzwischen schon abgemacht. Die Schramme war die Mühe wirklich nicht wert, aber ich muß auf meine Hände aufpassen.«

»Darf ich einmal sehen?«

Maxie trat vor und legte seine Hand mit der Handfläche nach unten auf den Schreibtisch. Dalgliesh stellte fest, daß sie nicht zitterte. Er hob den Rand des Pflasters an und riß es herunter. Gemeinsam betrachteten sie den weißen Knöchel darunter. Maxie zeigte immer noch keine Spur von Angst, sondern untersuchte seine Hand mit der Miene eines Kenners, der herablassend ein Beweisstück, das kaum seine Aufmerksamkeit verdient, betrachtet. Er hob das benutzte Pflaster auf, legte es säuberlich zusammen und schnickte es genau in den Papierkorb.

»Das sieht mir eher nach einem Schnitt aus«, sagte Dalgliesh. »Oder es könnte natürlich auch eine Kratzwunde von einem Fingernagel sein.«

»Natürlich«, räumte sein Verdächtiger gelassen ein. »Aber wenn es so wäre, würden Sie dann nicht damit rechnen, Blut oder Haut unter dem Nagel, der den Kratzer verursacht hat, zu finden? Tut mir leid, ich kann mich nicht erinnern, wie es passiert ist.« Er besah die Stelle noch einmal und fügte hinzu: »Es sieht zweifellos nach einem kleinen Schnitt aus, aber er ist lächerlich klein. In zwei Tagen sieht man nichts mehr davon. Wollen Sie ihn wirklich nicht fotografieren?«

»Nein, danke«, sagte Dalgliesh. »Wir haben eine Treppe höher etwas viel Ernsteres zu fotografieren.«

Es verschaffte ihm eine nicht geringe Befriedigung, die Wirkung seiner Worte zu beobachten. Solange er diesen Fall bearbeitete, brauchte keiner seiner Verdächtigen zu glauben, er könne sich von dem Entsetzen vor dem, was da oben im Bett gelegen hatte, in eine private Welt von Gleichgültigkeit oder Zynismus zurückziehen. Er wartete einen Augenblick, dann fuhr er unbarmherzig fort:

»Ich möchte unbedingt Klarheit über die Südtür haben. Sie führt direkt auf die Treppe, die nach oben zu dem früheren Kinderzimmer geht. Demnach schlief Miss Jupp in einem Teil des Hauses, von dem man behaupten darf, daß er einen eigenen Eingang hat. Praktisch fast eine Wohnung für sich. Sobald der Küchenbereich für die Nacht abgeschlossen war, konnte sie durch diese Tür ohne großes Risiko, erwischt zu werden, einen Besucher einlassen. Wenn die Tür nicht verriegelt wurde, konnte sich ein Besucher relativ leicht Zugang zu ihrem

Zimmer verschaffen. Nun sagen Sie, daß die Tür für Sie offen gelassen wurde, und zwar von neun Uhr, als Sie mit dem Abendessen fertig waren, bis kurz nach elf, als Sie von Mr. Bococks Haus zurückkamen. Ist es richtig, daß in diesem Zeitraum jeder das Haus durch die Südtür hätte betreten können?«
»Ja, das nehme ich an.«
»Sicher wissen Sie genau, ob es möglich war oder nicht, Mr. Maxie!«
»Ja, gewiß. Wie Sie wahrscheinlich gesehen haben, hat die Tür zwei stabile Innenriegel und ein Steckschloß. Das Schloß haben wir seit Jahren nicht mehr benutzt. Irgendwo hängen wohl die Schlüssel dazu. Meine Mutter weiß es vielleicht. Wir halten die Tür gewöhnlich tagsüber geschlossen und riegeln sie am Abend ab. Im Winter ist sie im allgemeinen die ganze Zeit verriegelt und wird kaum benutzt. Es gibt noch eine andere Tür zum Küchenbereich. Wir sind mit dem Abschließen ziemlich nachlässig, aber wir hatten hier nie irgendwelche Scherereien. Selbst wenn wir alle Türen sorgfältig abschließen würden, wäre das Haus nicht einbruchsicher. Jeder könnte durch die Glastüren im Salon hereinkommen. Wir schließen sie zwar ab, aber das Glas kann man leicht einschlagen. Es schien uns nie der Mühe wert, uns wegen der Sicherheit zu sehr den Kopf zu zerbrechen.«
»Und außer dieser immer offenen Tür gab es eine handliche Leiter in den ehemaligen Stallungen.«
Stephen Maxie zuckte flüchtig mit den Achseln.
»Irgendwo muß sie aufbewahrt werden. Wir schließen

jedenfalls keine Leiter weg, nur weil jemand auf die Idee kommen könnte, sie zu benutzen, um durch die Fenster einzusteigen.«

»Wir haben noch keinen Beweis, daß das jemand getan hat. Ich interessiere mich immer noch für diese Tür. Wären Sie bereit zu schwören, daß sie nicht verriegelt war, als Sie von Mr. Bococks Haus zurückkamen?«

»Selbstverständlich. Sonst hätte ich nicht hereingekonnt.«

Dalgliesh sagte schnell: »Sie sehen ein, wie wichtig es ist festzustellen, um wieviel Uhr Sie diese Tür endgültig verriegelt haben?«

»Natürlich.«

»Ich frage Sie jetzt noch einmal, wann Sie die Riegel vorgelegt haben, und rate Ihnen, sehr gründlich nachzudenken, bevor Sie antworten.«

Stephen Maxie sah ihm gerade in die Augen und sagte fast beiläufig: »Es war dreiunddreißig Minuten nach zwölf auf meiner Uhr. Ich konnte nicht einschlafen, und um halb eins fiel mir plötzlich ein, daß ich nicht abgeschlossen hatte. Also bin ich aufgestanden und habe es nachgeholt. Ich habe weder jemanden gesehen noch etwas gehört und bin sofort in mein Zimmer zurückgegangen. Es war zweifellos sehr nachlässig von mir, aber falls es ein Gesetz dagegen gibt, daß man vergißt abzuschließen, möchte ich es erst einmal hören.«

»Also haben Sie um 0.33 Uhr die Südtür verriegelt?«

»Ja«, antwortete Stephen Maxie ruhig. »Dreiunddreißig Minuten nach Mitternacht.«

4

In Catherine Bowers hatte Dalgliesh eine Zeugin ganz nach dem Herzen eines jeden Polizisten, ruhig, gewissenhaft und selbstsicher. Sie war mit großer Selbstbeherrschung hereingekommen und hatte weder Nervosität noch Sorge erkennen lassen. Dalgliesh mochte sie nicht.

Es war ihm bewußt, daß er zu solchen persönlichen Antipathien neigte, und er hatte seit langem gelernt, sie zu verbergen und einzuschätzen. Er hatte recht, in ihr einen genauen Beobachter zu vermuten. Sie hatte genauso scharf die Reaktionen der Leute beobachtet, wie sie die Abfolge der Ereignisse erfaßt hatte. So war es Catherine Bowers, von der Dalgliesh erfuhr, wie schockiert die Maxies über Sallys Ankündigung gewesen waren, wie triumphierend das Mädchen gelacht hatte, als es die Neuigkeit hingeworfen hatte, und was für eine ungewöhnliche Wirkung ihre an Miss Liddell gerichteten Bemerkungen bei dieser Dame gezeitigt hatten. Miss Bowers war durchaus gewillt, auch von ihren eigenen Gefühlen zu reden.

»Natürlich war es ein schrecklicher Schock, als Sally uns ihre Neuigkeit erzählte, aber ich kann mir genau vorstellen, wie es dazu gekommen ist. Niemand ist freundlicher als Dr. Maxie. Er hat zuviel soziales Bewußtsein, wie ich ihm immer sage, und das Mädchen hat seinen Vorteil daraus gezogen. Ich weiß, daß er sie nicht wirklich geliebt haben kann. Er hat mir gegenüber nie etwas davon erwähnt, und mir hätte er es vor jedem anderen gesagt. Wenn sie sich wirklich geliebt hätten, hätte er sich darauf verlassen können, daß ich ihn verstanden und freigegeben hätte.«

»Heißt das, daß zwischen Ihnen ein Verlöbnis bestanden hat?«

Dalgliesh fiel es schwer, seiner Stimme die Überraschung nicht anmerken zu lassen. Es brauchte nur noch eine Verlobte mehr, und der Fall würde zur Groteske.

»Ein Verlöbnis nicht direkt, Herr Kommissar. Kein Ring oder so etwas. Aber wir sind jetzt schon so lange eng befreundet, daß man es als selbstverständlich betrachten konnte ... Man könnte vielleicht sagen, es bestand ein Einverständnis zwischen uns. Aber es gab noch keine endgültigen Pläne. Dr. Maxie hat noch einen langen Weg vor sich, bevor er ans Heiraten denken kann. Und dann darf man die Krankheit seines Vaters nicht außer acht lassen.«

»So daß Sie in der Tat *nicht* mit ihm verlobt waren?«

Mit dieser eindeutigen Frage konfrontiert, gab Catherine das soweit zu, aber ihr kleines selbstzufriedenes Lächeln ließ durchblicken, daß es nur eine Frage der Zeit sein konnte.

»Fiel Ihnen, als Sie dieses Wochenende in Martingale ankamen, etwas als ungewöhnlich auf?«

»Nun, ich war ziemlich spät dran am Freitagabend. Ich kam erst kurz vorm Abendessen an. Dr. Maxie kam am späten Abend und Mr. Hearne erst am Samstagmorgen, so daß wir zum Abendessen nur zu dritt waren, Mrs. Maxie, Deborah und ich. Es schien mir, als machten sie einen besorgten Eindruck. Es fällt mir nicht leicht, es sagen zu müssen, aber leider war Sally Jupp ein intrigantes kleines Ding. Sie bediente uns, und ihr Verhalten gefiel mir ganz und gar nicht.«

Dalgliesh wollte Genaueres wissen, aber das »Verhalten« bestand, wie er sich zusammenreimte, aus nichts weiter als einem winzigen Zurückwerfen des Kopfes, als Deborah sie angesprochen hatte, und dem Versäumnis, Mrs. Maxie mit »gnädige Frau« anzureden. Aber er ließ Catherines Aussage nicht als wertlos unter den Tisch fallen. Es war gut möglich, daß weder Mrs. Maxie noch ihre Tochter gegenüber der Gefahr in ihrer Mitte gänzlich blind gewesen waren.

Er schlug eine andere Richtung ein und ging gründlich die Ereignisse vom Sonntagmorgen mit ihr durch. Sie beschrieb, wie sie nach einer schlechten Nacht mit Kopfschmerzen aufgewacht war und sich auf die Suche nach Aspirin gemacht hatte. Mrs. Maxie hatte sie freundlich gebeten, sich selbst zu bedienen. Bei dieser Gelegenheit hatte sie das kleine *Sommeil*-Röhrchen bemerkt. Zuerst hatte sie sie fälschlich für Aspirin gehalten, aber dann war ihr gleich aufgefallen, daß sie kleiner waren und eine andere Farbe hatten. Außerdem trug das Röhrchen ein Etikett. Sie hatte nicht darauf geachtet, wie viele *Sommeil*-Tabletten darin waren, aber sie war ganz sicher, daß das Röhrchen um sieben Uhr an diesem Morgen im Arzneischrank gestanden hatte, und ebenso sicher, daß es nicht mehr dagewesen war, als sie und Stephen Maxie es suchten, nachdem sie Sally Jupp tot aufgefunden hatten. Das einzige *Sommeil* in dem Schränkchen war eine noch nicht angebrochene, versiegelte Packung gewesen.

Dalgliesh bat sie zu beschreiben, wie sie die Leiche gefunden hatten, und war überrascht, was für eine lebendige Darstellung sie geben konnte.
»Als Martha kam und Mrs. Maxie mitteilte, daß Sally nicht aufgestanden war, dachten wir zuerst, sie hätte bloß wieder einmal verschlafen. Dann kam Martha wieder und sagte, die Tür sei verriegelt und Jimmy schreie, also gingen wir mit, um nach dem Rechten zu sehen. Die Tür war ohne jeden Zweifel abgeschlossen. Wie Sie wissen, stiegen Dr. Maxie und Mr. Hearne durch das Fenster ein, und ich hörte einen von ihnen den Riegel zurückschieben. Es muß wohl Mr. Hearne gewesen sein, weil er die Tür aufmachte. Stephen stand neben dem Bett und schaute Sally an. Mr. Hearne sagte: ›Ich fürchte, sie ist tot.‹ Irgend jemand schrie auf. Es war Martha, glaube ich, aber ich schaute mich nicht um. Ich sagte: ›Das kann nicht wahr sein! Es ging ihr gut gestern abend.‹ Wir waren inzwischen zum Bett hinübergegangen, und Stephen hatte das Bettlaken von ihrem Gesicht weggezogen. Vorher hatte es bis zum Kinn gereicht und war ganz ordentlich eingeschlagen. Es kam mir vor, als habe sie jemand für die Nacht bequem ins Bett gepackt. Als wir die Druckstellen an ihrem Hals sahen, wußten wir, was geschehen war. Mrs. Maxie schloß einen Augenblick die Augen. Ich dachte, sie würde in Ohnmacht fallen, und ging deshalb zu ihr. Aber sie schaffte es, sich auf den Beinen zu halten. Sie stand am Fußende des Betts und klammerte sich an der Querstange fest. Sie zitterte heftig, so sehr, daß das ganze Bett wackelte. Es ist nur ein leichtes Einzelbett, wie Sie ja gesehen haben,

und durch die Erschütterung bewegte sich der Körper ganz sacht auf und ab. Stephen sagte sehr laut: ›Bedeckt ihr Gesicht‹, aber Mr. Hearne erinnerte ihn daran, daß wir lieber nichts mehr anfassen sollten, bis die Polizei käme. Mr. Hearne war der ruhigste von uns allen, glaube ich, aber er ist wohl mit gewaltsamem Tod vertraut. Er sah mehr interessiert als entsetzt aus. Er beugte sich über Sally und hob ein Augenlid hoch. Stephen sagte schroff: ›Ich würde mir die Mühe sparen, Hearne. Sie ist bestimmt tot.‹ Mr. Hearne antwortete: ›Darum geht es nicht. Ich frage mich, warum sie nicht gekämpft hat.‹ Dann steckte er seinen kleinen Finger in den Becher mit Kakao auf dem Nachttisch. Er war etwas mehr als halb voll, und obenauf hatte sich eine Haut gebildet. Die Haut blieb an seinem Finger hängen, und er streifte sie am Becherrand ab, bevor er den Finger in den Mund steckte. Wir starrten ihn alle an, als wolle er uns etwas Großartiges vorführen. Ich dachte, daß Mrs. Maxie – ja, ziemlich hoffnungsvoll aussah. Fast wie ein Kind bei einem Fest. Stephen sagte: ›Und, was ist?‹ Mr. Hearne zuckte mit den Schultern und sagte: ›Das muß der Chemiker beantworten. Ich glaube, sie ist betäubt worden.‹ Genau in diesem Augenblick gab Deborah eine Art Keuchen von sich und taumelte auf die Tür zu. Sie war leichenblaß und mußte sich offenbar übergeben. Ich wollte zu ihr hin, aber Mr. Hearne sagte ziemlich heftig: ›Schon gut. Überlassen Sie das mir.‹ Er führte sie aus dem Zimmer, und sie gingen in das Bad für das Personal gleich nebenan, glaube ich. Ich war nicht überrascht. Ich hatte von Deborah nichts anderes erwartet, als daß sie zusammenklappen würde. Dadurch waren nur noch Mrs. Maxie und Stephen mit mir im Zimmer. Ich schlug vor, Mrs. Maxie solle einen Schlüssel suchen, damit wir das Zimmer abschließen könnten, und sie antwortete: ›Natürlich. Ich glaube, das ist so üblich. Und sollten wir nicht die Polizei anrufen? Vom Anschluß im Ankleidezimmer wäre es am besten.‹ Ich nehme an, sie meinte, dort wäre man am ungestörtesten. Ich weiß noch, daß ich dachte: ›Wenn wir vom Ankleidezimmer aus telefonieren, hören die Mädchen nicht mit‹, und dabei ganz vergaß, daß mit den Mädchen Sally gemeint war und Sally nie mehr etwas mithören würde.«

»Meinen Sie, Miss Jupp hatte die Angewohnheit, die Gespräche anderer Leute zu belauschen?« unterbrach sie der Kommissar.

»Ich hatte bestimmt diesen Eindruck, Herr Kommissar. Ich hielt sie allerdings immer für hinterhältig. Sie schien mir nie auch nur ein bißchen dankbar für das zu sein, was die Familie für sie getan hatte. Sie haßte natürlich Mrs. Riscoe. Das konnte jeder sehen. Ich nehme an, Sie haben von der Geschichte mit dem kopierten Kleid gehört?«

Dalgliesh drückte sein Interesse an diesem spannenden Kapitel aus und wurde mit einer anschaulichen Schilderung des Vorfalls und der durch ihn ausgelösten Reaktion belohnt.

»Sie können also sehen, was für ein Mädchen sie war. Mrs. Riscoe tat so, als ließe es sie kalt, aber ich konnte sehen, was sie empfand. Sie hätte Sally umbringen können.«

Catherine Bowers zog mit selbstgefälliger Bescheidenheit ihren Rock über die Knie. Entweder war sie eine sehr gute Schauspielerin, oder sie merkte nicht, was für einen Schnitzer sie eben gemacht hatte. Dalgliesh setzte das Verhör mit dem Gefühl fort, daß vor ihm möglicherweise eine komplexere Persönlichkeit saß, als er anfangs geglaubt hatte.

»Würden Sie mir bitte erzählen, was sich abspielte, als Mrs. Maxie, ihr Sohn und Sie ins Ankleidezimmer kamen?«

»Darauf wollte ich gerade kommen, Herr Kommissar. Ich hatte Jimmy aus seinem Bettchen geholt und hielt ihn noch auf dem Arm. Ich fand es schrecklich, daß er in diesem Zimmer allein mit seiner toten Mutter gewesen war. Als wir alle hereinstürzten, hörte er auf zu schreien, und ich glaube, eine Weile dachte keiner von uns an ihn. Dann nahm ich ihn plötzlich wahr. Er hatte sich am Gitter seines Bettchens hochgezogen und stand schwankend da in seiner nassen Windel, die ihm um die Knöchel hing. Er schaute sich aufmerksam um, aber natürlich ist er noch zu klein, um etwas zu verstehen, Gott sei Dank. Ich nehme an, er war nur neugierig, was wir alle am Bett seiner Mutter machten. Er war inzwischen mucksmäuschenstill und kam ganz willig zu mir. Ich nahm ihn auf dem Arm mit ins Ankleidezimmer. Als wir dort waren, ging Dr. Maxie sofort an das Arzneischränkchen. Er sagte: ›Es ist weg!‹ Ich fragte ihn, was er meinte, und er erzählte mir von dem verschwundenen *Sommeil.* Es war das erstemal, daß ich davon hörte. Ich konnte ihm sagen, daß das Röhrchen dagewesen war, als ich heute morgen Aspirin aus dem Schränkchen holen wollte. Während wir miteinander sprachen, war Mrs. Maxie in das Zimmer ihres Mannes weitergegangen. Sie blieb nur ganz kurz weg, und als sie zurückkam, sagte sie: ›Es ist alles in Ordnung bei ihm. Er schläft. Hast du die Polizei schon erreicht?‹ Stephen ging durchs Zimmer zum Telefon, und ich sagte, ich würde mich anziehen gehen und Jimmy mitnehmen und ihm dann seine erste Mahlzeit geben. Niemand sagte etwas darauf, ich ging also an die Tür. Als ich eben hinausgehen wollte, drehte ich mich noch einmal um. Stephen hatte seine Hand am Hörer, und plötzlich legte seine Mutter ihre Hand auf seine, und ich hörte sie sagen: ›Warte. Eins muß ich noch wissen.‹ Stephen antwortete: ›Du brauchst nicht zu fragen. Ich weiß nichts davon. Das schwöre ich.‹ Mrs. Maxie stieß einen kleinen Seufzer aus und legte ihre Hand auf die Augen. Dann nahm Stephen den Hörer ab, und ich verließ das Zimmer.«

Sie zögerte und sah zu Dalgliesh auf, als erwarte oder erbitte sie eine Stellungnahme. »Vielen Dank«, sagte er ernst. »Bitte fahren Sie fort.«

»Es gibt tatsächlich nicht mehr viel zu berichten, Herr Kommissar. Ich ging mit Jimmy in mein Zimmer und nahm auf dem Weg eine saubere Windel aus dem kleinen Badezimmer mit. Mrs. Riscoe und Mr. Hearne waren noch dort. Sie hatte sich übergeben, und er half ihr, das Gesicht zu waschen. Sie waren anscheinend nicht sehr erbaut, mich zu sehen. Ich sagte: ›Wenn du dich besser fühlst, könnte deine Mutter, glaube ich, ein wenig Aufmerksamkeit brauchen. Ich kümmere mich um Jimmy.‹ Keiner von beiden gab eine Antwort. Ich fand die Windeln im Wäscheschrank, ging in mein Zimmer und legte Jimmy trocken. Dann ließ ich ihn auf meinem Bett spielen, während ich mich anzog. Das dauerte nur ungefähr zehn Minuten. Ich nahm ihn mit in die Küche und gab ihm ein weichgekochtes Ei mit Brot und Gebäck und etwas warme Milch. Er war die ganze Zeit sehr brav. Martha war auch in der Küche und nahm ihr Frühstück zu sich, aber wir redeten nicht miteinander. Ich war überrascht, auch Mr. Hearne dort anzutreffen. Er kochte Kaffee. Mrs. Riscoe war vermutlich bei ihrer Mutter. Mr. Hearne schien ebenfalls nicht zum Reden aufgelegt zu sein. Ich nehme an, er ärgerte sich über das, was ich zu Mrs. Riscoe gesagt hatte. Sie kann in seinen Augen nichts falsch machen, wie Sie sicher erraten haben. Ja, und da sie anscheinend keine Lust hatten zu besprechen, was als nächstes zu geschehen hätte, beschloß ich, die Sache selbst in die Hand zu nehmen, und ich ging in die Halle und rief Miss Liddell an. Ich sagte ihr, was passiert war, und bat sie, das Kind so lange bei sich aufzunehmen, bis die Dinge ins reine gebracht wären. Sie kam innerhalb einer Viertelstunde mit einem Taxi vorbei, und inzwischen waren auch Dr. Epps und die Polizei eingetroffen. Den Rest kennen Sie.«

»Das war ein sehr klarer und nützlicher Bericht, Miss Bowers. Sie haben den Vorzug, ein geschulter Beobachter zu sein, aber nicht alle guten Beobachter können ihre Fakten auch in dieser logischen Reihenfolge vorbringen. Ich will Sie nicht mehr lange aufhalten. Ich möchte nur noch einmal auf die frühen Nachtstunden zurückkommen. Bis jetzt haben Sie, sehr klar für mich, die Ereignisse des gestrigen Abends und dieses Morgens beschrieben. Was ich jetzt klären möchte, ist die Folge der Ereignisse von zehn Uhr abends an. Um diese Zeit waren Sie, glaube ich, noch mit Mrs. Maxie, Dr. Epps und Miss Liddell im Büro. Könnten Sie bitte da anfangen?«

Zum erstenmal nahm Dalgliesh ein kaum merkliches Zögern in der Antwort seiner Verdächtigen wahr. Bis dahin hatte sie auf seine Fragen mit einer bereitwilligen Geläufigkeit geantwortet, die für eine Täuschung einen zu ungekünstelten Eindruck auf ihn gemacht hatte. Er konnte davon ausgehen, daß Catherine Bowers das Verhör bis jetzt nicht als unangenehm empfunden hatte. Es war schwer, solche freimütigen Ergüsse mit einem schlechten Gewissen in Einklang zu bringen. Jetzt spürte er jedoch die plötzliche Zurücknahme des Vertrauens, die leichte Anspannung, einer unwillkommenen Verschiebung des Gewichts zu begegnen. Sie bestätigte, daß Miss Liddell und Dr. Epps das Büro etwa um halb elf verlassen hatten, um nach Hause zu gehen. Mrs. Maxie hatte sie zur Haustür begleitet und war dann zu Catherine zurückgekommen. Gemeinsam hatten sie die Papiere geordnet und das Geld in den Safe gelegt. Mrs. Maxie hatte nicht erwähnt, Sally gesehen zu haben. Sie hatten beide nicht von ihr gesprochen. Nachdem sie das Geld weggeschlossen hatten, waren sie in die Küche gegangen. Martha hatte sich schon für die Nacht zurückgezogen, aber auf dem Herd einen Kochtopf mit Milch und auf dem Küchentisch ein silbernes Tablett mit Bechern stehen lassen. Catherine erinnerte sich, festgestellt zu haben, daß Mrs. Riscoes Becher aus Wedgwoodporzellan nicht dabei war und daß sie es für seltsam gehalten hatte, daß Mr. Hearne und Mrs. Riscoe aus dem Garten hereingekommen sein könnten, ohne von irgend jemandem bemerkt zu werden. Es kam ihr durchaus nicht in den Sinn, daß Sally den Becher genommen haben könnte, obwohl man sich natürlich vorstellen konnte, daß ihr gerade so etwas zuzutrauen war. Dr. Maxies Becher war dagewesen, ebenso ein gläserner mit einem Halter, der Mrs. Maxie gehörte, und zwei große Tassen mit Untertassen, die für die Gäste bestimmt waren. Auf dem Tisch standen eine Zuckerdose und zwei Büchsen mit Milchgetränken. Kakao war nicht dabeigewesen. Mrs. Maxie und Catherine hatten ihre Getränke mit nach oben in Mr. Maxies Ankleidezimmer genommen, wo Mrs. Maxie die Nacht verbringen wollte. Catherine hatte ihr geholfen, das Bett des Schwerkranken zu richten und war dann bei ihr geblieben, um vor dem Kamin im Ankleidezimmer ihre Ovomaltine zu trinken. Sie hatte Mrs. Maxie angeboten, noch eine Weile mit ihr aufzubleiben, aber das Angebot war nicht angenommen worden. Ungefähr nach einer halben Stunde war Catherine aufgestanden und in ihr eigenes Zimmer gegangen. Sie schlief auf der Sallys Zimmer entgegengesetzten Seite des Hauses. Sie hatte auf dem Weg zu ihrem Zimmer niemanden gesehen. Nachdem sie sich ausgezogen hatte, war sie im Bademantel ins Bad gegangen und ungefähr um Viertel nach elf wieder in ihrem Zimmer gewesen. Als sie die Tür schloß, glaubte sie, Mrs. Riscoe und Mr. Hearne die Treppe heraufkommen zu hören, aber sie konnte es nicht mit Sicherheit sagen. Sie hatte bis dahin von Sally weder etwas gehört noch gesehen.

Hier zögerte Catherine, und Dalgliesh wartete geduldig, aber mit gesteigertem Interesse. In der Ecke wandte Sergeant Martin eine Seite seines Notizbuchs mit eingeübter Geräuschlosigkeit um und warf einen raschen heimlichen Blick auf seinen Chef. Wenn er sich nicht sehr irrte, brannte es dem Alten jetzt unter den Nägeln.

»Ja, Miss Bowers?« drängte Dalgliesh unerbittlich.

Seine Zeugin fuhr tapfer fort: »Ich fürchte, das folgende halten Sie vielleicht für recht eigenartig, aber zu der Zeit kam es mir durchaus normal vor. Wie Sie wohl verstehen, war die Szene vor dem Abendessen ein großer Schock für mich. Ich konnte nicht glauben, daß Stephen sich mit diesem Mädchen verloben würde. Es war schließlich nicht er gewesen, der die Neuigkeit mitgeteilt hatte, und ich glaubte keinen Augenblick daran, daß er ihr einen richtigen Antrag gemacht hatte. Das Abendessen war entsetzlich gewesen, wie Sie sich ausmalen können, aber hinterher verhielten sich alle so, als sei nichts passiert. Natürlich, die Maxies zeigen ihre Gefühle nie, aber Mrs. Riscoe ging mit Mr. Hearne nach draußen, und ich bin sicher, daß sie sich ausführlich darüber unterhielten und überlegten, was man tun könnte. Aber keiner sagte etwas zu mir, obwohl ich in gewisser Hinsicht diejenige war, die es zuallererst anging. Ich dachte, Mrs. Maxie würde es vielleicht mit mir besprechen, wenn die anderen Gäste erst gegangen wären, aber ich konnte ihr ansehen, daß sie nicht die Absicht hatte. Als ich dann in meinem Zimmer war, wurde mir klar, daß, wenn ich nichts unternehmen würde, keiner etwas tat. Ich konnte es nicht ertragen, die ganze Nacht dazuliegen, ohne das Schlimmste zu wissen. Ich meinte, ich müßte einfach die Wahrheit herausbekommen. Am natürlichsten erschien es mir, Sally zu fragen. Ich dachte, wenn sie und ich uns nur persönlich darüber unterhalten könnten, wäre es mir vielleicht möglich, alles klarzustellen. Ich wußte, daß es spät war, aber ich hielt es für die einzige Möglichkeit. Ich hatte eine Zeitlang im Dunkeln gelegen, aber als ich den Entschluß gefaßt hatte, knipste ich die Nachttischlampe an und sah auf meine Armbanduhr. Sie zeigte auf drei Minuten vor Mitternacht. Das schien mir in der Stimmung, in der ich mich befand, nicht so arg spät. Ich zog meinen Bademantel an, nahm meine Taschenlampe mit und ging zu Sallys Zimmer. Ihre Tür war geschlossen, aber ich sah, daß das Licht an war, weil es durch das Schlüsselloch fiel. Ich klopfte an die Tür und rief sie leise. Die Tür ist sehr massiv, wie Sie wissen, aber sie kann mich nicht überhört haben, denn das nächste, was ich hörte, war das Geräusch, wie der Riegel vorgeschoben wurde, und das Licht durch das Schlüsselloch war plötzlich weg, weil sie davor stand. Ich klopfte und rief noch einmal, aber es war klar, daß sie mich nicht hineinlassen würde. Ich machte also kehrt und ging zurück zu meinem Zimmer. Auf dem Weg dorthin dachte ich plötzlich, ich müßte Stephen sehen. Ich fand es unerträglich, mit derselben Ungewißheit wieder zu Bett zu gehen. Ich dachte, er hätte vielleicht auch den Wunsch, sich mir anzuvertrauen, möchte aber nicht so gern zu mir kommen. Also machte ich vor meiner Schlafzimmertür kehrt und ging zu seiner Tür. Das Licht war nicht an, also klopfte ich leise und ging hinein. Ich spürte, daß alles in Ordnung wäre, wenn ich nur mit ihm sprechen könnte.«

»Und war es so?« fragte Dalgliesh.

Jetzt war von dem fröhlichen, selbstsicheren Gebaren nichts mehr da. Das jähe Leid in diesen reizlosen Augen war nicht zu verkennen.

»Er war nicht da, Herr Kommissar. Das Bett war aufgedeckt und fertig für die Nacht, aber er war nicht da.« Sie strengte sich plötzlich an, zu ihrer selbstsicheren Haltung zurückzufinden, und sah ihn mit einem Lächeln an, das fast rührend wirkte, so bemüht war es. »Jetzt weiß ich natürlich, daß Stephen Bocock besucht hat, aber in jenem Augenblick war ich sehr enttäuscht.«

»Das glaube ich Ihnen«, pflichtete Dalgliesh ihr ernst bei.

5

Mrs. Maxie nahm ruhig und gefaßt Platz. Sie bot ihm alle nötige Unterstützung an und drückte nur ihre Hoffnung aus, daß die Untersuchung durchgeführt werden könne, ohne ihren Mann zu stören, der sehr ernst krank sei und nicht in der Lage, das Geschehen zu begreifen.

Dalgliesh, der sie über den Schreibtisch beobachtete, konnte sich vorstellen, wie ihre Tochter in dreißig Jahren vielleicht aussehen würde. Ihre kräftigen, tüchtigen, beringten Hände lagen träge in ihrem Schoß. Selbst auf die Entfernung konnte er sehen, wie ähnlich sie den Händen ihres Sohns waren. Mit größerem Interesse stellte er fest, daß ihre Nägel, wie die Nägel an den Fingern des Chirurgen, sehr kurz geschnitten waren. Er konnte keine Anzeichen von Nervosität erkennen. Sie schien ganz die friedliche Einwilligung in ein unvermeidliches Verhör zu verkörpern. Er fühlte, daß sie sich diese Duldsamkeit nicht anerzogen hatte. Sie strahlte vielmehr eine echte heitere Gelassenheit aus, die auf einer inneren Festigkeit beruhte, und es bedürfte wohl mehr als einer Morduntersuchung, um diese Sicherheit ins Wanken zu bringen. Sie beantwortete seine Fragen bedächtig und nachdenklich, gleichsam als messe sie jedem Wort einen eigenen Wert bei. Aber es war nichts Neues, was sie zu berichten wußte. Sie bestätigte Catherine Bowers' Aussage über die Entdeckung der Leiche, und ihr Bericht über den vorigen Tag deckte sich mit den bereits gehörten Darstellungen. Nach dem Aufbruch von Miss Liddell und Dr. Epps ungefähr um halb elf hatte sie das Haus mit Ausnahme der Glastür im Salon und der Hintertür abgeschlossen. Miss Bowers war bei ihr gewesen. Zusammen hatten sie ihre Becher mit der Milch aus der Küche geholt – nur der ihres Sohns hatte dann noch auf dem Tablett gestanden – und waren beide zu Bett gegangen. Sie hatte die Nacht teils schlafend, teils bei ihrem Mann wachend verbracht und

nichts Ungewöhnliches gehört oder gesehen. Niemand war zu ihr gekommen, bis Miss Bowers in der Frühe aufgetaucht war und sie um Aspirin gebeten hatte. Sie hatte von den Tabletten, die angeblich im Bett ihres Mannes entdeckt worden waren, nichts gewußt und hielt die Geschichte für ziemlich unglaubhaft. Ihrer Meinung nach war es für ihn unmöglich, etwas in seiner Matratze zu verstecken, ohne daß Mrs. Bultitaft es gefunden hätte. Ihr Sohn hatte ihr nichts von dem Vorfall erzählt, er hatte allerdings erwähnt, daß er die Pillen durch eine andere Arznei ersetzt habe. Sie hatte gedacht, er probiere ein neues Präparat aus dem Krankenhaus aus, und darauf vertraut, daß er nichts ohne die Zustimmung von Dr. Epps verschreiben werde.
Erst bei den beharrlich nachbohrenden Fragen nach der Verlobung ihres Sohnes wurde ihre Gelassenheit erschüttert. Doch selbst da war es eher Ärger als Furcht, was ihrer Stimme eine gewisse Schärfe gab. Dalgliesh spürte, daß die höflichen Entschuldigungen, die er peinlichen Fragen gewöhnlich voranschickte, hier fehl am Platze wären und mehr als die Frage selbst übel aufgenommen würden. Er fragte ohne Umschweife:
»Wie war Ihre Einstellung, gnädige Frau, zu dieser Verlobung zwischen Miss Jupp und Ihrem Sohn?«
»Sie dauerte wohl kaum lange genug, um mit diesem Namen ausgezeichnet zu werden. Und ich bin überrascht, daß Sie überhaupt danach fragen, Herr Kommissar. Es dürfte Ihnen klar sein, daß ich sie nachdrücklich mißbilligt habe.«
»Na, das war offen genug«, dachte Dalgliesh. »Aber was

sollte sie sonst sagen? Wir würden ihr sowieso kaum abnehmen, daß sie sich darüber gefreut hat.«

»Selbst wenn die Zuneigung für Ihren Sohn vielleicht echt gewesen wäre?«

»Ich tu ihr die Ehre an zu glauben, daß dem so war. Was für einen Unterschied macht das? Ich hätte es dennoch nicht gebilligt. Sie hatten nichts miteinander gemein. Er hätte für das Kind eines anderen Mannes sorgen müssen. Es wäre seiner Karriere im Weg gewesen, und schon nach einem Jahr hätten sie sich nicht mehr gemocht. Diese nicht standesgemäßen Heiraten gehen selten gut. Wie könnten sie auch! Kein kluges Mädchen denkt gern, daß man sich zu ihm herabgelassen hat, und Sally hatte recht viel Verstand, selbst wenn sie es vorzog, das nicht zu zeigen. Außerdem weiß ich nicht, wovon sie hätten leben sollen. Stephen hat sehr wenig Geld. Selbstverständlich habe ich diese sogenannte Verlobung nicht gutgeheißen. Würden Sie sich für Ihren Sohn so eine Heirat wünschen?«

Einen winzigen Augenblick lang glaubte Dalgliesh, daß sie Bescheid wußte. Aber es war ein abgedroschenes, fast banales Argument, das jede Mutter angesichts solcher Umstände wohl unbefangen ausgesprochen hätte. Sie konnte sich unmöglich über seine Bedeutung im klaren gewesen sein. Er fragte sich, was sie sagen würde, wenn er erwiderte: »Ich habe keinen Sohn. Mein einziges Kind und seine Mutter starben drei Stunden nach der Geburt. Ich habe keinen Sohn, der irgendwen – passend oder unpassend – heiraten könnte.« Er konnte sich gut vorstellen, wie sie in vornehmem Abscheu die Stirn runzeln würde, weil er sie ausgerechnet in einem solchen Augenblick mit einem persönlichen Schmerz in Verlegenheit brachte, mit einem Schmerz, der zugleich so alt, so privat und so ohne jede Beziehung zu der vorliegenden Angelegenheit war. Er erwiderte kurz:

»Nein. Ich würde es auch nicht wünschen. Es tut mir leid, daß ich Ihre Zeit mit einer Sache, die ganz allein Ihre Angelegenheit ist, so sehr in Anspruch genommen habe. Aber Sie müssen verstehen, wie wichtig es ist.«

»Natürlich. Von Ihrem Standpunkt aus liefert sie mehreren Personen ein Motiv, mir ganz besonders. Aber man tötet nicht, um gesellschaftliche Unannehmlichkeiten zu vermeiden. Ich gebe zu, daß ich vorhatte, alles zu tun, um sie von der Heirat abzubringen. Ich wollte am nächsten Tag mit Stephen reden. Ich bin sicher, wir hätten etwas für Sally tun können, ohne daß es gleich nötig gewesen wäre, sie in unsere Familie aufzunehmen. Es muß eine Grenze geben für das, was diese Leute von einem erwarten können.«

Die überraschende Bitterkeit ihres letzten Satzes schreckte sogar Sergeant Martin von seiner mechanischen Tätigkeit des Mitschreibens auf. Aber falls Mrs. Maxie merkte, daß sie zuviel gesagt hatte, verschlimmerte sie ihren Fehler nicht durch weitere Worte. Während Dalgliesh sie beobachtete, dachte er, wie sehr sie einem Bild ähnelte, einem Reklamebild in Wasserfarben für Toilettenwasser oder Seife. Sogar die flache Blumenschale auf dem Schreibtisch zwischen ihnen unterstrich ihre gelassene Vornehmheit, als habe die geschickte Hand eines Werbefotografen sie dahin gestellt. »Bildnis einer englischen Dame in ihrem Heim«, dachte er und fragte sich, was sein Vorgesetzter oder – falls es je so weit käme – eine Geschworenenversammlung von ihr halten würde. Selbst sein Verstand, obgleich gewohnt, an Orten, wo man es nicht erwartete, zum Beispiel in gehobenen Kreisen, auf Schlechtigkeit zu stoßen, konnte Mrs. Maxie nicht leicht in Zusammenhang mit einem Mord bringen. Aber ihre letzten Worte waren aufschlußreich gewesen.

Er beschloß, die Frage der Heirat vorerst auf sich beruhen zu lassen und sich auf die anderen Aspekte der Untersuchung zu konzentrieren. Noch einmal ging er den Bericht über die Zubereitung der abendlichen heißen Getränke durch. Es stand eindeutig fest, wem die verschiedenen Becher gehörten. Der blaue aus Wedgwoodporzellan, der neben Sallys Bett gefunden worden war, gehörte Deborah Riscoe. Die Milch für den Schlaftrunk hatte auf dem Herd gestanden. Es war ein Kohleherd mit schweren Abdeckplatten für jede Kochstelle. Der Topf mit der Milch stand gewöhnlich auf einer dieser Abdeckplatten, wo keine Gefahr bestand, daß sie überkochen könnte. Wenn jemand im Haus die Milch zum Kochen bringen wollte, rückte er den Topf auf eine Kochstelle und stellte sie nachher wieder zum Warmhalten auf die Abdeckplatte. Nur die Becher für die Familie und die Tassen für die Gäste hatten auf dem Tablett gestanden. Sie konnte nicht sagen, was Sally oder Mrs. Bultitaft gewöhnlich vor dem Schlafengehen tranken, aber von der Familie trank be-

stimmt keiner Kakao. Sie machten sich nichts aus Schokolade.
»Es sieht also so aus«, sagte Dalgliesh. »Falls die Obduktion, wie ich jetzt annehme, zeigt, daß Miss Jupp betäubt worden ist, und die Analyse des Kakaos ergibt, daß das Betäubungsmittel in ihrem Schlaftrunk war, stehen wir vor zwei Möglichkeiten. Sie könnte das Mittel selbst genommen haben, vielleicht aus keinem schlimmeren Grund, als daß sie nach den Aufregungen des Tages gut schlafen wollte. Oder ein anderer hat ihr das Mittel aus Gründen verabreicht, die wir noch aufdecken müssen, die aber nicht so schwer zu erraten sind. Miss Jupp war, soviel wir wissen, eine gesunde junge Frau. Wenn dieses Verbrechen vorsätzlich war, muß ihr Mörder überlegt haben, wie er – oder sie – in das Zimmer gelangen und das Mädchen töten könnte, ohne den geringsten Lärm zu machen. Es war naheliegend, sie zu betäuben. Das setzt voraus, daß der Mörder mit den abendlichen Trinkgewohnheiten in Martingale vertraut ist und weiß, wo die Arzneimittel aufbewahrt werden. Den Mitgliedern Ihres Haushalts oder den Gästen ist der gewöhnliche Tagesablauf in Ihrem Haus doch sicher bekannt?«
»Bestimmt hätte er dann auch gewußt, daß der Wedgwoodbecher meiner Tochter gehörte. Sind Sie davon überzeugt, Herr Kommissar, daß das Betäubungsmittel für Sally bestimmt war?«
»Nicht restlos. Aber ich bin davon überzeugt, daß der Mörder Miss Jupps Hals nicht mit Mrs. Riscoes verwechselt hat. Gehen wir vorerst davon aus, daß das Mit-

tel für Miss Jupp bestimmt war. Es könnte in den Milchtopf, in den Wedgwoodbecher selbst, bevor oder nachdem das Getränk zubereitet wurde, in die Kakaobüchse oder in den Zucker gegeben worden sein. Sie und Miss Bowers bereiteten Ihre Getränke mit der Milch aus demselben Topf und nahmen Zucker aus der Dose auf dem Tisch, ohne böse Folgen zu spüren. Ich glaube nicht, daß das Mittel in den leeren Becher gegeben wurde. Es ist bräunlich und hätte sich gut von dem blauen Porzellan abgehoben. Bleiben uns zwei Möglichkeiten. Entweder wurde es zerrieben und unter das Kakaopulver gemischt, oder es wurde in dem heißen Getränk aufgelöst, kurz nachdem Miss Jupp es angerührt hatte, aber bevor sie es trank.«

»Ich glaube, die letzte Möglichkeit scheidet aus, Herr Kommissar. Mrs. Bultitaft setzt die Milch immer um zehn Uhr auf. Ungefähr fünfundzwanzig Minuten später sahen wir Sally ihren Becher nach oben in ihr Zimmer tragen.«

»Wen meinen Sie mit ›wir‹, Mrs. Maxie?«

»Dr. Epps, Miss Liddell und ich haben sie gesehen. Ich war mit Miss Liddell oben gewesen, um ihren Mantel zu holen. Als wir in die Halle zurückkamen, kam uns Dr. Epps aus dem Büro entgegen. Während wir noch in der Halle standen, kam Sally aus dem Küchentrakt des Hauses und ging die Haupttreppe hinauf. Sie hatte den blauen Wedgwoodbecher auf der Untertasse in der Hand. Sie war im Schlafanzug und trug einen Morgenmantel darüber. Alle drei sahen wir sie, aber keiner sagte etwas. Miss Liddell und Dr. Epps brachen gleich darauf auf.«

»War es Miss Jupps Gewohnheit, diese Treppe zu benutzen?«

»Nein. Die hintere ist der kürzere Weg von der Küche zu ihrem Zimmer. Sie wollte wohl wieder einmal irgend etwas demonstrieren.«

»Obwohl sie nicht gewußt haben kann, daß sie jemandem in der Halle begegnen würde?«

»Nein. Ich kann mir nicht denken, wie sie das hätte wissen sollen.«

»Sie sagen, es fiel Ihnen auf, daß Miss Jupp Mrs. Riscoes Becher in der Hand hatte. Ließen Sie deswegen gegenüber Ihren Gästen eine Bemerkung fallen, oder machten Sie Miss Jupp Vorhaltungen?«

Mrs. Maxie lächelte kaum merklich. Zum zweitenmal kamen die feinen Krallen zum Vorschein.

»Was für altmodische Vorstellungen Sie haben, Herr Kommissar! Denken Sie, ich hätte ihn Sally aus den Händen reißen sollen, um ihr die gewünschte Genugtuung zu verschaffen und meine Gäste in Verlegenheit zu bringen? In was für einer aufregenden und atemberaubenden Welt Sie leben müssen!«

Dalgliesh ließ sich von dieser leisen Ironie nicht beirren, sondern fuhr mit dem Verhör fort. Aber es war interessant zu wissen, daß seine Zeugin herausgefordert werden konnte.

»Wie ging es weiter, nachdem Miss Liddell und Dr. Epps gegangen waren?«

»Ich brachte mit Miss Bowers im Büro die Papiere in Ordnung und schloß die Geldtasche in den Safe. Dann gingen wir in die Küche und bereiteten unsere Getränke. Ich nahm heiße Milch, und Miss Bowers rührte sich Ovomaltine an. Sie hatte sie gern sehr süß und nahm sich Zucker aus der bereitstehenden Dose. Wir trugen unsere Getränke in das Ankleidezimmer neben dem Schlafzimmer meines Mannes, wo ich die Nächte verbringe, wenn ich an der Reihe bin, ihn zu versorgen. Miss Bowers half mir, das Bett meines Mannes zu richten. Ich denke, wir waren etwa zwanzig Minuten zusammen. Dann sagte sie gute Nacht und ging.«

»Nachdem sie ihre Ovomaltine getrunken hatte?«

»Ja. Sie konnte sie nicht gleich trinken, weil sie zu heiß war, also saß Miss Bowers noch eine Weile bei mir und trank die Tasse aus, bevor sie mich allein ließ.«

»Ging sie an den Arzneischrank, während sie bei Ihnen war?«

»Nein. Ich auch nicht. Mein Sohn hatte seinem Vater schon vorher etwas zum Schlafen gegeben, und er schien im Halbschlaf zu liegen. Wir brauchten weiter nichts für ihn zu tun, als ihm sein Lager so bequem wie möglich zu machen. Ich war froh über Miss Bowers' Hilfe. Sie ist ja ausgebildete Krankenschwester, und zusammen konnten wir sein Bett zurechtmachen, ohne ihn zu stören.«

»Welcher Art sind Miss Bowers' Beziehungen zu Dr. Maxie?«

»Soviel ich weiß, ist Miss Bowers mit meinen beiden Kindern befreundet. Diese Frage sollten Sie lieber den beiden und ihr selbst stellen.«

»Sie und Ihr Sohn sind Ihres Wissens nicht miteinander verlobt?«

»Ich weiß nichts über ihre persönlichen Angelegenheiten. Ich würde es aber nicht für wahrscheinlich halten.«
»Vielen Dank«, sagte Dalgliesh. »Ich möchte jetzt Mrs. Riscoe sehen, wenn Sie so freundlich sein wollten, sie hereinzuschicken.«
Er erhob sich, um Mrs. Maxie die Tür aufzuhalten, aber sie rührte sich nicht. Sie sagte: »Ich glaube immer noch, daß Sally das Betäubungsmittel selbst genommen hat. Es gibt keine vernünftige andere Möglichkeit. Aber wenn es ihr ein anderer verabreicht hat, stimme ich Ihnen zu, daß es in das Kakaopulver gegeben worden sein muß. Verzeihen Sie, aber können Sie das nicht feststellen, indem Sie die Büchse und den Inhalt untersuchen?«
»Das hätten wir vielleicht feststellen können«, sagte Dalgliesh ernst. »Aber die leere Büchse wurde im Mülleimer gefunden. Sie war ausgespült. Die Papierauskleidung innen fehlt. Sie ist wohl im Küchenherd verbrannt worden. Irgend jemand hat für doppelte Sicherheit gesorgt.«
»Eine sehr kaltblütige Dame, Sir«, sagte Sergeant Martin, als Mrs. Maxie sie allein gelassen hatte. Er fügte mit einem an ihm ungewohnten Humor hinzu: »Sie saß da wie eine Kandidatin der Liberalen, die auf die Nachzählung der Stimmen wartet.«
»Ja, aber mit vollem Vertrauen auf ihre Parteiorganisation«, antwortete Dalgliesh sarkastisch. »So, dann wollen wir mal hören, was der Rest von ihnen zu berichten hat.«

6

Es war ein völlig anderes Zimmer als beim letztenmal, dachte Felix, aber auch jenes Zimmer war ruhig und friedlich gewesen. An den Wänden hatten Bilder gehangen, und der schwere Mahagonischreibtisch hatte gar nicht so viel anders ausgesehen als der, an dem Dalgliesh jetzt saß. Es hatten auch Blumen dagestanden, ein kleiner Strauß, dekorativ in einer Schale angeordnet, die kaum größer als eine Teetasse war. Alles an dem Zimmer war freundlich und gemütlich gewesen, selbst der Mann hinter dem Schreibtisch mit seinen feisten weißen Händen, seinen lächelnden Augen hinter den dicken Brillengläsern. Dieses Zimmer hatte eine ganz ähnliche Atmosphäre. Es war erstaunlich, wie viele Verfahren es gab, um die Wahrheit aus einem herauszuholen, Verfahren, bei denen kein Blut vergossen wurde, die gewollt sauber waren, die hinsichtlich gewisser Gerätschaften keine großen Anforderungen stellten. Er riß sich von seinen Erinnerungen los und zwang sich, den Mann am Schreibtisch anzusehen. Die gefalteten Hände waren schlanker, die Augen dunkel und weniger freundlich. Es war nur noch eine weitere Person im Zimmer, und auch er war ein englischer Polizist. Das hier war Martingale. Das war England.

Bis jetzt war es nicht allzu schlecht gegangen. Deborah war eine halbe Stunde weggewesen. Als sie zurückkam, ging sie zu ihrem Platz, ohne ihn anzusehen, und er erhob sich ebenso schweigsam und folgte dem uniformierten Polizisten in das Büro. Er war froh, daß er dem Wunsch nach einem Drink vor seiner Vernehmung widerstanden und die von Dalgliesh angebotene Zigarette abgelehnt hatte. Das war ein alter Trick! Auf diese Art kriegten sie ihn nicht. Er würde ihnen nicht die Freude machen, seine Nervosität durchblicken zu lassen. Wenn er nur Ruhe bewahren konnte, würde alles glattgehen.

Der geduldige Mann hinter dem Schreibtisch blickte auf seine Notizen. »Vielen Dank. Das ist soweit klar. Können wir jetzt bitte ein wenig zurückgreifen? Nach dem Kaffee gingen Sie mit Mrs. Riscoe hinaus und halfen ihr, das Geschirr vom Abendessen abzuwaschen. Etwa um halb zehn kamen Sie beide in dieses Zimmer, wo Mrs. Maxie, Miss Liddell, Miss Bowers und Dr. Epps das Geld zählten, das sie auf dem Fest eingenommen hatten. Sie sagten ihnen, daß Sie und Mrs. Riscoe spazierengehen wollten, und wünschten Miss Liddell und Dr. Epps, die vermutlich nicht mehr in Martingale sein würden, wenn Sie zurückkämen, eine gute Nacht. Mrs. Maxie sagte, sie würde eine der Glastüren im Salon für Sie offenlassen, und bat Sie, sie abzuschließen, wenn Sie nach Hause kämen. Diese Vereinbarung hörte jeder, der in diesem Augenblick im Zimmer war?«

»Soviel ich weiß, ja. Keiner machte dazu eine Bemerkung, aber da sie alle mit Geldzählen beschäftigt waren, bin ich nicht sicher, ob sie richtig hinhörten.«

»Ich finde es erstaunlich, daß die Glastür im Salon für Sie unverschlossen blieb, wo doch auch die Hintertür offen war. Ist das nicht ein Stubbs an der Wand hinter Ihnen? In diesem Haus gibt es einige sehr hübsche Stücke, die man leicht wegtragen kann.«

Felix wandte nicht den Kopf.

»Ein Polyp mit Bildung! Ich dachte, die wären eine Besonderheit von Kriminalromanen. Ich gratuliere! Aber die Maxies machen keine Reklame mit ihrem Besitz. Vom Dorf her droht keine Gefahr. Die Leute sind in den letzten dreihundert Jahren ziemlich ungehindert in diesem Haus ein und aus gegangen. Das Abschließen bleibt hier eher dem Zufall überlassen, wenn man von der vorderen Tür absieht. Die wird jede Nacht von Stephen Maxie oder seiner Schwester feierlich verriegelt und verrammelt, fast als hätte das irgendeine dunkle Bedeutung. Ansonsten sind sie nicht so gründlich. Hierin wie in anderen Dingen scheinen sie sich auf unsere wundervolle Polizei zu verlassen.«

»Gut! Sie gingen etwa um halb zehn hinaus in den Garten und machten einen Spaziergang mit Mrs. Riscoe. Worüber haben Sie gesprochen, Mr. Hearne?«

»Ich bat Mrs. Riscoe, mich zu heiraten. Ich fahre in zwei Monaten nach Kanada in unsere Filiale, und ich dachte, es wäre vielleicht lustig, das Geschäft mit Flitterwochen zu verbinden.«

»Und Mrs. Riscoe gab ihr Jawort?«

»Es ist reizend von Ihnen, daß Sie sich dafür interessieren, Herr Kommissar, aber ich muß Sie leider enttäuschen. So unerklärlich es Ihnen erscheinen muß, aber Mrs. Riscoe war nicht begeistert.«

Die Erinnerung überkam ihn in einer Woge von Gefühlen. Die Dunkelheit, der überwältigende Duft der Rosen, die heftigen, drängenden Küsse, die Ausdruck eines unwiderstehlichen Verlangens in ihr waren, aber nicht der großen Liebe, wie er spürte. Und danach die verdrossene Müdigkeit in ihrer Stimme. »Heirat, Felix? Ist in dieser Familie nicht schon genug vom Heiraten geredet worden? Mein Gott, wie ich mir wünsche, sie wäre tot!« Da wußte er, daß er sich hatte verleiten lassen, zu früh zu sprechen. Die Zeit und der Ort waren falsch gewesen. Waren auch die Worte die falschen gewesen? Was war es eigentlich genau, was sie wollte? Dalgliehs Stimme rief ihn in die Gegenwart zurück.

»Wie lange blieben Sie im Garten, Sir?«

»Es wäre galant, so zu tun, als habe die Zeit aufgehört zu existieren. Im Interesse Ihrer Untersuchung will ich jedoch zugeben, daß wir um Viertel vor elf durch die Glastür des Salons hereinkamen. Die Uhr auf dem Kaminsims schlug dreiviertel, als ich die Tür zumachte und abschloß.«

»Die Uhr ist immer fünf Minuten vorgestellt, Sir. Fahren Sie bitte fort.«

»Demnach kamen wir um zwanzig vor elf zurück. Ich schaute nicht auf meine Armbanduhr. Mrs. Riscoe bot mir einen Whisky an, den ich ausschlug. Ich lehnte auch ein Milchgetränk ab, und sie ging in die Küche, um für sich eins zu bereiten. Sie kam nach wenigen Minuten zurück und sagte, sie habe ihre Meinung geändert. Sie sagte auch, daß ihr Bruder anscheinend noch aus sei. Wir unterhielten uns noch eine Weile und verabredeten, uns am nächsten Morgen um sieben Uhr zu treffen und auszureiten. Dann gingen wir zu Bett. Ich hatte eine leidlich gute Nacht. Mrs. Riscoe ebenfalls, soviel ich weiß. Ich war bereits angezogen und wartete in der Halle auf sie, als ich Stephen von oben nach mir rufen hörte. Er brauchte meine Hilfe wegen der Leiter. Der Rest ist Ihnen bekannt.«

»Haben Sie Sally Jupp getötet, Mr. Hearne?«

»Soweit es mir bewußt ist, nein.«

»Was wollen Sie damit sagen?«

»Nur, daß ich es wohl in einem Zustand von Amnesie getan haben könnte, aber das ist wohl keine brauchbare Hypothese.«

»Ich denke, wir können diese Möglichkeit fallenlassen. Miss Jupp wurde von jemandem getötet, der wußte, was er – oder sie – tat. Haben Sie eine Vermutung, wer es war?«

»Erwarten Sie von mir, daß ich diese Frage ernst nehme?«

»Ich erwarte, daß Sie alle meine Fragen ernst nehmen. Diese junge Mutter wurde ermordet. Ich habe die Absicht herauszufinden, wer sie umbrachte, ohne allzuviel von meiner Zeit und der anderer Leute zu vergeuden, und ich erwarte, daß Sie mit mir zusammenarbeiten.«

»Ich habe keine Ahnung, wer sie ermordet hat, und ich bin nicht sicher, ob ich es Ihnen sagen würde, wenn ich einen Verdacht hätte. Ich teile Ihre offenkundige Leidenschaft für eine abstrakte Gerechtigkeit nicht. Ich bin jedoch bereit, bis zu einem gewissen Grad mit Ihnen zusammenzuarbeiten, indem ich Sie auf ein paar Tatsachen hinweise, die Sie bei Ihrer Begeisterung für weitschweifige Befragungen Ihrer Verdächtigen möglicherweise übersehen haben. Jemand ist durch das Fenster des Mädchens eingestiegen. Sie hatte Glastiere auf der Fensterbank stehen, die durcheinandergeworfen waren.

Das Fenster war offen, und ihre Haare waren feucht. Es hat letzte Nacht von halb eins bis drei geregnet. Ich folgere daraus, daß sie vor halb eins tot war, sonst hätte sie das Fenster geschlossen. Das Kind wachte nicht vor seiner gewohnten Zeit auf. Vermutlich hat also der Besucher wenig Lärm gemacht. Es ist unwahrscheinlich, daß ein heftiger Streit stattfand. Ich stelle mir vor, daß Sally ihren Besucher selbst durch das Fenster hereinließ. Wahrscheinlich benutzte er die Leiter. Sie dürfte gewußt haben, wo sie aufbewahrt wird. Er kam wahrscheinlich auf Grund einer Verabredung. Ihre Vermutung über das Warum taugt soviel wie meine. Ich habe sie nicht gekannt, aber irgendwie wirkte sie auf mich nicht übermäßig sexuell interessiert oder promiskuitiv. Der Mann war wahrscheinlich in sie verliebt, und als sie ihm ihre Heiratsabsichten mit Stephen Maxie mitteilte, tötete er sie in einem plötzlichen Anfall von Eifersucht oder Wut. Ich kann mir nicht vorstellen, daß es ein vorsätzliches Verbrechen war. Sally hatte ihre Tür verschlossen, damit sie mit Sicherheit nicht gestört würden, und der Mann verließ das Zimmer durch das Fenster, ohne sie aufzuschließen. Er hat vielleicht gar nicht gemerkt, daß sie verriegelt war. Andernfalls hätte er sie wahrscheinlich aufgeriegelt und seinen Abgang mit größerer Sorgfalt geplant. Jene verriegelte Tür muß für Sie eine große Enttäuschung sein, Herr Kommissar. Selbst Sie können sich doch sicher kaum ausmalen, daß jemand von der Familie eine Leiter herauf- und hinunterpoltert, um in sein eigenes Haus und wieder hinaus zu gelangen. Ich weiß, daß Sie an die Maxie-Jupp-Verlobung denken, aber Sie brauchen nicht mich dazu, um sich darauf hinweisen zu lassen, daß die Sterblichkeitsrate der Frauen sehr hoch wäre, wenn wir morden müßten, um aus unwillkommenen Verlobungen herauszukommen.«

Selbst während er noch redete, wußte Felix, daß es ein Fehler war. Furcht hatte ihn zu Geschwätzigkeit verleitet und in Zorn geraten lassen. Der Sergeant betrachtete ihn mit dem resignierten und etwas mitleidigen Blick eines Mannes, der allzuoft gesehen hat, wie Menschen sich zum Narren machen, um überrascht zu sein, dem es aber immer noch lieber wäre, sie würden es nicht tun.

Dalgliesh sagte freundlich: »Ich dachte, Sie hätten eine gute Nacht gehabt. Dennoch merkten Sie, daß es von halb eins bis drei regnete.«

»Für mich war es eine gute Nacht.«

»Sie leiden demnach an Schlaflosigkeit? Was nehmen Sie dagegen?«

»Whisky. Allerdings selten im Haus anderer Leute.«

»Sie haben vorher beschrieben, wie die Leiche entdeckt wurde und wie Sie mit Mrs. Riscoe in das anstoßende Badezimmer gingen, während Dr. Maxie die Polizei anrief. Nach einer Weile ließ Mrs. Riscoe Sie allein und ging zu ihrer Mutter. Was taten Sie danach?«

»Ich dachte, ich sollte mich lieber mal darum kümmern, wie es Mrs. Bultitaft ging. Ich nahm nicht an, daß es irgendwem nach Frühstück zumute wäre, aber es war klar, daß wir eine Menge heißen Kaffee brauchen würden und daß belegte Brote auch keine schlechte Idee wären. Sie schien wie gelähmt und sagte immer wieder, Sally müsse sich selbst umgebracht haben. Ich wies sie so zartfühlend wie möglich darauf hin, daß das anatomisch unmöglich sei, und das schien sie noch mehr aufzuregen. Sie warf einen sonderbaren Blick auf mich, als sei ich ein Fremder, und brach dann in lautes Schluchzen aus. Bis ich es geschafft hatte, sie zu beruhigen, war Miss Bowers mit dem Kind aufgetaucht und kümmerte sich offenbar ziemlich fachmännisch um sein Frühstück. Martha raffte sich auf, und wir kochten Kaffee und bereiteten Mr. Maxies Frühstück vor. Inzwischen war die Polizei eingetroffen, und wir wurden gebeten, im Salon zu warten.«

»Als Mrs. Bultitaft in Tränen ausbrach, war das das erste Anzeichen von Kummer, das sie erkennen ließ?«

»Kummer?« Die Pause war fast unmerklich. »Sie war offenbar wie wir alle sehr schockiert.«

»Vielen Dank, Sir. Das hat uns sehr geholfen. Ich lasse Ihre Aussage abtippen und werde Sie später bitten, sie durchzulesen und zu unterschreiben, wenn Sie damit einverstanden sind. Falls Sie sonst noch etwas haben, das Sie mir mitteilen wollen, haben Sie dazu jederzeit Gelegenheit. Ich bin immer irgendwo hier zu finden. Würden Sie, falls Sie in den Salon zurückgehen, Mrs. Bultitaft fragen, ob sie als nächste hereinkommen möchte?«

Es war ein Befehl, keine Bitte. Als er an der Tür war, hörte Felix die ruhige Stimme wieder sprechen.

»Sie werden kaum überrascht sein, wenn ich Ihnen sage, daß sich Ihre Darstellung der Ereignisse fast aufs

Haar mit der von Mrs. Riscoe deckt. Mit einer Ausnahme. Mrs. Riscoe sagt, daß Sie fast die ganze Nacht in ihrem Zimmer, nicht in Ihrem eigenen verbracht haben. Tatsächlich sagte sie, Sie hätten zusammen geschlafen.«
Felix blieb stehen und starrte eine Zeitlang auf die Tür, dann drehte er sich um und sah den Mann hinter dem Schreibtisch an.
»Das war sehr lieb von Mrs. Riscoe, aber es macht die Sache schwierig für mich, nicht wahr? Sie werden leider selbst entscheiden müssen, Herr Kommissar, wer von uns beiden lügt.«
»Danke«, sagte Dalgliesh. »Das habe ich bereits getan.«

7

Dalgliesh hatte im Laufe seiner Tätigkeit eine ganze Reihe von Marthas kennengelernt, und er hatte sie nie für komplizierte Persönlichkeiten gehalten. Sie kümmerten sich um das leibliche Wohl, um die Zubereitung der Speisen, die zahllosen elementaren Aufgaben, die irgend jemand erledigen muß, bevor die Kraft des Geistes wirksam werden kann. Ihre eigenen anspruchslosen emotionalen Bedürfnisse fanden ihre Erfüllung im Dienen. Sie waren treu, fleißig und wahrheitsliebend und gaben gute Zeugen ab, weil ihnen sowohl die Vorstellungskraft als auch die für erfolgreiches Lügen notwendige Übung fehlte. Sie konnten wohl Ungelegenheiten machen, wenn sie beschlossen, jene zu schützen, die ihre Anhänglichkeit gewonnen hatten, aber das war eine offenkundige Gefahr, auf die man sich einstellen konnte. Er rechnete bei Martha nicht mit Schwierigkeiten. Jedoch mußte Dalgliesh zu seinem Ärger feststellen, daß jemand mit ihr gesprochen hatte. Sie würde korrekt sein, sie würde respektvoll sein, aber jede Auskunft, die er aus ihr herausholen wollte, würde er ihr mühsam abringen müssen. Martha war vorbereitet worden, und es war nicht schwer zu erraten, von wem. Er bohrte geduldig nach.

»Sie kochen also und helfen bei der Pflege von Mr. Maxie. Das muß eine schwere Bürde sein. Haben Sie Mrs. Maxie den Vorschlag gemacht, Sally Jupp einzustellen?«

»Nein.«

»Wissen Sie, von wem er kam?«

Martha blieb ein paar Sekunden still, als überlegte sie, ob sie es auf eine Indiskretion ankommen lassen sollte.

»Es kann Miss Liddell gewesen sein. Die gnädige Frau hat vielleicht auch selbst daran gedacht. Ich weiß es nicht.«

»Aber ich setze voraus, daß Mrs. Maxie sich mit Ihnen besprochen hat, bevor sie das Mädchen einstellte.«

»Sie hat mir wegen Sally Bescheid gesagt. Es war die Aufgabe der gnädigen Frau, das zu entscheiden.«

Dalgliesh fand diese Unterwürfigkeit allmählich aufreizend, aber seine Stimme zeigte keine Veränderung. Er hatte sich noch nie von einem Zeugen aus der Fassung bringen lassen.

»Hat Mrs. Maxie früher schon einmal eine ledige Mutter eingestellt?«

»An so etwas hätte man früher nie gedacht. Unsere Mädchen kamen alle mit ausgezeichneten Referenzen.«

»Dann war es also ein Wagnis. Meinen Sie, es war ein Erfolg? Sie hatten am meisten mit Miss Jupp zu tun. Was war sie für ein Mensch?«

Martha gab keine Antwort.

»Waren Sie mit ihrer Arbeit zufrieden?«

»Ich war einigermaßen zufrieden. Am Anfang wenigstens.«

»Was war der Anlaß für Sie, Ihre Meinung zu ändern? War es ihr spätes Aufstehen?«

Die eigensinnigen Augen mit den schweren Lidern fingen plötzlich an zu wandern.

»Es gibt schlimmere Dinge, als im Bett zu liegen.«

»Und die wären?«

»Sie fing an, unverschämt zu werden.«

»Das muß unangenehm für Sie gewesen sein. Ich möchte gern wissen, warum Miss Jupp unverschämt wurde.«

»So sind die Mädchen eben. Zuerst sind sie ganz still, und dann fangen sie an, so zu tun, als wären sie Herrin im Haus.«

»Angenommen, Sally Jupp kam auf den Gedanken, sie würde eines Tages tatsächlich hier die Herrin sein.«

»Dann war sie übergeschnappt.«

»Aber Dr. Maxie hat ihr wirklich am Samstagabend einen Heiratsantrag gemacht.«

»Ich weiß nichts davon. Dr. Maxie hätte Sally Jupp nicht heiraten können.«

»Irgend jemand scheint das sichergestellt zu haben, nicht wahr? Haben Sie eine Ahnung, wer?«

Martha antwortete nicht. Es gab allerdings auch nichts zu sagen. Wenn Sally Jupp wirklich aus diesem Grund umgebracht worden war, dann war der Kreis der Verdächtigen nicht groß. Dalgliesh begann, mit ermüdender Gründlichkeit mit ihr die Ereignisse vom Samstagnachmittag und -abend durchzugehen. Über das Fest konnte sie nur wenig sagen. Sie hatte offenbar nicht daran teilgenommen, sondern nur eine Runde durch den Garten gemacht, bevor sie Mr. Maxie das Abendessen gab und es ihm für die Nacht bequem machte. Als sie in die Küche zurückkam, hatte Sally anscheinend Jimmy seine letzte Mahlzeit gegeben und ihn nach oben gebracht, um ihn zu baden, denn der Kinderwagen war in der Waschküche, und Teller und Becher des Kindes standen im Spülstein. Das Mädchen tauchte nicht auf, und Martha vertat keine Zeit damit, nach ihr zu suchen. Die Familie hatte sich beim Abendessen, das aus kalten Gerichten bestand, selbst bedient, und Mrs. Maxie hatte nicht nach ihr geläutet. Später waren Mrs. Riscoe und Mr. Hearne in die Küche gekommen, um ihr beim Abwasch zu helfen. Sie hatten nicht gefragt, ob Sally zurück sei. Der Name war überhaupt nicht gefallen. Sie hatten in der Hauptsache vom Fest gesprochen. Mr. Hearne hatte mit Mrs. Riscoe gelacht und Witze gemacht, während sie Geschirr spülten. Er war ein sehr unterhaltsamer Herr. Sie hatten nicht geholfen, die heißen Getränke zuzubereiten. Das war erst später dran. Die Kakaobüchse stand im Schrank zusammen mit anderen Lebensmitteln, und weder Mrs. Riscoe noch Mr. Hearne waren an dem Schrank gewesen. Sie hatte sich

die ganze Zeit, solange die beiden da waren, in der Küche aufgehalten.
Nachdem sie gegangen waren, hatte sie den Fernseher eingeschaltet und eine halbe Stunde zugeschaut. Nein, wegen Sally hatte sie sich keine Sorgen gemacht. Das Mädchen würde schon nach Hause kommen, wenn es Lust dazu hatte. Ungefähr fünf Minuten vor zehn hatte Martha einen Topf mit Milch auf den Herdrand gestellt, damit die Milch langsam warm würde. Das machte sie fast jeden Abend so in Martingale, damit sie früher zu Bett gehen konnte. Sie hatte die Becher auf ein Tablett gestellt. Für Gäste, die nachts ein heißes Getränk wünschten, wurden immer große Tassen mit Untertassen bereitgestellt. Sally wußte sehr wohl, daß der blaue Becher Mrs. Riscoe gehörte. Jeder in Martingale wußte das. Nachdem sie sich um die Milch gekümmert hatte, war sie schlafen gegangen. Sie war vor halb elf im Bett gewesen und hatte die ganze Nacht nichts Ungewöhnliches gehört. Am Morgen war sie Sally wecken gegangen und hatte die Tür verriegelt vorgefunden. Sie hatte es sofort der gnädigen Frau gemeldet. Den Rest kannte er.
Es dauerte über vierzig Minuten, um ihr diese unwichtigen Auskünfte zu entlocken, doch Dalgliesh zeigte keine Anzeichen von Ungeduld. Jetzt kamen sie zur eigentlichen Entdeckung der Leiche. Es war wichtig herauszufinden, wie weit Marthas Bericht mit dem von Miss Bowers übereinstimmte. Falls die Darstellungen sich deckten, könnte sich wenigstens eine seiner vorläufigen Theorien als richtig erweisen. Sie stimmten tatsächlich überein. Geduldig fuhr er fort und fragte nach

dem verschwundenen *Sommeil.* Aber hier war er weniger erfolgreich. Martha Bultitaft glaubte nicht, daß Sally im Bett ihres Herrn Tabletten gefunden hatte.
»Sally tat gern so, als pflegte sie den Herrn. Kann sein, sie sprang mal ein, wenn die gnädige Frau besonders müde war. Aber er wollte immer nur mich um sich haben. Ich mache die ganze schwere Pflegearbeit. Wenn irgend etwas im Bett versteckt gewesen wäre, hätte ich es gefunden.«
Das war die längste Äußerung, die sie gemacht hatte. Dalgliesh hielt sie für überzeugend. Schließlich fragte er sie nach der leeren Kakaobüchse. Auch hierauf antwortete sie ruhig und ausdruckslos, aber sehr bestimmt. Sie hatte die leere Büchse auf dem Küchentisch gefunden, als sie herunterkam, um den Morgentee zu kochen. Sie hatte das Innenpapier verbrannt, die Büchse ausgespült und in den Mülleimer geworfen. Warum sie sie zuerst ausgespült hatte? Weil die gnädige Frau es nicht leiden konnte, wenn man klebrige oder fettige Blechbüchsen in den Mülleimer warf. Die Kakaobüchse war natürlich nicht fettig gewesen, aber das hatte nichts zu sagen. In Martingale wurden alle verbrauchten Blechbüchsen ausgespült. Und warum sie die Innenhülle verbrannt hatte? Na, sie konnte doch die Büchse nicht innen auswaschen, wenn das Papier noch drin war, oder? Die Büchse war leer, also spülte sie sie aus und warf sie weg. Ihr Ton deutete an, daß keine vernünftige Person anders handeln würde.
Dalgliesh sah keine Möglichkeit, ihre Geschichte wirksam zu widerlegen. Er verzagte bei dem Gedanken, Mrs.

Maxie danach zu fragen, wie die Familie ihre verbrauchten Blechbüchsen loswurde. Aber wiederum hatte er den Verdacht, daß Martha bearbeitet worden war. Er sah den Anfang eines Musters. Die grenzenlose Geduld während der letzten Stunde hatte sich durchaus gelohnt.

5. Kapitel

1

Das St.-Mary-Heim lag etwa eine Meile außerhalb des eigentlichen Dorfs, ein häßliches rotes Backsteingebäude mit einer Vielzahl von Giebeln und Türmchen, das abseits der Hauptstraße hinter einem diskreten Schutz von Lorbeerbüschen stand. Die mit Kies bestreute Zufahrt führte auf eine Haustür zu, deren abgegriffener Klopfer vom vielen Polieren blitzte. Die Tüllgardinen an allen Fenstern waren schneeweiß. Flache Steinstufen an der Seite des Hauses führten auf ein viereckiges Rasenstück hinunter, auf dem mehrere Kinderwagen nebeneinander standen. Ein Mädchen mit Häubchen und Schürze ließ sie ein – vermutlich eine junge Mutter, dachte Dalgliesh – und ging ihnen in ein kleines Zimmer auf der linken Seite der Halle voraus. Sie schien nicht recht zu wissen, was sie tun sollte, und verstand Dalgliesh Namen nicht, obwohl er ihn zweimal wiederholte. Große Augen starrten ihn verständnislos durch die Nickelbrille an, als sie hilflos an der Tür stand.

»Macht nichts«, sagte Dalgliesh freundlich, »lassen Sie Miss Liddell nur wissen, daß zwei Polizisten von Martingale herübergekommen sind und sie sprechen möchten. Sie weiß dann schon Bescheid.«

»Bitte, ich muß die Namen wissen. Ich werde zum Hausmädchen ausgebildet.«
Sie blieb in verzweifelter Beharrlichkeit stehen, hin und her gerissen zwischen der Furcht vor Miss Liddells Tadel und der Verlegenheit, mit zwei fremden Männern, und obendrein Polizisten, im selben Zimmer zu sein. Dalgliesh reichte ihr seine Karte.
»Dann geben Sie ihr einfach das. Das ist sogar passender und korrekter. Und machen Sie sich keine Sorgen. Sie werden ein prima Hausmädchen abgeben. Heutzutage werden sie höher geschätzt als Gold, wissen Sie.«
»Nicht mit einem unehelichen Kind auf dem Buckel, dann nicht«, sagte Sergeant Martin, als die schmächtige Gestalt mit etwas, das ein geflüstertes Danke sein mochte, durch die Tür verschwand.
»Komisch, ein so unauffälliges kleines Ding wie sie hier anzutreffen, Sir. Ein bißchen beschränkt, so wie sie sich benahm. Es wird sie wohl einer ausgenutzt haben.«
»Sie ist der Typ, der vom Tag seiner Geburt an ausgenutzt wird.«
»Und völlig verängstigt, nicht? Ich denke doch, diese Miss Liddell behandelt die Mädchen richtig, Sir?«
»Durchaus, stell ich mir vor, so gut sie es eben versteht. Es ist leicht, über ihre Arbeit in Gefühlsduselei zu geraten, aber sie hat es mit einem ganz schön gemischten Haufen zu tun. Was man hier braucht, ist Hoffnung, Glauben und Nächstenliebe in unbegrenztem Maße. Mit anderen Worten, man braucht eine Heilige, und wir können von Miss Liddell kaum erwarten, daß sie diesen hohen Anspruch erfüllt.«

»Ja, Sir«, sagte Sergeant Martin. Nach reiflicher Überlegung dachte er, »Nein, Sir« wäre wohl richtiger gewesen. Dalgliesh ging langsam im Zimmer auf und ab. Es war gemütlich, jedoch schlicht und, wie ihm schien, mit vielen persönlichen Besitztümern von Miss Liddell ausgestattet. Alles Holz war auf Hochglanz poliert. Das Spinett und der Rosenholztisch sahen aus, als müßten sie sich heiß anfassen, so viel Kraft und Energie war auf sie verwandt worden. Das eine große Fenster, von dem man auf den Rasen blickte, hatte Vorhänge aus geblümtem Kretonne, die jetzt wegen der Sonne zugezogen waren. Der Teppich war, obwohl man ihm sein Alter ansah, nicht von der Art, wie sie von offiziellen Gremien, seien sie noch so unbürokratisch und um das Gemeinwohl besorgt, zur Verfügung gestellt werden. Das Zimmer entsprach von der Ausstrahlung her so sehr Miss Liddell, als gehörte ihr das Haus. An den Wänden rundum hingen Fotografien von Babys. Babys, die nackt auf dicken Wolldecken lagen und ihre Köpfe lächerlich hilflos der Kamera entgegenreckten. Babys, die zahnlos aus Kinderwagen und Wiegen lachten. In Wollsachen verpackte Babys, die von ihren Müttern auf dem Arm gehalten wurden. Es gab sogar ein paar, die faul in den Armen eines verlegenen Mannes lagen. Das waren vermutlich diejenigen, die Glück gehabt hatten, diejenigen, die es schließlich zu einem offiziellen Vater gebracht hatten. Über einem kleinen Mahagonischreibtisch hing ein gerahmter Druck mit einer Frau am Spinnrad. Unten am Rahmen war eine kleine Tafel befestigt. »Miss Alice Liddell zur Erinnerung an zwanzig Jahre hingebungsvollen Dienstes als Leiterin des St.-Mary-Heims, überreicht vom Verein für sittliche Wohlfahrt der Gemeinde Chadfleet und des Bezirks.« Dalgliesh und Martin betrachteten es zusammen.

»Ich weiß nicht recht, ob ich dies hier ein Heim nennen würde«, sagte der Sergeant. Dalgliesh ließ seinen Blick noch einmal über die Einrichtung gleiten, das sorgsam gehütete Vermächtnis von Miss Liddells Jugend.

»Das mag es für eine alleinstehende Frau in Miss Liddells Alter sehr wohl sein. Sie hat dieses Haus in mehr als zwanzig Jahren zu ihrem Zuhause gemacht. Sie würde wohl eine ganze Menge unternehmen, um zu verhindern, daraus vertrieben zu werden.«

Sergeant Martin wurde durch den Auftritt der Dame an einer Antwort gehindert. Miss Liddell fühlte sich in ihrem eigenen Bereich immer am wohlsten. Sie gab ihm ruhig die Hand und entschuldigte sich, daß sie sie habe warten lassen. Aus ihrem Äußeren folgerte Dalgliesh, daß sie die Zeit damit zugebracht hatte, ihr Gesicht mit Puder und ihren Geist mit Entschlossenheit auszurüsten. Sie hatte offensichtlich fest vor, die Sache soweit wie möglich als einen Höflichkeitsbesuch zu behandeln, und bat sie mit dem gesuchten Charme einer unerfahrenen Gastgeberin, Platz zu nehmen. Dalgliesh lehnte den angebotenen Tee höflich ab und wich dabei geflissentlich dem vorwurfsvollen Blick seines Sergeants aus. Martin schwitzte heftig. Seine persönliche Meinung war, daß man die Förmlichkeit gegenüber einem Verdächtigen auch übertreiben konnte und daß eine schöne Tasse Tee an einem heißen Tag sich noch nie dem Lauf der Gerechtigkeit in den Weg gestellt hatte.

»Wir wollen versuchen, Miss Liddell, Sie nicht zu lange aufzuhalten. Wie Sie gewiß bemerkt haben, untersuche ich den Tod von Sally Jupp. Ich habe gehört, daß Sie gestern abend in Martingale zum Essen eingeladen waren. Sie waren nachmittags auch auf dem Fest, und natürlich kannten Sie Miss Jupp, solange sie hier bei Ihnen in St. Mary war. Da sind ein paar Dinge, die Sie, wie ich hoffe, vielleicht erklären können.«

Miss Liddell horchte bei seinem letzten Satz auf. Während Sergeant Martin ziemlich resigniert sein Notizbuch hervorholte, merkte Dalgliesh, daß sie rasch die Lippen anfeuchtete und ihre Hände sich kaum wahrnehmbar strafften, und er wußte, daß sie auf der Hut war.

»Alles, was Sie fragen wollen, selbstverständlich, Herr Kommissar. Kommissar stimmt doch, ja? Natürlich habe ich Sally sehr gut gekannt, und diese Sache ist ein furchtbarer Schock für mich, für uns alle. Aber wahrscheinlich kann ich Ihnen leider nicht viel helfen. Ich bin nicht sehr begabt im Beobachten und Behalten, wissen Sie. Das ist manchmal sehr von Nachteil, aber wir können ja nicht alle Detektive sein.« Das nervöse Lachen war ein bißchen zu laut, um natürlich zu sein.

»Wir haben sie ganz schön eingeschüchtert«, dachte Sergeant Martin. »Könnte am Ende doch etwas faul sein.«

»Vielleicht könnten wir mit Sally Jupp selbst beginnen«, sagte Dalgliesh freundlich. »Man sagte mir, daß sie während der letzten fünf Monate ihrer Schwangerschaft hier gewohnt hat und wieder zu Ihnen kam, als sie nach der Geburt aus dem Krankenhaus entlassen wurde. Sie blieb hier, bis sie die Stelle in Martingale antrat, und das war, als ihr Kind vier Monate alt war. Bis zu diesem Tag half sie hier im Haushalt. Sie müssen sie in dieser Zeit sehr gut kennengelernt haben. Hatten Sie sie gern, Miss Liddell?«

»Gern?« Die Frau lachte nervös. »Ist das nicht eine ziemlich seltsame Frage, Herr Kommissar?«

»Tatsächlich? In welcher Hinsicht?«

Sie gab sich Mühe, ihre Verlegenheit zu verbergen und die Frage mit gründlichem Nachdenken zu würdigen.

»Ich weiß nicht recht, was ich sagen soll. Wenn Sie mir die Frage vor einer Woche gestellt hätten, hätte ich ohne zu zögern gesagt, daß Sally eine hervorragende kleine Arbeiterin und ein sehr lobenswertes Mädchen war, das sein Bestes tat, um seinen Fehltritt wiedergutzumachen. Aber jetzt muß ich mich natürlich fragen, ob ich mich in ihr nicht geirrt habe, ob sie letzten Endes wirklich aufrichtig war.« Sie sprach mit dem Kummer eines Kenners, dessen früher unfehlbares Urteil sich dann doch als falsch herausgestellt hat. »Jetzt werden wir wohl nie erfahren, ob sie aufrichtig war oder nicht.«

»Mit aufrichtig, nehme ich an, meinen Sie, ob sie in ihrer Zuneigung zu Mr. Stephen Maxie ehrlich war.«

Miss Liddell schüttelte betrübt den Kopf. »Der äußere Schein sprach dagegen. Ich war noch nie in meinem Leben so schockiert, Herr Kommissar, noch nie. Natürlich hatte sie kein Recht, seinen Antrag anzunehmen, was immer sie für ihn empfand. Sie blickte wirklich triumphierend, als sie da vor dem Fenster stand und es uns sagte. Er war natürlich furchtbar verlegen und wurde weiß wie ein Leintuch. Es war ein schrecklicher Augenblick für die arme Mrs. Maxie. Ich fürchte, ich werde mir wegen dem, was da geschehen ist, ewig Vorwürfe machen. Ich habe Sally nämlich nach Martingale empfohlen. Es schien in jeder Hinsicht eine so wunderbare Gelegenheit für sie zu sein. Und jetzt das.«

»Sie glauben demnach, daß Sally Jupps Tod eine unmittelbare Folge ihrer Verlobung mit Mr. Maxie ist?«

»Nun ja, so sieht es doch aus.«

»Ich gebe zu, daß ihr Tod jedem sehr gelegen kam, der aus irgendeinem Grund gegen die geplante Heirat war. Die Familie Maxie zum Beispiel.«

Miss Liddells Gesicht brannte. »Das ist doch lächerlich, Herr Kommissar. Das ist etwas ganz Entsetzliches, was Sie da sagen. Entsetzlich. Natürlich kennen Sie die Familie nicht so gut wie wir, aber das müssen Sie mir glauben, daß diese Vermutung völlig aus der Luft gegriffen ist. Sie können doch nicht glauben, daß ich das sagen wollte! Für mich ist es völlig klar, was passiert ist. Sally hat mit irgendeinem Mann, von dem wir nichts wissen, Katz und Maus gespielt, und als er von der Verlobung erfuhr – na, da hat er die Kontrolle verloren. Er ist durch das Fenster eingestiegen, nicht wahr? So hat es mir wenigstens Miss Bowers erzählt. Das beweist doch, daß es niemand aus der Familie war.«

»Der Mörder verließ das Zimmer wahrscheinlich durch das Fenster. Es ist uns bis jetzt noch nicht bekannt, wie er oder sie hereinkam.«

»Sie stellen sich doch bestimmt nicht vor, daß Mrs. Maxie diese Mauer hinuntergeklettert ist. Das könnte sie gar nicht!«
»Ich stelle mir überhaupt nichts vor. Aber es lag eine Leiter am gewohnten Platz, die jeder, wenn er wollte, benutzen konnte. Sie wurde vielleicht schon vorher bereitgestellt, auch wenn der Mörder durch die Tür kam.«
»Aber das hätte Sally gehört! Selbst wenn die Leiter ganz leise angelehnt worden wäre. Oder sie hätte zufällig aus dem Fenster schauen können und sie gesehen!«
»Vielleicht. Wenn sie wach war.«
»Ich verstehe Sie nicht, Herr Kommissar. Sie sind anscheinend fest entschlossen, die Familie zu verdächtigen. Wenn Sie nur wüßten, was sie für das Mädchen getan haben.«
»Ich würde es gern erfahren. Und Sie dürfen mich nicht mißverstehen. Ich verdächtige jeden, der Miss Jupp kannte und kein Alibi für die Zeit hat, zu der sie getötet wurde. Das ist der Grund, warum ich jetzt hier bin.«
»Nun, über meine Schritte wissen Sie vermutlich Bescheid. Ich will kein Geheimnis daraus machen. Dr. Epps brachte mich in seinem Auto hierher zurück. Wir fuhren ungefähr um halb elf in Martingale los. Ich erledigte in diesem Zimmer noch Schreibarbeiten und machte dann einen Gang durch den Garten. Ich ging etwa um elf Uhr schlafen, was ziemlich spät für mich ist. Ich habe von dieser furchtbaren Sache gehört, als ich gerade mit dem Frühstück fertig war. Miss Bowers rief an und fragte, ob ich Jimmy so lange hierbehalten könnte, bis sie wüßte, was mit ihm geschehen sollte. Ich

ließ meine Mädchen in der Obhut meiner Vertreterin, Miss Pollack, und ging selbstverständlich sofort hin. Ich telefonierte mit George Hopgood und sagte ihm, er sollte mit seinem Taxi vorfahren.«

»Sie erwähnten vorhin, daß Sie meinen, die Bekanntgabe von Miss Jupps Verlobung mit Mr. Maxie sei der Grund für ihren Tod. War diese Neuigkeit außerhalb des Hauses bekannt? Mir gegenüber hat man gesagt, Mr. Maxie habe ihr erst am Samstag abend den Heiratsantrag gemacht, so daß niemand, der nicht danach in Martingale war, davon wissen konnte.«

»Dr. Maxie mag seinen Heiratsantrag am Samstag gemacht haben, aber das Mädchen hatte es sich ohne jeden Zweifel schon vorher in den Kopf gesetzt, ihn so weit zu bringen. Irgend etwas war geschehen, da bin ich sicher. Ich sah sie auf dem Fest, und sie war den ganzen Tag rot vor Aufregung. Und haben Sie gehört, wie sie Mrs. Riscoes Kleid kopiert hat?«

»Sie wollen doch nicht andeuten, daß das ein weiteres Motiv sein könnte?«

»Es zeigt, was in ihrem Kopf vorging. Daß Sie sich nicht darüber täuschen – Sally hat das, was mit ihr geschehen ist, herausgefordert. Es tut mir nur unendlich leid, daß die Maxies ihretwegen in diese böse Geschichte hineingezogen werden.«

»Sie haben mir gesagt, daß Sie nach einem Spaziergang im Garten ungefähr um elf Uhr zu Bett gingen. Haben Sie jemanden, der diese Aussagen bestätigen kann?«

»Soviel ich weiß, sah mich niemand, Herr Kommissar. Miss Pollack und die Mädchen sind um zehn Uhr im

Bett. Ich habe selbstverständlich meinen eigenen Schlüssel. Ich gehe gewöhnlich nicht noch einmal nach draußen, aber ich war irgendwie durcheinander. Ich mußte ständig an Sally und Mr. Maxie denken, und ich wußte, ich würde nicht einschlafen können, wenn ich zu früh zu Bett ginge.«

»Vielen Dank. Ich habe nur noch zwei weitere Fragen. Wo im Haus bewahren Sie Ihre persönlichen Papiere auf? Ich meine, amtliche Papiere, die die Verwaltung des Heims betreffen. Briefe vom Komitee zum Beispiel.«

Miss Liddell ging zu dem Rosenholzschreibtisch hinüber. »Das wird alles in dieser Schublade aufgehoben, Herr Kommissar. Natürlich ist sie immer abgeschlossen, obwohl nur die zuverlässigsten Mädchen in diesem Zimmer saubermachen dürfen. Der Schlüssel liegt in diesem kleinen Fach hier oben.«

Sie hatte die Klappe gehoben, während sie redete, und zeigte ihnen die Stelle. Dalgliesh dachte für sich, daß nur dem einfältigsten oder nicht im geringsten neugierigen Hausmädchen das Schlüsselversteck entgangen sein konnte, wenn es nur genug Mut gehabt hatte, nachzusehen. Miss Liddell war offenbar gewohnt, Mädchen um sich zu haben, die eine zu ängstliche Hochachtung vor Papieren und amtlichen Schreiben hatten, um sich freiwillig damit abzugeben. Doch Sally Jupp war nicht einfältig, hingegen, wie er annahm, neugierig genug gewesen. Er machte eine entsprechende Anspielung gegenüber Miss Liddell, und wie erwartet, entfachte die Vorstellung von Sallys suchenden Fingern und belustigt

spöttischen Augen einen noch größeren Groll in ihr als die vorausgegangenen Fragen nach den Maxies.
»Sie meinen, daß Sally womöglich in meinen persönlichen Sachen herumspioniert hat? Ich hätte das früher nie geglaubt, aber Sie könnten recht haben. Oh, doch. Jetzt sehe ich klar. Deshalb hat sie so gern hier gearbeitet. Ihre ganze Fügsamkeit, diese Höflichkeit, das war alles Verstellung! Und wenn ich mir vorstelle, daß ich ihr vertraut habe! Ich habe wirklich geglaubt, daß ihr etwas an mir lag, daß ich ihr helfen konnte. Sie hat sich mir anvertraut, müssen Sie wissen. Aber diese Geschichten waren wohl alle erlogen. Sie muß sich die ganze Zeit über mich lustig gemacht haben. Wahrscheinlich halten Sie mich auch für eine Närrin. Gut, vielleicht bin ich das wirklich, aber ich habe nichts getan, dessen ich mich schämen müßte. Nichts! Sie haben Ihnen bestimmt von diesem Auftritt im Eßzimmer der Maxies erzählt. Sie konnte mir keine Angst einjagen. Es mag hier früher ein paar kleine Probleme gegeben haben. Ich bin nicht sehr begabt für Zahlen und Abrechnungen. Ich habe auch nie so getan, als könnte ich damit umgehen. Aber ich habe nichts Unrechtes getan. Sie können jedes einzelne Mitglied des Komitees befragen. Sally Jupp hätte spionieren können, soviel sie wollte. Man sieht ja, was es ihr gebracht hat.«
Sie zitterte vor Zorn und machte keinen Versuch, die bittere Genugtuung zu verbergen, die in ihren letzten Worten anklang. Aber auf die Wirkung seiner letzten Frage war Dalgliesh nicht gefaßt.
»Einer meiner Leute hat die Proctors aufgesucht, Sally

Jupps nächste Verwandte. Natürlich haben wir gehofft, sie könnten uns vielleicht ein paar Auskünfte über ihr Leben geben, die uns weiterhelfen würden. Ihre kleine Tochter war zu Hause und erzählte ein paar Dinge. Können Sie mir sagen, Miss Liddell, warum Sie Mr. Proctor am frühen Samstagmorgen anriefen – am Morgen des Festes? Das Kind sagte, es habe das Gespräch angenommen.«

Der Übergang von wütendem Groll zu totaler Verblüffung wirkte fast komisch. Miss Liddell starrte ihn buchstäblich mit offenem Mund an.

»Ich? Mr. Proctor angerufen? Ich verstehe nicht, was Sie meinen! Ich hatte keine Verbindung mehr mit den Proctors, seit Sally in Martingale war. Sie haben sich nie für sie interessiert. Weshalb um alles in der Welt sollte ich Mr. Proctor anrufen?«

»Genau das habe ich mich gefragt«, sagte Dalgliesh.

»Aber das ist doch lachhaft! Wenn ich Mr. Proctor angerufen hätte, würde ich es zugeben, warum auch nicht? Aber es stimmt nicht. Das Kind muß Sie angelogen haben.«

»Einer lügt gewiß.«

»Na, ich jedenfalls nicht«, stellte Miss Liddell hartnäckig fest. Dalgliesh war, wenigstens in diesem Punkt, geneigt, ihr zu glauben. Als sie ihn zur Tür brachte, sagte er beiläufig:

»Haben Sie irgendwem von den Ereignissen in Martingale erzählt, als Sie nach Hause kamen, Miss Liddell? Wenn Ihre Vertreterin noch auf war, wäre es doch ganz natürlich gewesen, ihr Sallys Verlobung mitzuteilen.«

Miss Liddell zögerte, dann verteidigte sie sich: »Na ja, die Neuigkeit hätte sich ja sowieso herumgesprochen. Ich meine, die Maxies konnten kaum damit rechnen, daß es ein Geheimnis bleiben würde. Tatsächlich habe ich es gegenüber Miss Pollack erwähnt. Mrs. Pullen war auch hier. Sie war vom Rose Cottage herübergekommen, um ein paar Teelöffel zurückzubringen, die wir für das Festzelt ausgeliehen hatten Sie war noch hier und plauderte mit Miss Pollack, als ich von Martingale zurückkam. Mrs. Pullen erfuhr es also auch – aber Sie werden doch nicht andeuten wollen, daß meine Mitteilung etwas mit Sallys Tod zu tun hatte.«
Dalgliesh gab ihr eine unverbindliche Antwort. Er war sich nicht sicher.

2

Bis zur Essenszeit schien die Betriebsamkeit des Tages in Martingale allmählich nachzulassen. Dalgliesh und der Sergeant arbeiteten immer noch im Büro, aus dem der Sergeant dann und wann auftauchte, um mit dem diensthabenden Polizisten an der Tür zu sprechen. Immer noch erschienen geheimnisvoll die Polizeiwagen, entluden uniformierte oder in Regenmäntel gekleidete Passagiere und trugen sie nach einem kurzen Aufenthalt wieder davon. Die Maxies beobachteten dieses Kommen und Gehen von den Fenstern aus, aber seit dem späten Nachmittag war keiner mehr gerufen worden, und es sah so aus, als seien die Verhöre für diesen Tag vorbei und als könne die kleine Gesellschaft an das

Abendessen denken, mit der Aussicht, es ungestört zu sich nehmen zu können. Das Haus war auf einmal sehr ruhig geworden, und als Martha um halb acht nervös und zaghaft den Gong schlug, dröhnte er unanständig aufdringlich in die sorgenvolle Stille hinein und klang für die angespannten Nerven der Anwesenden unnatürlich laut. Beim Essen selbst fiel fast kein Wort. Sallys Geist bewegte sich zwischen Tür und Anrichte, und als Mrs. Maxie läutete und Martha zur Tür hereinkam, hob keiner den Kopf. Von welchen Gedanken Martha in Anspruch genommen war, sah man an dem kärglichen Essen. Keiner hatte Hunger, und es gab auch nichts, was den Appetit hätte anregen können. Danach begaben sich alle in den Salon, als folgten sie einer unausgesprochenen, aber allgemeinen Aufforderung. Es war eine Erleichterung, als sie Mr. Hinks am Fenster vorbeigehen sahen, und Stephen ging hinaus, um ihn hereinzubitten. Er war zumindest ein Vertreter der Außenwelt. Kein Mensch konnte den Pfarrer beschuldigen, Sally Jupp ermordet zu haben. Vermutlich war er gekommen, um geistlichen Beistand und Trost anzubieten. Die einzige Art von Trost, die die Maxies begrüßt hätten, wäre die Versicherung gewesen, daß Sally doch nicht tot sei, daß sie einen kurzen Alptraum durchlebt hätten, aus dem sie jetzt erwachen durften, ein wenig müde und erschöpft wegen des zu kurz gekommenen Schlafs, aber freudig gestärkt durch die wunderbare Einsicht, daß nichts von allem wahr sei. Aber wenn das nicht möglich war, war es wenigstens ermutigend, mit jemandem zu reden, der außerhalb der Schatten des Argwohns stand und diesem schrecklichen Tag einen Schein von Normalität geben konnte. Sie merkten, daß sie sich sogar flüsternd unterhalten hatten, und als Stephen den Pfarrer rief, klang es ihnen wie ein Schrei. Bald war er bei ihnen, und als er vor Stephen ins Zimmer kam, richteten sich vier Augenpaare fragend auf ihn, als wären sie begierig, das von der Außenwelt über sie gefällte Urteil zu erfahren.

»Das arme Mädchen«, sagte er. »Das arme kleine Ding. Und sie war gestern abend so glücklich.«

»Demnach haben Sie nach dem Fest mit ihr gesprochen?« Stephen vermochte die Eindringlichkeit seiner Stimme nicht zu verbergen.

»Nein, nach dem Fest nicht. Ich werfe die Tage immer so durcheinander. Dumm von mir. Jetzt, wo Sie es sagen, fällt mir ein, daß ich gestern überhaupt nicht mit ihr sprach, obwohl ich sie natürlich im Garten sah. So ein hübsches weißes Kleid hat sie getragen. Nein, ich sprach am Donnerstagabend mit ihr. Wir gingen zusammen die Straße hinauf, und ich erkundigte mich nach Jimmy. Ich glaube, es war Donnerstag. Ja, muß es gewesen sein, denn am Freitag war ich den ganzen Abend zu Hause. Am Donnerstagabend sprachen wir zum letztenmal miteinander. Sie war so glücklich. Sie erzählte mir von ihrer Heirat und daß Jimmy einen Vater bekommen würde. Aber das wissen Sie alles, nehme ich an. Für mich war es eine Überraschung, aber ich freute mich natürlich für sie. Und jetzt das. Hat die Polizei schon etwas Neues?«

Er sah mit einem freundlich fragenden Blick in die Runde, anscheinend ohne die Wirkung seiner Worte zu spüren. Einen Augenblick war es still, dann sagte Stephen: »Sie dürfen es ruhig erfahren, Herr Pfarrer, daß ich Sally bat, mich zu heiraten. Aber sie kann es Ihnen nicht am Donnerstag erzählt haben. Da wußte sie es noch nicht. Ich habe vor zwanzig vor acht am Samstag kein einziges Mal mit ihr darüber gesprochen.«

Catherine Bowers lachte auf, dann wandte sie sich verlegen ab, als Deborah sich umdrehte und sie ansah. Mr. Hinks legte beunruhigt die Stirn in Falten, aber seine gütige alte Stimme war fest.

»Ich weiß, ich bringe manchmal die Tage durcheinander, aber es war bestimmt Donnerstag, als wir uns trafen. Ich kam gerade nach der Komplet aus der Kirche, und Sally schob Jimmy in seinem Wagen vorbei. Aber ich kann mich über unser Gespräch nicht täuschen. Vielleicht über den genauen Wortlaut, aber nicht über den wesentlichen Punkt. Sally sagte, Jimmy bekäme bald einen Vater. Sie bat mich, es nicht weiterzusagen, und ich sagte, ich würde es für mich behalten, freute mich aber sehr für sie. Ich fragte, ob der Bräutigam mir bekannt sei, aber sie lachte nur und sagte, sie wolle es lieber als Überraschung aufheben. Sie war sehr aufgeregt und glücklich. Wir gingen nur ein kleines Stück zusammen, weil ich sie am Pfarrhaus allein ließ und sie wohl hierher weitergegangen ist. Ich habe eigentlich vorausgesetzt, daß Sie genau Bescheid wüßten. Ist es wichtig?«

»Kommissar Dalgliesh wird es vermutlich für wichtig halten«, sagte Deborah matt. »Ich meine, Sie sollten es ihm gleich sagen. Es bleibt uns sowieso nichts anderes übrig. Der Mann hat ein unheimliches Geschick, unbequeme Wahrheiten aus einem herauszuholen.«

Mr. Hinks schaute sich verwirrt um, aber er wurde durch ein knappes Klopfen an der Tür und das Erscheinen von Dalgliesh vor der Notwendigkeit zu antworten bewahrt. Der Kommissar hielt Stephen seine Hand hin. Lose in ein weißes Herrentaschentuch eingewickelt, lag da ein schmutzverkrustetes Glasröhrchen.

»Erkennen Sie das hier?« fragte er.

Stephen ging zu ihm hin und betrachtete es kurz, versuchte aber nicht, es anzufassen.

»Ja. Das ist das Röhrchen *Sommeil* aus Vaters Arzneischrank.«

»Es sind noch sieben 180-mg-Tabletten drin. Bestätigen Sie, daß es drei Tabletten weniger sind, als Sie in das Röhrchen getan haben?«

»Ja, natürlich. Das habe ich Ihnen gesagt. Es waren zehn 180-mg-Tabletten.«

»Danke«, sagte Dalgliesh und ging wieder auf die Tür zu. Als seine Hand gerade nach der Türklinke griff, sagte Deborah:

»Ist es erlaubt zu fragen, wo das Röhrchen gefunden wurde?«

Dalgliesh sah sie an, als erfordere die Frage tatsächlich eine ernsthafte Überlegung.

»Warum nicht? Es ist anzunehmen, daß zumindest einer von Ihnen es wirklich gern wissen möchte. Einer meiner Mitarbeiter fand es. Es war in der Ecke des Rasens vergraben, wo die Schatzsuche stattgefunden hat.

Wie Sie wissen, wurde der Rasen dort ziemlich gründlich umgegraben, vermutlich von hoffnungsvollen Mitspielern. Ein paar Rasenstücke liegen noch lose auf der Erde. Das Röhrchen war in eines der Löcher gelegt und das Rasenstück fest daraufgedrückt worden. Die verantwortliche Person war sogar so rücksichtsvoll, die Stelle durch einen der mit Namen versehenen Holzstäbe, die dort noch herumlagen, zu kennzeichnen. Merkwürdigerweise war es Ihrer, Mrs. Riscoe. Ihr Becher mit dem vergifteten Kakao, Ihr Zeichen, das das versteckte Röhrchen markierte.«

»Aber warum? Warum nur?« rief Deborah.

»Falls einer von Ihnen diese Frage beantworten kann – ich bin noch ein paar Stunden im Büro.« Er wandte sich höflich an Mr. Hinks. »Sie müssen Mr. Hinks sein. Ich hatte gehofft, Sie zu treffen. Wenn es Ihnen nicht ungelegen kommt, könnten Sie mir jetzt vielleicht ein paar Minuten opfern.«

Der Pfarrer sah die Maxies verwirrt und mitleidig an. Er zögerte und schien etwas sagen zu wollen. Dann ging er wortlos hinter Dalgliesh aus dem Zimmer.

3

Erst um zehn Uhr kam Dalgliesh dazu, Dr. Epps zu vernehmen. Der Arzt war fast den ganzen Tag unterwegs gewesen und hatte Patientenbesuche gemacht, Fälle, die vielleicht dringlich genug waren, um einen Besuch am Sonntag zu rechtfertigen, vielleicht auch nicht, die ihm aber zweifellos eine Entschuldigung geliefert hatten, das Verhör hinauszuschieben. Falls es irgend etwas zu verbergen gab, hatte er sich vermutlich inzwischen für eine Taktik entschieden. Er war kein augenfälliger Verdächtiger. Es war zum Beispiel schwer, sich ein Motiv vorzustellen. Aber er war der Arzt der Maxies und ein enger Freund der Familie. Er würde sich der Gerechtigkeit nicht willentlich in den Weg stellen, aber er mochte unkonventionelle Ansichten haben über das, was die Gerechtigkeit ausmachte, und es würde ihm immer das Hintertürchen seiner beruflichen Schweigepflicht offen bleiben, wenn er unbequemen Fragen ausweichen wollte. Dalgliesh hatte mit dieser Art von Zeugen schon seine Schwierigkeiten gehabt. Aber er hätte sich keine Gedanken machen müssen. Dr. Epps bat ihn ganz bereitwillig, als räume er dem Besuch einen halb medizinischen Grund ein, in seine Praxis, einen roten Backsteinbau, der ohne jeden Geschmack an sein freundliches, im King-George-Stil erbautes Haus angehängt worden war. Er zwängte sich in einen Drehstuhl hinter seinem Schreibtisch und wies Dalgliesh den Patientenstuhl an, einen großen Stuhl mit geschwungener Lehne, der so verwirrend niedrig war, daß man nur schwer entspannt erscheinen oder die Initiative ergreifen konnte. Dalgliesh wartete fast darauf, daß der Doktor mit einer Reihe von peinlichen persönlichen Fragen beginnen würde. Und tatsächlich hatte Dr. Epps anscheinend beschlossen, das Gespräch weitgehend selbst zu führen. Das kam Dalgliesh gelegen, da er sehr wohl wußte, in welchen Fällen er möglicherweise durch Schweigen am meisten erfahren würde.

Der Doktor brannte eine große, eigenartig geformte Pfeife an.
»Biete Ihnen nichts zu rauchen an. Oder zu trinken. Weiß, Sie trinken gewöhnlich nichts mit Verdächtigen.«
Er warf einen scharfen Blick auf Dalgliesh, um dessen Reaktion zu sehen, doch da jener nichts dazu bemerkte, brachte er mit ein paar kräftigen Zügen seine Pfeife in Gang und begann zu reden.
»Will Ihre Zeit nicht damit vertun, Ihnen zu sagen, was für eine schreckliche Geschichte das ist. Schwer zu glauben, wahrhaftig. Und doch, jemand hat sie ermordet. Seine Hand um ihren Hals gelegt und sie erdrosselt. Furchtbar für Mrs. Maxie. Für das Mädchen selbstverständlich auch, aber natürlich denke ich an die Lebenden. Stephen rief mich so um halb acht. Das Mädchen war natürlich ohne Zweifel tot. Schon seit sieben Stunden, soweit ich das beurteilen kann. Der Polizeiarzt weiß da besser Bescheid als ich. Das Mädchen war nicht schwanger. Ich habe sie bei den üblichen Wehwehchen behandelt, und da kenne ich mich aus. Das wird allerdings das Dorf vor den Kopf stoßen. Die Leute hören immer gern das Schlimmste. Und es wäre ein Motiv gewesen, nehme ich an – für irgend jemanden.«
»Wenn wir über ein Motiv nachdenken«, erwiderte Dalgliesh, »können wir bei dieser Verlobung mit Mr. Stephen Maxie anfangen.«
Der Arzt rutschte unbehaglich auf seinem Stuhl hin und her. »Lauter Unsinn. Der Junge ist ein Narr. Er hat keinen roten Heller außer seinem Gehalt, und das ist, weiß Gott, wenig genug. Natürlich wird etwas da sein, wenn

sein Vater stirbt, aber diese alten Familien, die vom Kapital leben und ihren Besitz erhalten – nun, eigentlich ist es ein Wunder, daß sie noch nicht verkaufen mußten. Die Regierung tut ihr Bestes, um ihnen die Existenz wegzubesteuern. Und dieser Bursche Price umgibt sich mit Buchhaltern und wird von steuerfreien Spesen fett! Da fragt man sich, ob wir nicht alle verrückt geworden sind. Doch das ist nicht Ihr Problem. Sie können es mir trotzdem glauben, daß Maxie im Augenblick nicht in der Lage ist, irgendwen zu heiraten. Und wo hätte wohl Sally wohnen sollen? Weiter in Martingale bei ihrer Schwiegermutter? Dummer Junge, dem müßte man mal den Kopf durchleuchten.«

»Das alles macht es klar«, sagte Dalgliesh, »daß diese geplante Heirat für die Maxies verhängnisvoll gewesen wäre. Und das bedeutet für mehrere Personen ein Interesse, dafür zu sorgen, daß sie nicht stattfinden kann.«

Der Doktor beugte sich über den Schreibtisch vor und sah ihn herausfordernd an.

»Zu dem Preis, daß dieses Mädchen ermordet wird? Daß man dem vaterlosen Kind auch die Mutter nimmt? Für was für Menschen halten Sie uns?«

Dalgliesh erwiderte nichts. Die Fakten waren unbestreitbar. Jemand hatte Sally Jupp getötet. Jemand, den nicht einmal die Gegenwart ihres schlafenden Kindes abgehalten hatte. Aber er nahm zur Kenntnis, wie der Ausruf des Doktors ihn mit den Maxies verband. »Für was für Menschen halten Sie uns?« Es war kein Zweifel möglich, nach welcher Seite Dr. Epps sich loyal verhalten würde.

Es wurde dunkel in dem kleinen Zimmer. Der Arzt schob sich über den Schreibtisch, um die Lampe anzuschalten, und ächzte bei der kleinen Anstrengung. Es war eine verstellbare Arbeitslampe, und er stellte sie sorgfältig so ein, daß ein Lichtkreis auf seine Hände fiel, sein Gesicht aber im Schatten blieb. Dalgliesh fühlte, wie ihn allmählich Müdigkeit überkam, aber es gab noch viel zu tun, bevor sein Arbeitstag vorüber wäre. Er brachte den wichtigsten Gegenstand seines Besuches zur Sprache.

»Ich nehme an, Mr. Simon Maxie ist Ihr Patient?«

»Selbstverständlich. Schon immer gewesen. Jetzt kann man natürlich nicht mehr viel für ihn tun. Einfach eine Frage der Zeit und der guten Pflege. Martha kümmert sich größtenteils darum. Doch, ja, er ist mein Patient. Völlig hilflos. Fortgeschrittene Arteriosklerose mit allen möglichen Komplikationen. Falls Sie denken, er sei über den Flur gekrochen, um das Hausmädchen zu erledigen – da liegen Sie bestimmt falsch. Ich glaube nicht einmal, daß er von ihrer Existenz wußte.«

»Ich glaube, Sie haben ihm seit etwa einem Jahr besondere Schlaftabletten verschrieben.«

»Wenn Sie nur nicht ständig sagen würden, Sie glauben dies und das und jenes. Sie wissen ganz genau, daß es stimmt. Ich mache kein Geheimnis daraus. Ich verstehe aber nicht, was das mit dieser Sache zu tun hat.« Er erstarrte plötzlich. »Sie wollen doch nicht sagen, daß sie zuerst betäubt wurde?«

»Wir haben den Obduktionsbericht noch nicht vorliegen, aber es sieht sehr danach aus.«

Der Arzt tat nicht so, als verstünde er nicht.
»Das ist schlimm.«
»Es engt tatsächlich den Kreis ziemlich ein. Und dann gibt es noch weitere beunruhigende Fakten.«
Dalgliesh erzählte dem Arzt von dem verschwundenen *Sommeil*, wo Sally es gefunden haben wollte, was Stephen mit den zehn Tabletten gemacht hatte und daß das Röhrchen auf dem für die Schatzsuche abgesteckten Rasenstück gefunden worden war. Als er fertig war, blieb es einen Augenblick still. Der Arzt sank in seinen Stuhl zurück, der vorher noch zu klein erschienen war, um seiner fröhlichen, gemütlichen Rundlichkeit standzuhalten. Als er sprach, klang seine tiefe polternde Stimme plötzlich alt und müde.
»Stephen hat mir kein Wort gesagt. Hatte natürlich wegen dem Fest auch keine richtige Gelegenheit. Er könnte es sich allerdings auch anders überlegt haben. Dachte wahrscheinlich, ich würde auch nicht viel ausrichten können. Ich hätte es wissen müssen, wissen Sie. Er würde über so eine Nachlässigkeit nicht hinwegsehen. Sein Vater ... mein Patient. Ich kenne Simon Maxie seit dreißig Jahren. Habe seine Kinder in die Welt geholt. Man sollte seine Patienten kennen, wissen, wann sie Hilfe brauchen. Ich habe einfach jede Woche das Rezept ausgeschrieben. Bin in letzter Zeit nicht einmal sehr oft zu ihm nach oben gegangen. Schien nicht viel Sinn zu haben. Ich weiß allerdings nicht, was Martha gemacht hat. Sie pflegte ihn, sie tat alles. Sie muß von den Tabletten gewußt haben. Das heißt, wenn Sally die Wahrheit gesagt hat.«

»Es ist schwer vorstellbar, daß sie die ganze Geschichte erfunden haben sollte. Außerdem hatte sie die Tabletten. Man bekommt sie wohl nur auf ärztliche Verschreibung?«

»Ja. Sie können nicht einfach in eine Apotheke gehen und sie kaufen. Ach, es ist schon wahr. Hab es eigentlich nie bezweifelt. Ich bin schuld. Hätte sehen sollen, was in Martingale los war. Nicht nur mit Simon Maxie. Mit allen.«

»Er glaubt also, daß es einer von ihnen getan hat«, dachte Dalgliesh. »Er kann klar genug sehen, in welcher Richtung die Dinge laufen, und das gefällt ihm nicht. Kann man ihm nicht übelnehmen. Er weiß, daß das Verbrechen mit Martingale zu tun hat. Die Frage ist, weiß er es mit Sicherheit? Und wenn ja, wer von ihnen?«

Er fragte nach dem Samstagabend in Martingale. Dr. Epps' Bericht von Sallys Auftritt vor dem Essen und die Enthüllung von Stephens Heiratsantrag war um einiges weniger dramatisch als der von Catherine Bowers oder Miss Liddell, aber die Versionen stimmten grundsätzlich überein.

Er bestätigte, daß weder er noch Miss Liddell das Büro verlassen hatten, während das Geld gezählt wurde, und daß er Sally Jupp die Treppe hinaufgehen gesehen hatte, als er mit seiner Gastgeberin durch die Halle zur Haustür gegangen war. Er glaubte, Sally habe einen Morgenmantel getragen und etwas in der Hand gehabt, konnte sich aber nicht erinnern, was. Es mochte eine Tasse mit Untertasse gewesen sein oder vielleicht ein

Becher. Er hatte nicht mit ihr gesprochen. Es war das letztemal gewesen, daß er sie lebend gesehen hatte.
Dalgliesh fragte, wem im Dorf er sonst noch *Sommeil* verschrieben habe.
»Ich muß in meiner Kartei nachsehen, wenn Sie es genau wissen wollen. Kann eine halbe Stunde dauern oder so. Es war kein übliches Rezept. Mir fallen ein paar Patienten ein, die es bekamen. Es können natürlich noch mehr gewesen sein. Sir Reynold Price und Miss Pollack vom St.-Mary-Heim hatten es, das weiß ich. Mr. Maxie natürlich. Wie steht es übrigens jetzt mit seiner Medizin?«
»Wir halten das *Sommeil* unter Verschluß. Ich habe gehört, daß Dr. Maxie etwas Entsprechendes verschrieben hat. Und jetzt, Doktor, würde ich gern noch kurz mit Ihrer Haushälterin sprechen, bevor ich gehe.«
Es dauerte eine volle Minute, bis es an das Ohr des Arztes zu dringen schien. Dann erhob er sich mit einer gemurmelten Entschuldigung schwerfällig von seinem Stuhl und ging von der Praxis zum Haus voraus. Hier wurde Dalgliesh auf seine taktvolle Frage bestätigt, daß der Doktor am vorhergehenden Abend um 10.45 Uhr nach Hause gekommen und um 11.10 Uhr zu einer Niederkunft gerufen worden war. Er hatte kaum damit gerechnet, etwas anderes zu hören. Er würde es bei den Angehörigen der Patienten überprüfen müssen, aber sie würden dem Doktor ohne Zweifel ein Alibi bis 3.30 Uhr am Morgen verschaffen, als er Mrs. Baines in Nessingford schließlich im stolzen Besitz ihres erstgeborenen Sohnes verlassen hatte. Dr. Epps war den größten Teil

der Nacht von Samstag auf Sonntag damit beschäftigt gewesen, neuem Leben in die Welt zu verhelfen, und nicht damit, es Sally Jupp mit seinen Händen zu nehmen.
Der Arzt murmelte etwas von einem späten Krankenbesuch und ging mit Dalgliesh zum Gartentor. Er hatte sich vorher mit einem dicken und voluminösen Mantel, der mindestens eine Nummer zu groß war, gegen die Abendluft gewappnet und die Hände tief in die Taschen versenkt. Als sie am Tor waren, stieß der Arzt einen leisen Ruf der Überraschung aus und öffnete seine rechte Hand, in der ein kleines Röhrchen lag. Es war fast voll mit kleinen braunen Tabletten. Die beiden Männer betrachteten es schweigend einen Augenblick. Dann sagte Dr. Epps: *»Sommeil.«*
Dalgliesh nahm ein Taschentuch, wickelte das Röhrchen hinein und ließ es in seine Tasche gleiten. Er stellte mit Interesse fest, daß der Doktor zuerst instinktiv eine widerstrebende Geste gemacht hatte.
»Das dürfte Sir Reynolds Zeug sein, Herr Kommissar. Hat nichts mit der Familie zu tun. Das war Prices Mantel.« Seine Stimme klang abwehrend.
»Wann kam der Mantel in Ihren Besitz, Doktor?« fragte Dalgliesh. Wieder folgte eine lange Pause. Dann erinnerte sich der Doktor anscheinend daran, daß es Tatsachen gab, bei denen es sinnlos war, sie verbergen zu wollen.
»Ich habe ihn am Samstag gekauft. Auf dem Kirchenfest. Es war eigentlich mehr als Scherz gedacht, daß ich ihn gekauft habe, ein Scherz zwischen mir und ... und dem Standinhaber.«

»Und das war … wer?« fragte Dalgliesh unerbittlich.

Dr. Epps sah ihm nicht in die Augen, als er niedergeschlagen antwortete: »Mrs. Riscoe.«

4

Der Sonntag war entheiligt worden, und die Zeit schien stillgestanden zu sein. Die Folge davon war eine völlig aus dem Geleise geratene Woche, und der Montag dämmerte herauf ohne Farbe und Gesicht, wie der bloße Schatten eines Tages. Die Post war umfangreicher als sonst, und schuld daran waren sowohl die Leistungsfähigkeit des allgegenwärtigen Telefons als auch die subtileren und weniger technischen Methoden ländlicher Nachrichtenübermittlung. Vermutlich würde die Post am folgenden Tag noch reichlicher ausfallen, wenn die Neuigkeit von dem Mord in Martingale auch jene erreicht hatte, die auf die Presse als Informationsmittel angewiesen waren. Deborah hatte ein halbes Dutzend Zeitungen bestellt. Ihre Mutter fragte sich, ob diese Übertreibung eine Geste des Trotzes sei oder ob sie der Befriedigung echter Neugier diene.

Die Polizei benutzte immer noch das Büro, hatte allerdings ihre Absicht bekundet, im Laufe des Tages in das *Moonraker's Arms* umzuziehen. Mrs. Maxie wünschte ihnen im stillen viel Vergnügen mit der Küche. Sallys Zimmer blieb verschlossen. Nur Dalgliesh hatte einen Schlüssel, und er gab weder über seine häufigen Besuche dort noch über das, was er gefunden hatte oder zu finden hoffte, eine Erklärung ab.

Lionel Jephson war zeitig am Morgen eingetroffen, machte viel Aufhebens, war schockiert und bewirkte gar nichts. Die Familie hoffte nur, daß er der Polizei ebenso auf die Nerven ginge wie ihnen. Wie Deborah vorausgesagt hatte, war er in dieser Situation, die so ganz anders als seine normalen Geschäfte und Erfahrungen war, völlig hilflos. Seine offensichtliche Sorge und die wiederholten Warnungen deuteten an, daß er entweder schwerwiegende Zweifel an der Unschuld seiner Klienten oder geringen Glauben an die Fähigkeit der Polizei hatte. Der ganze Haushalt atmete auf, als er vor dem Mittagessen zurück nach London eilte, um sich mit einem Kollegen zu beraten.

Um zwölf Uhr läutete das Telefon zum zwanzigstenmal. Sir Reynold Prices Stimme dröhnte durch den Draht an Mrs. Maxies Ohr.

»Aber das ist eine Schande, verehrte gnädige Frau. Was macht denn die Polizei eigentlich?«

»Ich glaube, im Augenblick versuchen sie, den Vater des Babys ausfindig zu machen.«

»Du lieber Gott! Warum denn das? Ich würde sagen, sie sollten sich lieber darauf konzentrieren, ihren Mörder zu finden.«

»Sie meinen anscheinend, es könnte da eine Verbindung geben.«

»Idiotische Sachen denken die sich aus. Sie sind hier gewesen, wissen Sie. Wollten etwas über irgendwelche Pillen wissen, die Dr. Epps mir verschrieben hat. Muß Monate hersein. Stellen Sie sich vor, er wußte es nach all der Zeit noch. Und warum, denken Sie, kümmern die sich darum? Höchst merkwürdige Sache. Sie werden mich doch noch nicht festnehmen, Herr Kommissar, habe ich gesagt. Man konnte ihm ansehen, wie lustig er das fand.« Sir Reynolds herzhaftes Lachen knisterte unangenehm in Mrs. Maxies Ohr.

»Wie ärgerlich für Sie«, sagte Mrs. Maxie. »Diese traurige Geschichte verursacht leider allen eine Menge Ärger. Waren sie zufrieden, als sie weggingen?«

»Die Polizei? Gnädige Frau, die Polizei ist nie zufrieden. Ich habe ihnen klar und deutlich gesagt, daß es zwecklos sei, damit zu rechnen, in diesem Haus etwas zu finden. Die Mädchen räumen alles weg, was nicht tatsächlich hinter Schloß und Riegel gehalten wird. Denken Sie nur, nach einem Röhrchen Tabletten zu suchen, das ich vor Monaten bekommen habe! So eine verrückte Idee. Der Kommissar dachte anscheinend, ich müßte mich noch genau erinnern, wieviel ich eingenommen habe und was mit dem Rest passiert ist. Ich bitte Sie! Ich sagte ihm, ich sei ein vielbeschäftigter Mann und hätte mit meiner Zeit was Besseres zu tun. Sie fragten auch nach den Scherereien, die wir vor ungefähr zwei Jahren mit dem St.-Mary-Heim hatten. Der Kommissar schien sich sehr dafür zu interessieren. Wollte wissen, warum Sie sich aus dem Komitee zurückgezogen haben und so weiter.«

»Ich möchte wissen, wie sie das herausbekommen haben.«

»Irgendein Schwachkopf hat zuviel geredet, nehme ich an. Komisch, daß die Leute ihren Mund nicht halten können, besonders gegenüber der Polizei. Dieser Dalgliesh sagte zu mir, es wäre doch sonderbar, daß Sie nicht im Komitee von St. Mary sind, wo Sie doch sonst praktisch alles im Dorf anführen. Ich sagte ihm, daß Sie sich vor zwei Jahren zurückzogen, als wir diesen Ärger hatten, und natürlich wollte er wissen, was für einen Ärger. Fragte, warum wir uns damals nicht von Miss Liddell getrennt hätten. Ich sagte zu ihm: ›Lieber Mann, Sie können eine Frau nach fünfundzwanzig Dienstjahren nicht einfach hinauswerfen. Es ist ja nicht so, daß es tatsächlich Betrug war.‹ Dazu stehe ich, wie Sie wissen. Habe ich immer. Und dabei bleibt es auch. Nachlässigkeit und überhaupt Durcheinander bei den Abrechnungen vielleicht, aber das ist weit entfernt von einem vorsätzlichen Betrug. Ich sagte dem Mann, daß wir sie vor das Komitee zitiert haben – alles natürlich diskret und taktvoll – und ihr einen Brief geschickt haben, der die neue finanzielle Regelung bekräftigte, damit es keine Mißverständnisse geben konnte. Einen ziemlich scharfen Brief, wenn man es recht bedenkt. Ich weiß, Sie dachten damals, wir sollten das Heim einem Wohlfahrtskomitee der Diözese oder einer der öffentlichen Institutionen für ledige Mütter übertragen, anstatt es als privates Wohltätigkeitsunternehmen weiterzuführen, und das teilte ich dem Kommissar mit.«

»Ich dachte, es sei an der Zeit, eine schwierige Aufgabe ausgebildeten und erfahrenen Personen zu übergeben, Sir Reynold.« Während sie noch sprach, verwünschte Mrs. Maxie schon die Unachtsamkeit, die sie zum Wiederaufwärmen der alten Geschichte verleitet hatte.

»Genau das meine ich. Ich habe zu Dalgliesh gesagt:

›Mrs. Maxie hatte vielleicht wirklich recht. Ich sage nicht, daß sie nicht recht hatte. Aber Lady Price war sehr an dem Heim interessiert – sie hat es ja auch praktisch gegründet –, und ich war natürlich von dem Gedanken, es abzugeben, auch nicht begeistert. Es gibt nicht genug von diesen kleinen individuellen Heimen. Der persönliche Kontakt ist es, was zählt. Dennoch steht fest, daß Miss Liddell dummes Zeug mit den Abrechnungen gemacht hat. Zu viele Probleme für sie. Zahlen sind eigentlich keine Frauensache.‹ Er stimmte natürlich zu. Wir haben herzlich darüber gelacht.«

Mrs. Maxie konnte sich das gut vorstellen. Es war kein schönes Bild. Zweifellos war die Begabung, sich auf alle Menschen richtig einzustellen, eine Voraussetzung für den Erfolg eines Detektivs. Als das herzhafte, ungezwungene Gelächter sich gelegt hatte, war es Mrs. Maxie klar, daß Dalglieshs Gedanken um eine neue Theorie kreisten. Doch wie war das möglich? Die Becher und Tassen für jene Getränke wurden in der letzten Nacht ganz gewiß um zehn Uhr bereitgestellt. Nach diesem Zeitpunkt war Miss Liddell kein einziges Mal aus den Augen ihrer Gastgeberin verschwunden. Zusammen hatten sie in der Halle jene strahlende, triumphierende Gestalt beobachtet, die Deborahs Becher nach oben in ihr Schlafzimmer trug. Miss Liddell hatte möglicherweise ein Motiv, falls Sallys Schmähung einen tieferen Grund hatte, aber es gab keinen Beweis, daß sie über die Mittel verfügte, und ganz gewiß keinen, daß sie die Gelegenheit gehabt hätte. Mrs. Maxie, die Miss Liddell nie gemocht hatte, hoffte dennoch, daß die fast vergessenen

Demütigungen von vor zwei Jahren verborgen bleiben könnten und Alice Liddell, die nicht sehr tüchtig, nicht sehr intelligent, aber im Grunde freundlich und wohlmeinend war, in Frieden gelassen würde.

Aber Sir Reynold redete immer noch.
»Und übrigens – ich würde die seltsamen Gerüchte, die durchs Dorf gehen, überhaupt nicht beachten. Wissen Sie, die Leute müssen einfach reden, aber das wird abebben, sobald die Polizei ihren Mann hat. Wollen wir hoffen, daß sie sich beeilen. Und vergessen Sie nicht, mich wissen zu lassen, wenn ich etwas für Sie tun kann. Und denken Sie daran, nachts sorgfältig abzuschließen. Deborah oder Sie könnten als nächste drankommen. Und da ist noch etwas.« Sir Reynolds Stimme senkte sich zu einem verschwörerischen Flüstern, und Mrs. Maxie mußte sich anstrengen, ihn zu verstehen. »Es ist wegen des Jungen. Hübscher kleiner Kerl, soviel ich von ihm gesehen habe. Sah ihn in seinem Wagen beim Fest, wissen Sie. Dachte heute morgen, ich würde da gern etwas tun. Nicht besonders lustig, seine Mutter zu verlieren. Kein richtiges Zuhause. Jemand sollte ein Auge auf ihn haben. Wo ist er jetzt. Bei Ihnen?«
»Jimmy ist wieder in St. Mary. Das schien die beste Lösung zu sein. Ich weiß nicht, was für eine Regelung für ihn getroffen wird. Es ist natürlich noch zu früh, ich glaube nicht, daß sich schon jemand Gedanken darüber gemacht hat.«
»Dann wird es aber Zeit, gnädige Frau. Dann wird es Zeit. Vielleicht wird er zur Adoption freigegeben. Sollte

mich besser gleich in die Liste eintragen, hm? Miss Liddell wäre wohl die richtige Person, an die ich mich wenden müßte.«

Mrs. Maxie war um eine Antwort verlegen. Sie war mit den Adoptionsgesetzen besser vertraut als Sir Reynold und bezweifelte, daß er als der geeignetste Bewerber betrachtet würde, ein Kind in seine Obhut zu nehmen. Falls Jimmy adoptiert werden sollte, würden die besonderen Umstände sicher für zahlreiche Angebote sorgen. Sie hatte sich selbst schon Gedanken über die Zukunft des Kindes gemacht. Sie sagte jedoch nichts davon, sondern beschränkte sich auf den Hinweis, daß Sallys Verwandte den Jungen vielleicht aufnehmen würden und daß nichts unternommen werden könne, bevor deren Ansicht bekannt sei. Es wäre ja auch möglich, daß der Vater ausfindig gemacht würde. Sir Reynold ging mit einem höhnischen Ausruf über diese Möglichkeit hinweg, versprach aber, nichts Überstürztes zu tun. Mit einer neuerlichen Warnung vor mordenden Wahnsinnigen legte er auf. Mrs. Maxie fragte sich, wie man nur so dumm sein könne, wie Sir Reynold es anscheinend war, und was der Anlaß für sein plötzliches Interesse an Jimmy sei.

Sie legte mit einem Seufzer den Hörer auf und wandte sich den am Morgen angekommenen Briefen zu. Ein halbes Dutzend war von Freunden, die, offenbar aus einer mitfühlenden Betroffenheit heraus, der Familie ihre Anteilnahme und ihr Vertrauen auf die Unschuld der Maxies ausdrückten, indem sie sie zum Essen einluden. Mrs. Maxie fand diesen demonstrativen Beistand eher belustigend als ermutigend. Die nächsten drei Umschläge trugen unbekannte Handschriften, und sie öffnete sie widerstrebend. Vielleicht wäre es besser gewesen, sie ungelesen zu vernichten, aber man konnte nie wissen. Eine wertvolle Nachricht könnte so verlorengehen. Zudem war es mutiger, einer unangenehmen Sache ins Auge zu sehen, und Eleanor Maxie hatte es nie an Mut gefehlt. Doch die beiden ersten Briefe waren weniger unangenehm, als sie befürchtet hatte. Einer war tatsächlich als Ermunterung gedacht. Er enthielt drei gedruckte kurze Texte mit Rotkehlchen und Rosen in einer nicht der Jahreszeit entsprechenden Nachbarschaft und die Zusicherung, daß jeder, der bis zum Ende ausharre, gerettet würde. Gleichzeitig wurde um eine Zuwendung gebeten, um die Verbreitung dieser guten Nachricht zu ermöglichen, und vorgeschlagen, die Texte zu kopieren und an Freunde zu verteilen, die ebenfalls in Schwierigkeiten waren. Die meisten von Mrs. Maxies Freunden schwiegen sich über ihre Schwierigkeiten aus, aber sie fühlte sich dennoch ein wenig schuldig, als sie die Texte in den Papierkorb fallen ließ. Der nächste Brief in einem parfümierten lila Umschlag kam von einer Dame, die behauptete, über übersinnliche Kräfte zu verfügen, und – gegen Honorar – bereit war, eine Séance zu veranstalten, bei der man damit rechnen könne, daß Sally Jupp erscheinen und ihren Mörder nennen würde. Die Annahme, Sallys Enthüllungen wären den Maxies durchaus willkommen, deutete zumindest an, daß die Absenderin im Zweifelsfall zu ihren Gunsten entschied. Der letzte Brief war im Dorf abgestempelt und stellte nur eine Frage: »Warum hat es Ihnen nicht genügt, sie zu Tode zu schinden, Sie schmutzige Mörderin?« Mrs. Maxie betrachtete gründlich die Schrift, konnte sich aber nicht erinnern, sie schon einmal gesehen zu haben. Aber der Poststempel war deutlich, und sie erkannte die Herausforderung. Sie beschloß, ins Dorf zu gehen und ein paar Einkäufe zu machen.

In dem kleinen Dorfladen war eher mehr Betrieb als gewöhnlich, und das Stimmengewirr, das bei ihrem Erscheinen abrupt aufhörte, ließ keinen Zweifel an dem Gegenstand der Unterhaltung. Mrs. Nelson war da, Miss Pollack, dann der alte Simon aus dem Haus am Fischwehr, der als der älteste Einwohner galt und anscheinend dachte, damit jeder Anstrengung in bezug auf Körperpflege enthoben zu sein, und ein paar Frauen aus den neuen Landarbeiterhäusern, deren Gesichter und Persönlichkeiten, soweit man davon sprechen konnte, ihr immer noch fremd waren. Ein allgemein gemurmeltes »Guten Morgen« war die Antwort auf ihren Gruß, und Miss Pollack wagte sogar ein »Wieder ein herrlicher Tag, nicht wahr?«, bevor sie sich hastig in ihre Einkaufsliste vertiefte und versuchte, ihr rotes Gesicht hinter den Stapeln von Haferflockenpaketen zu verstecken. Mr. Wilson selbst ließ seine Warenrechnungen liegen, mit denen er im Hintergrund beschäftigt war, und kam ruhig und respektvoll wie immer nach vorn, um Mrs. Maxie zu bedienen. Er war ein großer dürrer und leichenhaft aussehender Mann mit einem so erschreckend unglücklichen Gesicht, daß man nur schwer glauben konnte, er stehe nicht am Rande des

Bankrotts, sondern sei der Besitzer eines gutgehenden kleinen Geschäfts. Er hörte mehr Klatsch als jeder andere im Dorf, sprach aber so selten eine Meinung aus, daß man seine Äußerungen mit großem Respekt aufnahm und gewöhnlich im Gedächtnis behielt. Bis jetzt hatte er sich beharrlich zu dem Thema Sally Jupp ausgeschwiegen, aber daraus durfte man nicht schließen, daß er eine Stellungnahme dazu für unpassend hielt oder durch Ehrfurcht vor einem jähen Tod davon abgehalten wurde. Früher oder später, so spürte man, würde Mr. Wilson sein Urteil verkünden, und das Dorf würde sehr erstaunt sein, wenn das Urteil des Gerichts, das später und mit größerer Feierlichkeit gefällt würde, nicht im wesentlichen das gleiche wäre. Er nahm Mrs. Maxies Bestellung schweigend an und bediente seine am meisten geschätzte Kundin, während die anderen Frauen eine nach der anderen ihr »Auf Wiedersehen« murmelten und aus dem Geschäft schlichen oder hinausrauschten.

Als alle weg waren, sah Mr. Wilson sich verschwörerisch um, richtete seine wäßrigen Augen nach oben, als suche er Beistand, und beugte sich dann über die Theke zu Mrs. Maxie hinunter.

»Derek Pullen«, sagte er. »Der ist es.«

»Ich weiß leider nicht, was Sie meinen, Mr. Wilson.« Mrs. Maxie sagte die Wahrheit. Sie hätte noch hinzufügen können, daß sie nicht besonders begierig war, es zu erfahren.

»Ich will nichts gesagt haben, gnädige Frau, wohlgemerkt. Soll die Polizei ihre Arbeit selbst tun, sage ich.

Aber wenn man Sie in Martingale belästigt, fragen Sie sie, wohin Derek Pullen am letzten Samstag nachts gegangen ist. Fragen Sie das. Er ist um zwölf oder so hier vorbeigegangen. Hab ihn selbst vom Schlafzimmerfenster aus gesehen.«

Mr. Wilson richtete sich auf, mit der selbstzufriedenen Miene eines Mannes, der einen endgültigen, unwiderlegbaren Beweisgrund ausgesprochen hat, und wandte sich, in einer nun wieder völlig anderen Haltung, der Addition von Mrs. Maxies Rechnung zu. Sie hatte das Gefühl, sie müsse ihm sagen, daß jeder Beweis, den er besaß oder zu besitzen glaubte, der Polizei mitgeteilt werden sollte, aber sie konnte sich nicht überwinden, diesbezüglich etwas zu erwidern. Sie erinnerte sich an Derek Pullen, wie sie ihn zuletzt gesehen hatte, einen kleinen, ziemlich pickligen Jungen, der allzu modische Stadtanzüge und billige Schuhe trug. Seine Mutter war Mitglied des Frauenvereins, sein Vater arbeitete für Sir Reynold auf dem größeren seiner beiden Höfe. Das war dumm und ungerecht.

Wenn Wilson seinen Mund nicht halten konnte, würde die Polizei vor Einbruch der Nacht im Haus der Pullens erscheinen, und es war leicht zu erraten, was sie dort aufspüren würden. Der Junge machte einen ängstlichen Eindruck und würde wahrscheinlich auch das bißchen Verstand, das er seinem Aussehen nach hatte, vor Schreck noch verlieren. Dann fiel Mrs. Maxie ein, daß in jener Nacht jemand in Sallys Zimmer gewesen war. Es konnte Derek Pullen gewesen sein. Wenn Martingale vor weiterem Schaden bewahrt

werden sollte, mußte sie klar zu ihrer Bürgerpflicht stehen.
»Wenn Sie etwas wissen, Mr. Wilson«, sagte sie, »sollten Sie es Kommissar Dalgliesh sagen, meine ich. Indessen könnten Sie vielen Menschen Schaden zufügen, wenn Sie derartige Beschuldigungen aussprechen.«
Mr. Wilson steckte diesen milden Tadel mit der lebhaftesten Genugtuung ein, als verlangten seine eigenen Theorien eben diese Bestätigung. Er hatte offenbar alles gesagt, was er hatte sagen wollen, und das Thema war erledigt. »Vier Schilling fünf Pence und zehn Schilling neun Pence und ein Pfund ein Schilling macht, bitte sehr, ein Pfund sechzehn Schilling und zwei Pence, gnädige Frau«, verkündete er. Mrs. Maxie zahlte.

5

Unterdessen wurde Johnnie Wilcox, ein schmutziger und für sein Alter recht kleiner Zwölfjähriger, von Dalgliesh im Büro verhört. Er hatte sich in Martingale mit der Ankündigung eingefunden, der Pfarrer habe ihn zu dem Herrn Kommissar geschickt, und es sei wirklich wichtig. Dalgliesh empfing ihn mit ernster Höflichkeit und bat ihn, sich zu setzen und seine Geschichte freiheraus zu erzählen. Er erzählte sie klar und gut, und es war die verblüffendste Zeugenaussage, die Dalgliesh in letzter Zeit gehört hatte.
Offenbar war Johnnie mit anderen Jungen seiner Klasse in der Sonntagsschule eingeteilt worden, an den Teeständen und beim Geschirrspülen zu helfen. Es hatte ei-

nigen Unmut gegeben über diesen Auftrag zu einer Arbeit, die von den Jungen allgemein als weibisch, erniedrigend und, offen gesagt, nicht viel Spaß versprechend empfunden wurde. Gut, man hatte ihnen versprochen, daß sie sich später über die Reste hermachen dürften, aber die Teestände waren immer beliebt, und im vergangenen Jahr waren mehrere Helfer erschienen, um verspätet Hand anzulegen und die kümmerlichen Reste mit denen zu teilen, die sich den ganzen Tag über eifrig eingesetzt hatten. Johnnie Wilcox hatte sich keinen Gewinn davon versprochen, länger als nötig dazubleiben, und sobald genug Kinder aufgetaucht waren und seine Abwesenheit weniger auffiel, hatte er sich zwei Fischbrote, drei Schokoladebrötchen und mehrere Konfitüretörtchen angeeignet und im Vertrauen darauf, daß Bocock mit seinen Ponyreitstunden voll ausgelastet sei, auf dessen Heuboden zurückgezogen.

Johnnie hatte eine Zeitlang gemütlich auf dem Heuboden gesessen, geräuschvoll seine Beute verspeist und Comics gelesen – es war sinnlos zu erwarten, er könne abschätzen, wie lange, aber es war nur noch ein Brötchen übrig gewesen –, als er Schritte und Stimmen gehört hatte. Er war nicht der einzige, der ungestört sein wollte. Zwei andere Leute kamen in den Stall. Er wartete nicht erst ab, ob sie ebenfalls vorhatten, auf den Heuboden zu klettern, sondern traf die vernünftige Vorkehrung, sich mitsamt seinem Brötchen in einen Winkel zurückzuziehen, wo er sich hinter einem Heuballen versteckte. Diese Handlungsweise war wohl nicht übertrieben ängstlich. In Johnnies Welt ließen sich zahlreiche Unannehmlichkeiten – von der Tracht Prügel bis zur Strafe, früh zu Bette zu müssen – durch das einfache Mittel vermeiden, daß man wußte, wann man sich nicht blicken lassen sollte. Auch diesmal war seine Vorsicht wieder berechtigt. Die Schritte näherten sich tatsächlich dem Heuboden, und er hörte den leisen Aufschlag, als die Falltür wieder geschlossen wurde. Danach war er gezwungen, still zu sitzen, was ziemlich langweilig war, und leise an seinem Brötchen zu knabbern, was hoffentlich so lange reichte, bis die Eindringlinge gegangen wären. Es waren nur zwei, das wußte er bestimmt – und einer von ihnen war Sally Jupp. Er hatte ganz kurz ihr Haar gesehen, als sie durch die Falltür kam, hatte aber wieder in Deckung gehen müssen, bevor sie ganz zu sehen war. Aber er hatte keinen Zweifel. Johnnie kannte Sally gut genug, um ganz sicher zu sein, daß er sie am Samstag nachmittag auf dem Heuboden gesehen und auch gehört hatte. Aber er hatte den Mann bei ihr weder gesehen noch an der Stimme erkannt. Nachdem Sally erst einmal den Heuboden betreten hatte, wäre es riskant gewesen, über den Strohballen zu spähen, weil selbst die kleinste Bewegung ein unvermutet lautes Rascheln verursachte, und Johnnie hatte seine ganze Energie darauf verwandt, sich vollkommen und höchst unnatürlich still zu verhalten. Teils weil der schwere Heuballen die Stimmen gedämpft hatte, teils weil er im allgemeinen die Gespräche von Erwachsenen langweilig und unverständlich fand, hatte er sich nicht angestrengt, mitzubekommen, worüber sie sich unterhielten. Alles, was Dalgliesh für verläßlich halten konnte, war, daß die beiden sich gestritten hatten, allerdings mit leisen Stimmen, daß von vierzig Pfund die Rede war und daß Sally Jupp zuletzt gesagt hatte, es wäre nicht riskant, wenn er nur kaltes Blut bewahrte und »auf das Licht achtete«. Johnnie sagte, sie hätten ein sehr langes Gespräch gehabt, aber das meiste sei leise und schnell gesagt worden. Nur diese wenigen Sätze waren in seinem Gedächtnis haftengeblieben. Er konnte nicht sagen, wie lange alle drei auf dem Heuboden geblieben waren. Es war ihm schrecklich lang vorgekommen, und er war steif und langweilte sich, als er endlich hörte, wie die Falltür aufgeklappt wurde und das Mädchen und ihr Begleiter den Heuboden verließen. Sally war zuerst gegangen und der Mann folgte nach. Johnnie hatte sich erst getraut, aus seinem Versteck hervorzuspähen, als er an dem Klang der Schritte hörte, daß sie die Leiter hinunterstiegen. Dann hatte er gerade noch rechtzeitig eine braun behandschuhte Hand gesehen, die die Falltür zuzog. Er hatte noch ein paar Minuten gewartet, bevor er selbst zum Festplatz zurückgelaufen war, wo kaum einer seine Abwesenheit bemerkt hatte. Das war also das Fazit von Johnnie Wilcox' Samstagnachmittag, und es war ärgerlich, wenn man überlegte, wie wertvoll es hätte sein können, wenn die Umstände nur ein klein wenig anders gewesen wären. Wenn Johnnie ein wenig wagemutiger gewesen wäre, hätte er den Mann vielleicht gesehen. Wäre er ein paar Jahre älter oder ein Mädchen gewesen, hätte er dieses heimliche Treffen sicher in einem spannenderen Licht gesehen, nicht nur als bloße Unterbrechung eines Festessens, und hätte versucht, möglichst viel von dem Gespräch mitzubekommen und zu behalten. So war es schwierig, sich aus den Bruchstücken, die er mitgehört hatte, einen Reim zu machen. Er war anscheinend ein ehrlicher und zuverlässiger kleiner Kerl, gab aber ganz bereitwillig zu, daß er sich geirrt haben könnte. Er glaubte, Sally habe von dem »Licht« gesprochen, aber vielleicht habe er es sich nur eingebildet. Er hatte nicht richtig hingehört, und die beiden hatten sich leise unterhalten. Andererseits hatte er nicht die geringsten Zweifel, daß es Sally gewesen war, die er gesehen hatte, und glaubte ebenso fest, daß es kein freundschaftliches Treffen gewesen war. Er konnte nicht genau die Zeit angeben, wann er den Stall verlassen hatte. Tee gab es ungefähr ab halb vier und dann so lange, wie die Leute wollten und das Essen reichte. Johnnie glaubte, es müsse schon etwa halb fünf gewesen sein, als er Mrs. Cope entwischte. Er konnte sich nicht erinnern, wie lange er sich im Stall versteckt hatte. Es war ihm sehr lang vorgekommen. Damit mußte sich Dalgliesh zufriedengeben. Das Ganze sah verdächtig nach einem Fall von Erpressung aus, und es schien wahrscheinlich, daß eine weitere Verabredung getroffen worden war. Doch die Tatsache, daß Johnnie die Stimme des Mannes nicht erkannt hatte, schien überzeugend zu beweisen, daß es nicht Stephen Maxie gewesen sein konnte, auch kein Mann aus dem Dorf, weil er vermutlich die meisten gut kannte. Das zumindest stützte die Theorie, daß ein anderer Mann in die Überlegungen einbezogen werden mußte. Falls Sally diesen Fremden erpreßt hatte und er tatsächlich bei dem Kirchenfest gewesen war, sähe die Lage für die Maxies weniger düster aus. Als er dem kleinen Johnnie dankte, ihn davor warnte, irgendeinem anderen von seinem Erlebnis zu berichten, und ihn dem tröstlichen Vergnügen überließ, dem Pfarrer zu erzählen, wie es ihm ergangen war, beschäftigte sich Dalgliesh bereits mit einer neuen Spur.

6. Kapitel

1

Die gerichtliche Untersuchung war auf Dienstag drei Uhr angesetzt, und die Maxies stellten fest, daß sie sich fast darauf freuten, weil es wenigstens eine im voraus bekannte Verpflichtung war, die dazu beitragen mochte, die sich quälend hinziehenden Stunden schneller verstreichen zu lassen. Alle im Haus empfanden ein ständiges Unbehagen, das der Spannung an einem gewittrigen Tag glich, wenn der Sturm unvermeidlich ist und dennoch nicht losbrechen will. Die stillschweigende Voraussetzung, daß keiner in Martingale ein Mörder sein konnte, schloß jede realistische Diskussion von Sallys Tod aus. Sie hatten alle Angst, zuviel zu sagen oder etwas zu der falschen Person zu sagen. Manchmal wünschte Deborah, die Familie könnte sich einig werden und sich wenigstens auf eine vernünftige Basis für ein gemeinsames Vorgehen festlegen. Aber als Stephen zögernd eben diesen Wunsch aussprach, wich sie in plötzlicher Panik zurück. Es schien ihr unerträglich, Stephen über Sally reden zu hören.

Bei Felix Hearne war es anders. Mit ihm war es möglich, über fast alles zu sprechen. Er fürchtete sich nicht vor dem Tod und wich dem Thema nicht aus. Offenbar bedeutete es für ihn keine Verletzung des guten Geschmacks, Sallys Tod leidenschaftslos und sogar unbefangen zu besprechen. Zuerst beteiligte sich Deborah in einer Haltung gespielter Tapferkeit an diesen Gesprächen. Später bemerkte sie, daß Humor nur ein schwacher Versuch war, die Furcht herunterzuspielen. Jetzt, am Dienstag vor dem Mittagessen, ging sie an Felix' Seite zwischen den Rosenbeeten spazieren, während er einen Schwall von wahrhaft törichtem Gerede über sie ergoß, was sie zu einer gleichermaßen unbefangenen und unterhaltsamen Flut von Vermutungen anregte.

»Nun einmal ernsthaft, Deborah. Wenn ich ein Buch schriebe, würde ich es einen der Jungen aus dem Dorf sein lassen. Derek Pullen zum Beispiel.«

»Aber er war es nicht. Er hat jedenfalls kein Motiv.«

»Ein Motiv ist das letzte, wonach man suchen muß. Es läßt sich immer ein Motiv finden. Vielleicht hat die Tote ihn erpreßt. Vielleicht hat sie ihn gedrängt, sie zu heiraten, und er wollte nicht. Sie hätte ihm sagen können, daß wieder ein Baby unterwegs sei. Das ist natürlich nicht wahr, aber das durfte er nicht erfahren. Weißt du, sie hatten eine ganz alltägliche heftige Liebesbeziehung. Bei mir wäre er einer von der ruhigen, empfindsamen Art. Die sind zu allem fähig. Im Roman sowieso.«

»Aber sie wollte gar nicht von ihm geheiratet werden. Sie hatte ja Stephen zum Heiraten. Sie hätte doch nicht Derek Pullen haben wollen, wenn sie Stephen bekommen konnte.«

»Du redest, wenn ich das sagen darf, mit der blinden Parteilichkeit einer Schwester. Aber wie du willst. Wen schlägst du vor?«

»Angenommen, wir lassen es Vater sein.«
»Du meinst den alten Herrn, der an sein Bett gefesselt ist?«
»Ja. Nur daß er gar nicht an sein Bett gefesselt ist. Es könnte eine von diesen Grand-Guignol-Stories sein. Der alte Herr wollte nicht, daß sein Sohn dieses intrigante Biest heiratet, also kroch er Stufe für Stufe nach oben und erdrosselte sie mit seiner alten Schulkrawatte.«
Felix erwog diesen Versuch und verwarf ihn.
»Warum nehmen wir nicht den geheimnisvollen Besucher mit dem Namen eines Filmhelden. Wer ist er? Wo kommt er her? Könnte er der Vater ihres Kindes sein?«
»Ach, das glaube ich nicht.«
»Doch, er war es. Er hatte die Tote als unschuldiges Mädchen an ihrer ersten Arbeitsstelle kennengelernt. Ich will über diese schmerzliche Episode einen Schleier breiten, aber du kannst dir seine Überraschung und den Schrecken ausmalen, als er sie wiedersieht, das Mädchen, an dem er sich vergangen hat, im Haus seiner Verlobten. Und dazu mit seinem Kind.«
»Hat er eine Verlobte?«
»Natürlich. Eine außerordentlich attraktive Witwe, die er um den Finger wickeln will. Jedenfalls droht das arme Mädchen, alles zu erzählen, also muß er sie zum Schweigen bringen. Ich würde ihn als einen zynischen, unangenehmen Typ darstellen, so daß sich niemand aufregen würde, wenn man ihn erwischte.«
»Meinst du nicht, das wäre ziemlich gemein? Was hältst du davon, wenn wir die Leiterin von St. Mary nehmen?

Es könnte so ein psychologischer Reißer sein, mit schöngeistigen Zitaten an den Kapitelanfängen und einer Menge Freud.«
»Wenn du eine Vorliebe für Freud hast, dann setze ich auf den Onkel der Toten. Dann hätten wir einen schönen Vorwand für tiefsinniges psychologisches Zeug. Also, das war ein strenger, kleinlicher Mensch, der sie vor die Tür setzte, als er das mit dem Baby erfuhr. Aber wie alle Puritaner im Roman war er selbst genauso schlecht. Er hatte ein Verhältnis mit einem einfachen kleinen Mädchen, das mit ihm im Kirchenchor sang, und sie war im selben Heim wie die Tote, um ihr Kind zu bekommen. So kam die ganze schreckliche Wahrheit heraus, und Sally erpreßte ihn natürlich um dreißig Schilling die Woche und verriet nichts. Offenbar konnte er eine Aufdeckung nicht riskieren. Dazu war sein Ansehen viel zu groß.«
»Was machte Sally denn mit den dreißig Schilling?«
»Sie eröffnete ein Sparkonto, natürlich auf den Namen des Babys. Das wird alles zur rechten Zeit ans Licht kommen.«
»Das wäre allerdings schön. Aber vergißt du nicht die Schwägerin der Toten? Nicht schwer, bei der ein Motiv zu finden.«
Felix sagte ruhig: »Aber sie ist keine Mörderin.«
»Ach, zum Teufel, Felix! Mußt du dein Taktgefühl so dick auftragen?«
»Da ich sehr wohl weiß, daß du Sally Jupp nicht getötet hast, erwartest du doch wohl nicht von mir, daß ich einfach zum Spaß Verlegenheit und Mißtrauen zeige?«

»Ich habe sie gehaßt, Felix. Ich habe sie wirklich gehaßt.«
»Schon gut, Liebes. Du hast sie also tatsächlich gehaßt. Das bringt dich zwangsläufig in Konflikte. Sei aber nicht allzu eifrig, der Polizei deine Gefühle anzuvertrauen. Es sind ganz bestimmt ehrenwerte Männer, und ihr Benehmen ist bewundernswert. Ihr Vorstellungsvermögen ist jedoch möglicherweise begrenzt. Schließlich ist ihr gesunder Menschenverstand ihre größte Stärke. Das ist die Grundlage jeder ordentlichen kriminalistischen Arbeit. Sie kennen die Methode und die Mittel, liefere ihnen also nicht noch ein Motiv. Laß sie sich ein bißchen anstrengen für das Geld des Steuerzahlers.«
»Glaubst du, Dalgliesh kriegt heraus, wer es getan hat?« fragte Deborah nach einer Weile.
»Ich denke, er weiß es vielleicht jetzt schon«, antwortete Felix ruhig. »Es ist aber eine andere Sache, genügend Beweise zu finden, die eine Anklage rechtfertigen. Vielleicht finden wir heute nachmittag heraus, wie weit die Polizei gekommen ist und wieviel sie zu erzählen bereit ist. Dalgliesh mag es Vergnügen bereiten, uns im dunkeln zu lassen, aber früher oder später wird er seine Karten auf den Tisch legen müssen.«

Doch die gerichtliche Untersuchung war eine Erleichterung und zugleich eine Enttäuschung. Der Untersuchungsrichter hielt die Sitzung ohne Geschworene ab. Mit freundlicher Stimme und einem Gesicht, das an einen betrübten Bernhardiner erinnerte, machte er den Eindruck, als sei er aus Versehen in die Verhandlung geraten. Dessenungeachtet wußte er, was er wollte, und vergeudete keine Zeit. Es waren weniger Leute aus dem Dorf anwesend, als die Maxies erwartet hatten. Vermutlich sparten sie Zeit und Energie für das unterhaltsamere Ereignis, das Begräbnis, auf. Bestimmt waren die Anwesenden danach nicht klüger als zuvor. Der Richter ließ alles trügerisch einfach erscheinen. Als Zeugin zur Identifizierung trat eine nervöse, nichtssagende kleine Frau auf, die sich als Sallys Tante herausstellte. Stephen Maxie sagte als Zeuge aus, und die genauen Einzelheiten bei der Entdeckung der Leiche wurden kurz wachgerufen. Der ärztliche Befund zeigte, daß der Tod durch Vagusinhibition während einer Erdrosselung von Hand verursacht worden und rasch eingetreten war. Im Magen hatte man etwa 100 Milligramm Barbitursäurederivate gefunden. Der Richter stellte nur die Fragen, die notwendig waren, um diese Fakten zu erhalten. Die Polizei bat um Vertagung, und dem Antrag wurde stattgegeben. Es ging alles sehr zwanglos, beinahe gemütlich vor sich. Die Zeugen hockten auf den niedrigen Stühlen, die sonst von den Kindern der Sonntagsschule benutzt wurden, während der Untersuchungsrichter das Verfahren vom Podium des Superintendenten aus führte. Auf den Fensterbänken standen Marmeladetöpfe mit Sommerblumen, und eine Reihe von Kreidezeichnungen an der einen Wand zeigte die Wanderung des Christen von der Taufe bis zum Grab. In dieser unschuldigen und unpassenden Umgebung stellte das Gericht förmlich, aber ohne Aufhebens fest, daß Sarah Lillian Jupp durch ein Verbrechen den Tod gefunden hatte.

2

Jetzt mußte man sich auf das Begräbnis einstellen. Anders als bei der gerichtlichen Untersuchung war die Anwesenheit hier jedem selbst überlassen, und der Entschluß, ob man teilnehmen sollte oder nicht, fiel keinem leicht. Nur Mrs. Maxie sah keine Schwierigkeiten, und sie erklärte, es sei ihre volle Absicht dabeizusein. Obwohl sie kein weiteres Wort darüber verlor, lag der Grund für ihre Haltung auf der Hand. Sally war in ihrem Haus und als ihre Angestellte gestorben. Ihre einzigen Verwandten hatten offenbar nicht vor, ihr zu verzeihen, daß sie im Tod genauso wie im Leben für Verwirrung sorgte und genauso unkonventionell war. Sie wollten an dem Begräbnis nicht teilnehmen, und es würde daher vom St.-Mary-Heim ausgehen und von dieser Einrichtung bezahlt werden. Aber abgesehen von der Notwendigkeit, daß irgend jemand dabeisein mußte, hatten die Maxies eine Verpflichtung. Wenn jemand im eigenen Haus starb, war die Teilnahme an der Beerdigung das mindeste, was man tun konnte. Mrs. Maxie drückte sich nicht in diesen Worten aus, gab aber ihrem Sohn und ihrer Tochter unmißverständlich zu verstehen, daß ihre Teilnahme ein Gebot der Höflichkeit sei und daß jemand, der anderen Gastrecht in seinem Hause gewährte, die Gastfreundschaft, wenn es unglücklicherweise notwendig sein sollte, auch darauf ausdehnen sollte, sie sicher zu ihren Gräbern zu geleiten. In all ihren heimlichen Gedanken, wie das Leben in Martingale sich während einer Morduntersuchung gestalten würde, hatte Deborah sich nie vorgestellt, was für eine große Rolle die vergleichsweise unbedeutenden Fragen des Geschmacks und der Etikette spielen würden. Es war seltsam, daß die alles in den Schatten stellende Angst um die Zukunft der Familie, zumindest vorübergehend, weniger drängend war als die Sorge, ob sie einen Kranz schicken sollten oder nicht, und was, falls sie sich dafür entschieden, als passende Beileidsbekundung auf die Karte geschrieben werden sollte. Auch diese Frage beunruhigte Mrs. Maxie nicht. Sie fragte nur, ob sie sich zusammentun wollten oder ob Deborah einen eigenen Kranz schicken würde.

Stephen blieben, wie sich herausstellte, die Trauerfeierlichkeiten erspart. Die Polizei hatte ihm erlaubt, nach der gerichtlichen Untersuchung in das Krankenhaus zurückzukehren, und von kurzen Besuchen abgesehen, würde er erst am kommenden Samstag abend wieder in Martingale sein. Niemand erwartete von ihm, er würde – zum Vergnügen der Klatschbasen des Dorfes – einen bescheidenen Kranz beisteuern. Er hatte die beste Entschuldigung, wieder nach London zu gehen und sich um seine Arbeit zu kümmern. Selbst Dalgliesh konnte von ihm nicht erwarten, daß er der Bequemlichkeit der Polizei zuliebe wer weiß wie lange in Martingale herumlungern würde.

Obschon Catherine eine fast ebenso gültige Entschuldigung hatte, nach London zurückzufahren, machte sie davon keinen Gebrauch. Sie hatte noch sieben Tage ihres Jahresurlaubs übrig und war gern bereit, in Martingale zu bleiben. Sie hatte mit der Oberschwester gesprochen, die volles Verständnis gezeigt hatte. Es gebe nicht die geringsten Schwierigkeiten, wenn sie Mrs. Maxie wie auch immer behilflich sein könnte. Unleugbar konnte sie das. Da war immer noch Simon Maxie, der versorgt werden mußte, da waren die laufenden Unterbrechungen des häuslichen Alltags durch Dalgliehs Nachforschungen, und da war die Lücke durch Sallys Tod.

Sobald es feststand, daß ihre Mutter vorhatte, an der Beerdigung teilzunehmen, versuchte Deborah, ihre natürliche Abneigung gegen das alles zu überwinden, und verkündete plötzlich, sie wolle mitkommen. Sie war nicht erstaunt, als Catherine die gleiche Absicht äußerte, aber es überraschte und erleichterte sie zugleich, als sie hörte, daß Felix mit ihnen gehen wollte.

»Es ist nicht im geringsten notwendig«, sagte sie aufgebracht. »Ich verstehe gar nicht, wozu man so viel Aufhebens macht. Ich persönlich finde die ganze Geschichte widerlich und abgeschmackt, aber wenn du kommen und angestarrt werden willst, bitte, die Vorstellung kostet nichts.«

Sie ging rasch aus dem Salon, kam jedoch ein paar Minuten später wieder zurück und sagte mit der verwirrenden Förmlichkeit, die er an ihr so entwaffnend fand: »Tut mir leid, daß ich so patzig war, Felix. Bitte komm mit, wenn du magst. Es war lieb von dir, daran zu denken.«

Felix war plötzlich zornig auf Stephen. Es stimmte, daß der Junge eine gute Rechtfertigung hatte, seine Arbeit wieder aufzunehmen, aber es war dennoch typisch und ärgerlich, daß er eine so bequeme und einfache Entschuldigung hatte, um der Verantwortung und den Unannehmlichkeiten auszuweichen. Weder Deborah noch ihre Mutter wollten es natürlich unter diesem Gesichtspunkt sehen, und Catherine Bowers, das arme törichte Ding, verzieh Stephen sowieso bereitwillig alles. Keine der Frauen würde Stephen mit ihren Sorgen und Schwierigkeiten zur Last fallen. Aber, dachte Felix, wenn dieser junge Mann seine reichlich weltfremden idealistischen Regungen im Zaum gehalten hätte, hätte so etwas nicht geschehen müssen. Felix bereitete sich in einer Stimmung kalter Wut auf die Beerdigung vor und bekämpfte entschlossen den Verdacht, daß sein Groll sich teils aus Frustration, teils aus Neid nährte.

Auch dieser Tag war wieder herrlich. Die Leute trugen Sommerkleider, ein paar Mädchen sogar welche, die eher an einen Badestrand als auf einen Friedhof gepaßt hätten. Viele waren offensichtlich bei einem Picknick gewesen und hatten nur durch Zufall von der besseren Unterhaltung gehört, die auf dem Friedhof geboten werden sollte. Sie waren mit den Resten ihrer Leckerbissen bepackt, und ein paar von ihnen waren tatsächlich noch dabei, ihre belegten Brote und Orangen zu Ende zu essen. Sie benahmen sich jedoch völlig korrekt, sowie sie in die Nähe des Grabes kamen. Der Tod hat fast immer eine ernüchternde Wirkung, und das vereinzelte nervöse Gekicher wurde schnell durch empörte Blicke der gläubigeren Trauergäste unterdrückt. Nicht ihr Benehmen machte Deborah wütend, sondern vielmehr die Tatsache, daß sie überhaupt alle da waren. Sie war erfüllt von kalter Verachtung und einem Zorn, der in seiner Heftigkeit erschreckend war. Hinterher war sie froh darüber, weil er keinen Platz für Leid oder Verlegenheit gelassen hatte.

Die Maxies, Felix Hearne und Catherine Bowers standen zusammen am offenen Grab, Miss Liddell und eine Handvoll Mädchen aus dem St.-Mary-Heim drängten sich hinter ihnen. Ihnen gegenüber standen Martin und Dalgliesh. Polizei und Verdächtige sahen sich über das offene Grab hinweg ins Auge. Ein Stück weiter weg fand ein anderes Begräbnis statt, das von einem fremden Geistlichen aus einer anderen Gemeinde abgehalten wurde. Die wenigen Trauernden trugen alle Schwarz und drängten sich in einem engen Kreis so nahe um das Grab, daß es aussah, als nähmen sie an einer geheimen esoterischen Zeremonie teil, die nicht für fremde Augen bestimmt war. Niemand nahm sie zur Kenntnis, und die Stimme ihres Pfarrers war über dem leisen Geraune der Menge um Sallys Grab nicht zu hören. Schließlich gingen sie still davon. Sie, dachte Deborah, hatten ihren Toten wenigstens mit einiger Würde bestattet. Aber nun sprach Mr. Hinks seine wenigen Worte. Er war so klug, die Umstände um den Tod des Mädchens nicht anzusprechen, sondern sagte gütig, die Wege der Vorsehung seien seltsam und geheimnisvoll, eine Behauptung, die zu widerlegen nur wenige seiner Zuhörer sachkundig genug waren, obgleich die Anwesenheit der Polizei darauf hinwies, daß dieses Geheimnis hier zumindest teilweise auf menschliche Einwirkung zurückging.

Mrs. Maxie nahm mit großer Aufmerksamkeit an der

Zeremonie teil. Ihre vernehmlichen »Amen« drückten eindringliche Zustimmung am Ende jedes Bittgebets aus, sie fand sich mit geübten Fingern im Gebetbuch zurecht und half zwei Mädchen aus dem St.-Mary-Heim, die richtige Stelle zu finden, als die beiden zu sehr von Kummer oder Verwirrung überwältigt wurden, um mit ihren Büchern zurechtzukommen. Am Ende des Gottesdienstes trat sie an das Grab und blickte eine Zeitlang starr auf den Sarg hinab. Deborah spürte ihren Seufzer eher, als daß sie ihn hörte. Was er bedeutete, hätte niemand von ihrem Gesicht ablesen können, als sie sich wieder umwandte und der Menge gegenüberstand. Sie zog ihre Handschuhe an und beugte sich herunter, um eine der Trauerkarten zu lesen, bevor sie sich neben ihre Tochter stellte.

»Was für eine schreckliche Versammlung. Man sollte meinen, die Leute hätten etwas Besseres zu tun. Und doch, wäre dieses Kind Sally auch nur halb so exhibitionistisch gewesen, wie sie anscheinend war – dieses Begräbnis hätte ihr gefallen. Was macht denn der Junge da? Ist das deine Mutter? Hören Sie, Ihr kleiner Junge muß doch wissen, daß man nicht auf Gräbern herumturnt. Sie müssen besser auf ihn aufpassen, wenn Sie ihn auf einen Friedhof mitbringen wollen. Das ist geweihter Boden und kein Schulhof. Eine Beerdigung ist sowieso nicht der richtige Zeitvertreib für Kinder.«

Die Mutter und das Kind gafften sie an, zwei blasse verdutzte Gesichter mit den gleichen spitzen Nasen, dem gleichen dünnen Haar. Dann zog die Frau ihr Kind mit einem verschüchterten Blick über die Schulter weg. Das leuchtendbunte Schauspiel löste sich bereits auf, die Fahrräder wurden zwischen den Heideastern an der Friedhofsmauer hervorgezerrt, die Fotografen verstauten ihre Kameras. Ein paar standen noch in kleinen Gruppen wartend herum, flüsterten miteinander und paßten eine Gelegenheit ab, die Kränze zu beschnüffeln. Der Totengräber las bereits die herumliegenden Orangenschalen und Papiertüten auf und brummte leise vor sich hin. Sallys Grab war ein Meer aus Farbe. Rot, Blau und Gold breiteten sich über die aufgeschichteten Rasenstücke und Holzbohlen wie eine protzige Flickendecke, und der Geruch der fruchtbaren Erde mischte sich mit dem Duft der Blumen.

3

»Ist das nicht Sallys Tante?« fragte Deborah. Eine magere, nervös wirkende Frau mit Haaren, die einmal rot gewesen sein mochten, unterhielt sich mit Miss Liddell. Sie gingen zusammen auf das Friedhofstor zu. »Es ist ganz bestimmt dieselbe Frau, die Sally bei der gerichtlichen Untersuchung identifiziert hat. Wenn es die Tante ist, können wir sie vielleicht nach Hause fahren. Die Busse gehen um diese Zeit so furchtbar selten.«
»Es könnte sich lohnen, ein Wort mit ihr zu reden«, sagte Felix nachdenklich. Pure Freundlichkeit hatte Deborah eigentlich zu diesem Vorschlag veranlaßt. Sie wollte ihr das lange Warten in der heißen Sonne ersparen. Aber jetzt rückten die praktischen Vorteile ihres Angebots in den Vordergrund.

»Laß sie dir von Miss Liddell vorstellen, Felix. Ich hole inzwischen das Auto. Du kriegst vielleicht heraus, wo Sally gearbeitet hat, bevor sie schwanger wurde, und wer Jimmys Vater ist und ob Sallys Onkel sie wirklich geliebt hat.«

»In einem zwanglosen Gespräch von ein paar Minuten? Das glaube ich kaum.«

»Wir haben ja die ganze Fahrt, um sie auszuquetschen. Versuch es einfach, Felix.«

Deborah lief so schnell, wie es der Anstand erlaubte, hinter ihrer Mutter und Catherine her und ließ Felix mit seinem Auftrag allein. Die Frau und Miss Liddell hatten inzwischen die Straße erreicht und blieben zu ein paar abschließenden Worten stehen. Aus der Ferne schienen die beiden Gestalten eine Art rituellen Tanz auszuführen. Sie bewegten sich aufeinander zu, um sich die Hände zu schütteln, und schnellten wieder auseinander. Dann schwenkte Miss Liddell, die sich schon zum Gehen gewandt hatte, mit einem neuen Einfall um, und die Gestalten rückten wieder zusammen.

Als Felix auf sie zuging, wandten sie sich ihm zu, und er konnte sehen, wie sich Miss Liddells Lippen bewegten. Er blieb bei ihnen stehen, und die unausweichliche Vorstellung fand statt. Eine schmale Hand in einem billigen schwarzen Kunstseidenhandschuh hielt einen kurzen Augenblick lang schüchtern seine Hand und fiel dann herunter. Sogar bei dieser apathischen und fast unmerklichen Berührung spürte er, daß sie zitterte. Die unruhigen grauen Augen wichen seinem Blick aus, während er sprach.

»Mrs. Riscoe und ich haben überlegt, ob wir Sie nicht nach Hause fahren könnten«, sagte er freundlich. »Es dauert noch lange, bis ein Bus kommt, und wir wären ganz froh über die Fahrt.«

Das zumindest entsprach der Wahrheit. Sie zögerte. Gerade als Miss Liddell anscheinend zu dem Schluß gekommen war, daß das Angebot, obgleich unerwartet, aus Höflichkeit nicht übergangen und vielleicht sogar ruhig angenommen werden könnte, und anfing, ihr entsprechend zuzureden, fuhr Deborah in Felix' Renault neben ihnen vor, und die Sache war abgemacht. Sallys Tante wurde ihr als Mrs. Victor Proctor vorgestellt und bequem neben sie auf den Beifahrersitz plaziert, bevor noch jemand Einwände erheben konnte. Felix setzte sich nach hinten, zwar mit einem gewissen Widerwillen gegen das Unternehmen, aber darauf eingestellt, Deborah in Aktion zu bewundern. »Schmerzlose Extraktionen – unsere Spezialität«, dachte er, als der Wagen den Hügel hinabkurvte. Er fragte sich, wie weit sie fahren müßten und ob Deborah sich die Mühe gemacht hatte, ihrer Mutter zu sagen, wie lange sie wegbleiben würden.

»Ich weiß, glaube ich, so ungefähr, wo Sie wohnen«, hörte er sie sagen. »Es ist gerade vor Canningbury, nicht wahr? Wir kommen auf dem Weg nach London immer durch. Aber mit der Straße muß ich mich auf Sie verlassen. Es ist sehr nett von Ihnen, daß Sie sich von uns nach Hause fahren lassen. Beerdigungen sind so furchtbar. Es ist wirklich eine Wohltat, für einige Zeit davon wegzukommen.«

Der Erfolg ihrer Rede war überraschend. Plötzlich weinte Mrs. Proctor, nicht laut, sogar fast ohne das Gesicht zu bewegen. Als ob ihre Tränen unmöglich im Zaum gehalten werden könnten, ließ sie sie in einem Strom über ihre Wangen rollen und auf ihre gefalteten Hände fallen.

Als sie zu reden anfing, war ihre Stimme leise, aber klar genug, um über dem Motorengeräusch gehört zu werden. Und immer noch rannen die Tränen leise und unwillkürlich.

»Ich hätte wirklich nicht kommen sollen. Mr. Proctor würde es gar nicht gefallen, wenn er wüßte, daß ich hergekommen bin. Er ist noch nicht zu Hause, wenn ich zurück bin, und Beryl ist in der Schule, er merkt es also gar nicht. Aber er würde es nicht gern sehen. Wie man sich bettet, so liegt man. Das ist seine Rede, und man kann ihm keinen Vorwurf machen. Nicht nach allem, was er für sie getan hat. Nie wurde ein Unterschied zwischen Sally und Beryl gemacht. Nie. Das sage ich noch auf meinem Sterbebett. Ich verstehe nicht, warum uns das passieren mußte.«

Dieser ewige Aufschrei der Unglücklichen erschien Felix widersinnig. Ihm war nicht bekannt, daß die Proctors seit ihrer Schwangerschaft irgendeine Verantwortung für Sally übernommen hätten, und als sie tot war, hatten sie es zweifellos geschafft, sich von allem fernzuhalten. Er beugte sich vor, um deutlicher zu hören. Deborah hatte möglicherweise etwas Ermunterndes gemurmelt, er war sich nicht sicher. Aber es konnte nicht die Rede davon sein, daß diese Zeugin ausgequetscht wurde. Sie hatte alles viel zu lange für sich behalten.

»Wir haben sie anständig erzogen. Niemand kann uns nachsagen, wir hätten das nicht getan. Sie hatte zwar ein Stipendium, aber wir mußten sie immer noch durchfüttern. Sie war kein einfaches Kind. Ich dachte immer, es wären die Bomben, aber das wollte Mr. Proctor nicht gelten lassen. Sie waren damals bei uns, müssen Sie wissen. Wir hatten ein Haus in Stoke Newington. Es gab dort nicht viele Angriffe, und irgendwie haben wir uns in dem Luftschutzkeller sicher gefühlt. Es war eine von den V1-Raketen, die Lil und George getötet hat. Ich weiß davon überhaupt nichts mehr, auch nicht, wie ich ausgegraben wurde. Sie haben mir das mit Lil erst eine Woche später gesagt. Sie haben uns alle herausgeholt, aber Lil war tot, und George ist eine Woche später im Krankenhaus gestorben. Wir hatten Glück. Das glaube ich wenigstens. Mr. Proctor ist es noch lange danach wirklich schlechtgegangen, und er ist freilich seither Invalide. Aber sie haben gesagt, wir hätten Glück gehabt.«

»Wie ich«, dachte Felix bitter. »Einer, der Glück gehabt hat.«

»Und dann nahmen Sie Sally zu sich und zogen sie auf«, soufflierte Deborah.

»Es war sonst wirklich niemand da. Meine Mutter hätte sie nicht nehmen können. Sie war gesundheitlich nicht auf der Höhe. Ich versuchte mir immer vorzustellen, daß Lil sich darüber gefreut hätte, aber solche Gedanken helfen einem nicht, ein Kind zu lieben. Sie war wirklich kein liebes Kind. Nicht wie Beryl. Aber Sally war schließlich schon zehn, als Beryl kam, und ich nehme an, das war schwer für sie, nachdem sie so lange die einzige gewesen ist. Aber wir haben nie einen Unterschied gemacht. Sie haben immer dasselbe bekommen, Klavierstunden und alles. Und jetzt das. Die Polizei war bei uns, als sie gestorben war. Sie waren nicht in Uniform oder so, aber man konnte sehen, wer sie waren. Jeder wußte es. Sie fragten, wer der Mann war, aber das konnten wir natürlich nicht sagen.«

»Der Mann, der sie umgebracht hat?« Deborahs Stimme klang ungläubig.

»Nein, nein. Der Vater von dem Baby. Sie haben wohl gedacht, er könnte es getan haben. Aber wir konnten ihnen gar nichts erzählen.«

»Vermutlich haben sie Ihnen eine ganze Menge Fragen gestellt, zum Beispiel, wo Sie in jener Nacht waren.«

Zum erstenmal schien Mrs. Proctor auf ihre Tränen zu achten. Sie kramte in ihrer Handtasche und wischte sie ab. Das Interesse an ihrer Geschichte schien das Leid, dem sie sich überlassen hatte, zu lindern, was für ein Leid das auch immer sein mochte. Felix hielt es nicht für wahrscheinlich, daß sie wegen Sally weinte. War es die wiedererlebte Erinnerung an Lil, an George oder das hilflose Kind, das sie hinterlassen hatten, was diese Tränen hervorgerufen hatte, oder war es einfach Müdigkeit und ein Gefühl des Versagens? Fast als hätte sie seine Frage gespürt, sagte sie:

»Ich weiß nicht, warum ich weine. Weinen bringt die Toten nicht zurück. Ich glaube, es war der Gottesdienst.

Wir hatten dasselbe Lied für Lil. *Der König der Liebe ist mein Hirte.* Es scheint eigentlich auf beide nicht zu passen. Sie haben nach der Polizei gefragt. Wahrscheinlich haben Sie auch genug mit ihr zu tun gehabt. Sie kamen natürlich zu uns. Ich sagte ihnen, daß ich mit Beryl zu Hause war. Sie fragten, ob wir auf dem Fest in Chadfleet waren. Ich sagte, daß wir davon gar nichts gewußt hatten. Nicht, daß wir sonst hingegangen wären. Wir haben Sally nie besucht, und wir wollten dort nicht rumschnüffeln, wo sie gearbeitet hat. Ich erinnere mich ganz genau an den Tag. Es war wirklich komisch. Miss Liddell rief am Morgen an und wollte Mr. Proctor sprechen, was sie nicht mehr getan hatte, seit Sally auf der neuen Stelle war. Beryl war am Telefon, und sie hatte ein ganz seltsames Gefühl. Sie meinte, daß Sally irgendwas passiert sei, weil Miss Liddell angerufen hat. Aber es war nur, um uns zu sagen, daß es Sally gutgeht. Trotzdem war es komisch. Sie weiß, daß uns das nicht interessiert.«

Deborah mußte es ebenfalls eigenartig vorgekommen sein, denn sie fragte: »Hat Miss Liddell auch früher schon angerufen, um Ihnen mitzuteilen, wie sich Sally macht?«

»Nein. Nicht seit Sally in Martingale war. Das hat sie uns am Telefon mitgeteilt. Ich glaube es wenigstens. Vielleicht hat sie Mr. Proctor auch geschrieben, aber ich weiß es nicht mehr genau. Sie hat wohl gemeint, wir sollten wissen, daß Sally das Heim verläßt, weil Mr. Proctor ihr Vormund ist. Wenigstens war er das, aber seit sie über einundzwanzig war und für sich lebte, war es uns egal, wohin sie ging. Sie hat sich nie um uns gekümmert, um keinen von uns, nicht einmal um Beryl. Ich dachte, ich sollte heute lieber kommen, weil es komisch aussieht, wenn keiner von der Familie da ist, egal, was Mr. Proctor dazu sagt. Aber er hatte wirklich recht. Man kann den Toten nicht dadurch helfen, daß man zu der Beerdigung geht, und es bringt einen nur durcheinander. Und dann alle diese Leute. Sie sollten doch etwas Besseres zu tun haben.«

»Demnach hatte Mr. Proctor Sally nicht mehr gesehen, seit sie Ihr Haus verließ?« fragte Deborah weiter.

»Oh, nein. Es hätte ja doch keinen Sinn gehabt.«

»Ich nehme an, die Polizei fragte ihn, wo er war in der Nacht, als sie starb. Das fragen sie immer. Natürlich ist es nur eine Formsache.«

Wenn Deborah Angst hatte, sie zu beleidigen, machte sie sich unnötige Sorgen.

»Es ist eigenartig, wie sie vorgehen. Man hätte meinen können, sie wüßten etwas, so wie sie geredet haben. Stellten Fragen nach Sallys Leben, was sie für Aussichten hatte und wer ihre Freunde waren. Jeder hätte gedacht, sie wäre was Besonderes. Sie haben Beryl geholt und nach dem Anruf von Miss Liddell gefragt. Sie haben sogar Mr. Proctor gefragt, was er in der Nacht, in der Sally gestorben ist, gemacht hat. Diese Nacht vergessen wir wohl sowieso nicht. Es war die, in der er seinen Unfall mit dem Fahrrad hatte. Er war erst um zwölf zu Hause, und er war in einem ganz schön üblen Zustand, mit dick geschwollenen Lippen, und sein Fahrrad war verbogen. Seine Uhr hat er auch verloren, was ihn sehr aufgeregt hat, weil sie aus echtem Gold ist und sein Vater sie ihm vermacht hat. Sehr wertvoll, hat man uns immer gesagt. Diese Nacht vergessen wir bestimmt nicht so schnell, das kann ich Ihnen sagen.«

Mrs. Proctor hatte sich nun von den Auswirkungen des Begräbnisses auf ihr Gemüt erholt und redete drauflos mit dem Eifer eines Menschen, der mehr gewöhnt ist, zuzuhören als Gehör zu finden. Deborah fuhr den Wagen locker. Ihre Hände lagen leicht auf dem Steuer, und ihre blauen Augen starrten unverwandt voraus auf die Straße, aber Felix war ziemlich sicher, daß sie mit ihren Gedanken bei ganz anderen Dingen war. Sie begleitete Mrs. Proctors Geschichte mit gelegentlichen teilnahmsvollen Lauten und sagte schließlich:

»Was für ein böser Schock für Sie beide! Sie müssen furchtbar in Sorge gewesen sein, als er so spät kam. Wie ist es denn passiert?«

»Er kam nach einer steil abfallenden Strecke irgendwo in der Gegend von Finchworthy von der Straße ab. Ich weiß nicht genau, wo. Er fuhr schnell bergab, und irgend jemand hatte Glasscherben auf der Straße liegen lassen. Die rissen natürlich den Vorderreifen auf, und er verlor die Kontrolle und flog in den Graben. Er hätte tot sein können, hab ich ihm gesagt, oder schwer verletzt, und Gott weiß, was dann passiert wäre, wo diese Straßen so einsam sind. Dort könnte man Stunden liegen, und keiner käme vorbei. Mr. Proctor fährt nicht gern auf den stark befahrenen Straßen mit dem Rad, und das wundert mich nicht. Aber da ist man schlimm dran, wenn man sich nicht selbst helfen kann.«

»Fährt er gern Fahrrad?« fragte Deborah.

»Ganz versessen ist er darauf. Ist er immer gewesen. Natürlich macht er jetzt keine richtigen Rennen mehr mit. Seit dem Krieg nicht mehr, seit er verschüttet war. Er hat es allerdings häufig gemacht, als er jung war. Aber er fährt immer noch gern herum, und Samstag nachmittags sehen wir meistens nicht viel von ihm.«

Mrs. Proctors Stimme klang ein wenig erleichtert, was den beiden nicht entging. Ein Fahrrad und ein Unfall können ein brauchbares Alibi sein, dachte Felix, aber er kann nicht ernsthaft verdächtigt werden, wenn er um zwölf zu Hause war. Er hätte mindestens eine Stunde gebraucht, um von Martingale nach Hause zu kommen, auch wenn der Unfall vorgetäuscht gewesen wäre und er das Fahrrad für den ganzen Weg hätte benutzen können. Es war auch schwer, sich ein hinreichendes Motiv auszumalen, da Proctor offenbar keinen Grund gefunden hatte, seine Nichte vor ihrer Aufnahme in das St.-Mary-Heim zu ermorden, und anscheinend seitdem keine Verbindung zu ihr gehabt hatte. Felix spielte in Gedanken mit der Möglichkeit einer zukünftigen Erbschaft für Sally, die bei ihrem Tod füglich Victor Proctor zufallen würde. Aber in seinem Innersten wußte er, daß er nicht Sally Jupps Mörder suchte, sondern einen, der ein ausreichendes Motiv und die Gelegenheit gehabt hatte, um die Nachforschungen der Polizei von dem eher in Frage kommenden Verdächtigen abzulenken. Es schien eine verzweifelte Hoffnung zu sein, soweit es die Proctors betraf, aber Deborah war offenbar zu der Überzeugung gelangt, daß es bei ihnen etwas aufzudecken gab. Der Zeitfaktor beunruhigte anscheinend auch sie.

»Sind Sie aufgeblieben und haben auf Ihren Mann gewartet, Mrs. Proctor? Sie müssen sich bis Mitternacht allmählich auf das Schlimmste gefaßt gemacht haben, es sei denn, er kam häufig so spät.«

»Na ja, ziemlich spät ist er meistens gewesen, und er sagt immer, ich soll nicht aufbleiben, deshalb hab ich auch nicht gewartet. Ich gehe fast jeden Samstag mit Beryl ins Kino. Wir haben natürlich den Fernseher, und manchmal sehen wir uns das Programm an, aber es ist doch eine kleine Abwechslung, wenn man einmal in der Woche aus dem Haus kommt.«

»Demnach lagen Sie im Bett, als Ihr Mann nach Hause kam?« fragte Deborah freundlich, aber beharrlich weiter.

»Er hatte natürlich seinen eigenen Schlüssel, es hätte also keinen Sinn gehabt aufzubleiben. Wenn ich gewußt hätte, daß es so spät würde, wäre es etwas anderes gewesen. Gewöhnlich gehe ich so um zehn schlafen, wenn Mr. Proctor weg ist. Wissen Sie, es muß zwar an einem Sonntagmorgen nicht so schnell wie sonst gehen, aber ich habe nie viel für langes Aufbleiben übrig gehabt. Das habe ich der Polizei gesagt. Ich habe nie viel für langes Aufbleiben übrig gehabt, habe ich gesagt. Sie fragten auch nach Mr. Proctors Unfall. Der Kommissar war sehr verständnisvoll. Bis gegen zwölf noch nicht im Haus, habe ich ihnen gesagt. Sie konnten sehen, daß wir eine unruhige Nacht hatten, auch ohne daß Sally sich auf diese Art ermorden ließ.«

»Ich nehme an, Mr. Proctor weckte Sie auf, als er zu Hause ankam. Es muß Sie furchtbar aufgeregt haben, als Sie ihn in diesem Zustand sahen.«

»Ja, allerdings! Ich hörte ihn im Bad, und als ich ihn rief, kam er zu mir herein. Sein Gesicht sah schrecklich aus, scheußlich grün und mit Streifen von Blut, und er zitterte am ganzen Leib. Ich weiß nicht, wie er nach Hause gekommen ist. Ich stand auf, um ihm eine Tasse Tee zu machen, während er badete. Ich erinnere mich an die Uhrzeit, weil er mich von oben rief und fragte, wie spät es sei. Er hatte nämlich seine Armbanduhr bei dem Unfall verloren, und wir haben nur die kleine Küchenuhr und die im Wohnzimmer. Auf der war es zehn nach zwölf und genauso spät auf der Küchenuhr. Das war ein Schreck für mich, kann ich Ihnen sagen. Es muß halb eins gewesen sein, bis wir wieder im Bett waren, und ich hätte nie gedacht, daß er am nächsten Morgen kräftig genug wäre, um aufzustehen. Aber er stand auf wie gewohnt. Er geht immer als erster runter und kocht Tee. Er meint, keiner kann Tee kochen wie er, und er bringt tatsächlich immer eine gute Tasse herauf. Aber ich hätte nie geglaubt, daß er am Sonntag früh aufstehen würde, so wie er in der Nacht davor ausgesehen hat. Er ist jetzt noch ganz durcheinander davon. Deshalb ist er nicht zu der gerichtlichen Untersuchung gegangen. Und dann mußte auch noch die Polizei kommen an dem Morgen und uns das mit Sally sagen. Wir vergessen diese Nacht bestimmt nicht so schnell.«

4

Sie waren inzwischen in Canningbury angekommen und mußten lange an der Ampel warten, die die auf der High Road und dem Broadway zusammentreffenden Verkehrsströme regelte. Es war anscheinend ein allgemeiner Einkaufsnachmittag in diesem dichtbesiedelten Vorort im Osten Londons. Auf den Bürgersteigen drängten sich Hausfrauen, die immer wieder, wie von einem ursprünglichen Zwang vorwärts getrieben, langsam über die Straße strömten. Die Geschäfte auf beiden Seiten waren einmal eine Reihe von Wohnhäusern gewesen, und ihre pompösen Fenster und Vorderfronten bildeten einen eigenartigen Widerspruch zu den bescheidenen Dächern und Fenstern darüber. Das Rathaus, das aussah, als wäre es von einem Ausschuß von Schwachsinnigen in einem Exzeß von Alkohol und Bürgerstolz entworfen, stand in einsamer Herrlichkeit, flankiert von zwei zerbombten Grundstücken, wo gerade erst mit dem Wiederaufbau begonnen worden war.

Felix schloß die Augen vor der Hitze und dem Lärm, doch er sagte sich streng, daß Canningbury einer der weniger finsteren Vororte war, daß er eine beneidenswerte Liste von guten öffentlichen Dienstleistungen vorweisen konnte und daß nicht jedermann in einem ruhigen georgianischen Haus in Greenwich wohnen wollte, wo der Nebel seine weißen Finger vom Fluß heraufstreckte und nur die beharrlichsten Freunde den Weg zu seiner Tür fanden. Er war froh, als die Ampel umschaltete und sie unter Mrs. Proctors Führung mit ein paar leichten Rucken weiterfuhren und von der Hauptstraße links abbogen. Hier sahen sie die Masse, die aus dem Einkaufszentrum zurückströmte, die Frauen, die mit vollgepackten Körben nach Hause gingen, die wenigen kleineren Bekleidungsgeschäfte und die Frisiersalons mit pseudofranzösischen Namen über den umgebauten Wohnzimmerfenstern. Nach ein paar Minuten bogen sie wieder ab in eine ruhige Straße, wo eine Zeile von gleichartigen Häusern sich hinzog, so weit das Auge reichte. Obwohl sie nach einem einheitlichen Plan gebaut waren, sahen sie dennoch sehr unterschiedlich aus, weil kaum einer der kleinen Vorgärten einem anderen glich. Alle waren sorgfältig bepflanzt und gepflegt. Ein paar Hausbesitzer hatten ihnen mit Schuppenbäumen, an Wasserbecken angelnden, bescheidenen Steinzwergen oder mit Steingärten eine persönliche Note gegeben, aber die Mehrzahl war zufrieden gewesen, eine kleine Ausstellung von Farben und Düften zu schaffen, welche das öde Nichts der Häuser dahinter etwas aufwog. Den Vorhängen sah man die sorgfältige, wenn auch manchmal nicht geglückte Wahl und das häufige Waschen an. Sie wurden durch zusätzliche Halbvorhänge aus gerafften Spitzen ergänzt, die zum Schutz vor der Neugier einer gemeinen Welt sorgsam zugezogen waren. Windermere Crescent bot den respektablen Anblick einer Straße, die ein gutes Stück über den Nachbarstraßen stand und deren Anwohner entschlossen waren, diese Überlegenheit aufrechtzuerhalten.

Das also war das Heim von Sally Jupp gewesen, die so unglücklich aus diesen Normen ausgebrochen war. Das

Auto fuhr vor der Nummer 17 an den Bordstein heran, und Mrs. Proctor drückte ihre schwarze formlose Handtasche an die Brust und machte sich an der Tür zu schaffen. »Lassen Sie mich mal«, sagte Deborah und beugte sich hinüber, um die Arretierung zu lösen. Mrs. Proctor stieg umständlich aus und begann sich überschwenglich zu bedanken, wurde aber von Deborah unterbrochen.

»Bitte, nicht doch. Wir sind sehr gern mitgekommen. Ob ich Sie wohl um ein Glas Wasser bitten darf, bevor wir wegfahren? Es ist albern, ich weiß, aber das Fahren macht einen bei der Hitze so durstig. Wirklich nur Wasser. Ich trinke so gut wie nie etwas anderes.«

»Das paßt zu ihr, bei Gott!« dachte Felix, als die beiden Frauen im Haus verschwanden.

Er fragte sich, was Deborah im Sinn haben mochte, und hoffte, nicht zu lange warten zu müssen. Mrs. Proctor hatte nicht anders gekonnt, als ihre Wohltäterin ins Haus zu bitten. Sie hätte das Glas Wasser nicht gut ans Auto bringen können. Dennoch war Felix sicher, daß sie sich über diese Aufdringlichkeit nicht gefreut hatte. Sie hatte ängstlich die Straße hinuntergeblickt, ehe sie hineingingen, und er vermutete, daß die Zeit gefährlich weit fortgeschritten war und sie in großer Sorge war, das Auto wäre vielleicht noch nicht weg, wenn ihr Mann nach Hause käme. Etwas von der Unruhe, die man ihr angemerkt hatte, als sie ihr zum erstenmal auf dem Friedhof begegnet waren, hatte sich wieder eingestellt. Er spürte einen flüchtigen Ärger über Deborah in sich hochsteigen. Das Manöver war höchstwahrscheinlich ohnehin zwecklos, und da war es eine Schande, diese bemitleidenswerte kleine Frau so aufzuregen.

Deborah ließ sich, unberührt von solch zarter Feinheit des Empfindens, ins Wohnzimmer führen. Ein Schulmädchen schlug eben seine Noten auf, da es offenbar Klavier üben wollte, wurde aber mit einem hastigen Befehl aus dem Zimmer gescheucht. Das »Hol ein Glas Wasser, Liebes« wurde in dem falschen heiteren Ton gesagt, den Eltern in Gegenwart von Fremden häufig anschlagen. Das Kind ging ziemlich widerstrebend, wie es Deborah schien, und nicht ohne sie lange nachdenklich anzustarren hinaus. Es war ein ausgesprochen unscheinbares Kind, aber die Ähnlichkeit mit der toten Kusine war nicht zu übersehen. Mrs. Proctor hatte sie nicht vorgestellt, und Deborah fragte sich, ob das ein Versehen aus Nervosität oder ein bewußter Wunsch war, dem Kind zu verheimlichen, wie seine Mutter den Nachmittag verbracht hatte. Wenn letzteres zuträfe, würde vermutlich eine Geschichte ersonnen, um den Besuch zu erklären, obgleich es ihr nicht so vorkam, als verfüge Mrs. Proctor über eine große Erfindungsgabe.

Sie nahmen auf gegenüberstehenden Sesseln Platz, deren Lehnen mit gestickten Deckchen verziert waren, auf denen eine Frau in Krinoline und Häubchen Stockrosen pflückte, und die mit dicken, makellos reinen Kissen gepolstert waren. Es war offensichtlich die gute Stube, die nur für Besuch und zum Klavierüben benutzt wurde. Die Fenster wurden wohl selten geöffnet, denn es roch ein wenig muffig nach Bohnerwachs und neuen Möbeln. Auf dem Klavier standen zwei Fotografien von kleinen Mädchen in Ballettröckchen, die ungraziösen Körper in unnatürliche eckige Posen gebogen und die Gesichter unter Kränzen aus künstlichen Rosen zu einem starren Lächeln verzogen. Eines von den beiden war das Kind, das eben aus dem Zimmer gegangen war. Das andere war Sally. Es war seltsam, wie verschieden sie sich trotz der gleichen, der Familie eigenen Gesichtszüge und des ähnlichen Körperbaus selbst in diesem Alter schon entwickelt hatten. Während man bei der einen das Besondere, Vornehme erkannte, war die andere von einer groben Unansehnlichkeit, die nicht viel für die Zukunft versprach. Mrs. Proctor sah, wohin ihr Blick ging.

»Ja«, sagte sie, »wir haben alles für sie getan. Alles. Wir haben nie einen Unterschied gemacht. Sie hatte auch Klavierstunden, genauso wie Beryl, obwohl sie durchaus nicht so begabt wie Beryl war. Aber wir haben sie immer gleich behandelt. Es ist furchtbar, daß alles so geendet hat. Das andere Foto ist das Gruppenbild, das wir nach Beryls Taufe machen ließen. Mr. Proctor und ich mit dem Baby und Sally. Sie war damals ein niedliches kleines Ding, aber das hat nicht lange gehalten.«

Deborah stand auf, um sich die Bilder aus der Nähe anzusehen. Die Gruppe war steif auf schweren geschnitzten Stühlen plaziert. Die unnatürlich gerafften Vorhänge im Hintergrund ließen das Foto älter wirken, als es in Wirklichkeit war. Mrs. Proctor, jünger und draller, hielt ihr Kind unbeholfen und fühlte sich anscheinend nicht wohl in ihren neuen Kleidern. Sally schaute mürrisch drein. Der Mann hatte sich hinter ihnen aufgebaut, seine in Handschuhen steckenden Hände lagen besitzergreifend auf den Rückenlehnen der Stühle. In seiner Haltung war etwas Unnatürliches, aber sein Gesicht gab nichts preis. Deborah betrachtete ihn aufmerksam. Irgendwie war sie sich sicher, dieses Gesicht schon einmal gesehen zu haben, doch die Erinnerung war schwach und unzulänglich. Es war alles in allem ein unauffälliges Gesicht, und das Foto war über zehn Jahre alt. Sie wandte sich mit einem Gefühl der Enttäuschung von dem Bild ab. Es hatte ihr wenig gesagt, und sie wußte eigentlich nicht mehr recht, was sie von ihm hatte erfahren wollen.

Beryl Proctor kam mit dem Glas Wasser herein, einem ihrer besten Gläser, das sie auf einem Tablett aus Pappmaché vor sich hertrug. Sie wurde auch jetzt nicht vorgestellt, und Deborah spürte, während sie trank, daß beide sie loswerden wollten. Plötzlich wünschte sie selbst nur noch, aus dem Haus und von ihnen wegzukommen. Es war ein unbegreiflicher Impuls gewesen, hier einzudringen. Der Grund war teils Langeweile, teils Hoffnung gewesen, aber vor allem doch Neugier. Sally als Tote war interessanter geworden als die lebendige Sally, und sie hatte sehen wollen, aus was für einem Haus Sally verstoßen worden war. Diese Neugier erschien ihr nun anmaßend und das Betreten des Hauses als eine Zudringlichkeit, die sie nicht noch ausdehnen wollte.

Sie verabschiedete sich und ging zu Felix hinaus. Er übernahm das Steuer, und sie sprachen kein Wort, bis die Stadt hinter ihnen lag, bis das Auto die ausgreifenden Arme der Vororte abgeschüttelt hatte und in das offene Land hinausfuhr.

»Nun«, sagte Felix schließlich, »hat sich die detektivische Übung gelohnt? Bist du dir sicher, daß du damit weitermachen willst?«

»Warum nicht?«

»Nur könnte es dir passieren, daß du Dinge aufdeckst, die du lieber nicht wissen möchtest.«

»Etwa, daß ich in meiner Familie einen Mörder habe?«

»Das habe ich nicht gesagt.«

»Du hast es geflissentlich vermieden, das auszusprechen, aber mir wäre Ehrlichkeit lieber als Taktgefühl. Jedenfalls denkst du das, nicht wahr?«

»Da ich selbst als Mörder sprechen kann, räume ich ein, daß es eine von mehreren Möglichkeiten ist.«

»Du denkst an die Résistance. Das war nicht Mord. Du hast keine Frauen umgebracht.«

»Ich habe zwei getötet. Ich lasse gelten, es war durch Erschießen, nicht durch Erwürgen, und es schien mir damals angebracht.«

»Dieser Mord war auch angebracht – für irgendwen«, sagte Deborah.

»Warum überläßt du ihn nicht der Polizei? Ihre größte Schwierigkeit wird sein, ausreichende Beweise zu finden, um eine Anklage zu rechtfertigen. Wenn wir anfangen, uns einzumischen, spielen wir ihnen womöglich nur die Beweise, die sie brauchen, in die Hände. Der Fall ist völlig offen. Stephen und ich stiegen durch Sallys Fenster ein. Das gleiche hätte fast jeder tun können. Die meisten Leute im Dorf dürften gewußt haben, wo diese Leiter aufbewahrt wurde. Daß die Tür verriegelt war, ist unbestreitbar. Wie auch immer ihr Mörder hereinkam – hinaus ging er nicht durch diese Tür. Das einzige, was das Verbrechen mit Martingale in Verbindung bringt, ist das *Sommeil*, und die beiden Dinge müssen nicht unbedingt zusammenhängen. Und selbst wenn – auch andere Leute hatten Zugang zu dem Zeug.«

»Verläßt du dich nicht zu sehr auf den Zufall?« fragte Deborah nüchtern.

»Zufälle ereignen sich jeden Tag. Einer durchschnittlichen Versammlung von Geschworenen wird ein halbes Dutzend Beispiele aus eigener Erfahrung einfallen. Die wahrscheinlichste Deutung der Tatsachen ist bis jetzt, daß ein Bekannter von Sally durch das Fenster zu ihr hereinkam und sie tötete. Vielleicht hat er die Leiter benutzt, vielleicht auch nicht. An der Mauer sind Kratzspuren, als wäre er am Kamin heruntergerutscht und hätte den Halt verloren, kurz bevor er unten war. Die Polizei muß sie bemerkt haben, aber ich kann mir nicht denken, wie sie beweisen wollen, von wem die Kratzer sind. Sally hat vielleicht schon bei früheren Gelegenheiten Besucher auf diesem Weg hereingelassen.«

»Es klingt vielleicht komisch, wenn ich das sage, aber irgendwie kann ich es nicht glauben. Es paßt nicht zu ihrer Art. Ich würde es gern glauben, uns allen zuliebe, aber ich kann es mir nicht vorstellen. Ich habe Sally nie gemocht, aber ich glaube nicht, daß sie promiskuitiv war. Ich möchte nicht Sicherheit für mich erkaufen, indem ich den armen kleinen Teufel noch mehr in den

Schmutz ziehe, jetzt wo sie nicht mehr hier ist, um sich zu verteidigen.«

»Ich glaube, du siehst sie richtig«, sagte Felix. »Aber ich rate dir, dem Kommissar deine Ansicht nicht bereitwillig mitzuteilen. Laß ihn zu seiner eigenen psychologischen Einschätzung von Sally kommen. Der ganze Fall könnte im Sand verlaufen, wenn wir einen kühlen Kopf bewahren und den Mund halten. Das *Sommeil* ist die größte Gefahr. Daß das Röhrchen versteckt wurde, scheint die beiden Dinge miteinander zu verbinden. Immerhin wurde das Mittel in deinen Becher geschüttet. Das kann jeder getan haben.«

»Sogar ich.«

»Sogar du. Es könnte von Sally hineingetan worden sein. Sie hat den Becher vielleicht genommen, um dich zu ärgern. Ich denke, so war es auch. Aber sie hat die Arznei vielleicht aus keinem finstereren Grund als dem Wunsch nach einer guten Nachtruhe hineingetan. Es war keine tödliche Dosis.«

»Wenn das der Fall ist, warum wurde das Röhrchen dann versteckt?«

»Sagen wir, es wurde entweder von jemand versteckt, der zu Unrecht glaubte, die Verabreichung des Betäubungsmittels und der Mord hingen zusammen, und diese Tatsache verschleiern wollte, oder von jemand, der wußte, daß dem nicht so war, der aber die Familie hineinziehen wollte. Da dein Zeichen das Versteck markierte, dürfen wir annehmen, daß jene Person besonders dich hineinziehen wollte. Recht erfreulich für dich, mit diesem Gedanken zu leben.«

Sie fuhren jetzt den Hügel über Little Chadfleet hinauf. Unter ihnen lag das Dorf, und sie sahen kurz die hohen grauen Schornsteine von Martingale über den Bäumen. Mit der Rückkehr nach Hause senkten sich wieder die Niedergeschlagenheit und die Furcht, die die Fahrt ihnen nur zum Teil genommen hatte, wie eine schwarze Wolke auf sie.

»Wenn sie dieses Verbrechen nie aufklären«, sagte Deborah, »kannst du dir dann vorstellen, daß wir glücklich weiterleben können in Martingale? Hast du nicht manchmal das Gefühl, du mußt die Wahrheit wissen? Bist du wirklich nicht davon überzeugt, daß Stephen es getan hat – oder ich?«

»Du? Nicht mit diesen Händen und Fingernägeln. Hast du nicht bemerkt, daß ganz beträchtliche Kraft angewandt wurde, daß ihr Hals blaue Flecken aufwies, aber keine Kratzer? Stephen ist eine Möglichkeit. Dasselbe trifft auf Catherine und deine Mutter und Martha zu. Und auf mich. Die große Zahl von Verdächtigen ist unser bester Schutz. Laß Dalgliesh seine Wahl treffen. Was deine Sorge betrifft, in Martingale nicht mehr leben zu können, solange ein ungeklärtes Verbrechen über dir schwebt – ich denke, das Haus hat in den letzten dreihundert Jahren sein Teil an Gewalttaten gesehen. Nicht alle deine Vorfahren haben ein so wohlgeordnetes Leben gelebt, auch wenn sie mit dem Segen der Kirche gestorben sind. In zweihundert Jahren wird der Tod von Sally Jupp eine der Legenden sein, die man an Allerheiligen erzählt, um deine Urenkel zu schrecken. Aber wenn du es wirklich nicht in Martingale aushalten kannst, steht dir immer Greenwich offen. Ich will dich damit nicht mehr langweilen, aber du kennst meine Gefühle.«

Seine Stimme war fast ausdruckslos. Seine Hände lagen locker auf dem Steuer, und seine Augen sahen immer noch mit gelassener und unverkrampfter Aufmerksamkeit auf die Straße vor ihnen. Er mußte gewußt haben, was sie dachte, denn er fuhr fort:

»Laß dich davon nicht beunruhigen. Ich werde die Verhältnisse nicht mehr als nötig komplizieren. Ich will nur einfach nicht, daß diese Muskeltypen, mit denen du dich abgibst, meine Interessen mißverstehen.«

»Würdest du mich haben wollen, Felix, wenn ich vor allem davonliefe?«

»Ist das nicht ein wenig melodramatisch? Was haben die meisten von uns in den letzten zehn Jahren anderes getan? Aber falls du heiraten willst, um von Martingale wegzukommen, wird sich vielleicht doch noch herausstellen, daß das Opfer überflüssig ist. Als wir Canningbury verließen, fuhren Dalgliesh und einer seiner Sklaven in umgekehrter Richtung an uns vorbei. Ich nehme an, daß sie auf demselben Weg waren. Dein Gefühl im Fall Proctor ist dann vielleicht doch nicht ganz falsch gewesen.«

Sie fuhren das Auto schweigend in die Garage und traten in die kühle Halle. Catherine Bowers ging gerade die Treppe hinauf. Sie trug ein mit einem Tuch zugedecktes Tablett, und die weiße Nylonkittelschürze, die sie gewöhnlich anhatte, wenn sie Simon Maxie versorgte, gab ihr ein kühles und tüchtiges Aussehen und kleidete sie nicht schlecht. Es ist nie angenehm, wenn man sieht, wie eine andere Person sachkundig und öffentlich Pflichten erfüllt, von denen einem das Gewissen sagt, daß es eigentlich die eigenen wären, und Deborah war ehrlich genug, die Ursache ihrer plötzlichen Gereiztheit zu erkennen. Sie versuchte sie durch einen ungewohnten Ausbruch von Vertraulichkeit zu verbergen.

»War das Begräbnis nicht gräßlich, Catherine? Es tut mir schrecklich leid, daß Felix und ich uns einfach davongemacht haben. Wir haben Mrs. Proctor nach Hause gefahren. Ich hatte plötzlich den Drang, den Mord dem bösen Onkel in die Schuhe zu schieben.«

Catherine blieb unbeeindruckt.

»Ich habe den Kommissar nach dem Onkel gefragt, als er mich zum zweitenmal verhörte. Er hat gesagt, er sei davon überzeugt, daß Mr. Proctor Sally nicht getötet haben kann. Er hat mir nicht erklärt, warum. Ich würde die Sache ihm überlassen. Hier gibt es weiß Gott genug Arbeit.«

Sie ging weg. Deborah sah ihr nach und sagte: »Ich bin vielleicht hartherzig, aber wenn jemand aus Martingale Sally umgebracht hat, wäre es mir am liebsten, wenn es Catherine gewesen wäre.«

»Das ist allerdings nicht wahrscheinlich«, sagte Felix. »Ich kann mir nicht denken, daß sie zu einem Mord fähig wäre.«

»Und wir anderen wären dazu fähig? Auch Mutter?«

»Sie besonders, meine ich, wenn sie es für notwendig hielte.«

»Ich glaube es nicht«, sagte Deborah. »Aber selbst wenn

es wahr wäre, kannst du dir dann vorstellen, daß sie nichts sagt, während es in Martingale von Polizisten wimmelt und Leute wie Miss Liddell und Derek Pullen verdächtigt werden?«
»Nein«, antwortete Felix. »Nein, das kann ich mir nicht denken.«

7. Kapitel

1

Das Rose Cottage an der Straße nach Nessingford war ein Arbeiterhäuschen aus dem späten 18. Jahrhundert, auf den ersten Blick anheimelnd und alt genug, um den vorbeikommenden Autofahrer auf den Gedanken zu bringen, es ließe sich etwas daraus machen. Unter den Händen der Pullens war etwas daraus geworden: eine Kopie von Tausenden von stadteigenen Mietshäusern. Eine große Gipsfigur eines Schäferhundes nahm die ganze Fensterbreite des Wohnzimmers ein. Dahinter waren die Spitzenvorhänge mit blauem Band elegant gerafft und festgemacht. Die Eingangstür öffnete sich direkt in das Wohnzimmer. Hier hatte die Begeisterung der Pullens für modernen Dekor jede Zurückhaltung fallenlassen, und das Ergebnis war auf eine seltsame Art provozierend und bizarr. Eine Wand war mit einem Muster von rosa Sternen auf blauem Grund tapeziert. Die gegenüberliegende Wand hatte einen Anstrich in einem passenden Rosa erhalten. Die Stühle waren mit blaugestreiftem Stoff bezogen, der offensichtlich sorgfältig ausgewählt worden war, damit er mit der Tapete harmonierte. Der Haargarnteppich war blaßrosa und hatte unter dem unvermeidlichen Kommen und Gehen schmutziger Schuhe gelitten. Nichts war sauber, nichts für die Dauer gemacht, nichts war schlicht, nichts echt. Dalgliesh fand es insgesamt höchst bedrückend.

Derek Pullen und seine Mutter waren zu Hause. Mrs. Pullen zeigte keine der normalen Reaktionen auf das Erscheinen von Polizeibeamten, die mit einer Morduntersuchung befaßt sind, sondern begrüßte sie mit einem Schwall von Worten, als wäre sie eigens zu Hause geblieben, um sie zu empfangen, und hätte lange auf ihr Kommen gewartet. Die Sätze purzelten nur so aus ihr heraus. Entzückt, sie zu sehen ... ihr Bruder ebenfalls Polizist ... vielleicht hätten sie von ihm gehört ... Joe Pullen drüben in Barkingway ... immer besser, der Polizei die Wahrheit zu sagen ... nicht, daß es etwas zu erzählen gäbe ... die arme Mrs. Maxie ... konnte es kaum glauben, als Miss Liddell es ihr sagte ... kam nach Hause und erzählte es Derek, und der glaubte es auch nicht ... nicht die Sorte Mädchen, die ein ordentlicher Mann haben wollte ... sehr stolz, die Maxies ... ein Mädchen wie die forderte Scherereien geradezu heraus. Während sie redete, flackerten die hellen Augen über Dalgliehs Gesicht, schienen jedoch wenig zu begreifen. Im Hintergrund stand ihr Sohn, gespannt das Unvermeidliche erwartend.

Pullen hatte also von der Verlobung am späten Samstagabend gewußt, obgleich er, wie die Polizei bereits ermittelt hatte, an dem betreffenden Abend mit ein paar Leuten aus seinem Büro im Königlichen Theater in Stratford und nicht auf dem Fest gewesen war.

Dalgliesh konnte die geschwätzige Mrs. Pullen nur mit Mühe überreden, sich in die Küche zurückzuziehen und den Jungen für sich selbst antworten zu lassen, aber Pullen half ihm, indem er gereizt darauf bestand, daß sie ihn allein ließe. Er hatte offenbar mit dem Besuch gerechnet. Als Dalgliesh und Martin das Zimmer betraten, war er von seinem Sessel aufgestanden und hatte sie angeblickt mit dem kläglichen Mut eines Mannes, dessen schwache Reserven ihm kaum über die Wartezeit hinweggeholfen hatten. Dalgliesh ging sanft mit ihm um. Er hätte zu einem Sohn sprechen können. Diese Methode hatte Martin schon früher bei ihm erlebt. Es war ein Kinderspiel bei den nervösen, gefühlsbetonten Typen, besonders wenn eine Schuld sie bedrückte. Schuld, dachte Martin, war eine komische Sache. Dieser Junge hier hatte vermutlich nichts Schlimmeres getan, als sich mit Sally Jupp zu treffen, um ein bißchen zu schmusen, aber er würde sich erst wieder ruhig fühlen, wenn er irgendwem sein Herz ausgeschüttet hätte. Andererseits könnte er aber auch ein Mörder sein. In diesem Fall würde die Angst seinen Mund ein bißchen länger verschlossen halten. Aber am Ende würde er plaudern. Bald würde er in dem geduldigen, milden und allmächtigen Dalgliesh den Beichtvater sehen, nach dem sein Gewissen verlangte. Dann würde es schwer werden für den Stenografen, mit der Flut der Selbstanklagen und Schuldbekenntnisse Schritt zu halten. Es war der eigene Kopf, der einen Menschen schließlich verriet, und Dalgliesh wußte das besser als die meisten. Es gab Augenblicke, in denen Sergeant Martin, sonst nicht gerade der Sensibelste, empfand, daß die Arbeit eines Detektivs nicht schön war.

Aber Pullen hielt sich soweit tapfer bei dem Verhör. Er gab zu, daß er am Samstag nachts spät an Martingale vorbeigekommen war. Er bereitete sich auf eine Prüfung vor und ging vor dem Schlafengehen gern noch an die frische Luft. Er ging oft spät spazieren. Seine Mutter könne das bestätigen. Er nahm den Briefumschlag aus Venezuela, der in Sallys Zimmer gefunden worden war, schob eine verbogene Brille auf die Stirn hoch und starrte kurzsichtig auf die hingekritzelten Daten. Ruhig gab er zu, daß es seine Schrift sei. Der Umschlag war von einem Brieffreund aus Südamerika gekommen. Er hatte ihn benutzt, um rasch die Zeiten aufzuschreiben, wann er Sally Jupp treffen konnte. Er wußte nicht mehr, wann er ihn ihr gegeben hatte, aber die Daten bezogen sich alle auf ihre Verabredungen während des letzten Monats.

»Sie schloß gewöhnlich ihre Tür ab und kletterte dann am Kamin zu Ihnen herunter, nicht wahr?« fragte Dalgliesh. »Sie brauchen keine Angst zu haben, ein Geheimnis zu verraten. Wir fanden ihre Fingerabdrücke auf dem Kamin. Was haben Sie bei diesen Treffen gemacht?«

»Wir gingen ein paarmal im Garten spazieren. Meistens saßen wir aber in dem alten Stallgebäude gegenüber von ihrem Zimmer und unterhielten uns.« Wahrscheinlich meinte er Ungläubigkeit auf Dalgliesh Gesicht zu sehen, denn er wurde rot und verteidigte sich:

»Wir haben nichts miteinander gehabt, wenn Sie das meinen. Ich nehme an, Polizisten entwickeln zwangsläufig eine schlechte Phantasie, aber sie war nicht so.«

»Wie war sie denn?« fragte Dalgliesh freundlich. »Worüber haben Sie sich unterhalten?«
»Über alles mögliche. Tatsächlich über alles. Ich glaube, sie sehnte sich nach einem Gleichaltrigen. Sie war nicht glücklich, als sie noch im St.-Mary-Heim war, aber dort hatte sie wenigstens die anderen Mädchen, mit denen sie mal lachen konnte. Sie war eine wunderbare Schauspielerin. Ich konnte fast Miss Liddell reden hören. Sie sprach auch von ihrem Zuhause. Ihre Eltern kamen im Krieg ums Leben. Alles wäre anders gekommen, wenn sie am Leben geblieben wären. Ihr Vater unterrichtete an der Universität, und sie hätte ein anderes Zuhause gehabt als bei ihrer Tante. Gebildet und ... na ja, jedenfalls anders.«
Dalgliesh stellte sich Sally Jupp als eine junge Frau vor, die gern ihrer Phantasie freien Lauf ließ, und in Derek Pullen hatte sie wenigstens einen leichtgläubigen Zuhörer gefunden. Aber mit diesen Treffen hatte es mehr auf sich, als Pullen sagen wollte. Das Mädchen hatte ihn für etwas gebraucht. Aber wofür? »Sie haben sich um ihr Kind gekümmert, nicht wahr, als sie an dem Donnerstag, bevor sie starb, nach London fuhr.«
Es war ein totaler Schuß ins Blaue, aber Pullen schien nicht einmal überrascht zu sein, daß er es wußte.
»Ja. Ich arbeite bei der Gemeindeverwaltung und kann ab und zu einen Tag Urlaub nehmen. Sally sagte, sie wollte in die Stadt fahren, und ich sah nicht ein, warum sie das nicht tun sollte. Ich denke, sie wollte sich einen Film ansehen oder Einkäufe machen. Andere Mütter können das ohne weiteres.«

»Aber ist es nicht seltsam, daß Sally ihr Kind nicht in Martingale ließ, wenn sie nach London fahren wollte? Mrs. Bultitaft wäre wahrscheinlich bereit gewesen, gelegentlich nach ihm zu sehen. Diese ganze Heimlichtuerei war sicher ziemlich unnötig.«

»Sally hatte es gern so. Sie hatte gern Geheimnisse. Ich glaube, darin bestand für sie fast der ganze Reiz, wenn sie sich nachts hinausschlich. Manchmal hatte ich das Gefühl, daß es ihr eigentlich gar keinen richtigen Spaß machte. Sie war unruhig wegen dem Baby oder einfach todmüde. Aber sie mußte kommen. Sie freute sich darauf, am nächsten Tag zu denken, daß sie es getan hatte und nicht erwischt worden war.«

»Haben Sie sie nicht darauf aufmerksam gemacht, daß Sie beide in Schwierigkeiten kommen könnten, wenn es herauskäme?«

»Ich sehe nicht ein, wie mir das etwas hätte anhaben können«, sagte Pullen trotzig.

»Ich glaube, Sie stellen sich sehr viel einfältiger, als Sie in Wirklichkeit sind. Ich bin bereit zu glauben, daß Sie und Miss Jupp kein Verhältnis hatten, weil ich mir zugute halte, daß ich merke, wenn die Leute die Wahrheit erzählen, und weil es zu dem paßt, was ich bis jetzt von Ihnen beiden weiß. Aber Sie dürfen wirklich nicht davon ausgehen, daß andere Leute auch so entgegenkommend wären. Die Fakten sprechen für eine einleuchtende Deutung, und zwar dafür, worauf die meisten Leute kommen würden, besonders unter den gegebenen Umständen.«

»Das stimmt. Nur weil das Mädchen ein uneheliches

Kind hat, war sie natürlich eine Nymphomanin.« Der Junge sprach dieses letzte Wort unsicher aus, als hätte er es erst vor kurzem aufgeschnappt und bis jetzt noch nicht benutzt.

»Wissen Sie, ich habe meine Zweifel, ob sie verstehen würden, was das Wort bedeutet. Vielleicht haben die Leute ziemlich schmutzige Gedanken, aber andererseits ist es erstaunlich, wie oft diese Gedanken gerechtfertigt sind. Ich glaube, Sally Jupp war nicht sehr aufrichtig zu Ihnen, wenn sie sich mit Ihnen in dieses Stallgebäude zurückzog. Bestimmt haben Sie das auch gedacht?«

»Ja, ich glaube schon.« Der Junge wandte unglücklich die Augen ab, und Dalgliesh wartete. Er spürte, daß noch etwas zu erklären war, daß aber Pullen in seiner eigenen Sprachlosigkeit gefangen und durch die Schwierigkeiten gehemmt war, das Mädchen, das er gekannt hatte, dieses lebendige, fröhliche und draufgängerische Mädchen zwei Beamten der Polizei begreiflich zu machen, die sie nie getroffen hatten. Die Schwierigkeit war gut zu verstehen.

Dalgliesh hatte keine Zweifel, wie Pullens Geschichte sich für die Geschworenen anhören würde, und war froh, daß er nie zwölf gute und aufrechte Männer würde überzeugen müssen, daß Sally Jupp, jung, hübsch und bereits vom Pfad der Tugend abgewichen, sich bei Nacht und Nebel aus ihrem Schlafzimmer geschlichen und ihr Baby, wenn auch nur kurz, allein gelassen hatte, nur weil ihr die klugen Gespräche mit Derek Pullen Spaß machten.

»Hatte Miss Jupp jemals bei Ihnen durchblicken lassen,

daß sie sich vor jemand fürchtete oder daß sie einen Feind hatte?« fragte er.
»Nein. Sie war nicht wichtig genug, um Feinde zu haben.«
»Vielleicht nicht vor Samstag nacht«, dachte Dalgliesh.
»Sie hat Ihnen nie etwas über das Kind anvertraut? Zum Beispiel, wer der Vater war?«
»Nein.« Der Junge hatte seine Angst zum Teil überwunden, und seine Stimme klang mürrisch.
»Hat sie Ihnen gesagt, warum sie letzten Donnerstag nachmittags nach London fahren wollte?«
»Nein. Sie bat mich, auf Jimmy aufzupassen, weil sie es satt hatte, ihn immer durch den Wald zu schieben, und weil sie endlich einmal aus dem Dorf herauskommen wollte. Wir machten aus, wo ich ihn am Bahnhof Liverpool Street übernehmen sollte. Sie brachte den Kinderwagen mit, und ich ging mit ihm in den St.-James-Park. Am Abend lieferte ich ihn wieder ab, und wir fuhren jeder für sich nach Hause. Wir hatten nicht vor, den Klatschbasen im Dorf neuen Stoff zu liefern.«
»Sie haben nie daran gedacht, sie könnte sich womöglich in Sie verlieben?«
»Ich weiß nur zu gut, daß das nie geschehen wäre.« Er sah Dalgliesh mit einem kurzen, direkten Blick an und sagte dann, als sei er von seiner eigenen Kühnheit überrascht: »Sie hätte sich nicht einmal von mir anfassen lassen.«
Dalgliesh zögerte einen Augenblick, dann sagte er ruhig: »Das ist nicht Ihre normale Brille, oder? Was ist mit der passiert, die Sie gewöhnlich tragen?«

Der Junge riß sie fast von der Nase und schloß seine Hände um die Gläser mit einer Geste, die in ihrer Sinnlosigkeit fast mitleiderregend war. Dann wurde ihm die Bedeutung dieser instinktiven Bewegung klar, und er suchte in seiner Jacke nach einem Taschentuch und tat so, als putzte er die Gläser.

Seine Hände zitterten, als er die Brille wieder auf die Nase schob, wo sie schief sitzen blieb, und seine Stimme klang heiser vor Angst:

»Ich habe sie verloren, das heißt, sie ist kaputtgegangen. Sie wird gerade repariert.«

»Ist sie Ihnen bei derselben Gelegenheit kaputtgegangen, bei der Sie sich diese Beule über dem Auge geholt haben?«

»Ja. Ich bin gegen einen Baum gerannt.«

»Was Sie nicht sagen! Die Bäume hierherum scheinen merkwürdig gefährlich zu sein. Dr. Maxie hat sich einen Knöchel an der Rinde von einem Baum aufgeschürft, habe ich gehört. Könnte es derselbe gewesen sein?«

»Dr. Maxies Probleme haben nichts mit mir zu tun. Ich weiß nicht, wovon Sie reden.«

»Ich glaube, doch«, sagte Dalgliesh freundlich. »Ich bitte Sie jetzt, über unser Gespräch nachzudenken, und später möchte ich, daß Sie eine Aussage machen und unterschreiben. Wir haben es nicht so furchtbar eilig. Wir wissen, wo wir Sie finden, wenn wir Sie brauchen. Sprechen Sie mit Ihrem Vater darüber, wenn er nach Hause kommt. Lassen Sie mich wissen, wann er oder Sie mich sprechen wollen. Und denken Sie an eins: irgend jemand hat Sally getötet. Wenn Sie es nicht waren,

haben Sie nichts zu befürchten. So oder so hoffe ich, Sie werden den Mut finden, uns mitzuteilen, was Sie wissen.«
Er wartete einen Augenblick, aber seine Augen begegneten nur einem vor Angst und Entschlossenheit starren Blick. Nach einer Weile wandte er sich ab und nickte Martin zu, der ihm folgte.

Eine halbe Stunde später klingelte das Telefon in Martingale. Deborah, die gerade mit dem Essen für ihren Vater durch die Halle ging, blieb stehen, stützte das Tablett auf die Hüfte und nahm den Hörer ab. Einen Augenblick später steckte sie ihren Kopf durch die Tür zum Salon.
»Für dich, Stephen. Telefon. Ausgerechnet Derek Pullen.« Stephen, der überraschend auf ein paar Stunden nach Hause gekommen war, blickte nicht von seinem Buch auf, aber Deborah konnte sehen, wie sein Körper plötzlich erstarrte und sein Rücken sich spannte.
»Du lieber Gott, was will der denn?«
»Er will dich sprechen. Er hört sich ziemlich besorgt an.«
»Sag ihm, ich hab zu tun, Deb.«
Deborah übersetzte diesen Bescheid in eine höflichere Form. Die Stimme am anderen Ende wurde lauter und zusammenhanglos. Deborah hielt den Hörer vom Ohr weg und versuchte ein paar beschwichtigende Worte anzubringen. Sie war nahe daran, in hysterisches Lachen auszubrechen, was in den letzten Tagen häufiger vorkam. Sie ging wieder in den Salon.

»Du solltest lieber kommen, Stephen. Er ist wirklich schlimm dran. Was um Himmels willen habt ihr denn angestellt? Er sagt, die Polizei sei bei ihm gewesen.«
»Ist das alles? Da ist er nicht der einzige. Sag ihm, daß sie sich alles in allem ungefähr sechs Stunden mit mir befaßt haben. Und daß sie noch nicht fertig sind. Sag ihm, er soll seinen Mund halten und sich nicht so aufregen.«
»Ob du ihm das nicht lieber selbst sagst?« schlug Deborah freundlich vor. »Ich habe dein Vertrauen nicht und seines erst recht nicht.«
Stephen fluchte leise und ging zum Telefon. Als Deborah in der Halle stehenblieb, um ihr Tablett zurechtzurücken, hörte sie seine gereizten, ungeduldigen Vorhaltungen.
»Schon gut. Schon gut. Sagen Sie es ihnen, wenn Sie wollen. Ich halte Sie nicht davon ab. Sie hören das Gespräch wahrscheinlich sowieso ab ... Nein, habe ich nicht, um die Wahrheit zu sagen, aber lassen Sie sich davon nicht beeinflussen ... Ganz der kleine Ehrenmann, nicht ...? Es ist mir völlig schnuppe, verehrter Herr, was Sie denen erzählen oder wann oder wie, fallen Sie mir nur um Gottes willen damit nicht auf die Nerven. Auf Wiedersehen.«
Als Deborah die Galerie entlangging und außer Hörweite geriet, dachte sie niedergeschlagen: »Stephen und ich haben uns so sehr auseinandergelebt, daß ich direkt fragen könnte, ob er Sally getötet hat, ohne sicher zu sein, was für eine Antwort ich bekommen würde.«

2

Dalgliesh und Martin saßen in der kleinen Gaststube des *Moonraker's Arms* und befanden sich in dem typischen Zustand, der sich im allgemeinen nach einem schlechten Essen einstellt: sie waren angefüllt, aber nicht befriedigt. Man hatte ihnen versichert, daß Mrs. Piggott, die mit ihrem Mann die Wirtschaft betrieb, für ihre gute einfache Küche und für große Mengen bekannt sei. Diese Äußerung hatte in den Ohren der Männer, die auf ihren Reisen gegen die meisten Launen der guten einfachen englischen Kost abgehärtet waren, bereits verdächtig geklungen. Vermutlich litt Martin am meisten. Während seines Kriegsdienstes in Frankreich und Italien hatte er Geschmack an der Küche des Kontinents gefunden und genoß sie seitdem regelmäßig in seinen Ferien im Ausland. Der größte Teil seiner verfügbaren Zeit und sein ganzes verfügbares Geld wurden darauf verwendet. Er und seine fröhliche, unternehmungslustige Frau waren begeisterte und unkomplizierte Reisende, überzeugt von ihrer Fähigkeit, in fast jedem Winkel Europas verstanden, geduldet und gut beköstigt zu werden. Merkwürdigerweise waren sie bis jetzt noch nie enttäuscht worden. Martin saß mit starken Magenschmerzen da, ließ seine Gedanken zu einem *Cassoulet de Toulouse* wandern und erinnerte sich sehnsüchtig an die *Poularde en vessie*, die er zum erstenmal in einem einfachen Hotel in der Ardèche gegessen hatte. Dalgliesh Bedürfnisse waren einfacher und zugleich anspruchsvoller. Er brauchte nicht mehr als einfache englische Kost, die ordentlich zubereitet war.

Mrs. Piggott stand in dem Ruf, sich besonders Mühe mit ihren Suppen zu geben. Das war insoweit richtig, als die abgepackten Zutaten gut verrührt waren und keine Klumpen bildeten. Sie hatte sogar mit verschiedenen Würzen experimentiert, und die Mischung des Tages aus Tomate (orange) und Ochsenschwanz (rötlichbraun), dick genug, daß der Löffel darin stehen blieb, war für den Gaumen genauso erschreckend wie für das Auge. Auf die Suppe waren zwei Hammelkoteletts gefolgt, die kunstvoll an einem Berg Kartoffeln lehnten und von Dosenerbsen eingerahmt waren, die größer und glänzender waren als alle Erbsen, die jemals eine Schote gesehen hatten. Sie schmeckten nach Sojamehl. Eine grüne Farbe, die wenig Ähnlichkeit mit der Farbe irgendeines bekannten Gemüses hatte, sickerte aus ihnen und vermischte sich unappetitlich mit der Soße. Danach hatte es eine Torte mit Äpfeln und schwarzen Johannisbeeren gegeben, bei der weder die Früchte einander noch dem Teig je begegnet waren, bevor sie von Mrs. Piggotts sorgsamer Hand auf dem Teller angerichtet und reichlich mit einer Art Vanillesoße aus dem Päckchen zugedeckt worden waren.

Martin riß seine Gedanken von der Betrachtung dieser kulinarischen Schrecknisse los und richtete sie auf den vorliegenden Fall.

»Es ist merkwürdig, daß Dr. Maxie Mr. Hearne geholt hat, damit er ihm mit der Leiter half. Ein kräftiger Mann kann allein damit zurechtkommen. Der schnellste Weg zu dem alten Stalltrakt wäre der über die Hintertreppe gewesen. Statt dessen sucht Maxie erst einmal Hearne.

Es sieht so aus, als hätte er einen Zeugen für die Entdeckung der Leiche haben wollen.«

»Das ist natürlich möglich. Auch wenn er das Mädchen nicht umgebracht hat, wollte er vielleicht einen Zeugen für alle Fälle – was auch immer er im Zimmer finden würde. Außerdem war er im Schlafanzug und Morgenmantel. Das scheint mir nicht gerade die passendste Kleidung, um Leitern hinauf und durch Fenster zu klettern.«

»Sam Bocock hat Dr. Maxies Geschichte im großen und ganzen bestätigt. Das bedeutet zwar nicht viel, solange die Todeszeit nicht feststeht. Es beweist jedoch, daß er in einem Punkt die Wahrheit gesagt hat.«

»Sam Bocock würde alles bestätigen, was die Maxies sagen. Dieser Mann wäre ein Geschenk für die Verteidigung. Ganz abgesehen von seiner natürlichen Gabe, wenig zu sagen und dabei den Eindruck absoluter und unbestechlicher Wahrhaftigkeit zu erwecken, ist er aufrichtig davon überzeugt, daß die Maxies unschuldig sind. Sie haben ihn ja gehört. ›Es sind gute Leute, die da oben im Haus.‹ Eine einfache Treueerklärung. Er würde auch gegen die Beweisführung des allmächtigen Gottes auf dem Richterstuhl dabei bleiben. Da wird ihn unser Oberster Gerichtshof wahrscheinlich nicht einschüchtern.«

»Ich habe ihn für einen ehrlichen Zeugen gehalten.«

»Ja, natürlich, Martin. Mir hätte er noch besser gefallen, wenn er mich nicht mit diesem seltsamen Gesichtsausdruck angesehen hätte, halb amüsiert, halb mitleidig, wie ich ihn häufig auf den Gesichtern von alten Leuten auf dem Land gesehen habe. Sie kommen doch selbst vom Land. Sicher können Sie mir das erklären.«

Martin hätte es gewiß erklären können, aber er war ein Mensch, bei dem die Vorsicht schon seit langem den Vorrang vor der Kühnheit hatte.

»Er scheint ein sehr musikalischer alter Herr zu sein. Das war ein hervorragender Plattenspieler, den er da stehen hatte. Es sah komisch aus, eine Hi-Fi-Anlage in so einer Hütte.«

Der Plattenspieler und die Ständer voller Langspielplatten daneben hatten tatsächlich etwas fehl am Platz gewirkt in dem Wohnzimmer der Kate, wo fast alle anderen Gegenstände aus vergangener Zeit stammten. Bocock teilte offenbar die Scheu des normalen Landbewohners vor frischer Luft. Die beiden Fenster waren geschlossen; tatsächlich wies nichts darauf hin, daß sie jemals geöffnet worden waren. Die rankenden verblaßten Rosen auf der Tapete gehörten einer anderen Zeit an. An den Wänden hingen, ohne erkennbare Ordnung, zahlreiche Trophäen und Erinnerungen an den Ersten Weltkrieg, ein Aufgebot von Kavalleristen zu Pferd, ein kleiner Glaskasten mit Medaillen, eine fahl kolorierte Reproduktion König Georgs V. und der Königin. Dann gab es Familienfotos, Verwandte, die ein zufälliger Betrachter unmöglich identifizieren konnte. Waren der ernste junge Mann mit Backenbart und seine nach der Mode der Jahrhundertwende gekleidete Braut Bococks Eltern oder Großeltern? Konnte er wirklich eine persönliche Erinnerung und familiäre Gefühle für diese sepiafarbenen Gruppen von Landleuten in Sonntagsstaat und Melone mit ihren gediegenen flachbusigen Frauen und Töchtern haben? Über dem Kaminsims hingen die neueren Fotografien. Stephen Maxie, stolz auf seinem ersten zottigen Pony, mit einem unverkennbaren, wenn auch noch jüngeren Bocock an der Seite. Eine Deborah Maxie mit Zöpfen, die sich vom Sattel herabbeugt, um ihre Rosette in Empfang zu nehmen. Trotz dieser kunterbunten Anhäufung von Altem und Neuem bewies das Zimmer die disziplinierte Sorgfalt des alten Soldaten im Umgang mit seiner persönlichen Habe.

Bocock hatte sie mit ungezwungener Würde hereingebeten. Er hatte gerade beim Essen gesessen. Obwohl er allein lebte, hatte er die Angewohnheit einer Frau, alles Eßbare auf einmal auf den Tisch zu stellen, wahrscheinlich, um für jede plötzliche Laune des Geschmacks vorzusorgen: einen Laib Brot mit kräftiger Kruste, einen Marmeladetopf, in dem ein Löffel steckte, ein verziertes Glas mit roten Rüben in Scheiben und eins mit Perlzwiebeln, eine Gurke in einem kleinen Krug. In der Mitte des Tisches machte eine Schüssel mit Kopfsalat einem großen, offensichtlich selbstgebackenen Kuchen den Ehrenplatz streitig. Dalgliesh erinnerte sich, daß Bococks Tochter mit einem Bauern in Nessingford verheiratet war und gelegentlich nach ihrem Vater sah. Der Kuchen war vermutlich eine Spende aus töchterlichem Pflichtgefühl. Zusätzlich zu diesem Geschenk gab es Hinweise für Auge und Nase, daß Bocock gerade gebackenen Fisch und Bratkartoffeln gegessen hatte.

Dalgliesh und Martin hatten es sich in den schweren Sesseln zu beiden Seiten des Kamins bequem gemacht.

Selbst an diesem warmen Julitag brannte ein kleines Feuer, dessen schwache weißglühende Flamme in dem Sonnenstrahl vom Westfenster her kaum zu sehen war. Bocock bot ihnen Tee an. Nachdem er das erledigt hatte, meinte er anscheinend, daß damit den Verpflichtungen der Gastfreundschaft Genüge getan sei und daß es nun an den Gästen wäre, ihr Anliegen vorzutragen. Er fuhr mit seiner Mahlzeit fort, indem er mit mageren braunen Händen kleine Stücke vom Brot abbrach und sie fast geistesabwesend in seinen Mund beförderte, wo sie in ruhiger Konzentration gekaut und gewendet wurden. Er steuerte keine Bemerkung von sich aus bei, antwortete auf Dalglieshs Fragen mit einer Langsamkeit, die eher auf mangelndes Interesse als auf fehlenden Willen zur Zusammenarbeit schließen ließ, und betrachtete die beiden Polizisten mit jener offen amüsierten Wertschätzung, die Dalgliesh, dessen Oberschenkel von Pferdehaaren juckten und dessen Gesicht schweißnaß vor Hitze war, ein wenig verwirrend und ziemlich aufreizend fand.

Die langsame Prozedur der Befragung hatte nichts Neues, nichts Unerwartetes ans Licht gebracht. Stephen Maxie war an dem betreffenden Abend in der Kate gewesen. Er war während der Neun-Uhr-Nachrichten gekommen. Bocock konnte nicht sagen, wann er gegangen war. Es war etwas spät gewesen. Mr. Stephen würde es wissen. Sehr spät? »Ja. Nach elf. Vielleicht später. Vielleicht ein gutes Stück später.« Dalgliesh bemerkte kühl, Mr. Bocock würde sich sicher genauer erinnern, wenn er Zeit gehabt hätte, darüber nachzudenken. Bocock erkannte diese Möglichkeit an. Worüber sie gesprochen hatten? »Fast die ganze Zeit Beethoven gehört. Mr. Stephen ist kein Mann, mit dem man sich groß unterhält.« Bocock sprach, als beklage er seine eigene Zungenfertigkeit und die bedrückende Geschwätzigkeit der Welt im allgemeinen und der Polizisten im besonderen. Sonst kam nichts heraus. Er hatte Sally auf dem Fest nur einmal am späten Nachmittag gesehen, als sie mit dem Kind im Arm auf einem seiner Pferde geritten war, und dann etwa um sechs Uhr, als sich der Luftballon von einem der Sonntagsschulkinder in einer Ulme verfangen hatte und Stephen mit der Leiter gekommen war, um ihn herunterzuholen. Sally war mit dem Kind im Wagen dabeigewesen. Bocock erinnerte sich, daß sie die Leiter unten festgehalten hatte. Davon abgesehen, war sie ihm nicht mehr aufgefallen. Ja, er hatte den kleinen Johnnie Wilcox gesehen. Das war so um zehn vor vier herum gewesen. Er hatte sich vom Teezelt weggeschlichen, mit einem recht verdächtigen Päckchen. Nein, er hatte den Jungen nicht angehalten. Der kleine Wilcox war schon in Ordnung. Keiner von den Jungen half gern im Teezelt. Bocock hatte sich in seinen jungen Jahren auch nicht darum gerissen. Wenn Wilcox sagte, er habe das Zelt um halb fünf verlassen, dann hatte er sich ein wenig geirrt, nicht mehr. Dieser Bursche hatte nicht mehr als allerhöchstens eine halbe Stunde Dienst geschoben. Falls sich der alte Mann wunderte, warum die Polizei sich für Johnnie Wilcox und seine kleinen Sünden interessierte, ließ er sich nichts anmerken. Alle Fragen Dalglieshs wurden gleichbleibend gelassen und anscheinend offenherzig beantwortet. Er wußte nichts von Mr. Maxies Verlobung und hatte im Dorf nicht davon reden gehört, weder vor noch nach dem Mord. »Manche Leute reden viel. Sie brauchen sich nicht um den Klatsch im Dorf zu kümmern. Es sind gute Leute, die da oben im Haus.« Das war sein letztes Wort gewesen. Wenn er erst mit Stephen Maxie gesprochen hätte und gewußt hätte, worauf es ankam, hätte er sich bestimmt genauer erinnert, wann Maxie ihn in jener Nacht verlassen hatte. Im Augenblick war er vorsichtig. Aber es war klar, wem er die Treue hielt. Als sie gegangen waren, hatte er immer noch gegessen, einsam und eindrucksvoll inmitten seiner Musik und seiner Erinnerungen.

»Nein«, sagte Dalgliesh. »Von Bocock werden wir wohl nichts über die Maxies erfahren, was uns weiterhilft. Falls der junge Maxie einen Verbündeten gesucht hat, wußte er, wohin er gehen mußte. Wir haben dennoch etwas erreicht. Wenn Bocock mit seinen Zeitangaben recht hat, und bestimmt darf man ihm mehr Genauigkeit zutrauen als Johnnie Wilcox, dann hat das Treffen auf dem Heuboden wahrscheinlich vor halb fünf stattgefunden. Das würde auch zu den folgenden Schritten der Jupp passen, soweit sie uns bekannt sind, einschließlich dem Auftritt im Teezelt, als sie in einer Kopie von Mrs. Riscoes Kleid auftauchte. Die Jupp ist vor Viertel vor fünf nicht in diesem Kleid gesehen worden, demnach muß sie sich nach der Unterhaltung auf dem Heuboden umgezogen haben.«

»Sonderbar, was sie da getan hat, Sir. Und warum hat sie bis dann gewartet?«

»Sie kann das Kleid in der Absicht gekauft haben, es bei der einen oder anderen Gelegenheit öffentlich zu tragen. Vielleicht hat sich bei dem Gespräch etwas ergeben, das sie von jeder weiteren Abhängigkeit von Martingale befreite, und sie konnte sich eine letzte Geste leisten. Hätte sie dagegen vor dem letzten Samstag gewußt, daß sie Maxie heiraten würde, hätte sie diesen Auftritt vermutlich machen können, wann immer es ihr in den Sinn gekommen wäre. Die Aussagen zu diesem Heiratsantrag sind merkwürdig widersprüchlich. Wenn wir Mr. Hinks glauben wollen – und warum sollten wir nicht? –, wußte Sally Jupp mit Sicherheit, daß sie jemanden heiraten würde, als sie den Pfarrer am letzten Donnerstag traf. Ich kann mir nur schwer vorstellen, daß sie zwei Verlobte in Aussicht hatte, und so viele Kandidaten, die in Frage kommen, haben wir auch gar nicht. Und da wir gerade über das Liebesleben des jungen Maxie nachdenken – hier habe ich etwas, das Sie noch nicht gesehen haben.«
Er reichte ihm ein dünnes, amtlich aussehendes Blatt Schreibpapier. Es trug den Namen eines kleinen Strandhotels.

Sehr geehrter Herr,
obgleich ich an meinen Ruf denken muß und mir nicht besonders viel daran liegt, mit der Polizei zu tun zu haben, halte ich es für meine Pflicht, Ihnen mitzuteilen, daß Mr. Maxie sich am 24. Mai vergangenen Jahres mit einer Dame, die er als seine Frau eintrug, in diesem Hotel aufgehalten hat. Ich habe im

Samstagnacht verbessert. Sie hat die Szene im Salon miterlebt. Sie wußte, was sie zu verlieren hatte.«

»Meinen Sie, das hält noch an, Sir?« Sergeant Martin konnte sich nicht überwinden, deutlicher zu werden, wenn es um die Sünden des Fleisches ging. Er hatte in dreißig Jahren Polizeidienst genug gesehen und gehört, was die Illusionen der meisten Männer zerstört hätte, aber trotz seiner rauhen Erscheinung hatte er ein gutmütiges Wesen und konnte nie glauben, daß die Menschen so böse oder so schwach sein sollten, wie das Beweismaterial es durchweg erwies.

»Das würde ich für sehr unwahrscheinlich halten. Jenes Wochenende war vermutlich der einzige Ausflug in die Leidenschaft. Vielleicht war er nicht besonders erfolgreich. Vielleicht war es, wie Sie ziemlich herzlos andeuten, nur eine Bagatelle. Dennoch ist es kompliziert. Liebe, diese Art von Liebe, führt immer zu Komplikationen. Catherine Bowers gehört zu jenen Frauen, die dem Mann sagen, sie wollten alles für ihn tun, und manchmal tun sie es auch.«

»Könnte sie denn von den Tabletten gewußt haben, Sir?«

»Keiner gibt zu, ihr etwas gesagt zu haben, und ich glaube, sie sagte die Wahrheit, als sie uns erzählte, sie habe nichts davon gewußt. Sally Jupp könnte etwas gesagt haben, aber sie standen nicht gerade gut miteinander, genauer gesagt, sie wollten überhaupt nichts miteinander zu schaffen haben, soweit ich das beurteilen kann. Das ist also unwahrscheinlich. Aber damit ist noch nichts bewiesen. Miss Bowers muß gewußt haben, daß es Schlaftabletten im Haus gab und wo sie vermutlich aufbewahrt wurden, und das gleiche gilt für Hearne.«

»Es ist merkwürdig, daß er hierbleiben kann.«

»Daraus kann man wohl schließen, daß er einen von der Familie für den Täter hält und an Ort und Stelle sein möchte, um dafür zu sorgen, daß wir nicht auf denselben Gedanken kommen. Er könnte sogar wissen, wer es getan hat. Wenn das stimmt, wird er wahrscheinlich keinen Fehler machen, fürchte ich. Ich habe Robson auch auf ihn angesetzt. Wenn man das ganze psychologische Geschwätz abzieht, das er gewöhnlich über jeden, den er verhört, von sich gibt, entspricht sein Bericht ziemlich genau dem, was ich erwartet habe. Da haben wir ihn. Alle Fakten über Felix George Mortimer Hearne. Er hat natürlich einen guten Ruf als Soldat. Gott weiß, wie er das gemacht hat oder was es aus ihm gemacht hat. Die ganzen Jahre seit 1945 ist er anscheinend so durch die Gegend geflattert, hat ein bißchen geschrieben und sonst nichts weiter getan. Er ist Teilhaber des Verlags Hearne und Illingworth. Sein Urgroßvater war der alte Mortimer Hearne, der die Firma gegründet hat. Sein Vater heiratete 1919 eine Französin, Mlle Annette d'Apprius. Durch die Heirat kam mehr Geld in die Familie. Felix wurde 1921 geboren. Erziehung in den üblichen teuren Anstalten. Lernte Deborah Riscoe durch ihren Mann kennen, der mit ihm studiert hat, obgleich er beträchtlich jünger war, und hat Sally Jupp, soweit Robson das sagen kann, nie gesehen, bevor er sie in diesem Haus kennenlernte. Er hat ein sehr hübsches kleines Haus in Greenwich, es paßt alles immer noch zusammen, wie Sie sehen, und seinen ehemaligen Burschen, der ihn versorgt. Es geht das Gerücht, daß er mit Mrs. Riscoe ein Verhältnis hat, aber dafür gibt es keinen Beweis, und Robson sagt, aus dem Diener sei nichts herauszukriegen. Ich glaube auch gar nicht, daß es da etwas zu holen gibt. Mrs. Riscoe hat mit Sicherheit gelogen, als sie sagte, sie wären die Nacht von Samstag auf Sonntag zusammengewesen. Felix Hearne könnte Sally Jupp natürlich ermordet haben, um Deborah Riscoe Peinlichkeiten zu ersparen, aber das würden die Geschworenen nicht glauben und ich auch nicht.«

»Steht in dem Bericht nichts davon, daß er dasselbe Schlafmittel hat?«

»Er hat überhaupt keins. Ich glaube, es ist so gut wie sicher, daß das *Sommeil*, mit dem Sally Jupp betäubt wurde, aus dem Röhrchen stammt, das aus Mrs. Maxies Arzneischrank entwendet wurde. Allerdings hatten auch andere Leute das Mittel. Die Tabletten von Martingale sind vielleicht auf diese spannende Art versteckt worden, um eine falsche Spur zu legen. Dr. Epps sagte aus, er habe Mr. Maxie, Sir Reynold Price und Miss Pollack vom St.-Mary-Heim *Sommeil* verschrieben. Keiner von diesen unter Schlaflosigkeit Leidenden kann über die richtige Dosis Auskunft geben. Das überrascht mich allerdings nicht. Die Leute gehen so sorglos mit Arzneimitteln um. Wo ist der Bericht? Ach ja, hier. Über Mr. Maxie wissen wir Bescheid. Sir Reynold Price. Sein *Sommeil* wurde im Januar dieses Jahres verschrieben und von Goodliffes in der Londoner City am 14. Januar abgegeben. Er bekam zwanzig 180-mg-Tabletten und sagt, er habe etwa die Hälfte eingenommen und dann den Rest vergessen. Anscheinend war seine Schlaflosigkeit schnell überwunden. Vom gesunden Menschenverstand her beurteilt, gehört ihm das Röhrchen mit den neun Tabletten, das in seiner Manteltasche steckte und von Dr. Epps gefunden wurde. Sir Reynold gibt bereitwillig zu, daß es seine sind, kann sich aber nicht erinnern, sie in die Tasche gesteckt zu haben. Es ist nicht gerade der übliche Ort, wo man Schlaftabletten aufbewahrt, aber er verbringt gelegentlich die Nacht außer Haus und sagt, er habe sie wahrscheinlich in der Eile eingesteckt. Wir wissen alles über Sir Reynold Price, unseren lokalen Geschäftsmann plus Landwirt, der mit seiner zweiten Tätigkeit ein kalkuliertes Verlustgeschäft macht, um seine Gewinne aus der ersten auszugleichen. Er wettert gegen die Entweihung, wie er sich ausdrückt, von Neu-Chadfleet, weil dort ein viktorianisches Pseudoschloß abgerissen werden soll. Dabei ist es so häßlich, daß ich überrascht bin, daß noch niemand eine Stiftung zu seiner Erhaltung ins Leben gerufen hat. Sir Reynold ist gewiß ein Spießbürger, aber kein Mörder, meine ich. Zugegeben, er hat kein Alibi für Samstagnacht, und von seinem Personal haben wir nur erfahren, daß er ungefähr um zehn Uhr abends mit dem Auto zu Hause losgefahren und erst am frühen Sonntagmorgen zurückgekommen ist. Sir Reynold ist wegen seiner Abwesenheit so schuldbewußt und verlegen, versucht so offenkundig, eine vornehme Verschwiegenheit zu wahren, daß ich meine, wir können davon ausgehen, daß da eine kleine Freundin dahintersteckt. Wenn wir wirklich Druck ausüben und er einsieht, daß das eine Anklage wegen Mord nach sich ziehen könnte, kriegen wir, glaube ich, den Namen der Dame. Diese Ausflüge für eine Nacht sind bei ihm ziemlich regelmäßig, und ich denke nicht, daß sie etwas mit Sally zu tun hatten. Er würde sich kaum so auffällig benehmen und mit seinem Daimler zu heimlichen Besuchen nach Martingale fahren.

Wir wissen auch über Miss Pollack Bescheid. Sie scheint zu den Tabletten eine Einstellung gehabt zu haben, wie ein Drogensüchtiger sie zu Kokain haben sollte, aber gewöhnlich nicht hat. Sie rang lange mit den beiden Übeln Versuchung und Schlaflosigkeit und wollte das *Sommeil* schließlich die Toilette hinunterspülen. Miss Liddell redete ihr das aus und brachte die Tabletten zu Dr. Epps zurück. Dr. Epps, immer noch nach Robson, meint, er habe sie vielleicht zurückbekommen, ist sich aber nicht sicher. Es waren nicht genug für eine wirklich gefährliche Dosis, und sie waren mit einem Etikett gekennzeichnet. Trotzdem sieht das alles erschreckend unvorsichtig aus, würde ich sagen, aber so sind die Leute eben. *Sommeil* unterliegt natürlich auch nicht dem Drogengesetz. Außerdem wurden nur drei Tabletten gebraucht, um Sally Jupp zu betäuben, und diese Tabletten stammen nach menschlichem Ermessen aus dem Röhrchen in Martingale.«

»Womit wir wieder bei den Maxies und ihren Gästen sind.«

»Natürlich. Und das Verbrechen ist gar nicht mal so dumm inszeniert, wie es auf den ersten Blick aussieht.

Wenn wir diese Tabletten nicht finden und nicht irgendwie beweisen können, daß einer von den Maxies sie verabreicht hat, brauchen wir uns keine Hoffnungen zu machen, jemand überführen zu können. Sie können sich vorstellen, wie das laufen würde. Sally Jupp wußte von den Tabletten. Sie könnte sie also selbst eingenommen haben. Sie wurden in Mrs. Riscoes Becher gegeben. Unmöglich zu beweisen, daß sie für Sally Jupp bestimmt waren. Jeder Beliebige kann während des Fests in das Haus gegangen sein und dem Mädchen aufgelauert haben. Kein hinreichendes Motiv. Andere Leute hatten Zugang zu *Sommeil*. Soviel ich sehe, ist das alles für den Augenblick.«

»Aber wenn der Mörder mehr Tabletten genommen und das Mädchen auf diese Art getötet hätte, wäre vielleicht gar kein Mordverdacht aufgekommen.«

»Das wäre nicht gegangen. Solche Barbiturate wirken bekanntlich zu langsam, wenn man töten will. Das Mädchen wäre vielleicht tagelang ohne Bewußtsein gewesen, hätte sich aber wieder erholt. Jeder Arzt weiß das. Andererseits dürfte es schwierig sein, ein gesundes und kräftiges Mädchen zu erwürgen oder auch nur unbemerkt in ihr Schlafzimmer zu gelangen, wenn man sie nicht vorher betäubte. Die Kombination war riskant für den Mörder, aber nicht so riskant wie jeweils eine Methode für sich allein. Außerdem bezweifle ich, daß jemand eine tödliche Dosis schlucken würde, ohne mißtrauisch zu werden. *Sommeil* ist angeblich weniger bitter als die meisten Schlaftabletten, aber es ist nicht geschmacklos. Deshalb hat Sally Jupp wahrscheinlich fast den ganzen Kakao stehenlassen. Sie kann mit so einer kleinen Dosis im Magen kaum schläfrig geworden sein, und dennoch starb sie ohne Gegenwehr. Das ist der merkwürdige Punkt an der Geschichte. Wer auch immer das Zimmer betreten hat, muß entweder von der Jupp erwartet worden sein oder sie zumindest nicht erschreckt haben. Und wenn das zutrifft, warum dann das Schlafmittel? Die beiden Dinge brauchen nichts miteinander zu tun haben, aber es wäre wirklich ein gar zu großer Zufall, wenn jemand eine kräftige Dosis eines Barbiturats in ihr Getränk gibt und in derselben Nacht ein anderer beschließt, sie zu erwürgen. Dazu kommt die merkwürdige Verteilung der Fingerabdrücke. Irgend jemand ließ sich an diesem Kamin hinunter, aber die einzigen Abdrücke sind die von der Jupp selbst, und sie sind möglicherweise schon älteren Datums. Die Kakaobüchse wurde leer und ohne die Papierauskleidung im Mülleimer gefunden. Auf der Büchse waren die Fingerabdrücke von der Jupp und der Bultitaft. Der Riegel an der Schlafzimmertür weist nur einen Abdruck von der Jupp auf, obwohl er ziemlich verschmiert ist. Hearne sagt, er habe den Riegel mit seinem Taschentuch angefaßt, als er die Tür öffnete, was in Anbetracht der Umstände recht viel Geistesgegenwart beweist. Vielleicht zuviel Geistesgegenwart. Hearne ist von allen diesen Personen derjenige, bei dem man am wenigsten damit rechnen kann, daß er im Ernstfall den Kopf verliert oder wesentliche Punkte übersieht.«

»Irgendwas hatte ihn allerdings ganz schön nervös gemacht, bis er bei dem Verhör an der Reihe war.«

»Allerdings, Sergeant. Ich hätte vielleicht bestimmter auf seine Beleidigungen reagiert, wenn mir nicht klar gewesen wäre, daß er nur schreckliche Angst hatte. Da verhalten sich manche Leute so. Der arme Teufel hat mir fast leid getan. Es war eine erstaunliche Bloßstellung seiner selbst, was er da bot. Sogar Proctor hat eine bessere Figur gemacht, und er hatte, weiß der Himmel, genug Angst.«

»Wir wissen, daß Proctor es nicht getan haben kann.«

»Das weiß Proctor vermutlich auch. Dennoch hat er uns in ein paar Punkten angelogen, und wir werden ihn zum Reden bringen, wenn es soweit ist. Ich glaube trotzdem, daß er uns über diesen Anruf die Wahrheit gesagt hat oder wenigstens zum Teil die Wahrheit. Es war sein Pech, daß seine Tochter den Anruf entgegennahm. Wenn er ans Telefon gegangen wäre, hätten wir vermutlich nichts davon erfahren. Er bleibt nach wie vor dabei, daß der Anruf von Miss Liddell war, und Beryl Proctor bestätigt, daß die Anruferin sich unter diesem Namen meldete. Zuerst erzählt Proctor seiner Frau und uns, daß sie nur anrief, um ihm Neues von Sally zu berichten. Als wir ihn nochmals fragen und ihm sagen, daß die Liddell abstreitet, angerufen zu haben, bleibt er zwar dabei, daß der Anruf entweder von ihr kam oder von einer Frau, die sich als Miss Liddell ausgab, gibt dann aber zu, daß sie ihm von Sallys Verlobung mit Stephen Maxie berichtete. Das wäre immerhin ein einsichtigerer Grund für den Anruf als ein allgemeiner Bericht über die Fortschritte seiner Nichte.«

»Es ist interessant, wie viele Leute behaupten, von dieser Verlobung gewußt zu haben, bevor sie überhaupt stattfand.«

»Oder bevor sie nach Maxies Angaben stattfand. Er besteht immer noch darauf, daß er mit seinem Heiratsantrag einer plötzlichen Regung folgte, als sie sich etwa um zwanzig vor acht am Samstagabend im Garten trafen, und daß er vorher kein einziges Mal daran gedacht hatte, sie zu heiraten. Das muß nicht heißen, daß nicht sie darüber nachgedacht hat. Sie hat vielleicht sogar damit gerechnet. Aber sicher bedeutete es doch, das Schicksal herauszufordern, wenn sie die Neuigkeit im voraus verbreitete. Und was hätte sie veranlassen sollen, es ihrem Onkel zu erzählen, wenn nicht der verständliche Drang, ihn ihre Schadenfreude spüren zu lassen oder ihn aus der Fassung zu bringen. Aber warum hat sie sich obendrein noch als Miss Liddell ausgegeben?«

»Sie sind demnach davon überzeugt, daß Sally Jupp angerufen hat, Sir?«

»Nun, wir haben ja gehört, was für eine gute Schauspielerin sie war. Ich denke, wir können mit Sicherheit davon ausgehen, daß die Jupp angerufen hat, und es ist bezeichnend, daß Proctor noch nicht bereit ist, das zuzugeben. Ein weiteres kleines Geheimnis, hinter das wir wahrscheinlich nie kommen werden, ist die Frage, wo Sally die Stunden verbrachte, nachdem sie am Samstagabend ihr Kind zu Bett gebracht hatte und bevor sie zum letztenmal auf der großen Treppe erschien. Keiner gibt zu, sie dazwischen gesehen zu haben.«

»Muß man da nicht annehmen, daß sie in ihrem Zimmer bei Jimmy blieb und sich ihren Schlaftrunk erst holen ging, als sie sicher sein konnte, daß Martha zu Bett gegangen war und die Luft rein wäre?«

»Sicher ist das die wahrscheinlichste Erklärung. Sie wäre wohl weder im Salon noch in der Küche willkommen gewesen. Vielleicht wollte sie allein sein. Sie muß, weiß Gott, eine ganze Menge zu überlegen gehabt haben!«

Sie blieben noch eine Zeitlang schweigend sitzen. Dalgliesh grübelte über die merkwürdige Vielfalt der Anhaltspunkte nach, die, wie er spürte, für den Fall entscheidend waren. Da war Marthas vielsagende Abneigung, sich über einen von Sallys Fehlern auszulassen. Da war das hastig in die Erde gedrückte Röhrchen *Sommeil.* Da waren eine leere Kakaobüchse, ein goldhaariges Mädchen, das Stephen Maxie zulachte, als er den Luftballon eines Kindes von der Ulme holte, ein anonymer Anruf und eine behandschuhte Hand, die flüchtig gesehen worden war, als sie die Falltür auf Bococks Heuboden zuzog. Und der Kern des Geheimnisses, der Schlüssel, der alles klären würde, war die komplexe Persönlichkeit der Sally Jupp.

8. Kapitel

1

Die Operationsliste für den Donnerstagmorgen im St.-Lukas-Krankenhaus war lang gewesen, und erst als er sich zum Mittagessen hinsetzte, dachte Stephen Maxie an Sally. Dann jedoch fiel, wie immer, die Erinnerung wie ein Schwert auf ihn, nahm ihm den Appetit, schnitt ihn von den unbekümmerten und anspruchslosen Freuden des Alltags ab. Das Gespräch am Tisch klang falsch; seine Kollegen errichteten einen Wall aus Nebensächlichkeiten, um ihre Verlegenheit in seiner Gegenwart zu überdecken. Die Tageszeitungen waren säuberlich zusammengefaltet, damit nicht eine zufällige Schlagzeile darauf aufmerksam machen konnte, daß unter ihnen ein des Mordes Verdächtiger saß. Sie zogen ihn allzu bedacht in ihr Gespräch hinein. Und doch wieder nicht zu sehr, damit er nicht auf den Gedanken käme, er täte ihnen leid. Nicht zu wenig, damit er nicht meinte, sie wollten ihm aus dem Weg gehen. Das Fleisch auf seinem Teller war so fad wie Pappe. Er zwang sich, noch ein paar Bissen hinunterzuschlucken – es würde auf keinen Fall gut aussehen, wenn der Verdächtige sein Essen stehen ließe –, und tat so, als mache er sich grundsätzlich nichts aus Pudding. Die Notwendigkeit zu handeln lag bei ihm. Wenn die Polizei diese Sache nicht vorantreiben konnte, würde es vielleicht ihm gelingen. Mit einer gemurmelten Entschuldigung überließ er seine Tischnachbarn ihren Vermutungen. Und durfte er es ihnen übelnehmen? Was war denn daran so erstaunlich, daß sie ihm gern die eine entscheidende Frage gestellt hätten? Seine Mutter hatte ihn dasselbe fragen wollen, als er nach dem Telefonhörer griff und sie dann ihre Hand auf seine legte, ihr gramzerfurchtes Gesicht in einer verzweifelten Frage ihm zugewandt. Und er hatte geantwortet: »Du brauchst nicht zu fragen. Ich weiß nichts darüber. Ich schwöre es.«

Er hatte eine freie Stunde und wußte, was er tun wollte. Das Geheimnis von Sallys Tod mußte in ihrem Leben liegen, und wahrscheinlich in dem Teil ihres Lebens, der vor ihrer Zeit in Martingale lag. Stephen war fest davon überzeugt, daß der Vater des Kindes den Schlüssel hatte, wenn er nur gefunden werden könnte. Er analysierte seine Motive nicht, fragte sich nicht, ob dieser Drang, einen unbekannten Mann zu finden, seine Wurzeln in der Logik, der Neugier oder der Eifersucht hatte. Es genügte, Erleichterung durch Aktivität zu finden, wie unnütz auch die Ergebnisse sein würden.

Er erinnerte sich an den Namen von Sallys Onkel, aber nicht an die volle Adresse, und es dauerte eine Zeitlang, bis er alle Proctors durchgegangen war und die Nummer in Canningbury gefunden hatte. Eine Frau antwortete mit der steifen, unnatürlichen Stimme eines Menschen, der nicht an das Telefon gewöhnt ist. Als er seinen Namen nannte, blieb es so lange still, daß er dachte, sie wären unterbrochen worden. Er spürte ihr Mißtrauen wie einen physischen Impuls durch die Leitung und versuchte, sie versöhnlich zu stimmen. Als sie immer noch zögerte, fragte er, ob es ihr lieber wäre, wenn er später anriefe und mit ihrem Mann spräche. Der Vorschlag war nicht als Drohung gedacht. Er hatte sich nur vorgestellt, daß sie eine jener Frauen sei, die nicht einmal zu der einfachsten selbständigen Handlung in der Lage sind. Aber die Wirkung seines Vorschlags war erstaunlich. Sie sagte rasch: »O nein! Nein! Das ist nicht nötig. Mr. Proctor will über Sally nicht reden. Es hätte keinen Sinn, mit Mr. Proctor zu telefonieren. Im Grunde kann es nicht schaden, wenn ich Ihnen sage, was Sie wissen wollen. Es wäre nur besser, wenn Mr. Proctor nicht erfährt, daß Sie angerufen haben.« Dann gab sie Stephen die gewünschte Adresse. Als Sally schwanger wurde, hatte sie beim Buchklub *Select* im Falconer's Yard in der City gearbeitet.

Der Buchklub hatte seine Büros in einem Hof in der Nähe der St.-Pauls-Kathedrale. Man gelangte dorthin durch eine enge Passage, die dunkel und schwer zu finden war, aber der Hof selbst war voller Licht und so still wie der Hof um eine Kleinstadtkirche. Der entnervende Lärm des Stadtverkehrs war zu einem schwachen Murmeln gedämpft und klang wie das ferne Rauschen der See. In der Luft hing der Geruch des Flusses. Es war nicht schwer, das richtige Haus zu finden. Auf der sonnenbeschienenen Seite des Hofes waren in einem kleinen Erkerfenster die neuen Bücher des Buchklubs mit bewußt arrangierter Zwanglosigkeit vor einem drapierten Hintergrund aus purpurrotem Samt ausgestellt. Der

Klub hatte seinen Namen mit Bedacht gewählt. *Select*-Bücher boten etwas für den Leserkreis, der eine gute Story mag, ohne sich besonders für den Autor zu interessieren, für den, der sich lieber die Qual der persönlichen Wahl erspart und glaubt, daß ein Bücherschrank mit Bänden in gleicher Größe und in gleichfarbigen Einbänden jedem Raum Atmosphäre verleiht. *Select*-Bücher wollten die Tugend belohnt und das Böse angemessen bestraft wissen. Sie scheuten Obszönitäten, vermieden Streitfragen und gingen kein Risiko mit Schriftstellern ein, die sich noch keinen Namen gemacht hatten. Da überraschte es nicht, daß sie oft weit in den Verlagsprogrammen zurückblättern mußten, um eine gängige Auswahl zusammenzustellen. Stephen bemerkte, daß nur wenige Titel zuerst bei Hearne und Illingworth erschienen waren. Er war überrascht, daß es überhaupt welche aus diesem Verlag gab.

Die Stufen vor der Eingangstür waren blank gescheuert. Die offene Tür führte in ein kleines Büro, das offenbar für die Kunden eingerichtet war, die ihr monatliches Buch lieber persönlich abholten. Als Stephen eintrat, ließ ein älterer Geistlicher eine nicht enden wollende Verabschiedung durch die Frau am Schalter über sich ergehen. Sie war anscheinend entschlossen, ihn nicht entwischen zu lassen, bevor sie nicht die Vorzüge des Buchs des Monats einschließlich der Einzelheiten der Handlung und der wirklich verblüffenden Schlußpointe bis ins letzte erklärt hatte. Als das erledigt war, mußte sie noch nach den Mitgliedern seiner Familie fragen und ihn um seine Meinung zu dem Buch des letzten

Monats bitten. Stephen wartete geduldig, bis auch das geschehen war und die Frau Zeit hatte, ihren festen strahlenden Blick auf ihn zu richten. Eine kleine Karte auf dem Tisch stellte sie als Miss Titley vor.

»Es tut mir leid, daß ich Sie habe warten lassen. Sie sind ein neuer Kunde? Ich glaube nicht, daß ich bereits das Vergnügen hatte. Ich lerne mit der Zeit alle kennen, und alle kennen mich. Das war Canon Tatlock. Ein sehr netter Kunde. Aber er läßt sich nicht hetzen, wissen Sie. Er läßt sich nicht hetzen.«

Stephen bemühte seinen ganzen Charme und erklärte, er wolle den Vorsteher sprechen. Die Sache sei persönlich und sehr wichtig. Er wolle nichts verkaufen, und es würde bestimmt nicht lange dauern. Es tue ihm leid, daß er nicht deutlicher werden könne, aber es sei wirklich wichtig. »Für mich jedenfalls«, fügte er mit einem Lächeln hinzu.

Das Lächeln war erfolgreich. Damit war er schon immer weitergekommen. Miss Titley, durch das Ungewöhnliche in die Normalität zurückgeholt, ging in den hinteren Teil ihres Büros, um schnell zu telefonieren. Es zog sich ein wenig in die Länge. Sie sah ein paarmal zu ihm hin, während sie redete, als wolle sie sich seiner Ehrenhaftigkeit versichern. Endlich legte sie den Hörer auf und kam mit der Auskunft wieder, daß Miss Molpas bereit sei, ihn zu empfangen.

Miss Molpas hatte ihr Büro auf der dritten Etage. Die mit einem Läufer ausgelegte Treppe war steil und schmal, und Stephen und Miss Titley mußten auf jedem Treppenabsatz zur Seite treten, um Büroangestellte, ausschließlich weibliche, vorbeizulassen. Männer waren nicht zu sehen. Als er schließlich in Miss Molpas' Zimmer geführt wurde, sah er, daß sie eine gute Wahl getroffen hatte. Drei steile Treppen waren ein geringer Preis für diese Aussicht über die Dächer der Stadt, diesen Blick auf das silberne Band, das sich von Westminster her auf sie zu schlängelte. Miss Titley hauchte ein paar erklärende Worte, die ebenso ehrerbietig wie unverständlich waren, und entschwand. Hinter ihrem Schreibtisch erhob sich Miss Molpas und forderte ihn mit einer Handbewegung auf, Platz zu nehmen. Sie war eine kleine stämmige Frau von auffallender Häßlichkeit. Ihr Gesicht war rund und großflächig, ihr dunkles Haar zu einem dicken geraden Pony über ihren Augen geschnitten. Sie trug eine Hornbrille, die so groß und schwer war, daß sie wie ein augenfälliges Mittel zur Vervollkommnung der Karikatur wirkte. Sie hatte einen kurzen Tweedrock und ein weißes Herrenhemd an, dazu einen gelb und grün gewebten Schlips, der Stephen unangenehm an eine plattgedrückte Kohlraupe erinnerte. Aber sie sprach mit einer der wohltuendsten Stimmen, die er jemals bei einer Frau gehört hatte, und die Hand, die sie ihm hinstreckte, war kühl und fest.

»Sie sind Stephen Maxie, nicht wahr? Ich habe Ihr Bild im *Echo* gesehen. Die Leute sagen, Sie hätten Sally Jupp getötet. Stimmt das?«

»Nein«, sagte Stephen. »Auch kein anderes Mitglied meiner Familie. Ich bin nicht gekommen, um darüber zu diskutieren. Ich wollte etwas mehr über Sally erfahren. Ich dachte, Sie könnten mir vielleicht helfen. Es ist das Kind, um das ich mir eigentlich Sorgen mache. Jetzt, wo der Junge keine Mutter mehr hat, halte ich es für wichtig, seinen Vater zu finden. Es hat sich niemand gemeldet, aber mir fiel ein, daß der Mann womöglich nichts davon weiß. Sally war sehr unabhängig. Falls er nichts weiß und gern etwas für Jimmy in die Wege leiten möchte – nun, ich meine, dann sollte man ihm die Möglichkeit geben.«

Miss Molpas schob ihm ein Päckchen Zigaretten über den Tisch zu.

»Rauchen Sie? Nein? Ich nehme eine. Sie wollen wohl ein bißchen mitmischen? Kommen Sie besser mit Ihren eigenen Motiven ins reine. Sie können nicht annehmen, daß der Mann nichts weiß. Wie wäre das möglich? Er muß es inzwischen wissen. Es hat genug Aufsehen erregt. Die Polizei ist derselben Spur nachgegangen und war hier, allerdings glaube ich nicht, daß sie sich für das Wohl des Kindes interessieren. Eher haben sie nach einem Motiv gesucht. Sie sind sehr gründlich. Sie tun besser daran, es ihnen zu überlassen.«

Also war die Polizei hier gewesen. Es war töricht und unlogisch, daß er das nicht als selbstverständlich angenommen hatte, aber er fand die Neuigkeit dennoch deprimierend. Sie würden ihm immer einen Schritt voraus sein. Es war anmaßend zu glauben, es gäbe etwas von Bedeutung über Sally zu entdecken, was die Polizei, erfahren, beharrlich und unendlich geduldig, nicht bereits gefunden hätte. Die Enttäuschung mußte sich auf seinem Gesicht gespiegelt haben, denn Miss Molpas lachte laut heraus.

»Kopf hoch! Vielleicht kommen Sie ihnen doch noch zuvor. Nicht, daß ich Ihnen viel helfen kann. Ich habe der Polizei alles gesagt, was ich weiß, und sie haben es äußerst gewissenhaft aufgeschrieben, aber ich habe gemerkt, daß es sie nicht weiterbrachte.«

»Außer daß sie die Schuld noch stärker dort suchen, wo sie sie bereits vermuten, nämlich bei einem aus meiner Familie.«

»Nun, der Schuldige ist sicher nicht bei uns zu suchen. Ich kann nicht einmal einen möglichen Vater für das Kind herbeischaffen. Wir haben keinen Mann im Haus. Sie wurde tatsächlich schwanger, während sie bei uns eingestellt war, aber fragen Sie mich nicht, wie.«

»Wie war sie eigentlich wirklich, Miss Molpas?« fragte Stephen. Er zwang sich zu dieser Frage, obwohl er selbst einsah, wie absurd sie klang. Alle fragten dasselbe. Es war, als hoffte er, mitten in diesem Labyrinth von Beweisen und Zweifeln am Ende doch jemand zu finden, der sagen könnte: »Das war Sally.«

Miss Molpas sah ihn neugierig an.

»Sie sollten wissen, wie sie war. Sie haben sie geliebt.«

»Auch dann wäre ich der letzte, der das wüßte.«

»Aber Sie haben sie gar nicht geliebt.« Es war eine Feststellung, keine ungehörige Frage, und Stephen stellte sich ihr mit einer Freimütigkeit, die ihn selbst erstaunte.

»Ich habe sie bewundert, und ich wollte mit ihr schlafen. Ich nehme an, Sie würden das nicht Liebe nennen. Ich weiß nicht, ich habe nie mehr für eine Frau empfunden.«

Miss Molpas wandte den Blick ab und sah auf den Fluß hinaus.
»Ich würde mich damit begnügen. Ich bezweifle, daß Sie jemals mehr empfinden werden. Ihre Sorte nicht.« Sie sah ihn wieder an und sagte lebhafter:
»Aber Sie haben gefragt, was ich von ihr hielt. Das hat die Polizei auch gefragt. Die Antwort ist die gleiche. Sally Jupp war hübsch, intelligent, ehrgeizig, durchtrieben und unbeständig.«
»Sie scheinen sie sehr gut gekannt zu haben«, sagte Stephen leise.
»Nicht richtig. Es war nicht leicht, sie kennenzulernen. Sie hat drei Jahre hier gearbeitet, und ich wußte, als sie wegging, von ihren familiären Verhältnissen nicht mehr als an dem Tag, als ich sie einstellte. Es war ein Experiment, sie einzustellen. Sie haben vermutlich gemerkt, daß wir keine jungen Leute hier haben. Es ist schwer, welche zu bekommen, es sei denn, man bezahlt doppelt soviel, wie sie wert sind, und sie bleiben mit ihren Gedanken nicht bei der Arbeit. Ich mache ihnen keinen Vorwurf. Sie haben nur ein paar Jahre vor sich, einen Mann zu finden, und das hier ist kein aussichtsreiches Jagdrevier. Sie können auch grausam sein, wenn man sie mit einer älteren Frau arbeiten läßt. Haben Sie einmal gesehen, wie junge Hennen auf einen verletzten Vogel einhacken? Nun, wir beschäftigen hier nur alte Vögel. Sie mögen ein bißchen langsam sein, aber sie arbeiten systematisch und zuverlässig. Die Arbeit erfordert nicht viel Intelligenz. Sally war zu gut für diese Stelle. Ich habe nie verstanden, warum sie geblieben ist.

Sie arbeitete bei einer Vermittlung für Bürokräfte, nachdem sie ihre Lehre abgeschlossen hatte, und kam vorübergehend als Aushilfe zu uns, als wir während einer Grippewelle Personalprobleme hatten. Die Arbeit gefiel ihr, und sie fragte, ob sie bleiben könne. Der Klub wurde immer größer, und es gab genug Arbeit für eine weitere Schreibkraft. Also stellte ich sie ein. Es war, wie gesagt, ein Experiment. Sie war das einzige Mitglied der Belegschaft, das unter fünfundvierzig war.«

»Daß sie bei dieser Arbeit blieb, läßt auf nicht allzu großen Ehrgeiz schließen«, sagte Stephen. »Wie kommen Sie darauf, daß sie durchtrieben war?«

»Ich habe sie beobachtet und ihr zugehört. Wir sind eigentlich eine Kollektion von Ausrangierten hier, und das muß sie gewußt haben. Aber sie war schlau, unsere Sally. ›Ja, Miss Titley. Gewiß, Miss Croome. Soll ich Ihnen das holen, Miss Melling?‹ Zurückhaltend wie eine Nonne und respektvoll wie ein viktorianisches Hausmädchen. Sie brachte die armen Närrinnen natürlich soweit, daß sie ihr aus der Hand fraßen. Alle sagten, wie nett es sei, ein junges Ding im Büro zu haben. Sie kauften ihr Geburtstags- und Weihnachtsgeschenke. Sie sprachen mit ihr über ihr Weiterkommen. Sie hat sie sogar um Rat in Kleiderfragen gebeten! Als ob sie sich einen Deut darum gekümmert hätte, wie wir uns kleideten oder was wir dachten. Ich hätte sie auch für einen Dummkopf gehalten, wenn sie sich dafür interessiert hätte. Es war ein ganz schönes Spielchen. Es war durchaus nicht überraschend, daß wir nach ein paar Monaten mit Sally hier plötzlich eine typische Büroatmosphäre hatten. Das ist wahrscheinlich ein Phänomen, das Sie noch nicht erlebt haben. Sie können mir glauben, daß es nicht angenehm ist. Da gibt es Spannungen, geflüsterte Vertraulichkeiten, verletzende Worte, unerklärliche Fehden. Alte Verbündete sprechen nicht mehr miteinander. Ungereimte Freundschaften entstehen. Das alles ist natürlich sehr störend für die Arbeit, obgleich manche Menschen anscheinend dabei aufblühen. Ich allerdings nicht. Ich konnte sehen, was los war. Sie versetzte sie alle in eine eifersüchtige Unruhe, und die armen Närrinnen haben das nicht gemerkt. Sie hatten sie wirklich gern. Ich glaube, Miss Melling liebte sie. Wenn Sally sich einer von ihnen wegen ihrer Schwangerschaft anvertraut hat, käme am ehesten Beatrice Melling in Frage.«

»Könnte ich Miss Melling sprechen?« fragte Stephen.

»Nur wenn Sie übersinnliche Fähigkeiten haben. Beatrice starb nach einer unkomplizierten Blinddarmoperation in der Woche, nachdem Sally gegangen war. Übrigens gegangen war, ohne ihr auch nur auf Wiedersehen zu sagen. Glauben Sie an einen Tod an gebrochenem Herzen, Dr. Maxie? Nein, natürlich nicht.«

»Was geschah, als Sally schwanger wurde?«

»Nichts. Keiner wußte es. Wir sind nicht gerade die geeignetste Gemeinschaft, um ein Problem dieser Art zu erkennen. Ausgerechnet Sally! Die bescheidene, tugendhafte, stille kleine Sally! Mir fiel auf, daß sie ein paar Wochen lang blaß und noch schmaler als sonst aussah. Danach war sie hübscher als je zuvor. Es war eine Art Glanz um sie. Sie muß so im vierten Monat ge-

wesen sein, als sie ging. Sie kündigte bei mir zur nächsten Woche und bat mich, keinem etwas zu sagen. Sie gab keinen Grund an, und ich fragte nicht danach. Offen gesagt habe ich aufgeatmet. Ich hatte keinen greifbaren Vorwand, sie loszuwerden, aber mir war schon eine Zeitlang klar gewesen, daß das Experiment gescheitert war. Sie ging an einem Freitag nach Hause, und am Montag teilte ich dem Personal mit, sie habe gekündigt. Sie zogen ihre eigenen Schlüsse, aber keine, soviel ich weiß, den richtigen. Wir hatten einen gehörigen Streit. Miss Croome beschuldigte Miss Melling, sie habe das Mädchen durch ihre übertriebene Besitzgier und unnatürliche Zuneigung vertrieben. Um Miss Croome nicht unrecht zu tun – ich glaube, sie meinte nichts Schlimmeres, als daß die Jupp sich verpflichtet gefühlt habe, ihre Frühstücksbrote in der Gesellschaft der Melling zu essen, wo sie viel lieber mit der Croome in die nächste Imbißstube gegangen wäre.«
»Sie haben also keine Ahnung, wer der Mann war und wo sie sich getroffen haben?«
»Nicht im geringsten. Außer daß sie sich an den Samstagvormittagen trafen. Das weiß ich von der Polizei. Wir haben hier die Fünftagewoche, und das Büro ist an einem Samstag nie offen. Offenbar hat Sally ihrem Onkel und ihrer Tante gesagt, es wäre offen. Sie kam fast jeden Samstagmorgen in die Stadt, als ginge sie zur Arbeit. Es war eine geschickte Täuschung. Sie haben sich anscheinend nicht für ihre Arbeit interessiert, und selbst wenn sie versucht hätten, sie an einem Samstag vormittag anzurufen, hätten sie angenommen, das Telefon sei nicht

besetzt. Sie war eine schlaue kleine Lügnerin, unsere Sally.«

Die Abneigung in ihrer Stimme war so stark, daß sie gewiß nur von einer persönlichen Kränkung herrühren konnte. Stephen fragte sich, was es sonst noch aus Sallys Leben im Büro zu berichten gäbe.

»Waren Sie überrascht, als Sie von ihrem Tod hörten?« fragte er.

»So überrascht und entsetzt, wie man im allgemeinen ist, wenn etwas so Schreckliches und Unwirkliches wie ein Mord die eigene Welt berührt. Als ich darüber nachdachte, war ich weniger überrascht. Sie schien in mancher Hinsicht ein geborenes Opfer zu sein. Was mich tatsächlich verblüffte, war, daß sie eine ledige Mutter war. Sie war mir zu vorsichtig, zu überlegt vorgekommen für ein solches Mißgeschick. Ich hätte auch gesagt, sie wäre eher sexuell desinteressiert als das Gegenteil. Wir hatten einen merkwürdigen Vorfall, als sie ein paar Wochen hier war. Die Pakete werden im Keller zusammengestellt, und wir hatten einen männlichen Packer. Er war ein ruhiger, sehr kleiner Mann in mittleren Jahren mit sechs Kindern. Wir bekamen ihn nicht oft zu sehen, aber Sally wurde einmal mit einer Nachricht runter in den Packraum geschickt. Anscheinend machte er irgendwelche Annäherungsversuche. Es kann nichts Ernstes gewesen sein. Der Mann fiel aus allen Wolken, als er deswegen rausflog. Er wollte sie vielleicht nur küssen. Ich habe nie die ganze Geschichte erfahren. Aber nach dem Geschrei, das sie machte, hätte man meinen können, er habe ihr die Kleider vom Leib gerissen und sie vergewaltigt. Es war ja sehr lobenswert, daß sie so schockiert war, aber die meisten Mädchen werden heutzutage mit so einer Situation fertig, ohne hysterische Anfälle zu bekommen. Und sie hat uns dieses eine Mal nichts vorgespielt. Es war durchaus echt. Man kann wirkliche Angst und Abscheu nicht verkennen. Jelks hat mir ziemlich leid getan. Zum Glück habe ich einen Bruder mit einem Geschäft in Glasgow, der Heimatstadt des Mannes, und ich konnte ihn dort unterbringen. Es geht ihm gut, und er hat zweifellos seine Lektion gelernt. Aber glauben Sie mir, Sally Jupp war keine Nymphomanin.«

So viel hatte Stephen bereits selbst gewußt. Von Miss Molpas schien er nichts mehr erfahren zu können. Er war schon über eine Stunde vom Krankenhaus weg, und Standen würde allmählich ungeduldig werden. Er verabschiedete sich und ging allein zum Büro im Erdgeschoß zurück. Miss Titley war immer noch auf ihrem Posten und beschwichtigte gerade einen bekümmerten Abonnenten, der mit den drei letzten Büchern nicht zufrieden gewesen war. Stephen wartete einen Augenblick, bis sie ihr Gespräch beendet hatten. Die ordentlichen Reihen von kastanienbraunen Buchrücken hatten eine Saite in seiner Erinnerung berührt. Jemand, den er kannte, war Kunde des *Select*-Buchklubs. Es war niemand aus dem Krankenhaus. Systematisch ging er in Gedanken die Bücherschränke von Freunden und Bekannten durch, und nach einiger Zeit hatte er die Antwort.

»Ich selbst habe leider nicht viel Zeit zum Lesen«, sagte

er zu Miss Titley. »Aber die Bücher sehen wunderschön gediegen aus. Ein Freund von mir muß Mitglied bei Ihnen sein. Sehen Sie gelegentlich Sir Reynold Price?«
Miss Titley sah Sir Reynold tatsächlich ab und zu. Sir Reynold war ein treues Mitglied. Er kam persönlich seine monatlichen Bücher holen, und sie hatten immer sehr interessante Gespräche. Ein reizender Mann in jeder Hinsicht, dieser Sir Reynold Price.
»Ob er hier wohl jemals Sally Jupp begegnet ist?« Stephen stellte seine Frage schüchtern. Er rechnete damit, sie würde Überraschung hervorrufen, doch Miss Titleys Reaktion war eine ganz andere. Sie war beleidigt. Unendlich freundlich, aber mit großer Entschiedenheit erklärte sie, daß Sally Jupp Sir Reynold in diesem Haus nicht begegnet sein könne. Sie, Miss Titley, sei für die Bedienung der Kunden zuständig. Sie habe diese Arbeit jetzt seit zehn Jahren. Alle Kunden kannten Miss Titley, und Miss Titley kannte sie. Persönlich mit den Mitgliedern umzugehen, sei eine Arbeit, die Takt und Erfahrung erfordere. Miss Molpas habe volles Vertrauen zu ihr und käme nicht im Traum darauf, eine andere in dieses Büro zu setzen. Miss Jupp, schloß Miss Titley, sei nur die zweite Schreibkraft gewesen. Sie sei nichts weiter als ein unerfahrenes Mädchen gewesen.
Und mit diesem ironischen Seitenhieb zum Abschied mußte Stephen sich zufriedengeben.
Es war fast vier Uhr, bis Stephen wieder im Krankenhaus war. Als er an der Portiersloge vorbeiging, rief Colley ihm zu und beugte sich mit der Vorsicht eines Verschwörers über den Schalter. Seine freundlichen Augen

blickten besorgt. Stephen dachte, daß wohl die Polizei im Krankenhaus gewesen sei. Dann hatten sie jedenfalls mit Colley gesprochen. Er fragte sich, wieviel Schaden der alte Mann durch eine übertrieben loyale Entschlossenheit, nichts auszuplaudern, möglicherweise angerichtet hatte. Aber es gab gar nichts auszuplaudern. Sally war nur ein einziges Mal im Krankenhaus gewesen. Colley konnte nur bestätigt haben, was die Polizei bereits wußte. Aber der Pförtner sagte:
»Es war ein Anruf für Sie da, Sir. Aus Martingale. Miss Bowers sagte, Sie möchten gleich anrufen, sowie Sie zurückkämen. Es sei dringend, Sir.«
Er kämpfte gegen seine Bestürzung an und zwang sich, rasch das Postfach durchzusehen, als suche er einen erwarteten Brief, bevor er antwortete.
»Hat Miss Bowers sonst noch etwas erwähnt, Colley?«
»Nein, Sir, sonst nichts.«
Er beschloß, von der öffentlichen Telefonzelle in der Halle aus anzurufen. Dort wäre er ungestörter, obgleich es bedeutete, daß Colley ihn voll im Blickfeld hätte. Er zählte die nötigen Münzen absichtlich ab, bevor er in die Zelle trat. Wie üblich gab es eine kleine Verzögerung, bis er die Vermittlung in Chadfleet bekam, aber in Martingale mußte Catherine neben dem Telefon gesessen haben, denn sie antwortete, fast ehe er das Rufzeichen hörte.
»Stephen? Gott sei Dank bist du zurück. Hör mal, kannst du sofort nach Hause kommen? Jemand hat versucht, Deborah umzubringen.«

2

Mittlerweile hatte Kommissar Dalgliesh in dem kleinen Wohnzimmer von Windermere Crescent 17 seinen Mann vor sich und näherte sich unbarmherzig dem Augenblick der Wahrheit. Auf Victor Proctors Gesicht stand der Ausdruck eines in der Falle sitzenden Tieres, das weiß, daß das letzte Schlupfloch versperrt ist, sich aber immer noch nicht überwinden kann, sich umzudrehen und dem Ende ins Auge zu sehen. Die versöhnliche Stimme und das Lächeln waren verschwunden. Jetzt war nur noch die Angst da. In den letzten paar Minuten schienen sich die Linien von der Nase zum Mund tiefer eingegraben zu haben. An seinem roten Hals, mager wie der eines Huhns, bewegte sich der Adamsapfel krampfhaft auf und ab.

Dalgliesh drang gnadenlos weiter in ihn. »Sie geben also zu, daß die Erklärung, die Sie gegenüber dem ›Verein zur Soforthilfe‹ abgaben und in der Sie behaupten, Ihre Nichte sei eine mittellose Kriegswaise, falsch war?«

»Ich hätte wohl die zweitausend Pfund angeben müssen, aber das war Kapital und kein Einkommen.«

»Kapital, das Sie aufgebraucht hatten?«

»Ich mußte sie aufziehen. Es ist mir zwar zu treuen Händen übergeben worden, aber ich mußte sie ja doch ernähren. Wir hatten vorn und hinten nie genug. Sie hatte ihr Stipendium, aber für uns blieben immer noch die Kleider. Es ist nicht leicht gewesen, das können Sie mir glauben.«

»Und Sie sagen nach wie vor, Miss Jupp habe nicht gewußt, daß ihr Vater diese Summe hinterlassen hatte?«

»Sie war damals ein kleines Kind. Nachträglich schien es nicht mehr nötig zu sein, es ihr zu sagen.«

»Weil Sie die Treuhandgelder inzwischen zu Ihrem eigenen Nutzen unterschlagen hatten?«

»Hören Sie, ich habe es als Zuschuß für ihren Unterhalt genommen. Ich war berechtigt, es zu verwenden. Meine Frau und ich wurden als Treuhänder eingesetzt, und wir haben unser Bestes für das Mädchen getan. Wie weit hätte es gereicht, wenn sie es mit einundzwanzig bekommen hätte? Wir haben sie die ganzen Jahre ohne einen zusätzlichen Penny durchgefüttert.«

»Bis auf die drei Zuschüsse, die der ›Verein zur Soforthilfe‹ gewährte.«

»Nun, sie war doch eine Kriegswaise, oder nicht? Sie haben nicht viel gegeben. Es hat gerade für die Schulkleidung gereicht, das war alles.«

»Und Sie leugnen immer noch, daß Sie vergangenen Samstag auf dem Gelände von Martingale waren?«

»Das habe ich schon gesagt. Warum belästigen Sie mich immer noch damit? Ich bin nicht auf dem Fest gewesen. Warum auch?«

»Sie hätten vielleicht Ihrer Nichte zu ihrer Verlobung gratulieren wollen. Sie haben gesagt, Miss Liddell habe Sie zeitig am Samstagmorgen angerufen, um es Ihnen mitzuteilen. Miss Liddell streitet weiter ab, dergleichen getan zu haben.«

»Daran kann ich nichts ändern. Wenn es nicht diese Liddell war, dann war es eine, die sich als sie ausgegeben hat. Wie soll ich wissen, wer es war?«

»Sind Sie ganz sicher, daß es nicht Ihre Nichte war?«

»Es war Miss Liddell, ich sage es Ihnen doch.«
»Haben Sie auf Grund dieses Telefongesprächs Miss Jupp in Martingale aufgesucht?«
»Nein. Nein. Das sage ich doch schon die ganze Zeit. Ich war den ganzen Tag mit dem Fahrrad unterwegs.«
Bedächtig nahm Dalgliesh zwei Fotos aus seiner Brieftasche und legte sie auf den Tisch. Auf jedem war eine Schar von Kindern zu sehen, die sich durch das große schmiedeeiserne Gartentor von Martingale drängten, die Gesichter zu breiten Grimassen verzogen, im Bemühen, den verborgenen Fotografen davon zu überzeugen, das »fröhlichste Kind«, das zum Fest kommt, zu sein. Hinter ihnen betraten weniger auffällig ein paar Erwachsene den Garten. Eine Gestalt im Regenmantel, die mit den Händen in den Taschen verstohlen auf den Kassentisch zuging, war nicht scharf getroffen, aber doch unverkennbar. Proctor streckte seine Hand halb aus, als wolle er das Foto zerreißen, dann sank er auf seinen Stuhl zurück.
»Nun gut«, sagte er. »Ich sage es Ihnen lieber. Ich war dort.«

3

Es hatte eine Weile gedauert, bis er geregelt hatte, wer seine Arbeit für ihn übernehmen konnte. Nicht zum erstenmal beneidete Stephen jene Menschen, deren persönliche Probleme nicht immer hinter ihrem Beruf an zweiter Stelle rangierten. Während er alle Vorkehrungen traf und ein Auto auslieh, spürte er so etwas wie

Haß auf das Krankenhaus und jeden einzelnen seiner anspruchsvollen, unersättlichen Patienten. Alles wäre einfacher gewesen, wenn er offen hätte sagen können, was passiert war, aber irgend etwas hielt ihn davon ab. Sie dachten wahrscheinlich, die Polizei habe ihn bestellt und eine Festnahme stehe bevor. Dann sollten sie eben. Sollten sie doch denken, was sie wollten, verdammt noch mal. Gott, wie war er froh, von diesem Ort wegzukommen, wo die Lebenden sich unaufhörlich aufopfern mußten, um die halb Toten am Leben zu erhalten!

Später konnte er sich an nichts mehr von der Heimfahrt erinnern. Catherine hatte gesagt, Deborah ginge es gut, der Anschlag sei mißglückt, aber Catherine war ein Idiot. Was hatten sie eigentlich alle getan, daß das passieren konnte? Catherine war am Telefon vollkommen ruhig gewesen, doch hatten die Einzelheiten, die sie mitteilte, obwohl sie deutlich waren, nichts erklärt. Irgend jemand war früh an diesem Morgen in Deborahs Zimmer gekommen und hatte sie zu erwürgen versucht. Sie hatte sich befreien können und um Hilfe geschrien. Martha war zuerst bei ihr gewesen und Felix einen Augenblick später. Deborah hatte sich bis dahin genügend erholt, um so zu tun, als sei sie aus einem Alptraum aufgeschreckt. Aber sie hatte offenbar Angst gehabt und den Rest der Nacht in Marthas Zimmer vor dem Kamin sitzend verbracht, Tür und Fenster verschlossen gehalten und ihren Kopf tief in den Kragen ihres Morgenmantels gekuschelt. Sie war mit einem Chiffonschal um den Hals zum Frühstück heruntergekommen, war aber, abgesehen von ihrem blassen und übernächtigten Gesicht, ganz ruhig gewesen. Doch dann hatte Felix Hearne, der beim Mittagessen neben Deborah saß, den Rand einer Druckstelle über dem Schal bemerkt und nach und nach die Wahrheit von ihr gehört. Er hatte sich mit Catherine besprochen. Deborah hatte sie beschworen, ihre Mutter nicht zu beunruhigen, und Felix war bereit, ihr nachzugeben, aber Catherine hatte darauf bestanden, die Polizei zu rufen. Dalgliesh war nicht im Dorf gewesen. Einer der Konstabler hatte gemeint, er sei mit Sergeant Martin in Canningbury. Felix hatte keine Nachricht dagelassen, sondern nur darum gebeten, Dalgliesh möchte, sobald es ihm paßte, nach Martingale kommen. Sie hatten Mrs. Maxie nichts gesagt. Mr. Maxie ging es jetzt zu schlecht, um länger allein gelassen zu werden, und sie hofften, der blaue Fleck an Deborahs Hals würde verschwinden, ehe ihre Mutter einen Verdacht schöpfte. Deborah, erklärte Catherine, habe anscheinend mehr Angst, ihre Mutter aufzuregen, als ein zweites Mal überfallen zu werden. Sie warteten jetzt auf Dalgliesh, aber Catherine meinte, Stephen sollte erfahren, was sich abgespielt hatte. Sie hatte sich vor dem Anruf nicht mit Felix beraten. Wahrscheinlich hätte Felix es nicht gebilligt, Stephen herzubitten. Aber es war an der Zeit, daß jemand eine gerade Linie einschlug. Martha wußte nichts. Deborah hatte Angst, sie würde sich womöglich weigern, in Martingale zu bleiben, wenn die Wahrheit herauskäme. Catherine hatte kein Verständnis für diese Einstellung. Solange der Mörder auf freiem Fuß war, hatte Martha das Recht, sich zu schützen. Es war lächerlich, daß Deborah dachte, der Überfall könne noch lange geheimgehalten werden. Aber sie hatte angedroht, alles abzustreiten, wenn die Polizei es Martha oder ihrer Mutter sagte. Stephen möchte also sofort kommen und sehen, was er ausrichten könne. Catherine sehe sich wirklich nicht mehr in der Lage, die Verantwortung zu übernehmen.

Stephen war nicht überrascht. Hearne und Catherine hatten anscheinend schon zuviel Verantwortung auf sich genommen. Deborah mußte verrückt sein, einen Vorfall wie diesen verheimlichen zu wollen. Es sei denn, sie hatte ihre Gründe. Es sei denn, selbst die Angst vor einem zweiten Überfall sei weniger schlimm, als die Wahrheit zu erfahren. Während seine Füße und Hände in automatischem Zusammenspiel mit Bremse und Gaspedal, Lenkrad und Schalthebel hantierten, stellte sein von Vorahnungen geschärfter Verstand seine Fragen. Wieviel Zeit war nach Deborahs Schrei vergangen, bis Martha erschienen war – und Felix? Martha schlief im Zimmer nebenan. Es war natürlich, wenn sie zuerst aufgewacht war. Aber Felix? Warum war er einverstanden gewesen, es zu vertuschen? Es war Wahnsinn zu glauben, Mord und versuchter Mord könnten wie einer seiner Soldatenstreiche abgetan werden. Alle wußten, daß Felix ein toller Kerl war, aber seine Art von Pathos wurde in Martingale nicht gebraucht. Wieviel wußten sie überhaupt von ihm? Deborah hatte sich merkwürdig verhalten. Es sah Deborah nicht ähnlich, um Hilfe zu schreien, das wußte er. Früher einmal hätte sie sich mit mehr Wut als Furcht zur Wehr gesetzt. Doch er erinnerte sich, wie betroffen sie aussah, als sie Sallys Leiche entdeckten, wie sie plötzlich würgte und blind zur Tür taumelte. Man konnte nie voraussagen, wie Menschen sich unter Streß verhalten würden. Catherine hatte gut reagiert, Deborah schlecht. Aber Catherine hatte mehr Erfahrung mit gewaltsamem Tod. Und ein besseres Gewissen?

Die schwere Eingangstür in Martingale stand offen. Das Haus war merkwürdig still. Er konnte nur ein Gemurmel von Stimmen aus dem Salon hören. Als er eintrat, sahen vier Augenpaare zu ihm auf, und er hörte Catherines kleinen Seufzer der Erleichterung. Deborah saß in einem der Ohrensessel vorm Kamin. Catherine und Felix standen hinter ihr, Felix aufrecht und gespannt, Catherine hatte die Arme über die Rückenlehne gestreckt und die Hände in einer halb schützenden, halb tröstenden Geste auf Deborahs Schultern gelegt. Deborah schien es nicht übelzunehmen. Sie hatte den Kopf zurückgelehnt. Die oberen Knöpfe ihrer Hemdbluse waren aufgeknöpft, und ein gelber Chiffonschal hing von ihrer Hand. Sogar von der Tür aus konnte Stephen den allmählich ins Dunkelrote übergehenden Fleck über den mageren Schulterblättern sehen. Dalgliesh saß ihr gegenüber auf der Sesselkante, er wirkte entspannt, aber seine Augen waren wachsam. Er und Felix beäugten sich wie Katzen quer durch den Raum. Irgendwo im Hintergrund nahm Stephen den allgegenwärtigen Sergeant Martin mit seinem Notizbuch wahr. In diesem Augenblick, bevor noch jemand etwas gesagt oder sich gerührt hatte, schlug die kleine vergoldete Uhr die Dreiviertelstunde und ließ jeden einzelnen schönen Ton wie einen kristallenen Kiesel in die Stille fallen. Stephen ging schnell zu seiner Schwester und neigte seinen Kopf, um sie zu küssen. Die glatte Wange war eisig kalt an seinen Lippen. Als er zurücktrat, begegneten ihm ihre Augen mit einem Blick, der schwer zu deuten war. Sollte es eine Bitte sein – oder eine Warnung? Er sah Felix an.

»Was ist passiert?« fragte er. »Wo ist meine Mutter?«

»Oben bei Mr. Maxie. Sie ist jetzt fast den ganzen Tag bei ihm. Wir haben ihr gesagt, daß Kommissar Dalgliesh nur einen Routinebesuch macht. Es ist nicht nötig, daß wir sie noch mehr beunruhigen. Und Martha genauso. Wenn Martha es mit der Angst zu tun bekommt und zu gehen beschließt, müßten wir eine andere geschulte Pflegerin herbeischaffen, und dem sind wir gerade jetzt nicht gewachsen. Und wer wäre bereit hierherzukommen, selbst wenn wir jemand fänden.«

»Sie übersehen etwas«, sagte Stephen barsch. »Was ist mit Deborah? Sollen wir alle ruhig dasitzen und auf einen weiteren Überfall warten?« Er nahm es Felix sowohl übel, daß er die Verantwortung für die Regelung der Familienangelegenheiten übernommen hatte, als auch, daß er den Schluß gezogen hatte, einer müsse die Dinge in die Hand nehmen, da der Sohn des Hauses seine beruflichen Pflichten über die Familie stellte. Es war Dalgliesh, der ihm antwortete:

»Ich kümmere mich um Mrs. Riscoes Sicherheit, Doktor. Untersuchen Sie bitte ihren Hals und lassen Sie mich wissen, was Sie davon halten.«

Stephen drehte sich nach ihm um.
»Das tue ich lieber nicht. Dr. Epps behandelt meine Familie. Warum rufen Sie nicht ihn?«
»Ich bitte Sie, sich den Hals anzusehen, nicht ihn zu behandeln. Jetzt ist nicht der Augenblick, sich mit beruflichen Scheinproblemen abzugeben. Tun Sie bitte, was ich sage.«
Stephen beugte seinen Kopf wieder über sie. Nach einer Weile richtete er sich auf und sagte:
»Er packte den Hals mit beiden Händen direkt über und hinter den Schulterblättern. Die Quetschung ist ziemlich ausgedehnt, aber es sind keine Kratzspuren von Fingernägeln oder Abdrücke der Daumen zu sehen. Der Griff könnte mit dem Daumenballen vorn und mit den Fingern hinten erfolgt sein. Der Kehlkopf wurde fast sicher nicht verletzt. Ich denke, die Quetschung dürfte in ein paar Tagen verschwunden sein. Es ist keine ernsthafte Verletzung.« Er fügte hinzu: »Physisch jedenfalls.«
»Mit anderen Worten«, sagte Dalgliesh, »es war eher ein Amateur am Werk?«
»Wenn Sie es so ausdrücken wollen.«
»Ja, das tue ich. Schließen Sie daraus nicht, daß der Angreifer sein Handwerk ziemlich gut verstand? Daß er wußte, wo und wieviel Druck er ausüben mußte, ohne eine Verletzung zu verursachen? Sollen wir etwa glauben, daß die Person, die Miss Jupp mit solcher Sachkenntnis getötet hat, es nicht besser konnte? Was meinen Sie, Mrs. Riscoe?«
Deborah knöpfte ihre Bluse zu. Sie schüttelte Cathe-

rines besitzergreifende Hände ab und schlang den Chiffonschal wieder um den Hals.

»Es tut mir leid, daß Sie enttäuscht sind, Herr Kommissar. Vielleicht macht er beim nächstenmal seine Arbeit besser. Aber danke sehr, für mich war er erfahren genug.«

»Ich muß sagen, Sie nehmen das anscheinend sehr gelassen hin«, rief Catherine empört. »Wenn Mrs. Riscoe sich nicht hätte befreien und schreien können, wäre sie jetzt nicht mehr am Leben. Anscheinend hat er so gut zugepackt, wie er in der Dunkelheit konnte, aber durch ihr Schreien hat sie ihn verjagt. Und das war vielleicht gar nicht der erste Versuch. Vergessen Sie nicht, daß das Schlafmittel in Deborahs Becher war.«

»Das habe ich nicht vergessen, Miss Bowers. Auch nicht, daß das vermißte Röhrchen unter ihrem Namensschild gefunden wurde. Wo waren Sie letzte Nacht?«

»Ich habe geholfen, Mr. Maxie zu versorgen. Mrs. Maxie und ich waren die ganze Nacht zusammen, außer als wir ins Bad gingen. Wir waren bestimmt von Mitternacht an zusammen.«

»Und Dr. Maxie war in London. Dieser Überfall hat jedenfalls zu einer für Sie alle günstigen Zeit stattgefunden. Haben Sie den geheimnisvollen Würger gesehen, Mrs. Riscoe? Oder ihn erkannt?«

»Nein. Ich habe nicht sehr tief geschlafen. Ich glaube, ich hatte einen Alptraum. Ich wachte auf, als ich die erste Berührung seiner Hände an meiner Kehle fühlte. Ich spürte seinen Atem in meinem Gesicht, aber ich konnte ihn nicht erkennen. Als ich schrie und nach dem Lichtschalter tastete, rannte er aus der Tür. Ich machte das Licht an und schrie. Ich hatte Angst. Es war nicht einmal eine ganz verständliche Angst. Irgendwie waren mein Traum und der Angriff ineinandergeflossen. Ich konnte nicht sagen, wo der eine Schrecken aufhörte und der andere anfing.«

»Und dennoch sagten Sie nichts, als Mrs. Bultitaft hereinkam?«

»Ich wollte ihr keine Angst machen. Wir wissen alle, daß sich hier ein Würger herumtreibt, aber wir müssen weiter unseren Pflichten nachkommen. Es würde ihr nichts nützen, wenn sie es wüßte.«

»Das beweist eine lobenswerte Rücksicht auf ihren Seelenfrieden, aber weniger auf ihre Sicherheit. Ich muß Ihnen allen zu Ihrer Sorglosigkeit angesichts dieses mordenden Irren gratulieren. Denn das ist er ganz offenkundig. Sie wollen mir doch sicher nicht erzählen, daß Miss Jupp aus Versehen getötet wurde, daß sie etwa mit Mrs. Riscoe verwechselt wurde?«

Felix ergriff zum erstenmal das Wort. »Wir wollen Ihnen gar nichts erzählen. Es ist Ihre Aufgabe, uns etwas zu erzählen. Wir wissen nur, was passiert ist. Ich bin mit Miss Bowers der Meinung, daß Mrs. Riscoe in Gefahr ist. Ich nehme an, Sie sind bereit, ihr den Schutz anzubieten, auf den sie Anspruch hat.«

Dalgliesh sah ihn an. »Wann kamen Sie heute morgen in Mrs. Riscoes Zimmer?«

»Ungefähr eine halbe Minute nach Mrs. Bultitaft, denke ich. Ich sprang aus dem Bett, als ich Mrs. Riscoe schreien hörte.«

»Und weder Sie noch Mrs. Bultitaft haben den Eindringling gesehen?«
»Nein. Er war wohl schon die Treppe hinunter, bevor wir aus unseren Zimmern kamen. Natürlich sah ich nicht nach, da ich erst am Mittag erfuhr, was passiert war. Daraufhin habe ich mich auf die Suche gemacht, fand aber keine Spuren.«
»Haben Sie eine Vorstellung, wie diese Person hereinkam, Mrs. Riscoe?«
»Es könnte durch eine der Glastüren im Salon gewesen sein. Wir waren gestern nacht im Garten und müssen vergessen haben, sie zu verriegeln. Martha sagte, sie habe sie heute morgen offen vorgefunden.«
»Mit ›wir‹ meinen Sie sich und Mr. Hearne?«
»Ja.«
»Waren Sie inzwischen im Morgenmantel, als Mrs. Bultitaft in Ihr Zimmer kam?«
»Ja. Ich hatte ihn gerade angezogen.«
»Und Mrs. Bultitaft glaubte Ihre Geschichte von dem Alptraum und schlug vor, Sie sollten den Rest der Nacht vor dem elektrischen Ofen in ihrem Zimmer verbringen?«
»Ja. Sie wollte sich auch nicht mehr hinlegen, aber ich habe sie doch überreden können. Zuerst haben wir aber eine Kanne Tee getrunken vor dem Kamin.«
»Es läuft also auf das folgende hinaus«, sagte Dalgliesh. »Sie und Mr. Hearne machen einen Abendspaziergang im Garten eines Hauses, in dem vor kurzem ein Mord geschehen ist, und lassen eine Terrassentür offen, als Sie hineingehen. In der Nacht kommt ein nicht näher

beschriebener Mann in Ihr Zimmer, macht einen ungeschickten Versuch, Sie zu erwürgen, wofür weder Sie noch sonst jemand sich ein Motiv denken könnte, und verschwindet danach, ohne eine Spur zu hinterlassen. Ihre Kehle ist so wenig in Mitleidenschaft gezogen, daß Sie laut genug schreien können, um Leute, die in benachbarten Zimmern schlafen, herbeizurufen. Sie haben sich jedoch in den paar Minuten, bis sie bei Ihnen sind, so weit von dem Schrecken erholt, daß Sie über das, was passiert ist, eine Lüge erzählen können, eine Lüge, die dadurch noch glaubhafter wird, daß Sie sich die Mühe gemacht haben, aufzustehen und Ihren Morgenmantel mit seinem tarnenden Kragen überzuziehen. Halten Sie das für ein vernünftiges Verhalten, Mrs. Riscoe?«

»Natürlich nicht«, sagte Felix grob. »Nichts, was in diesem Haus seit dem vergangenen Samstag passiert ist, war vernünftig. Aber selbst Sie können kaum annehmen, daß Mrs. Riscoe versuchte, sich selbst zu erwürgen. Diese Quetschungen kann man sich nicht selbst beibringen, und wenn nicht, wer hat sie ihr dann zugefügt? Meinen Sie wirklich, die Geschworenen würden die beiden Verbrechen nicht in einem Zusammenhang sehen?«

»Ich denke nicht, daß eine Geschworenenversammlung gebeten wird, diese Möglichkeit zu erwägen«, sagte Dalgliesh gelassen. »Ich habe meine Untersuchung zu Miss Jupps Tod nahezu abgeschlossen. Was letzte Nacht geschehen ist, berührt meine Schlüsse wahrscheinlich nicht. Es ändert nichts. Ich meine, es ist an der Zeit, die

Sache abzuschließen, und ich schlage vor, das Verfahren abzukürzen. Falls Mrs. Maxie keine Einwände hat, möchte ich Sie alle zusammen sehen, heute abend um acht Uhr in diesem Haus.«

»Wünschten Sie etwas von mir, Herr Kommissar?«

Alle wandten sich nach der Tür um. Eleanor Maxie war so leise hereingekommen, daß nur Dalgliesh sie bemerkt hatte. Sie wartete seine Antwort nicht ab, sondern ging schnell zu ihrem Sohn.

»Ich bin froh, daß du hier bist, Stephen. Hat Deborah angerufen? Ich hatte es selbst vor, falls sich sein Zustand nicht bessert. Es ist schwer zu beurteilen, aber ich würde sagen, es ist eine Verschlechterung eingetreten. Könntest du Mr. Hinks herbitten? Und Charles natürlich.«

Es entsprach ihrem Wesen, dachte Stephen, daß sie den Pfarrer vor dem Arzt verlangte.

»Ich gehe selbst nach oben«, sagte er. »Das heißt, wenn der Kommissar mich entschuldigt. Ich glaube nicht, daß es noch etwas gibt, worüber wir uns nutzbringend unterhalten könnten.«

»Nicht vor acht Uhr heute abend, Doktor.«

Von seinem Ton getroffen, wollte Stephen, nicht zum erstenmal, klarstellen, daß Chirurgen mit »Mister« angeredet werden. Er wurde von dieser pedantischen Kleinlichkeit abgehalten, weil er ihre Sinnlosigkeit und die Bedrängnis seiner Mutter bemerkte. Seit ein paar Tagen hatte er kaum an seinen Vater gedacht. Das mußte er nun wiedergutmachen. Für einen Augenblick verloren Dalgliesh und seine Untersuchung, der ganze

Schrecken über Sallys Ermordung, ihre Bedeutung vor dieser dringenden Pflicht. Hierin wenigstens konnte er wie ein Sohn handeln.
Doch plötzlich versperrte Martha die Tür. Sie stand da, weiß und zitternd, und machte lautlos den Mund auf und zu. Der große junge Mann hinter ihr ging an ihr vorbei ins Zimmer. Mit einem erschrockenen Blick auf ihre Herrin und einer kleinen steifen Handbewegung, die nicht so sehr besagte, daß sie einen Fremden hineinbat, sondern eher, daß sie ihn der versammelten Gesellschaft überließ, gab Martha einen tierähnlichen Klagelaut von sich und verschwand. Der Mann sah ihr amüsiert nach und wandte ihnen dann sein Gesicht zu. Er war ziemlich groß, über einsachtzig, und sein blondes, am ganzen Kopf kurzgeschnittenes Haar war von der Sonne gebleicht. Er trug braune Kordhosen und eine Lederjacke. Aus ihrem offenen Kragen wuchs der Hals sonnenverbrannt und kräftig, darauf ruhte ein Kopf, dessen vitale Gesundheit und Männlichkeit faszinierten. Er hatte lange Beine, lange Arme. Über die eine Schulter hatte er einen Rucksack geworfen. In der rechten Hand hielt er eine Reisetasche, brandneu mit dem goldenen Flügelemblem einer Luftfahrtgesellschaft. Sie wirkte in seiner starken braunen Faust so fehl am Platz wie ein Damentäschchen. Neben ihm verblaßte Stephens gutes Aussehen zu gewöhnlicher Eleganz, und die ganze Langeweile und Leere, die Felix in den letzten fünfzehn Jahren erlebt hatte, schien mit einemmal in sein Gesicht eingegraben zu sein. Als er zu reden anfing, klang seine Stimme sicher vor Glück und kein

bißchen schüchtern. Es war eine weiche Stimme mit einem leichten amerikanischen Akzent, und dennoch war kein Zweifel möglich, daß er Engländer war.

»Ich habe Ihr Mädchen anscheinend ein bißchen erschreckt. Es tut mir leid, daß ich so einfach hier hereinplatze, aber ich nehme an, Sally hat Ihnen nie etwas von mir gesagt. Ich bin James Ritchie. Sie erwartet mich jedenfalls. Ich bin ihr Mann.« Er wandte sich an Mrs. Maxie. »Sie hat mir nie genau geschrieben, was für eine Stelle sie hier gefunden hat, und ich möchte keine Ungelegenheiten machen, aber ich bin hergekommen, um sie mitzunehmen.«

4

In den Jahren danach, wenn sie still in ihrem Salon saß, sah Eleanor Maxie häufig vor ihrem geistigen Auge diesen hochgewachsenen zuversichtlichen Geist wieder vor sich, der ihr in der Tür gegenüberstand, empfand wieder das entsetzte Schweigen, das seinen Worten gefolgt war. Diese Stille konnte nur Sekunden gedauert haben, in der Erinnerung schien es ihr jedoch, als sei Minute um Minute vergangen, während er sich mit selbstsicherer Gelassenheit in der Runde umsah und sie ihn in ungläubigem Entsetzen anstarrten. Mrs. Maxie hatte später genug Zeit, darüber nachzudenken, wie sehr die Situation einem Tableau geähnelt hatte, die reine Personifikation der Überraschung. Sie selbst hatte allerdings keine verspürt. Die vergangenen Tage hatten so viel an Gefühlen aufgezehrt, daß diese letzte Enthüllung sie traf wie ein Hammer, der auf Wolle schlägt. Es gab nichts mehr über Sally Jupp zu entdecken, was sie überraschen konnte. Es war erstaunlich, daß Sally tot war, erstaunlich, daß sie mit Stephen verlobt war, erstaunlich, daß so viele Menschen in ihr Leben und Sterben verwickelt waren. Jetzt zu hören, daß Sally nicht nur Mutter, sondern auch Ehefrau gewesen war, war interessant, aber nicht aufregend. Da sie die allgemeine Erregung nicht teilte, entging ihr nicht der kurze Blick, den Felix auf Deborah warf. Er war wirklich erschüttert, aber in dieser raschen Abschätzung lag auch ein wenig Belustigung und Triumph. Stephen wirkte völlig gelähmt. Catherine Bowers war dunkelrot angelaufen und gaffte mit buchstäblich offenem Mund – die Überraschung in Person. Dann drehte sie sich zu Stephen um, als werfe sie ihm die Last zu, Sprecher für sie alle zu sein. Schließlich sah Mrs. Maxie Dalgliesh an, und einen Augenblick lang trafen sich ihre Blicke. In seinen Augen las sie ein vorübergehendes, aber unmißverständliches Mitgefühl. Sie war sich bewußt, daß sie wie nebenbei dachte: »Sally Ritchie. Jimmy Ritchie. Sie hat also das Kind nach seinem Vater genannt. Ich konnte nie verstehen, warum es ausgerechnet ein Jimmy Jupp sein mußte. Warum starren sie ihn so an? Einer muß etwas sagen.« Jemand sagte etwas. Deborah, leichenblaß, sprach wie im Traum:

»Sally ist tot. Haben Sie das noch nicht gehört? Sie ist tot und begraben. Es heißt, einer von uns habe sie getötet.« Dann begann sie unkontrolliert zu zittern, und Catherine, die vor Stephen bei ihr war, fing sie gerade noch auf, ehe sie hinfiel, und half ihr in einen Sessel. Das Tableau zerbrach. Plötzlich redeten alle durcheinander. Stephen und Dalgliesh gingen auf Ritchie zu. Irgend jemand murmelte: »Besser im Büro«, und die drei waren auf einmal weg. Deborah lag mit geschlossenen Augen auf dem Sessel. Mrs. Maxie nahm ihre Qual wahr, ohne mehr zu empfinden als eine leichte Gereiztheit und eine passive Neugier auf das, was hinter alledem steckte. Sie war jedoch von dringenderen Dingen in Anspruch genommen. Sie sagte zu Catherine:

»Ich muß jetzt wieder zu meinem Mann gehen. Vielleicht könnten Sie mitkommen und mir helfen. Mr. Hinks wird bald hier sein, und ich glaube nicht, daß Martha uns im Augenblick viel helfen kann. Dieser Auftritt war anscheinend zuviel für ihre Nerven.«

Catherine hätte erwidern können, daß Martha nicht die einzige sei, die mit den Nerven am Ende war, doch sie murmelte etwas Zustimmendes und ging sofort mit. Ihre wirkliche Nützlichkeit und echte Sorge um den Kranken machten Mrs. Maxie nicht blind gegenüber der selbstauferlegten Rolle ihres Gastes: die fröhliche kleine Gehilfin, die fähig ist, alle Notfälle zu meistern. Dieser letzte Notfall würde sich vielleicht als einer zuviel erweisen, aber Catherine hatte eine Menge Ausdauer, und je schwächer Deborah sich zeigte, desto mehr wuchs Catherines Stärke. An der Tür wandte sich Mrs. Maxie nach Felix Hearne um.

»Wenn Stephen mit seinem Gespräch mit Ritchie fertig ist, möchte er doch zu seinem Vater kommen. Er liegt zwar in tiefer Bewußtlosigkeit, aber ich meine, Stephen sollte bei ihm sein. Deborah sollte auch nach oben kommen, wenn sie sich erholt hat. Vielleicht könnten Sie ihr das sagen.« Als Antwort auf seinen unausgesprochenen Gedanken fügte sie hinzu: »Es ist nicht nötig, Dalgliesh etwas zu sagen. Seine Pläne für heute abend können bestehen bleiben. Es wird alles vor acht Uhr vorüber sein.«

Deborah hatte sich, immer noch mit geschlossenen Augen, in dem Sessel ausgestreckt. Der Chiffonschal um ihren Hals hatte sich gelockert.

»Was ist denn mit Deborahs Hals?« Mrs. Maxies Stimme klang nur oberflächlich interessiert.

»Irgendein kindischer Unfug, fürchte ich«, erwiderte Felix. »Er war so nutzlos, wie er es verdient hat.«

Ohne einen weiteren Blick auf ihre Tochter ließ Eleanor Maxie die beiden allein.

5

Eine halbe Stunde später starb Simon Maxie. Die langen Jahre des Scheinlebens waren vorbei. Was Empfindungen und Verstand betraf, war er schon seit drei Jahren tot. Sein letzter Atemzug war nur der mechanische Vorgang, der ihn endgültig und offiziell von der Welt abschnitt, die er einmal gekannt und geliebt hatte. Es lag außerhalb seiner Möglichkeiten, mit Mut oder mit Würde zu sterben, aber er starb ohne Aufhebens. Seine Frau und seine Kinder waren bei ihm, und sein Gemeindepfarrer sprach die vorgeschriebenen Gebete, als könnten sie von dieser grotesken erstarrten Gestalt auf dem Bett gehört und nachgesprochen werden. Martha war nicht dabei. Später sagte die Familie, sie habe keinen Sinn darin gesehen, sie dazuzubitten. Im Augenblick selbst wußten sie, daß ihr sentimentales Weinen mehr wäre, als sie ertragen könnten. Dieser Tod war nur der Endpunkt eines langsamen Prozesses des Absterbens. Obgleich sie mit blassen Gesichtern um das Bett standen und versuchten, pietätsvoll Erinnerung und Leid zu beschwören, waren ihre Gedanken bei diesem anderen Tod, richteten sich ihre Sinne auf acht Uhr.

Danach trafen sich alle im Salon, bis auf Mrs. Maxie, die entweder nicht neugierig war auf Sallys Mann oder beschlossen hatte, sich für den Augenblick von dem Mord und allem Drumherum freizumachen. Sie wies die Familie nur an, Dalgliesh nicht wissen zu lassen, daß ihr Mann tot sei, und ging dann mit Mr. Hinks zum Pfarrhaus hinüber.

Im Salon schenkte Stephen Drinks ein und berichtete: »Die Geschichte ist ganz einfach. Ich hatte natürlich nur Zeit, die nackten Fakten zu hören. Ich wollte zu Vater hinauf. Dalgliesh war noch bei Ritchie, als ich wegging, und er hat wohl alles erfahren, was er wissen wollte. Sie waren richtig verheiratet. Sie haben sich kennengelernt, als Sally in London arbeitete, und dort einen Monat, bevor er zu einer Montagearbeit nach Venezuela ging, heimlich geheiratet.«

»Aber warum hat sie nichts gesagt?« fragte Catherine. »Wozu die ganze Heimlichtuerei?«

»Anscheinend hätte er die Arbeit im Ausland nicht bekommen, wenn die Firma es erfahren hätte. Sie wollten einen unverheirateten Mann. Die Bezahlung war gut und hätte es ihnen ermöglicht, einen Haushalt einzurichten. Sally war ganz verrückt darauf zu heiraten, bevor er wegging. Ritchie glaubt allerdings eher, daß ihr die Vorstellung Spaß machte, ihre Tante und ihren Onkel an der Nase herumzuführen. Sie war nie glücklich gewesen bei ihnen. Sie hatte vor, bei ihnen wohnen zu bleiben und ihre Arbeit weiterzumachen. Sie plante, fünfzig Pfund zu sparen, bis Ritchie zurückkäme. Dann, als sie merkte, daß das Kind unterwegs war, beschloß sie, bei ihrer Geschichte zu bleiben. Warum, weiß der Himmel. Aber Ritchie war davon nicht überrascht. Er meinte, das wäre genau das, was zu Sally paßte.«

»Zu dumm, daß er sich nicht vergewissert hat, ob sie nicht schwanger war, bevor er wegging«, sagte Felix sarkastisch.

»Vielleicht hat er es getan«, sagte Stephen kurz. »Vielleicht hat er sie gefragt, und sie hat ihn angelogen. Ich habe ihn nicht über seine sexuellen Beziehungen ausgefragt. Was geht mich das an? Ich hatte einen Mann vor mir, der zurückgekommen war, um feststellen zu müssen, daß seine Frau ermordet wurde, in diesem Haus, und ein Kind zurückgelassen hat, von dessen Existenz er nicht einmal wußte. Ich möchte so eine halbe Stunde nicht noch einmal erleben. Es war kaum der rechte Augenblick, anzudeuten, er hätte vielleicht besser aufpassen sollen. Das hätten wir wohl auch tun sollen, bei Gott!« Er stürzte seinen Whisky hinunter. Die Hand, in der er das Glas hielt, zitterte. Er wartete nicht ab, bis einer etwas sagte, sondern fuhr fort:

»Dalgliesh war wunderbar zu ihm. Ich glaube, er wäre mir nun sympathisch, wenn er in einer anderen Eigenschaft hier wäre. Er hat Ritchie mitgenommen. Sie fahren im St.-Mary-Heim vorbei, um das Kind zu sehen, und dann hoffen sie, im *Moonraker's Arms* ein Zimmer für Ritchie zu finden. Anscheinend hat er keine Verwandten, zu denen er gehen kann.« Er brach ab, um sein Glas zu füllen.

Dann fuhr er fort: »Das erklärt natürlich eine ganze Menge. Sallys Gespräch mit dem Pfarrer am Donnerstag zum Beispiel, als sie ihm sagte, daß Jimmy einen Vater bekäme.«

»Aber sie war mit dir verlobt!« rief Catherine aus. »Sie hat ja gesagt.«

»Sie hat in Wirklichkeit nie gesagt, daß sie mich heiraten würde. Sally hatte eben diese Vorliebe für Geheimnisse, und dieses ging auf meine Kosten. Ich glaube nicht, daß sie jemals irgendeinem Menschen erzählt hat, sie sei mit mir verlobt. Wir haben es nur alle angenommen. Sie war die ganze Zeit in Ritchie verliebt. Sie wußte, daß er bald nach Hause käme. Er gab sich eine rührende Mühe, mich wissen zu lassen, wie sehr sie sich liebten. Er weinte unaufhörlich und versuchte, mir ein paar von ihren Briefen aufzudrängen. Ich wollte sie nicht lesen. Ich war mir, weiß Gott, auch ohne das schon genug zuwider. Mein Gott, war das furchtbar! Aber als ich erst angefangen hatte zu lesen, mußte ich weitermachen. Er zog einen nach dem andern aus dieser Tasche, mit der er herkam, und drückte sie mir in die Hand, und dabei liefen ihm die Tränen übers Gesicht.

Sie waren rührend, sentimental und naiv. Aber sie waren wahr, das Gefühl war echt.«

»Kein Wunder, daß du da aus dem Gleichgewicht kommst«, dachte Felix. »Du hast nie in deinem Leben ein echtes Gefühl gehabt.«

Catherine Bowers sagte verständig: »Du brauchst dir keine Vorwürfe zu machen. Nichts von allem wäre geschehen, wenn Sally die Wahrheit über ihre Heirat erzählt hätte. Das heißt ja, die Schwierigkeiten geradezu herauszufordern, wenn man in so einer Sache etwas vorspielt. Wahrscheinlich hat er ihr durch einen Mittelsmann geschrieben.«

»Ja. Er schrieb über Derek Pullen. Die Briefe wurden in einem Umschlag geschickt, der in einem zweiten, an Pullen adressierten, steckte. Er gab sie bei vorher abgesprochenen Treffen an Sally weiter. Sie hat ihm nie gesagt, daß sie von ihrem Mann sind. Ich weiß nicht, was für eine Geschichte sie erfunden hat, aber sie muß gut gewesen sein. Pullen mußte Stillschweigen geloben und hat sie, soviel ich weiß, nie verraten. Sally wußte, wie sie sich ihre leichtgläubigen Opfer zu suchen hatte.«

»Sie trieb gern ihren Spaß mit den Menschen«, sagte Felix. »Sie können ein gefährliches Spielzeug sein. Offenbar dachte eines ihrer Opfer, der Scherz sei etwas zu weit gegangen. Das waren doch wohl nicht zufällig Sie, Maxie?«

Der Ton war absichtlich beleidigend, und Stephen machte einen schnellen Schritt auf ihn zu. Aber bevor er antworten konnte, hörten sie die Glocke an der Haustür läuten, und die Uhr auf dem Kaminsims schlug acht.

9. Kapitel

1

Man war übereingekommen, sich im Büro zu treffen. Irgendwer hatte die Stühle im Halbkreis um den schweren Tisch gerückt, irgendwer hatte die Wasserkaraffe gefüllt und neben Dalgliesh gestellt. Dalgliesh saß allein am Tisch – Martin hielt sich im Hintergrund – und beobachtete seine Verdächtigen, als sie hereinkamen. Eleanor Maxie war die gelassenste. Sie nahm auf einem Stuhl gegenüber der Lampe Platz und blickte gleichgültig und ruhig hinaus auf die Wiese und die fernen Bäume. Es war, als habe sie ihre Feuerprobe bereits hinter sich. Stephen Maxie kam mit großen Schritten herein, warf einen halb verächtlichen, halb trotzigen Blick auf Dalgliesh und setzte sich neben seine Mutter. Felix Hearne und Deborah Riscoe kamen zusammen, sahen sich aber nicht an und setzten sich getrennt voneinander hin. Dalgliesh spürte, daß ihre Beziehung sich seit dem erfolglosen Spiel der vergangenen Nacht fast unmerklich verändert hatte. Er wunderte sich, daß Hearne sich zu einem so augenfälligen Betrug hergegeben haben sollte. Als er den dunkler werdenden, von dem geknoteten Schal halb verdeckten Fleck auf dem Hals der jungen Frau betrachtete, wunderte er sich noch mehr darüber, was für einen starken Druck Hearne offenbar für nötig gehalten hatte. Catherine Bowers kam zuletzt herein. Sie wurde rot, als sie alle Augen auf sich gerichtet sah, und ging hastig auf den einzigen noch freien Stuhl zu wie eine ängstliche Schwesternschülerin, die zu spät zum Unterricht kommt.

Als Dalgliesh sein Dossier aufschlug, hörte er die ersten langsamen Schläge der Kirchenglocke. Die Glocken hatten auch geläutet, als er zum erstenmal in Martingale angekommen war. Sie waren oft als Hintergrund zu seiner Untersuchung erklungen – Stimmungsmusik eines Mordes. Nun schlugen sie wie ein Totengeläut, und er fragte sich beiläufig, wer im Dorf gestorben sein mochte; jemand, für den die Glocken läuteten, wie sie für Sally nicht geläutet hatten. Er sah von seinen Papieren auf und begann mit seiner ruhigen tiefen Stimme zu sprechen.

»Einer der ungewöhnlichsten Züge dieses Verbrechens war der Widerspruch zwischen der offenbaren Vorsätzlichkeit und der tatsächlichen Ausführung. Alle medizinischen Beweise deuteten auf ein impulsives Verbrechen hin. Das war keine langsame Erdrosselung. Es gab nur wenige klassische Anzeichen des Erstickens. Beträchtliche Kraft war angewandt worden, und der obere Dornfortsatz des Schildknorpels war an seinem Ansatzpunkt gebrochen. Dennoch trat der Tod durch Vagusinhibition ein, und zwar sehr rasch. Dasselbe hätte allerdings auch eintreten können, wenn der Mörder bedeutend weniger Kraft angewandt hätte. Auf den ersten Blick sah es nach einem einzigen, nicht vorausgeplanten Angriff aus. Wenn ein Mörder die Absicht hat, mittels Erwürgen zu töten, tut er es gewöhnlich mit einer Schnur oder vielleicht mit einem Schal oder Strumpf. Das muß nicht immer so sein, aber Sie können den Grund dafür leicht einsehen. Nur wenige Menschen können sich auf ihre Fähigkeit verlassen, mit den bloßen Händen zu töten. Es gibt in diesem Zimmer eine Person, die sich das möglicherweise zutrauen würde, aber ich glaube nicht, daß sie diese Methode angewandt hätte. Es gibt wirksamere Mittel, ohne Waffe zu töten, und sie wären ihr bekannt gewesen.«

Felix sagte flüsternd: »Aber das war in einem anderen Land, und außerdem ist das Mädchen tot.« Falls Dalgliesh das Zitat hörte oder das leichte Anspannen der Muskeln spürte, als seine Zuhörer sich zwangen, nicht zu Hearne hinzusehen, ließ er sich nichts anmerken, sondern fuhr ruhig fort:

»Im Gegensatz zu dieser anscheinenden Impulsivität in der Ausführung sahen wir uns der Tatsache der versuchten und teilweise erfolgreichen Betäubung des Opfers gegenüber, die mit Sicherheit auf die Absicht hinwies, das Mädchen bewußtlos zu machen. Das konnte mit dem Ziel geschehen sein, sie leichter und ohne sie aufzuwecken in ihr Schlafzimmer zu bringen oder sie im Schlaf zu ermorden. Ich ließ die Theorie von zwei voneinander unabhängigen und verschiedenen Anschlägen auf ihr Leben in ein und derselben Nacht fallen. Niemand in diesem Zimmer hatte einen Grund, Sally zu mögen, und einige von Ihnen mögen sogar einen Grund gehabt haben, sie zu hassen. Aber es hätte die Glaubwürdigkeit zu sehr strapaziert, ernsthaft zu erwägen, daß zwei Personen dieselbe Nacht für einen Mordanschlag gewählt hätten.«

»Wenn wir sie haßten«, sagte Deborah ruhig, »waren wir nicht die einzigen.«

»Da war dieser Pullen«, sagte Catherine. »Sie können mir nicht erzählen, daß zwischen den beiden nichts gewesen ist.« Sie sah Deborah bei dieser Ungeschicklichkeit zusammenzucken und fuhr streitsüchtig fort: »Und was ist mit Miss Liddell? Es ist im ganzen Dorf herum, daß Sally etwas Ehrenrühriges über sie herausgefunden hatte und gedroht hat, es zu erzählen. Wenn sie einen erpressen konnte, hätte sie auch einen weiteren erpressen können.«

Stephen Maxie sagte abgespannt: »Ich kann mir kaum ausmalen, wie die arme alte Liddell an Kaminen hochklettert oder sich durch die Hintertür drückt, um Sally allein zu treffen. Sie hätte nicht die Nerven dazu. Und man kann sich kaum vorstellen, daß sie sich ernsthaft vornimmt, Sally mit den bloßen Händen umzubringen.«

»Vielleicht doch«, sagte Catherine, »falls sie gewußt hat, daß Sally betäubt war.«

»Das kann sie aber nicht gewußt haben«, erklärte Deborah. »Und sie kann auch nicht das Betäubungsmittel in Sallys Becher gegeben haben. Sie und Eppy gingen gerade aus dem Haus, als Sally den Becher nach oben in ihr Schlafzimmer trug. Und es war mein Becher, vergiß das nicht. Davor waren beide mit Mutter in diesem Zimmer.«

»Sie hat deinen Becher aus demselben Grund genommen, wie sie dein Kleid kopiert hat«, sagte Catherine.

»Aber das *Sommeil* muß später hineingetan worden sein. Kein Mensch kann geplant haben, dich zu betäuben.«

»Es kann nicht später hineingetan worden sein«, sagte Deborah kurz. »Was für eine Gelegenheit hätte es denn gegeben? Einer von uns ist wohl mit Vaters Tablettenröhrchen auf Zehenspitzen zu ihr gegangen, hat vor Sally so getan, als käme er einfach auf ein gemütliches Plauderstündchen, und hat dann gewartet, bis sie sich über das Baby beugte, und ein paar Tabletten in ihren Kakao fallen lassen. Das macht keinen Sinn.«

Dalglieshs ruhige Stimme unterbrach sie: »Nichts macht einen Sinn, wenn der Versuch, sie zu betäuben, mit dem Erwürgen zusammenhängt. Doch es wäre, wie ich eben gesagt habe, ein zu großer Zufall, daß jemand beschlossen haben sollte, Sally Jupp in derselben Nacht zu erwürgen, in der ein anderer sich vorgenommen hatte, sie zu vergiften. Aber es gibt eine andere mögliche Erklärung. Wenn nun die Sache mit den Tabletten kein einmaliger Vorgang gewesen wäre? Angenommen, jemand hätte regelmäßig etwas in Sallys Schlaftrunk gemischt. Jemand, der wußte, daß nur Sally Kakao trank, so daß das *Sommeil* gefahrlos in die Kakaobüchse gegeben werden konnte. Jemand, der wußte, wo die Tabletten aufbewahrt wurden und erfahren genug war, die richtige Dosis zu nehmen. Jemand, der Sally in Mißkredit bringen und aus dem Haus haben wollte und sich so beklagen konnte, daß Sally fortwährend verschlief. Jemand, der wahrscheinlich mehr unter Sally gelitten hatte, als dem Rest des Haushalts bewußt war, und sich über jede, auch eine anscheinend noch so untaugliche Tat freute, die ihm ein Gefühl von Macht über das Mädchen gab. In gewisser Hinsicht, wissen Sie, war es eine Ersatzhandlung für Mord.«

»Martha«, sagte Catherine unwillkürlich. Die Maxies schwiegen still. Falls sie es gewußt oder geahnt hatten, ließ sich keiner von ihnen etwas anmerken. Eleanor Maxie dachte mit schlechtem Gewissen an die Frau, die sie, um ihren toten Herrn weinend, in der Küche allein gelassen hatte. Martha war, als sie die Küche betreten hatte, aufgestanden, die dicken rauhen Hände über der Schürze gefaltet. Sie hatte keine Bewegung gezeigt, als Mrs. Maxie es ihr gesagt hatte. Ihre Tränen waren, gerade weil sie stumm waren, um so bedrückender gewesen. Als sie dann zu reden angefangen hatte, war ihre Stimme vollkommen beherrscht gewesen, obwohl die Tränen immer noch über ihr Gesicht gelaufen und auf die reglosen Hände getropft waren. Ohne Umstände und ohne Erklärung hatte sie ihre Kündigung ausgesprochen. Sie wolle gern am Ende der Woche gehen. Sie habe eine Freundin in Herefordshire, bei der sie eine Zeitlang bleiben könne. Mrs. Maxie hatte sich auf keine Diskussion eingelassen und nicht versucht, sie umzustimmen. Das war nicht ihre Art. Aber während sie ihren höflichen, aufmerksamen Blick auf Dalgliesh ruhen ließ, erforschte ihr ehrlicher Verstand die Motive, die sie veranlaßt hatten, Martha vom Totenbett fernzuhalten, und dachte über die Erkenntnis nach, daß diese von der ganzen Familie für selbstverständlich gehaltene Treue komplizierter und weniger ergeben gewesen war,

als sie alle angenommen hatten. Am Ende hatte man zuviel von ihr verlangt.
Catherine redete. Sie hatte anscheinend keinerlei Befürchtungen und folgte Dalglieshs Erläuterungen, als erklärte er eine interessante und atypische Krankengeschichte: »Martha konnte natürlich immer an das *Sommeil* heran. Die Familie ging erschreckend sorglos mit Mr. Maxies Schlafmitteln um. Aber warum wollte sie Sally ausgerechnet in dieser Nacht betäuben? Nach der Szene beim Abendessen hatte Mrs. Maxie gewiß andere Sorgen als Sallys verspätetes Aufstehen. Es war zu spät, sie auf diese Art loszuwerden. Und warum hat Martha das Röhrchen unter Deborahs Namensschild versteckt? Ich dachte immer, sie wäre der Familie ergeben.«
»Das dachte die Familie auch«, sagte Deborah kühl.
»Sie mischte das Mittel auch in dieser Nacht wieder unter den Kakao, weil sie nichts von der vermeintlichen Verlobung wußte«, sagte Dalgliesh. »Sie war im betreffenden Augenblick nicht im Eßzimmer, und keiner hat ihr etwas gesagt. Sie ging in Mr. Maxies Zimmer, nahm das *Sommeil* an sich und versteckte es in Panik, weil sie dachte, sie hätte Sally mit dem Mittel getötet. Wenn Sie zurückdenken, wird Ihnen einfallen, daß Mrs. Bultitaft die einzige im Haus war, die Sallys Zimmer tatsächlich nicht betreten hat. Während Sie alle um das Bett standen, war ihr einziger Gedanke, das Röhrchen zu verstecken. Es war unvernünftig, das zu tun, aber sie war nicht imstande, sich vernünftig zu verhalten. Sie lief damit in den Garten und versteckte es an der erstbesten Stelle, wo sie lockere Erde fand. Es war, glaube ich, als

vorläufiges Versteck gedacht. Deshalb markierte sie es mit dem Fähnchen. Es war reiner Zufall, daß es Ihres war, das ihr in die Finger kam, Mrs. Riscoe. Dann ging sie zurück in die Küche, leerte das restliche Kakaopulver und das Innenpapier in den Herd, spülte die Büchse aus und warf sie in den Mülleimer. Sie war die einzige Person, die die Möglichkeit hatte, das alles zu tun. Dann kam Mr. Hearne in die Küche, um nachzusehen, wie es Mrs. Bultitaft ging, und um seine Hilfe anzubieten. Folgendes hat Mr. Hearne mir gesagt ...« Dalgliesh blätterte eine Seite seines Dossiers um und las vor: »Sie schien wie gelähmt und sagte immer wieder, Sally müsse sich selbst getötet haben. Ich wies sie so zartfühlend, wie ich konnte, darauf hin, daß das anatomisch unmöglich sei, und das schien sie noch mehr aufzuregen. Sie warf einen sonderbaren Blick auf mich ... und brach in lautes Schluchzen aus.«

Dalgliesh hob den Kopf und sah in die Runde. »Ich denke, wir können es so verstehen«, sagte er, »daß Mrs. Bultitafts Gefühlsausbruch eine Reaktion der Erleichterung war. Ich vermute auch, daß Mr. Hearne, bevor Miss Bowers erschien, um das Kind zu füttern, Mrs. Bultitaft für die unvermeidliche Vernehmung durch die Polizei instruiert hatte. Mrs. Bultitaft hat mir gesagt, sie habe weder ihm noch einem andern von Ihnen gegenüber zugegeben, daß sie für die Betäubung von Sally verantwortlich war. Das mag stimmen. Es heißt aber nicht, daß Mr. Hearne es nicht ahnte. Er war nur allzu bereit, übrigens während der ganzen Untersuchung, es auf sich beruhen zu lassen, solange es geeignet war, die Polizei irrezuführen. Gegen das Ende dieser Untersuchung schlug er mit dem gespielten Angriff auf Mrs. Riscoe eine entschiedenere Linie bei seinem Täuschungsmanöver ein.«

»Das war meine Idee«, sagte Deborah leise. »Ich habe ihn gebeten. Ich habe ihn dazu gebracht, es zu tun.«

Hearne überhörte die Unterbrechung und sagte nur: »Ich habe das mit Martha vielleicht geahnt. Aber sie benahm sich ganz natürlich. Sie hat mir nichts gesagt, und ich habe sie nicht gefragt. Es war nicht meine Angelegenheit.«

»Nein«, sagte Dalgliesh. »Es war nicht Ihre Angelegenheit.« Seine Stimme hatte ihre beherrschte Unparteilichkeit verloren, und alle hoben, von seiner unvermittelten Heftigkeit aufgeschreckt, die Köpfe.

»Das ist von Anfang an Ihre Einstellung gewesen, nicht wahr? Wir wollen doch nicht unsere Nase in die Angelegenheiten eines andern stecken. Wir wollen doch nicht so gewöhnlich sein und uns dafür interessieren. Wenn wir schon einen Mord im Haus haben müssen, soll die Sache taktvoll behandelt werden. Selbst Ihre Anstrengungen, die Polizei zu behindern, wären wirkungsvoller gewesen, wenn Sie sich die Mühe gemacht hätten, ein wenig mehr voneinander in Erfahrung zu bringen. Mrs. Riscoe hätte Mr. Hearne nicht zu überreden brauchen, einen Angriff auf sie zu inszenieren, solange ihr Bruder sicher in London war, wenn jener Bruder ihr anvertraut hätte, daß er ein Alibi für den Zeitpunkt von Sally Jupps Tod hatte. Derek Pullen hätte sich nicht selbst mit der Frage quälen müssen, ob er sich schützend vor einen Mörder stellen sollte, wenn Stephen Maxie sich die Mühe gemacht hätte zu erklären, was er Samstagnacht mit einer Leiter im Garten zu schaffen hatte. Wir haben schließlich von Pullen die Wahrheit erfahren, aber es war nicht leicht.«

»Pullen hatte kein Interesse daran, mich zu decken«, sagte Stephen gleichgültig. »Er wollte sich nur unbedingt wie ein kleiner Ehrenmann benehmen! Sie hätten ihn am Telefon hören sollen, als er erklärte, wie kameradschaftlich er sich verhalten wolle. ›Ihr Geheimnis ist bei mir gut aufgehoben, Maxie, aber warum tun Sie nicht, was sich gehört?‹ Zum Teufel mit seiner Unverschämtheit.«

»Ich denke, es spricht nichts dagegen, uns mitzuteilen, was du mit der Leiter gemacht hast«, sagte Deborah.

»Warum nicht? Ich habe sie von Bococks Kate zurückgebracht. Wir haben sie am Nachmittag gebraucht, um einen Luftballon, der sich in einer Ulme verfangen hatte, herunterzuholen. Du weißt, wie Bocock ist. Er hätte sie als allererstes am Morgen hierher geschleppt, und sie ist zu schwer für ihn. Ich war wohl in einer etwas masochistischen Stimmung und habe sie mir also über die Schulter gehängt. Ich konnte nicht wissen, daß ich auf Pullen stoßen würde, der sich in den alten Stallungen herumtrieb. Anscheinend hat er sich das zur Gewohnheit werden lassen. Ich konnte genausowenig wissen, daß Sally ermordet würde und daß Pullen seinen großen Verstand dafür verwenden würde, zwei und zwei zusammenzuzählen und anzunehmen, ich hätte die Leiter gebraucht, um in ihr Zimmer zu klettern und

sie umzubringen. Warum überhaupt einsteigen? Ich hätte jederzeit durch die Tür gehen können. Und ich kam mit der Leiter nicht einmal aus der richtigen Richtung.«
»Er hat wahrscheinlich gedacht, du würdest versuchen, den Verdacht auf eine andere Person zu lenken«, schlug Deborah vor, »auf ihn zum Beispiel.«
Felix' träge Stimme mischte sich ein: »Es ist Ihnen nicht in den Sinn gekommen, Maxie, daß der Junge in echten Nöten war und nicht ein noch aus wußte?«
Stephen rutschte unbehaglich auf seinem Stuhl hin und her.
»Ich habe seinetwegen keine schlaflosen Nächte gehabt. Er hatte kein Recht, sich auf unserem Grundstück aufzuhalten, und das habe ich ihm gesagt. Ich weiß nicht, wie lange er da schon gewartet hatte, aber er muß mich beobachtet haben, als ich die Leiter abstellte. Dann trat er aus dem Schatten heraus wie eine Rachegöttin und beschuldigte mich, Sally hinters Licht zu führen. Er scheint sonderbare Vorstellungen von Klassenunterschieden zu haben. Man hätte meinen können, ich hätte das *Ius primae noctis* ausgeübt. Ich sagte ihm, er solle sich um seine eigenen Angelegenheiten kümmern, allerdings weniger höflich, und er stürzte sich auf mich. Ich hatte inzwischen gerade genug, ich schlug also zu, erwischte ihn am Auge und schlug ihm dabei die Brille herunter. Es war alles ziemlich vulgär und dumm. Wir waren zu nahe beim Haus, um uns sicher zu fühlen, und wagten also nicht, viel Lärm zu machen. Wir standen da und zischten uns leise Beleidigungen zu und wühlten im Dreck herum, um die Brille zu finden. Er ist

ohne sie fast blind, deshalb dachte ich, ich bringe ihn bis zur Ecke der Nessingford Road. Er faßte das so auf, als führte ich ihn von unserem Besitz, aber sein Stolz war so oder so verletzt, deshalb war es mir ziemlich egal. Bis wir uns gute Nacht sagten, hatte er sich offenbar so weit gefangen, daß er sich, nach seinen Begriffen, angemessen benehmen konnte. Er wollte mir sogar die Hand schütteln! Ich wußte nicht, ob ich laut herauslachen oder noch einmal zuschlagen sollte. Tut mir leid, Deb, aber er ist so ein Typ.«

Zum erstenmal sagte Eleanor Maxie etwas.

»Es ist schade, daß du uns vorher nichts davon gesagt hast. Gewiß hätten wir dem armen Jungen eine ganze Menge Kummer ersparen können.«

Sie schienen die Gegenwart von Dalgliesh vergessen zu haben, aber jetzt sprach er:

»Mr. Maxie hatte einen Grund für sein Schweigen. Er merkte, wie wichtig es für Sie alle war, die Polizei im Glauben zu lassen, daß nicht weit von Sallys Fenster eine Leiter zur Verfügung stand. Er kannte die ungefähre Todeszeit und war nicht darauf erpicht, die Polizei wissen zu lassen, daß die Leiter nicht vor zwanzig nach zwölf in den Stall zurückgebracht worden war. Wir sollten annehmen, sie habe die ganze Zeit dort gelegen. Aus etwa dem gleichen Grund sagte er uns nicht genau, wann er Bococks Kate verlassen hatte, und belog uns, zu welcher Zeit er zu Bett gegangen war. Für den Fall, daß Sally um Mitternacht von jemand unter diesem Dach getötet worden war, war er bemüht, es nicht an Verdächtigen fehlen zu lassen. Es war ihm klar, daß die meisten Verbrechen durch einen Prozeß der Elimination aufgeklärt werden. Andererseits glaube ich, daß er über die Zeit, zu der er den Südeingang abschloß, die Wahrheit sagte. Das war um 0.33 Uhr, und wir wissen jetzt, daß Sally Jupp um 0.33 Uhr schon über eine halbe Stunde tot war. Sie starb, bevor Mr. Maxie Bococks Kate verlassen hatte und etwa zur selben Zeit, als Mr. Wilson aus dem Geschäft im Dorf aufstand, um ein klapperndes Fenster zu schließen, und Derek Pullen mit gesenktem Kopf eilig in Richtung Martingale laufen sah. Pullen hoffte vielleicht, Sally sehen zu können und von ihr eine Erklärung zu erhalten. Aber er hatte gerade erst den Schutz der alten Stallungen erreicht, als Mr. Maxie mit der Leiter auftauchte. Und da war Sally Jupp bereits tot.«

»Also war es nicht Pullen?« sagte Catherine.

»Wie könnte er«, sagte Stephen barsch. »Er hatte sie mit Sicherheit nicht umgebracht, als er mit mir sprach, und er war nicht in der Lage, zurückzugehen und sie zu töten, nachdem ich ihn allein gelassen hatte. Er konnte kaum den Weg zu seinem eigenen Gartentor finden.«

»Und wenn Sally tot war, bevor Stephen von seinem Besuch bei Bocock zurückkam, kann er es auch nicht gewesen sein«, bemerkte Catherine. Es war das erstemal, stellte Dalgliesh fest, daß einer von ihnen ausdrücklich auf die mögliche Schuld oder Unschuld eines Familienmitglieds anspielte.

Stephen Maxie sagte: »Woher wissen Sie, ob sie da schon tot war? Sie hat um halb elf noch gelebt und war am Morgen tot. Das ist alles, was wir wissen.«

»Nicht ganz«, antwortete Dalgliesh. »Zwei Personen können die Todeszeit enger eingrenzen. Die eine ist der Mörder, aber es gibt noch jemanden, der ebenfalls helfen kann.«

2

Es klopfte an der Tür, und Martha stand da, mit Häubchen und Schürze, schwerfällig wie gewohnt. Ihr Haar war unter dem komisch hohen, altmodischen Häubchen straff zurückgekämmt, ihre Knöchel sahen über den schwarzen Schnürschuhen geschwollen aus. Falls die Maxies in der Phantasie in ihr die verzweifelte Frau sahen, die das belastende Röhrchen an sich preßte und wie ein verängstigtes Tier der vertrauten Küche zustrebte, ließen sie es nicht erkennen. Sie sah aus, wie sie immer ausgesehen hatte, und falls sie ihnen fremd geworden war, so war doch die gegenseitige Entfremdung zwischen den Maxies mittlerweile noch größer. Als einzige Erklärung für ihre Anwesenheit verkündete sie: »Mr. Proctor für den Herrn Kommissar.« Dann war sie wieder weg, und die undeutliche Gestalt hinter ihr trat in die Helligkeit.

Proctor war zu wütend, als daß es ihn aus der Fassung gebracht hätte, so ohne weiteres in ein volles Zimmer geführt zu werden, in dem Menschen saßen, die offenbar mit ihren persönlichen Problemen zu tun hatten. Er schien keinen außer Dalgliesh wahrzunehmen und ging angriffslustig auf ihn zu.

»Hören Sie, Herr Kommissar, ich brauche Ihren Schutz.

Das geht doch nicht. Ich habe versucht, Sie auf der Polizei zu erreichen. Sie haben mir dort einfach nicht gesagt, wo Sie sind, stellen Sie sich das mal vor, aber ich habe mich von diesem Sergeant da nicht abwimmeln lassen. Ich hab mir gedacht, daß ich Sie hier finde. Irgendwas muß geschehen.«

Dalgliesh betrachtete ihn eine Zeitlang schweigend.

»Was geht nicht, Mr. Proctor?« fragte er.

»Dieser junge Kerl. Sallys Mann. Er ist bei uns gewesen und hat mich bedroht. Er war angetrunken, wenn Sie mich fragen. Es ist nicht meine Schuld, wenn sie sich ermorden läßt, und das hab ich ihm gesagt. Ich dulde nicht, daß er meine Frau verrückt macht. Und da sind ja auch noch die Nachbarn. Man hat ihn die ganze Straße hinunter seine Beleidigungen schreien hören. Meine Tochter war auch dabei. Das ist nicht gerade schön vor einem Kind. Ich bin an diesem Mord unschuldig, wie Sie ganz genau wissen, und ich will beschützt werden.«

Er sah in der Tat aus, als könnte er gegen mehr als James Ritchie Schutz gebrauchen. Er war ein rotgesichtiger dürrer, kleiner Mann, warf Blicke wie eine wütende Henne um sich und hatte die Angewohnheit, beim Sprechen ruckartig den Kopf zu bewegen. Er war ordentlich, aber billig gekleidet. Der graue Regenmantel war sauber, und der Filzhut, den er steif in seinen behandschuhten Händen hielt, war vor kurzem mit einem neuen Band versehen worden.

Catherine sagte plötzlich: »Sie waren am Tag des Mordes in diesem Haus, nicht wahr? Wir haben Sie auf der

Treppe gesehen. Sie müssen aus Sallys Zimmer gekommen sein.«

Stephen warf einen Blick auf seine Mutter und sagte: »Am besten kommen Sie herein und schließen sich der Gebetsstunde an, Mr. Proctor. Öffentliche Beichten sollen der Seele guttun. Tatsächlich haben Sie Ihren Auftritt zeitlich recht gut eingerichtet. Sie würden gern hören, nehme ich an, wer Ihre Nichte getötet hat?«

»Nein!« sagte Hearne unvermittelt und heftig. »Seien Sie kein Narr, Maxie. Halten Sie ihn da heraus.«

Die Stimme lenkte Proctors Sinne auf seine Umgebung. Er richtete seine Aufmerksamkeit auf Felix, und was er sah, gefiel ihm anscheinend nicht. »Ich soll also nicht bleiben! Angenommen, ich ziehe es trotzdem vor zu bleiben. Ich habe ein Recht zu erfahren, was hier vor sich geht.« Er blickte der Reihe nach in die gespannten, abweisenden Gesichter. »Sie hätten wohl gern, wenn ich es wäre? Glauben Sie bloß nicht, daß ich das nicht weiß. Sie würden es mir natürlich gern anhängen, wenn Sie könnten. Ich säße in der Tinte, wenn sie vergiftet worden wäre oder eins über den Kopf bekommen hätte. Zu dumm, daß einer von Ihnen seine Hände nicht von ihr lassen konnte, nicht wahr? Aber eine Sache können Sie mir jedenfalls nicht anhängen, und das ist eine Erwürgung. Und warum? Darum!« Er machte eine plötzliche ruckartige Bewegung, es gab einen klickenden Laut und dann eine schier unglaublich komische Situation, als seine künstliche rechte Hand mit einem dumpfen Geräusch vor Dalgliesh auf den Schreibtisch fiel. Sie starrten sie fasziniert an, wie sie da wie eine obszöne

Reliquie lag, die Gummifinger in ohnmächtigem Flehen gekrümmt. Schwer atmend schob er sich mit einer geschickten Drehung der linken Hand einen Stuhl unter und saß triumphierend da, während Catherine ihn mit ihren hellen Augen vorwurfsvoll ansah, als sei er ein schwieriger Patient, der sich noch launenhafter als gewöhnlich aufführt.

Dalgliesh hob die Hand auf.

»Wir wußten natürlich Bescheid, obgleich ich froh bin, daß ich selbst zuerst auf eine weniger sensationelle Art darauf aufmerksam wurde. Mr. Proctor verlor seine rechte Hand bei einem Bombenangriff. Dieses kunstvolle Ersatzstück ist aus Leinen und Leim modelliert. Es ist leicht und stabil und hat drei gegliederte Finger wie eine richtige Hand. Wenn er seine Schulter biegt und seinen Arm ein wenig vom Körper wegbewegt, kann der Träger eine Kontrollschnur anspannen, die von der Schulter zum Daumen läuft. Diese spreizt den Daumen gegen den Druck einer Feder ab. Sobald die Spannung der Schnur nachläßt, drückt die Feder den Daumen automatisch gegen den feststehenden Zeigefinger. Es ist, wie Sie sehen, ein raffinierter Apparat, und Mr. Proctor kann damit eine ganze Menge anfangen. Er kann seiner Arbeit nachgehen, Fahrrad fahren und der Umwelt ein fast normales Äußeres bieten. Aber eins kann er mit dieser Hand nicht tun, nämlich jemanden durch Erwürgen töten.«

»Er könnte aber Linkshänder sein.«

»Er könnte, Miss Bowers, aber er ist es nicht, und die Untersuchung zeigt, daß Sally durch den kräftigen Griff einer rechten Hand getötet wurde.« Er drehte die Hand um und schob sie Proctor über den Tisch zu.

»Das war natürlich die Hand, die ein gewisser kleiner Junge die Falltür auf Bococks Heuboden schließen sah. Es kam in Verbindung mit diesem Fall nur eine Person in Frage, die an einem heißen Sommertag und auf einem Gartenfest Lederhandschuhe tragen würde. Das war einer der Schlüsse auf seine Identität, und es gab noch andere. Miss Bowers hat völlig recht. Mr. Proctor war an diesem Nachmittag in Martingale.«

»Und wenn schon! Sally hat mich gebeten zu kommen. Sie war schließlich meine Nichte.«

»Nun mal sachte, Proctor!« sagte Felix. »Sie wollen uns doch nicht erzählen, daß das ein pflichtbewußter Höflichkeitsbesuch war, daß Sie eben mal reinschauten, um sich nach der Gesundheit des Babys zu erkundigen! Wieviel hat sie verlangt?«

»Dreißig Pfund«, sagte Proctor. »Auf dreißig Pfund war sie aus, und was würden die ihr jetzt nutzen!«

»Und weil sie dreißig Pfund brauchte«, fuhr Felix unbarmherzig fort, »wandte sie sich natürlich an ihren nächsten Verwandten, von dem sie vielleicht Hilfe erwarten konnte. Eine rührende Geschichte.«

Bevor Proctor etwas erwidern konnte, mischte sich Dalgliesh ein: »Sie bat um dreißig Pfund, weil sie etwas Geld bereit haben wollte, wenn ihr Mann zurückkäme. Es war ausgemacht worden, daß sie weiterarbeiten und soviel wie möglich sparen sollte. Sally wollte sich an diese Abmachung bis zum letzten Pfund halten, mit oder ohne Baby. Sie hatte vor, dieses Geld auf eine nicht ganz neue Art aus ihrem Onkel herauszuholen. Sie sagte ihm, daß sie bald heiraten würde – sie sagte nicht, wen – und daß sie und ihr Mann bekanntmachen würden, wie er sie behandelt hatte, wenn er nicht ihr Schweigen erkaufte. Sie drohte, ihn vor seinem Arbeitgeber und seinen ehrbaren Nachbarn in Canningbury bloßzustellen. Sie redete davon, um ihr Recht gebracht worden zu sein. Wenn er es jedoch vorzöge zu zahlen, würden sie und ihr Mann die Proctors nie mehr aufsuchen oder belästigen.«

»Aber das war Erpressung«, rief Catherine. »Er hätte ihr sagen sollen, sie solle sich zum Teufel scheren und erzählen, was sie wolle. Es hätte ihr sowieso keiner geglaubt. Von mir hätte sie keinen Penny bekommen!«

Proctor saß schweigend da. Die andern schienen seine Anwesenheit vergessen zu haben. Dalgliesh sprach weiter:

»Ich glaube, Mr. Proctor hätte Ihren Rat gern befolgt, Miss Bowers, wenn seine Nichte nicht einen bestimmten Satz gesagt hätte. Sie sprach davon, sie sei um ihr Recht gebracht worden. Sie meinte wahrscheinlich nicht mehr, als daß sie und ihre Kusine unterschiedlich behandelt worden seien, obwohl Mrs. Proctor das natürlich abstreiten würde. Vielleicht wußte sie mehr, als uns klar ist. Aber aus Gründen, die wir hier nicht zu erörtern brauchen, klang dieser Satz ihrem Onkel unangenehm in den Ohren. Seine Reaktion muß interessant gewesen sein, und Sally war klug genug, den Faden aufzugreifen. Mr. Proctor war kein Schauspieler. Er versuchte herauszufinden, wieviel seine Nichte wußte, und je mehr er in sie drang, desto mehr gab er preis. Bis sie sich trennten, wußte Sally, daß sie jene dreißig Pfund, und vielleicht noch mehr, sehr wohl bekommen könnte.«

Proctors heisere Stimme meldete sich: »Ich habe gesagt, ich wollte eine Quittung von ihr, vergessen Sie das nicht. Ich habe gewußt, worauf sie aus war. Ich habe gesagt, ich sei bereit, ihr dieses eine Mal zu helfen, weil sie heiraten wollte und weil das etwas kosten würde. Aber dann wäre Schluß. Wenn sie noch einmal damit ankäme, würde ich zur Polizei gehen und hätte ja dann die Quittung als Beweis.«

»Sie hätte es nicht noch einmal probiert«, sagte Deborah ruhig. Die Augen der Männer richteten sich auf sie. »Nicht Sally. Sie hat nur mit Ihnen gespielt, hat aus Spaß, Sie tanzen zu sehen, an den Fäden gezogen. Wenn sie zusätzlich zu den dreißig Pfund auch noch ihren Spaß haben konnte, um so besser, aber das eigentlich Reizvolle war, Sie schwitzen zu lassen. Aber sie hätte sich nicht die Mühe gemacht, das weiter zu verfolgen. Das Spiel hätte nach einer gewissen Zeit seinen Reiz verloren. Sally wollte ihre Opfer frisch verspeisen.«

»O nein, nein.« Eleanor Maxie breitete ihre Hände in einer kleinen Geste des Protests aus. »Sie war in Wirklichkeit nicht so. Wir haben sie überhaupt nicht richtig gekannt.«

Proctor achtete nicht auf sie und lächelte plötzlich und unerwartet Deborah zu, als sähe er in ihr eine Verbündete.

»Das trifft es ziemlich genau. Sie wissen, wie sie war. Sie hatte mich tatsächlich am Gängelband. Sie hatte sich alles ausgerechnet. Ich sollte mir die dreißig Pfund in dieser Nacht besorgen und ihr bringen. Ich mußte ihr ins Haus und nach oben in ihr Zimmer folgen. Das war schon schlimm genug, sich heimlich hinein und hinaus zu schleichen. Sie hat mir die Hintertür gezeigt und gesagt, sie würde um Mitternacht für mich offen stehen. Ich sollte unter den Bäumen am anderen Ende des Rasens warten, bis sie ihre Nachttischlampe an- und ausschaltete. Das sollte das Signal sein.«
Felix lachte laut auf.
»Arme Sally. Was für eine Exhibitionistin! Sie mußte es dramatisch machen, und koste es ihr Leben.«
»Am Ende brachte es sie um«, sagte Dalgliesh. »Wenn Sally nicht mit den Menschen gespielt hätte, wäre sie heute noch am Leben.«
»Sie war in einer seltsamen Stimmung an jenem Tag«, erinnerte sich Deborah. »Sie hatte irgend etwas Verrücktes an sich. Ich meine nicht nur, daß sie mein Kleid kopiert und so getan hat, als nähme sie Stephens Antrag an. Sie war zu Unfug aufgelegt wie ein Kind. Ich könnte mir denken, daß das ihre Art von Glücklichsein war.«
»Sie ging glücklich zu Bett«, sagte Stephen. Und plötzlich waren sie alle still, erinnerten sich. Irgendwo schlug eine Uhr, aber sonst hörte man keinen anderen Laut als das Rascheln von Papier, als Dalgliesh eine Seite umschlug. Draußen führte die Treppe, über die Sally jenen letzten Schlaftrunk getragen hatte, nach oben in Kälte und Schweigen. Wie sie lauschten, war es beinahe

möglich, sich das Geräusch eines leichten Schrittes, das Streifen von Wolle über die Stufen, das Echo eines Lachens einzubilden. Draußen in der Dunkelheit schimmerte der Rand des Rasens als undeutlicher Fleck, und die Schreibtischlampe spiegelte sich darüber wie eine Reihe chinesischer Laternen, die in der duftenden Nacht hängen. Schwebte da zwischen ihnen nicht ein weißes Kleid, ein Wirbel von Haar? Irgendwo über ihnen lag das Kinderzimmer, leer jetzt, weiß und steril wie ein Leichenschauhaus. Konnte einer von ihnen diese Treppe betreten und die Tür zum Kinderzimmer öffnen, ohne zu fürchten, daß das Bett vielleicht doch nicht leer sei? Deborah fröstelte. Sie sprach für sie alle.
»Bitte«, sagte sie, »bitte erzählen Sie uns, was geschehen ist!«
Dalgliesh hob die Augen und sah sie an. Dann fuhr die dunkle gleichmäßige Stimme fort.

3

»Ich denke, der Mörder ging in Miss Jupps Zimmer, getrieben von dem unbezähmbaren Drang, genau herauszufinden, was das Mädchen fühlte, was sie beabsichtigte, wie groß die Gefahr von ihrer Seite wäre. Vielleicht dachte er daran, sie inständig zu bitten – obgleich ich das nicht für wahrscheinlich halte. Es ist einleuchtender, daß es seine Absicht war zu versuchen, eine Art Handel zu vereinbaren. Der Besucher ging zu Sallys Zimmer und trat einfach ein oder er klopfte und wurde hereingebeten. Sehen Sie, es war eine Person, von der nichts zu befürchten war. Sally war schon ausgekleidet und lag im Bett. Sie muß schläfrig gewesen sein, aber sie hatte nur wenig von dem Kakao getrunken und war nicht betäubt, nur zu müde, um sich mit vernünftigen Argumenten oder mit Spitzfindigkeiten abzugeben. Sie machte sich nicht die Mühe, aufzustehen und sich den Morgenmantel überzuziehen. In Anbetracht dessen, was wir über ihren Charakter erfahren haben, denken Sie vielleicht, daß sie das getan hätte, wenn ihr Besucher ein Mann gewesen wäre. Aber das ist als Beweis nicht viel wert.

Wir wissen noch nicht, was sich zwischen Sally und ihrem Besucher abgespielt hat. Wir wissen lediglich, daß Sally tot war, als jener Besucher wegging und die Tür hinter sich abschloß. Wenn wir davon ausgehen, daß es kein vorsätzlicher Mord war, können wir raten, was geschah. Wir wissen inzwischen, daß Sally verheiratet war, ihren Mann liebte, darauf wartete, daß er sie abholen käme, sogar täglich darauf wartete. Wir können aus ihrer Haltung gegenüber Derek Pullen und aus der sorgsamen Art, wie sie ihr Geheimnis wahrte, schließen, daß sie das Machtgefühl genoß, das ihr dieses heimliche Wissen gab. Pullen hat gesagt: ›Sie hatte gern Geheimnisse.‹ Dann verhörte ich eine Frau, bei der Sally gearbeitet hat, und sie sagte: ›Sie war ein verschlossenes kleines Ding. Sie war drei Jahre bei mir, und ich wußte am Ende nicht mehr von ihr als an dem Tag, als sie herkam.‹ Sally Jupp hielt die Neuigkeit von ihrer Heirat unter sehr schwierigen Umständen geheim. Ihr Benehmen war nicht vernünftig. Ihr Mann war in Übersee und machte seine Arbeit gut. Die Firma hätte ihn kaum nach Hause geschickt. Die Firma hätte es nicht einmal zu erfahren brauchen. Wenn Sally die Wahrheit gesagt hätte, wäre vielleicht jemand gefunden worden, der ihr geholfen hätte. Ich denke, sie wahrte ihr Geheimnis zum einen, weil sie ihre Treue und Zuverlässigkeit beweisen wollte, zum andern, weil sie eine Person war, für die Heimlichkeiten an sich schon reizvoll waren. Es gab ihr die Gelegenheit, ihren Onkel und ihre Tante, für die sie keine Zuneigung empfand, zu verletzen, und bereitete ihr beachtliches Vergnügen. Es gab ihr auch ein kostenloses Zuhause für sieben Monate. Ihr Mann hat mir gesagt: ›Sally hat tatsächlich immer behauptet, daß die ledigen Mütter noch am besten wegkommen.‹ Ich nehme nicht an, daß einer von Ihnen dem zustimmt, aber Sally Ritchie glaubte offenbar, daß wir in einer Gesellschaft leben, die ihr Gewissen dadurch beschwichtigt, daß sie mehr den Unglücklichen hilft, die irgendwie auffallen, als denen, die es verdienen, aber langweilig sind, und sie war in der Lage, ihre Theorie zu erproben. Ich denke, es hat ihr im St.-Mary-Heim gut gefallen. Ich glaube, sie hielt sich an dem Wissen hoch, daß sie sich von den andern unterschied. Ich könnte mir vorstellen, daß sie sich im voraus an Miss Liddells Gesichtsausdruck weidete, wenn sie die Wahrheit erfahren würde, und an dem Spaß, den sie haben würde, wenn sie vor ihrem Mann die Mitbewohner von St. Mary nachahmen würde. Sie kennen so etwas. ›Laß dir von Sal von ihrer Zeit als ledige Mutter erzählen!‹ Ich glaube auch, daß sie das Gefühl von Macht auskostete, das ihr das heimliche

Wissen gab. Sie freute sich daran, die Bestürzung der Maxies zu beobachten angesichts einer Gefahr, von der nur sie wußte, daß sie nicht Wirklichkeit war.«

Deborah rückte unbehaglich mit ihrem Stuhl.

»Sie wissen anscheinend eine ganze Menge von ihr. Wenn sie wußte, daß die Verlobung keine Realität war, warum willigte sie dann ein? Sie hätte allen sehr viel Ärger erspart, wenn sie Stephen die Wahrheit gesagt hätte.«

Dalgliesh sah sie an.

»Sie hätte ihr eigenes Leben gerettet. Aber lag es denn in ihrem Wesen, das zu sagen? Sie brauchte nicht mehr lange zu warten. Ihr Mann würde nach Hause fliegen, vielleicht am nächsten oder übernächsten Tag. Dr. Maxies Heiratsantrag war nur eine zusätzliche Komplikation, die der ganzen Situation einen eigenen Reiz von Aufregung und Spaß hinzufügte. Vergessen Sie nicht, daß sie den Antrag nie ausdrücklich angenommen hat. Nein, ich hätte von ihr erwartet, daß sie so handeln würde. Sie konnte Mrs. Riscoe offenbar nicht leiden und zeigte es immer dreister, je näher der Tag der Rückkehr ihres Mannes rückte. Dieser Heiratsantrag bot ihr neue Möglichkeiten, sich insgeheim zu amüsieren. Ich denke mir, daß sie, als der Besucher kam, auf ihrem Bett lag, träge, glücklich, in vergnügter Zuversicht, vielleicht mit dem Gefühl, die Familie Maxie, die ganze Situation, die Welt selbst in ihrer hohlen Hand zu halten. Kein einziger von dem Dutzend Personen, die ich verhört habe, hat sie als freundlich geschildert. Ich glaube, daß sie auch zu ihrem Besucher nicht freundlich war. Sie unterschätzte die Stärke des Zorns und der Verzweiflung, mit denen sie konfrontiert wurde. Vielleicht lachte sie. Und als sie das tat, schlossen sich die starken Finger um ihren Hals.«

Es trat Schweigen ein. Felix Hearne brach es, indem er grob sagte: »Sie haben Ihren Beruf verfehlt, Herr Kommissar. Diese dramatische Darbietung hätte ein größeres Publikum verdient.«

»Seien Sie kein Narr, Hearne.« Stephen Maxie hob sein Gesicht, aus dem alle Farbe gewichen und das von Müdigkeit gezeichnet war. »Sehen Sie denn nicht, daß er schon mehr als zufrieden ist mit unserer Reaktion?« Er wandte sich in plötzlich aufwallendem Zorn an Dalgliesh. »Wessen Hände?« fragte er. »Wozu das ganze Theater? Wessen Hände?«

Dalgliesh beachtete ihn nicht.

»Unser Mörder geht an die Tür und schaltet das Licht aus. Jetzt will er aus dem Zimmer huschen. Und dann kommt ihm vielleicht ein Zweifel. Es ist vielleicht das Bedürfnis, sich doch noch einmal zu vergewissern, ob Sally Jupp tot ist. Es kann auch sein, daß sich das Kind im Schlaf bewegt, und da regt sich der natürliche und menschliche Wunsch, es nicht weinend mit seiner toten Mutter allein zu lassen. Es ist vielleicht auch die egoistischere Sorge, daß sein Schreien das Haus aufwecken könnte, bevor der Mörder sich in Sicherheit gebracht hat. Was auch immer der Grund sein mag, das Licht wird für einen Augenblick wieder angeschaltet. An und dann aus. Unter den schützenden Bäumen am Ende des Rasens wartet Victor Proctor und sieht, was er für das erwartete Signal hält. Er hat keine Uhr. Er muß sich auf das Blinkzeichen verlassen. Er geht am Rand des Rasens entlang auf die Hintertür zu und hält sich dabei immer noch im Schatten der Bäume und Büsche.«

Als Dalgliesh zögerte, blickten seine Zuhörer auf Proctor. Er war jetzt ruhiger und schien tatsächlich seine anfängliche Nervosität und abwehrende Grobheit verloren zu haben. Er fuhr mit seiner Geschichte einfach und ruhig fort, als habe die Erinnerung an diese entsetzliche Nacht und das angespannte konzentrierte Interesse seines Publikums ihn von Befangenheit und Schuldgefühlen befreit. Jetzt, wo er die aufdringliche Selbstrechtfertigung aufgegeben hatte, fanden sie ihn leichter zu ertragen. Wie sie selbst war er in gewisser Weise ein Opfer Sallys gewesen. Während sie ihm zuhörten, teilten sie die Verzweiflung und Angst, die ihn zu ihrer Tür getrieben hatten.

»Ich habe gedacht, ich müßte das erste Aufleuchten übersehen haben. Sie hatte gesagt, zwei Lichtsignale, also habe ich noch ein bißchen gewartet und aufgepaßt. Dann habe ich gedacht, ich sollte es lieber darauf ankommen lassen. Es war sinnlos, noch länger herumzustehen. Ich war jetzt so weit gegangen, da konnte ich genausogut weitermachen. Dafür hätte sie sowieso gesorgt. Es war nicht leicht gewesen, die dreißig Scheine lockerzumachen. Ich habe soviel wie möglich von meinem Postscheckkonto abgehoben, aber das waren nur zehn Pfund. Zu Hause hatte ich nicht viel, nur was ich für die Raten für den Fernseher auf die Seite gelegt hatte. Das habe ich genommen und dann meine Uhr in ein

Pfandhaus in Canningbury getragen. Der Kerl hat bestimmt gesehen, daß ich ganz schön in der Klemme war, und hat mir nicht das gegeben, was sie wert war. Ich hatte trotzdem genug, daß sie stillhalten würde. Ich hatte auch eine Empfangsbestätigung vorbereitet, die sie unterschreiben sollte. Ich wollte nach dieser Szene in der Scheune kein Risiko bei ihr eingehen. Ich habe gedacht, ich gebe ihr einfach das Geld, lasse sie die Quittung unterschreiben und gehe nach Hause. Wenn sie noch einmal versucht hätte, so ein krummes Ding zu drehen, hätte ich ihr drohen müssen, sie wegen Erpressung anzuzeigen. Die Quittung wäre nützlich gewesen, wenn es dazu gekommen wäre, aber ich habe eigentlich nicht damit gerechnet. Sie hat einfach das Geld gewollt, und danach hätte sie mich in Ruhe gelassen. Es hätte ja auch wenig Sinn gehabt, es noch einmal zu probieren. Ich kann nicht auf Befehl Geld beischaffen, und Sally hat das genau gewußt. Dumm war sie nicht, unsere Sally.

Die schwere Außentür stand offen, genau wie sie gesagt hatte. Ich hatte meine Taschenlampe dabei, und es war einfach, die Treppe zu finden und zu ihrem Zimmer zu gehen. Sie hatte mir den Weg am Nachmittag gezeigt. Es war eine Kleinigkeit. Im Haus war es völlig still. Man hätte meinen können, es sei leer. Sallys Tür war geschlossen, und es war kein Licht durch das Schlüsselloch oder unter der Tür zu sehen. Das kam mir sonderbar vor. Ich überlegte, ob ich klopfen sollte, aber ich wollte lieber keine Geräusche machen. Das ganze Haus war so still, daß es unheimlich war. Schließlich machte ich die Tür auf und rief sie leise. Sie gab keine Antwort. Ich leuchtete mit der Taschenlampe das Zimmer ab und richtete sie dann auf das Bett. Da lag sie. Zuerst dachte ich, sie schliefe und – na ja, es kam mir wie eine Gnadenfrist vor. Ich überlegte, ob ich das Geld auf ihrem Kopfkissen liegenlassen sollte, und dann dachte ich, warum eigentlich, zum Teufel! Sie hatte mich hergebeten. Es war ihre Sache, wach zu bleiben. Außerdem wollte ich aus dem Haus wegkommen. Ich weiß nicht, wann ich merkte, daß sie nicht schlief. Ich ging auf das Bett zu. In diesem Augenblick war mir klar, daß sie tot war. Merkwürdig, daß man sich da nicht vertun kann. Ich wußte, daß sie nicht krank oder bewußtlos war. Ein Auge war geschlossen, aber das andere war halb offen. Es schien mich anzusehen, deshalb streckte ich meine linke Hand aus und zog das Lid darüber. Ich weiß nicht, was mich dazu brachte, sie anzufassen. Eigentlich das Dümmste, was man tun kann. Aber ich mußte einfach dieses starrende Auge schließen. Die Decke war unter ihrem Kinn gefaltet, als hätte es ihr jemand bequem machen wollen. Ich zog sie zurück, und da sah ich die Druckstellen an ihrem Hals. Bis da war mir, glaube ich, das Wort Mord noch nicht in den Sinn gekommen. Aber dann habe ich wohl den Kopf verloren. Ich hätte wissen müssen, daß das eine rechte Hand getan hatte und niemand mich verdächtigen konnte, aber an so etwas denkt man nicht, wenn man Angst hat. Ich hatte immer noch die Taschenlampe in der Hand, und ich zitterte so sehr, daß der Lichtschein Kreise um ihren Kopf beschrieb. Ich konnte sie nicht ruhig halten. Ich versuchte, meine

Gedanken zu sammeln, und überlegte, was ich machen sollte. Dann überfiel es mich, daß sie tot war und daß ich in ihrem Zimmer war und das ganze Geld bei mir hatte. Ich konnte mir vorstellen, was die Leute denken würden. Ich wußte, ich mußte verschwinden. Ich weiß nicht mehr, wie ich an die Tür kam, aber es war schon zu spät. Ich hörte Schritte auf dem Flur näherkommen. Sie waren ganz leise. Ich hätte sie wohl normalerweise gar nicht gehört. Aber ich war so aufgeregt, daß ich mein eigenes Herzklopfen hören konnte. Im nächsten Augenblick schob ich den Riegel vor die Tür, lehnte mich daran und hielt den Atem an. Es war eine Frau auf der anderen Seite der Tür. Sie klopfte sehr leise und rief: ›Sally. Schläfst du schon, Sally?‹ Sie rief ganz leise. Ich verstehe nicht, wie sie damit rechnen konnte, gehört zu werden. Vielleicht wollte sie es auch gar nicht unbedingt. Ich habe später noch oft darüber nachgedacht, aber damals wartete ich nicht ab, was sie tun würde. Sie hätte lauter klopfen können, daß das Kind zu schreien angefangen hätte, oder ihr wäre vielleicht aufgefallen, daß etwas nicht stimmte, und sie hätte die Familie geholt. Ich mußte einfach weg. Zum Glück halte ich mich in Form, und Höhen machen mir keine Angst. Nicht, daß es besonders hoch gewesen wäre. Ich stieg durch das Seitenfenster, das eine mit den Bäumen davor, und der Kamin war ziemlich handlich. Ich konnte meine Hände nicht verletzen, und die Sportschuhe gaben Halt. Ich ließ mich das letzte Stück fallen und verdrehte mir dabei den Knöchel, aber in dem Augenblick spürte ich nichts. Ich rannte bis unter die Bäume, bevor ich zu-

rücksah. Sallys Zimmer war immer noch dunkel, und ich begann mich in Sicherheit zu fühlen.
Ich hatte mein Fahrrad in der Hecke neben dem Weg versteckt und war froh, es vor mir zu sehen, kann ich Ihnen sagen. Erst als ich losfuhr, merkte ich das mit meinem Fuß. Ich konnte nicht richtig auf das Pedal treten. Trotzdem kam ich gut voran. Ich fing auch an, mir einen Plan zurechtzulegen. Ich mußte ein Alibi haben. Als ich nach Finchworthy kam, inszenierte ich einen Unfall. Es war nicht schwer. Es ist eine ruhige Straße, und auf der linken Seite verläuft eine hohe Mauer. Ich fuhr mit dem Fahrrad voll dagegen, bis das Vorderrad verbogen war. Dann schlitzte ich den Vorderreifen mit dem Taschenmesser auf. Über mich brauchte ich mir keine Gedanken zu machen. Ich sah schon entsprechend aus. Mein Knöchel schwoll zusehends an, und es war mir schlecht. Es muß irgendwann in der Nacht angefangen haben zu regnen, denn ich war naß und fror, obwohl ich mich nicht an Regen erinnern kann. Es war ganz schön mühsam, mich und das Fahrrad nach Canningbury zu schleppen, und es war längst ein Uhr vorbei, bis ich zu Hause war. Ich mußte möglichst leise sein, damit meine Frau nicht aufwachte, bevor ich eine Möglichkeit hatte, die beiden Wanduhren zu verstellen. Wir haben weder einen Wecker noch sonst eine Uhr im Schlafzimmer. Meine goldene ziehe ich sonst jeden Abend auf und lege sie auf den Nachttisch. Wenn ich nur ins Haus käme, meinte ich, ohne meine Frau aufzuwecken, dann hätte ich es geschafft. Ich dachte schon, ich hätte Pech. Sie muß wach gewesen sein und auf die

Tür geachtet haben, denn sie kam oben an die Treppe und rief mich. Ich hatte genug von allem, deshalb rief ich ihr zu, sie solle wieder ins Bett gehen, ich käme gleich nach oben. Sie machte, was ich ihr sagte – das tut sie meistens –, aber ich wußte, es würde nicht lange dauern und sie wäre doch unten. Trotzdem ließ es mir eine Chance. Bis sie ihren Morgenmantel angezogen hatte und die Treppe herunterkam, hatte ich die Uhren auf Mitternacht zurückgestellt. Sie machte sich mit einer Tasse Tee zu schaffen. Ich schwitzte vor Angst, daß ich sie nur wieder ins Bett kriegte, bevor es von irgendeiner Kirche zwei Uhr schlug. Das wäre ihr vielleicht aufgefallen. Jedenfalls brachte ich sie endlich nach oben, und sie schlief rechtzeitig ein. Bei mir war es anders, kann ich Ihnen sagen. Mein Gott, eine Nacht wie die möchte ich nicht noch einmal mitmachen! Sie können sagen, was Sie wollen, über uns und wie wir Sally behandelt haben. Sie hat es meiner Meinung nach bei uns nicht so schlecht gehabt. Aber wenn sie meinte, wir hätten sie zu hart angepackt, na, dann ist das Weibsbild ja in dieser Nacht gerächt worden.«

Er warf ihnen diese schockierenden Worte an den Kopf und murmelte dann, in die Stille, etwas, das vielleicht eine Entschuldigung war, und bedeckte sein Gesicht mit jener grotesken rechten Hand.

Eine Zeitlang schwiegen alle, dann sagte Catherine: »Sie sind nicht zu der gerichtlichen Untersuchung gekommen, nicht wahr? Wir haben uns damals darüber gewundert, aber es hieß, Sie seien krank. War es, weil Sie Angst hatten, erkannt zu werden? Aber da müssen Sie doch schon gewußt haben, auf welche Art Sally starb und daß Sie wohl niemand verdächtigen könnte.«

Unter dem psychischen Druck hatte Proctor seine Geschichte unbefangen und ohne zu stocken erzählt. Jetzt stellte sich wieder das Bedürfnis zur Selbstrechtfertigung ein und ließ ihn seine alte Widerborstigkeit hervorkehren.

»Warum hätte ich hingehen sollen? Ich war sowieso nicht in der richtigen Verfassung. Ich wußte natürlich, wie sie gestorben ist. Das haben wir von der Polizei erfahren, als sie am Sonntagmorgen jemand vorbeischickten. Er brauchte nicht lange, bis er mich fragte, wann ich sie zum letztenmal gesehen hätte, aber ich hatte meine Geschichte parat. Sie denken wohl alle, daß ich hätte sagen sollen, was ich wußte. Nun, ich habe es eben nicht. Sally hat genug Ärger gemacht, solange sie lebte, und sie sollte jetzt, wo sie tot war, nicht noch mehr Ärger machen, wenn ich es verhindern konnte. Ich sah nicht ein, warum ich meine Privatangelegenheiten unbedingt vor einem Gericht ausbreiten sollte. Es ist nicht leicht, solche Sachen zu erklären. Die Leute könnten auf falsche Gedanken kommen.«

»Noch schlimmer, wenn sie vielleicht nur zu gut verstehen würden«, sagte Felix sarkastisch.

Proctors hageres Gesicht wurde rot. Er stand auf, kehrte Felix absichtlich den Rücken und wandte sich an Mrs. Maxie.

»Wenn Sie mich entschuldigen, will ich mich jetzt aufmachen. Ich will nicht länger stören. Ich mußte nur den

Kommissar sehen. Ich hoffe fest, daß das alles befriedigend ausgeht, mich brauchen Sie hier ja nicht.«
»Er redet, als ständen wir kurz vor einer Niederkunft«, dachte Stephen. Der Wunsch, seine Unabhängigkeit von Dalgliesh geltend zu machen und zu zeigen, daß zumindest ein Angehöriger der Familie sich als sein eigener Herr betrachtete, veranlaßte ihn zu fragen:
»Kann ich Sie nach Hause fahren? Der letzte Bus ging um acht.«
Proctor machte eine ablehnende Geste, sah ihn aber nicht an.
»Nein. Nein, vielen Dank. Ich habe mein Fahrrad draußen. Die haben es wieder ganz gut hingekriegt, alles in allem. Bemühen Sie sich bitte nicht, ich finde allein hinaus.«
Er stand da und ließ die behandschuhten Hände hängen, eine unangenehme, klägliche Gestalt, jedoch nicht ohne eine gewisse Würde.
»Endlich«, dachte Felix. »Er hat so viel Anstand, zu merken, wann er nicht mehr erwünscht ist.« Unvermittelt und mit einer steifen Bewegung hielt Proctor Eleanor Maxie seine linke Hand hin, und sie ergriff sie.
Stephen ging mit ihm an die Tür. Solange er weg war, redete keiner. Felix spürte die wachsende Spannung, und seine Nasenflügel zuckten bei dem nicht vergessenen Geruch der Angst. Sie mußten es jetzt wissen. Sie hatten alles gehört, nur nicht den Namen selbst. Aber wieweit waren sie bereit, die Wahrheit gelten zu lassen? Aus halb geschlossenen Augen beobachtete er sie. Deborah war merkwürdig ruhig, als habe das Ende von

Lüge und Verstellung ihr Frieden gebracht. Er glaubte nicht, daß Deborah wußte, was auf sie zukam. Eleanor Maxies Gesicht war grau, aber die gefalteten Hände lagen entspannt auf ihrem Schoß. Er konnte sich fast vorstellen, daß ihre Gedanken ganz woanders waren. Catherine Bowers saß mit gespitztem Mund steif da, als mißbillige sie das alles. Anfangs hatte Felix geglaubt, sie amüsiere sich. Jetzt war er sich nicht mehr so sicher. Er bemerkte mit zynischer Genugtuung, wie sie die Hände zusammenpreßte und ihre Augenwinkel nervös zuckten. Dann war Stephen wieder bei ihnen, und Felix begann zu sprechen.

»Hat das jetzt nicht lange genug gedauert? Wir haben das Beweismaterial zur Kenntnis genommen. Die betreffende Hintertür war offen, bis Maxie sie um 0.33 Uhr abschloß. Kurze Zeit davor kam jemand ins Haus und tötete Sally. Die Polizei hat nicht herausbekommen, wer, und wahrscheinlich wird sie es nicht herausbekommen. Es kann Gott weiß wer gewesen sein. Ich schlage vor, daß keiner von uns mehr etwas sagt.« Er sah sich in der Runde um. Die Warnung war unmißverständlich.

Dalgliesh sagte freundlich: »Sie behaupten, daß ein völlig Fremder das Haus betrat, keinen Versuch zu stehlen machte, zielstrebig in Miss Jupps Zimmer ging und sie erwürgte, während sie ohne jeden Versuch, Alarm zu schlagen, artig auf ihrem Bett lag?«

»Sie kann ihn eingeladen haben, wer auch immer es gewesen war«, sagte Catherine.

Dalgliesh sah sie an.

»Aber sie erwartete Proctor. Wir können uns nicht vorstellen, daß sie aus jener kleinen Transaktion ein geselliges Beisammensein machen wollte. Und wen hätte sie einladen sollen? Wir haben uns jeden, der sie kannte, vorgenommen.«

»Hören Sie um Gottes willen auf, davon zu reden«, rief Felix. »Merken Sie denn nicht, daß er genau das will? Es gibt keinen Beweis!«

»Wirklich nicht?« sagte Dalgliesh ruhig. »Ich bin nicht so sicher.«

»Wir wissen jedenfalls, wer es nicht getan hat«, sagte Catherine. »Es war weder Stephen noch Derek Pullen, weil sie ein Alibi haben, und es war nicht Mr. Proctor wegen seiner Hand. Sally kann nicht von ihrem Onkel ermordet worden sein.«

»Nein«, sagte Dalgliesh. »Auch nicht von Martha Bultitaft, die nicht wußte, wie das Mädchen gestorben war, bis Mr. Hearne es ihr sagte. Auch nicht von Ihnen, Miss Bowers, weil Sie an die Tür klopften und mit ihr zu sprechen versuchten, als sie bereits tot war. Auch nicht von Mrs. Riscoe, deren Fingernägel zwangsläufig Kratzspuren hinterlassen hätten. Keiner kann sich über Nacht so lange Fingernägel wachsen lassen, und der Mörder trug keine Handschuhe. Auch nicht von Mr. Hearne, in welche Richtung auch immer er meine Gedanken lenken möchte. Mr. Hearne wußte nicht, in welchem Zimmer Sally schlief. Er mußte Mr. Maxie fragen, wohin er die Leiter tragen sollte.«

»Nur ein Dummkopf hätte merken lassen, daß er es wußte. Ich könnte es gespielt haben.«

»Nur haben Sie nicht gespielt«, sagte Stephen grob. »Sie können ruhig aufhören mit Ihrem verdammten gönnerhaften Benehmen. Sie waren der letzte, der Sally den Tod gewünscht hätte. Sobald Sally hier zu Hause gewesen wäre, hätte Deborah Sie vielleicht geheiratet. Glauben Sie mir, Sie hätten sie unter keinen anderen Bedingungen bekommen. Jetzt wird sie Sie nie heiraten, und das wissen Sie.«
Eleanor Maxie sah auf und sagte leise: »Ich ging in ihr Zimmer, um mit ihr zu reden. Es schien, als wäre die Heirat womöglich keine so schlimme Sache, wenn sie meinen Sohn wirklich gern hatte. Ich wollte herausfinden, was sie empfand. Ich war müde und hätte bis zum Morgen warten sollen. Sie lag auf ihrem Bett und sang vor sich hin. Es wäre alles in Ordnung gewesen, wenn sie nicht zwei Dinge getan hätte. Sie lachte mich aus. Und sie sagte mir, Stephen, daß sie ein Kind von dir bekäme. Es ging so furchtbar schnell. Eben lebte sie noch und lachte. Im nächsten Augenblick war sie ein totes Etwas in meinen Händen.«
»Dann waren Sie es!« flüsterte Catherine. »Sie waren es.«
»Natürlich«, sagte Eleanor Maxie liebenswürdig. »Überlegen Sie doch. Wer könnte es sonst gewesen sein?«

4

Die Maxies dachten, der Gang ins Gefängnis sei ungefähr das gleiche wie die Einlieferung in ein Krankenhaus, nur daß es noch weniger freiwillig geschah. Beides waren unnormale und ziemlich erschreckende Erfahrungen, auf die das Opfer mit klinischer Objektivität, die Zuschauer dagegen mit einer entschlossenen Heiterkeit reagierten, die bezweckte, Zuversicht zu erzeugen, ohne den Verdacht von Gefühllosigkeit zu wecken. Eleanor Maxie ging, von einer ruhigen und taktvollen Polizistin begleitet, nach oben, um die Wohltat eines letzten Bades im eigenen Haus zu genießen. Sie hatte darauf bestanden, und niemand hatte sie, wie bei den letzten Vorbereitungen für einen Krankenhausaufenthalt, darauf hinweisen wollen, daß ein Bad die erste Prozedur sei, die einem bei der Aufnahme auferlegt wurde. Oder gab es vielleicht einen Unterschied zwischen Untersuchungshäftlingen und Verurteilten? Felix hätte es vielleicht gewußt, aber niemand hatte Lust, ihn zu fragen. Der Fahrer des Polizeiwagens wartete im Hintergrund, aufmerksam und unaufdringlich wie ein Ambulanzbegleiter. Es gab noch einiges zu erledigen: die letzten Anweisungen, die Nachrichten an Freunde, die Telefonate und das überstürzte Packen. Mr. Hinks kam vom Pfarrhaus herüber, atemlos und gar nicht überrascht, und rüstete sich, Rat und Trost zu spenden, schien dies aber selbst so dringend zu brauchen, daß Felix ihn fest am Arm packte und mit ihm zurück zum Pfarrhaus ging. Von einem Fenster aus sah Deborah die beiden miteinander reden, als sie sich vom Haus entfernten, und fragte sich flüchtig, worüber sie sich wohl unterhielten. Als sie die Treppe hinauf zu ihrer Mutter ging, telefonierte Dalgliesh von der Halle aus. Ihre Blicke trafen sich und hielten sich fest. Einen kurzen Augenblick dachte sie, er wollte etwas sagen, aber dann beugte sein Kopf sich wieder über den Hörer. Als sie weiterging, erkannte sie plötzlich und ohne Überraschung, daß er, hätten die Dinge anders gelegen, der Mann wäre, an den sie sich instinktiv zur Beruhigung und um Rat gewandt hätte.

Allein gelassen, erkannte Stephen sein Elend als das, was es war: ein überwältigender Schmerz, der nichts gemein hatte mit der Unzufriedenheit und Langeweile, die er früher für Unglücklichsein gehalten hatte. Er hatte zwei Drinks zu sich genommen, aber rechtzeitig gemerkt, daß Trinken nicht hilft. Was er brauchte, war jemand, der sich seines Elends annahm und ihm versicherte, wie ganz und gar ungerecht alles war. Er machte sich auf die Suche nach Catherine.

Er fand sie im Zimmer seiner Mutter, wo sie vor einem kleinen Koffer kniete und Töpfchen und Fläschchen in Seidenpapier einwickelte. Als sie den Kopf hob, sah er, daß sie geweint hatte. Er war bestürzt und verärgert. Es gab im Haus keinen Platz für einen so geringfügigen Schmerz. Catherine hatte nie die Kunst beherrscht, mitleidheischend zu weinen. Vielleicht war das ein Grund, warum sie früh gelernt hatte, im Leid wie in anderen Dingen gleichmütig zu bleiben. Stephen beschloß, diese Einmischung in sein eigenes Elend zu übersehen.

»Cathy«, sagte er. »Warum um alle Welt hat sie gestanden? Hearne hatte völlig recht. Sie hätten es nie beweisen können, wenn sie sich still verhalten hätte.«

Er hatte sie erst einmal vorher Cathy genannt, und auch damals hatte er etwas von ihr gewollt. Sogar im Augenblick der körperlichen Liebe hatte sie es als Heuchelei empfunden. Sie sah zu ihm auf. »Du kennst sie wohl nicht sehr gut. Sie hat nur gewartet, bis dein Vater tot war, bevor sie gestanden hat. Sie hat ihn nicht verlassen wollen und ihm versprochen, ihn nicht in ein Heim zu schicken. Das war der einzige Grund für ihr Schweigen. Sie hat Mr. Hinks alles über Sally gesagt, als sie heute am frühen Abend mit ihm zum Pfarrhaus gegangen ist.«

»Aber sie hat sich die ganzen Enthüllungen so ruhig angehört.«

»Ich nehme an, sie wollte einfach wissen, was geschehen ist. Keiner von euch hat ihr etwas gesagt. Ich glaube, die Vorstellung, du seist derjenige gewesen, der Sally besucht und die Tür verriegelt hat, hat sie am meisten beunruhigt.«

»Ich weiß. Sie hat versucht, mich danach zu fragen. Ich dachte, sie wollte mich fragen, ob ich der Mörder sei. Sie müssen die Anklage mildern. Es war immerhin nicht vorsätzlich. Warum beeilt sich Jephson nicht und kommt her. Wir haben ihn angerufen.«

Catherine sah ein paar Bücher durch, die sie vom Nachttisch genommen hatte, und überlegte, ob sie sie einpacken sollte. Stephen fuhr fort:

»Sie werden sie so oder so ins Gefängnis stecken. Mutter im Gefängnis! Cathy, ich glaube, ich stehe das nicht durch!«

Und Catherine, die Eleanor Maxie inzwischen sehr liebgewonnen hatte und hochachtete, war es, als könne auch sie es nicht ertragen, und sie verlor die Geduld.

»Du kannst es nicht durchstehen! Das habe ich gern! Du mußt es ja nicht durchstehen. Aber sie. Und du hast sie dorthin gebracht, denke daran.«

Nachdem Catherine erst einmal angefangen hatte, konnte sie sich nicht mehr zurückhalten, und ihr Ärger bekam eine persönlichere Richtung.

»Und da ist noch was anderes, Stephen. Ich weiß nicht, wie du über uns denkst ... über mich, wenn du willst. Ich möchte darüber nicht mehr reden, deshalb sage ich jetzt einfach nur, daß alles vorbei ist. Oh, geh doch um Himmels willen mit deinen Füßen vom Seidenpapier. Ich versuche zu packen.«

Sie weinte jetzt tatsächlich hemmungslos wie ein Kind. Die Worte kamen undeutlich, daß er sie fast nicht verstehen konnte.

»Ich habe dich geliebt, aber das ist vorbei. Ich weiß nicht, was du jetzt erwartest, aber das spielt keine Rolle. Es ist alles vorbei.«

Und Stephen, der keinen Augenblick vorgehabt hatte, die Sache weiterlaufen zu lassen, sah auf das fleckige Gesicht, auf die verquollenen vorstehenden Augen hinunter und spürte eine Welle von Schmerz und Bedauern.

5

Einen Monat, nachdem Eleanor Maxie des Totschlags für schuldig befunden worden war, fuhr Dalgliesh an einem seiner seltenen freien Tage auf dem Rückweg von der Themsemündung, wo er sein 30-Fuß-Segelboot liegen hatte, durch Chadfleet. Es lag nicht weit von seinem Weg ab, aber er beschloß, die Motive, die ihn zu diesen zusätzlichen drei Meilen über gewundene, von Bäumen beschattete Straßen veranlaßt hatten, nicht zu gründlich zu analysieren. Er fuhr an dem Häuschen der Pullens vorbei. Im Wohnzimmer brannte Licht, und der Schäferhund aus Gips hob sich dunkel von den Vorhängen ab. Und dann kam das St.-Mary-Heim. Das Haus wirkte leer. Nur ein einziger Kinderwagen vor den Stufen der Vordertür wies auf das Leben drinnen hin. Das Dorf selbst zeigte sich ihm verlassen und schläfrig in der Stille des Fünf-Uhr-Tees. Als er an Wilsons Gemischtwarenhandlung vorbeifuhr, wurde gerade der Laden vor der Tür heruntergelassen und der letzte Kunde kam heraus. Es war Deborah Riscoe. Der Einkaufskorb an ihrem Arm sah schwer aus, und er hielt automatisch das Auto an. Es war keine Zeit für Unschlüssigkeit oder Verlegenheit. Er hatte ihr den Korb abgenommen, und sie war neben ihn auf den Sitz gerutscht, bevor es ihm eingefallen war, sich über seine Kühnheit oder ihre Einwilligung zu wundern. Als er einen raschen heimlichen Blick auf ihr ruhiges, klares Profil warf, sah er, daß das angespannte Aussehen verschwunden war. Sie hatte nichts von ihrer Schönheit verloren, und sie strahlte eine heitere Ruhe aus, die ihn an ihre Mutter erinnerte.

Als er das Auto in die Auffahrt von Martingale lenkte, zögerte er, doch sie nickte kaum merklich mit dem Kopf, und er fuhr weiter. Die Buchen waren jetzt golden, aber die Dämmerung dämpfte ihre Farben. Die ersten gefallenen Blätter zerbröselten unter den Reifen zu Staub. Das Haus kam in Sicht, wie er es beim erstenmal gesehen hatte, jedoch grauer jetzt und ein wenig düster im abnehmenden Licht. In der Halle schlüpfte Deborah aus der Lederjacke und legte ihren Schal ab.
»Vielen Dank. Das hat mich gefreut. Stephen hat das Auto diese Woche in der Stadt, und Wilson kann uns nur mittwochs beliefern. Mir geht ständig etwas aus, immer vergesse ich was beim Einkaufen. Möchten Sie einen Drink oder Tee oder sonst etwas?« Sie lächelte ihn spöttisch an. »Sie sind jetzt nicht im Dienst. Oder doch?«
»Nein«, sagte er. »Ich bin jetzt nicht im Dienst. Ich lasse mich einfach treiben.«
Sie fragte nicht nach einer Erklärung, und er folgte ihr in den Salon. Er wirkte, anders als er in Erinnerung hatte, ein wenig staubig und irgendwie kahler, doch sahen seine geübten Augen keine wirkliche Veränderung. Es war nur das nackte Aussehen eines Raumes, aus dem die kleinen persönlichen Dinge, die auf die Bewohner hinweisen, weggeräumt sind.
Als hätte sie seine Gedanken erraten, sagte sie: »Meistens bin nur ich hier. Martha ist fort, und ich habe sie durch ein paar Zugehfrauen aus der Siedlung ersetzt. Zumindest bezeichnen sie sich als Zugehfrauen, aber ich kann mich nie darauf verlassen, daß sie hier auf-

kreuzen. Das macht unser Verhältnis spannender. Stephen ist natürlich an den meisten Wochenenden zu Hause, und das ist gut so. Ich habe noch genug Zeit für einen gründlichen Hausputz, ehe Mutter nach Hause kommt. Zur Zeit muß ich mich in der Hauptsache mit Papierkram herumschlagen, Vaters Testament und die Erbschaftssteuern und Ärger mit den Anwälten.«

»Müssen Sie denn allein hier sein?« fragte Dalgliesh.

»Ach, das macht mir nichts aus. Einer von der Familie muß hierbleiben. Sir Reynold hat mir einen seiner Hunde angeboten, aber die sind mir ein bißchen zu scharf. Außerdem sind sie nicht darauf abgerichtet, Geister zu vertreiben.«

Dalgliesh nahm das Glas, das sie ihm reichte, und erkundigte sich nach Catherine Bowers. Das war der ungefährlichste Name, den er erwähnen konnte. Er interessierte sich zu wenig für Stephen Maxie und zu sehr für Felix Hearne. Nach dem Kind zu fragen, würde zwangsläufig jenen goldhaarigen Geist beschwören, dessen Schatten bereits zwischen ihnen war.

»Catherine treffe ich gelegentlich. Jimmy ist vorläufig noch im St.-Mary-Heim, und Catherine kommt ziemlich häufig mit seinem Vater heraus, um ihn spazierenzufahren. Sie und James Ritchie werden heiraten, glaube ich.«

»Das kommt aber ziemlich plötzlich.«

Sie lachte.

»Ach, ich glaube, Ritchie weiß es noch gar nicht. Es wäre jedenfalls eine gute Sache. Sie liebt das Kind, kümmert sich wirklich darum, und ich glaube, Ritchie

wird glücklich werden. Sonst gibt es wohl niemand, von dem ich Ihnen erzählen könnte. Mutter geht es tatsächlich sehr gut, und sie ist nicht allzu unglücklich. Felix Hearne ist in Kanada. Mein Bruder ist die meiste Zeit im Krankenhaus und hat furchtbar viel zu tun. Immerhin sind alle sehr nett zu ihm gewesen, sagt er.«
»Das war zu erwarten«, dachte Dalgliesh. Seine Mutter saß ihre Strafe ab, und seine Schwester wurde ohne Hilfe mit Erbschaftssteuern, Haushalt und der Feindseligkeit oder – und das wäre ihr noch mehr zuwider – dem Mitgefühl des Dorfes fertig. Doch Stephen Maxie war wieder im Krankenhaus, wo alle nett zu ihm waren. Etwas von dem, was ihm durch den Kopf ging, mußte sich in seinem Gesicht gezeigt haben, denn sie sagte rasch:
»Ich bin froh, daß er so viel zu tun hat. Es war für ihn schlimmer als für mich.«
Sie saßen eine Weile schweigend beieinander. Trotz ihres anscheinend unbefangenen Zusammenseins achtete Dalgliesh krankhaft empfindlich auf jedes Wort. Es verlangte ihn, etwas Tröstliches oder Ermutigendes zu sagen, aber er verwarf jeden halb formulierten Satz, bevor er ihm auf die Lippen kam. »Es tut mir leid, aber ich mußte es tun.« Nur tat es ihm nicht leid, und sie war klug und aufrichtig genug, das zu wissen. Er hatte sich noch nie wegen seines Berufs entschuldigt und würde sie nicht beleidigen, indem er sich jetzt verstellte. »Ich weiß, Sie müssen mich für das, was ich tun mußte, hassen.« Abgeschmackt, rührselig, unaufrichtig und mit der arroganten Anmaßung, daß sie überhaupt etwas für ihn empfände! Sie gingen schweigend zur Tür, und sie

blieb da stehen und sah ihm nach, bis er außer Sicht war. Als er seinen Kopf wandte und die einsame Gestalt sah, die sich für einen Augenblick von dem Licht aus der Halle abhob, wußte er mit überraschender und ermutigender Sicherheit, daß sie sich wiedersehen würden. Und wenn es soweit wäre, würden die richtigen Worte gefunden werden.